Tschingis
Aitmatow

Das
Kassandramal

Zu diesem Buch

Als der Futurologe Robert Bork beim Flug über dem Atlantik im Anblick einer den Ozean durchpflügenden Herde von Walen versinkt, ahnt er noch nicht, daß ihn bei seiner Rückkehr ein Hexenkessel erwartet. Eine rätselhafte Erscheinung bringt die Menschen rund um den Erdball in Aufruhr: Auf der Stirn schwangerer Frauen taucht ein Zeichen auf – ein Zeichen des Kindes, das auf verstörende Weise mitteilt, es wolle in diese Welt voller Grauen nicht geboren werden. Ratlosigkeit, ja Panik ergreift die Menschen angesichts dieses unbeherrschbaren Phänomens. Und natürlich paßt es keinem Politiker ins Konzept, schon gar nicht Oliver Ordok, der mitten im Wahlkampf um die amerikanische Präsidentschaft steht.
Die bedrängende Frage nach der Gefährdung aller Gattungen und Lebensgrundlagen wird hier in uns selbst, in der Tiefe der ureigensten Verantwortung ausgelotet.

»Tschingis Aitmatow, weltberühmter kirgisischer Autor, hat mit ›Das Kassandramal‹ einen Roman vorgelegt, der ihn auf der Höhe seiner überragenden Erzählkunst zeigt.« *BuchJournal*

Der Autor

Tschingis Aitmatow wurde 1928 in Kirgisien geboren. Nach der Ausbildung an einem landwirtschaftlichen Institut arbeitete er zunächst als Viehzuchtexperte in einer Kolchose. Nach ersten Veröffentlichungen zu Beginn der fünfziger Jahre besuchte er das Maxim-Gorki-Literaturinstitut in Moskau und wurde Redakteur einer kirgisischen Literaturzeitschrift, später der Zeitschrift »Novyj Mir«. Mit der Erzählung *Dshamilja* erlangte er Weltruhm. Von 1995 an arbeitete er als Botschafter Kirgisiens in Brüssel. Er starb am 10. Juni 2008.

Im Unionsverlag sind außerdem lieferbar: *Abschied von Gülsary, Aug in Auge, Dshamilja, Frühe Kraniche, Goldspur der Garben, Der Junge und das Meer, Du meine Pappel im roten Kopftuch, Kindheit in Kirgisien, Die Klage des Zugvogels, Liebesgeschichten, Der Richtplatz, Der Schneeleopard, Ein Tag länger als ein Leben, Die Träume der Wölfin, Der weiße Dampfer* sowie *Begegnung am Fudschijama* (mit Daisaku Ikeda).

Der Übersetzer

Friedrich Hitzer, 1935 in Ulm geboren, studierte in den USA, in der UdSSR und in Deutschland Germanistik, Osteuropäische Geschichte und Russistik. Der freischaffende Autor, Übersetzer und Redakteur engagierte sich als Kulturvermittler zwischen Europa, Russland und Mittelasien. Er starb am 15. Januar 2007.

Tschingis
Aitmatow

Das Kassandramal

Aus dem Russischen von
Friedrich Hitzer

Unionsverlag
Zürich

Der Originaltitel lautet *Tavro Kassandry.*
Die deutsche Erstausgabe wurde nach dem russischen Manuskript übersetzt und erschien 1994 im Unionsverlag, Zürich.

Im Internet
Aktuelle Informationen,
Dokumente, Materialien
www.unionsverlag.com

Unionsverlag Taschenbuch 290

Rieterstrasse 18, CH-8027 Zürich
Telefon 0041-1-281 14 00, Fax 0041-1-281 14 40
mail@unionsverlag.ch

Umschlagkonzept: Heinz Unternährer, Zürich
Umschlagfoto: Digital Vision
Druck und Bindung: Clausen & Bosse, Leck
ISBN 978-3-293-20290-0
2. Auflage Februar 2011

Als Kassandra die Liebe Apolls zurückwies, bestrafte er sie. Niemand sollte mehr ihren Vorhersagen glauben, obgleich sie sich stets erfüllten ... Und daraufhin wurde die Prophetin von der Königin Klytämnestra in Mykene getötet.

(Aus der griechischen Mythologie)

Da lobte ich die Toten, die schon gestorben waren, mehr denn die Lebendigen, die noch das Leben haben; und besser denn alle beiden ist, der noch nicht ist und des Bösen nicht innewird, das unter der Sonne geschieht.

(Prediger, 4. Kapitel)

I

Auch dieses Mal war im Anfang das Wort. Wie damals, in der bekannten Geschichte. Und obwohl Es nicht Gott verkörperte, war doch alles, was danach geschah, nur die Folge des Gesagten.

Jene, die als erste, ganz unvorbereitet, mit der so unerwarteten Erscheinung konfrontiert wurden, wären nie auf den Gedanken gekommen, daß sie später diese Geschichte, um die Wette schreibend, in Memoiren und Bestsellern als größte Erschütterung ihres Jahrhunderts darstellen würden. Und sie konnten ihr Zeugnis nicht anders beginnen als mit dem banalen Satz: »An jenem Tag begann alles wie in einem Kriminalroman.«

Aber so war es, als plötzlich die gesamte Redaktion zu einer außerordentlichen Sitzung in die Chefetage zusammengerufen wurde und die Anweisung erging, die Konferenz bis auf weiteres streng abzuschotten. Es durfte aus der Redaktion weder angerufen noch auf Anrufe oder Faxe geantwortet und kein Besucher, wer er auch sein mochte, ins Gebäude der *Tribune* eingelassen werden.

Mit diesem Ausnahmezustand begann alles.

Wer hätte es sich träumen lassen, daß eine solche Erklärung auf den Frontseiten der Weltpresse veröffentlicht würde! Aber man mußte sich entscheiden, hier gab es nur ein Entweder-Oder. Und die *Tribune*, die schon lange heimlich, aber energisch an ihrem Image einer »weltweiten Meinungsmacherin« arbeitete, konnte der Versuchung nicht widerstehen (einer teuflischen, versteht sich, wie ihre Opponenten später ausführten). Eine globale Sensation, exklusiv veröffentlicht – die Zeitung hatte ohne Übertreibung sehr viel riskiert, ja *va banque* gespielt und auf eine blitzartige Publikation dieses in der Menschheitsgeschichte unerhörten Dokuments gesetzt.

In der Hitze der sich überschlagenden Ereignisse hatte einer der Leitartikler die prophetischen Worte, die sich vielen einprägten, fallen lassen: »Nun denn, Freunde«, sagte er und hielt die frisch gedruckte Seite demonstrativ vor sich hin, »das Undenkbare ist geschehen, die Weltgeschichte ist aus den Fugen! Und wir haben es gewagt, unsere *Tribune!* Diese Latte überspringt keiner, der Rest ist unwichtig! Wie es ausgeht, werden wir ja sehen!« Dann schüttelte er den Kopf und fügte vielsagend hinzu: »Kollegen, Verzeihung bitte! Jetzt rette sich, wer kann!«

Die Warnung war begründet, wenn man genauer nachdachte. Jeder hatte das begriffen. Die Stimmungen in der Redaktion wechselten an jenem Tag von Stunde zu Stunde, alle – vom Chefredakteur bis zu den Volontären von der journalistischen Fakultät – waren entweder restlos verzweifelt, schlossen sich ein und verließen ihren Schreibtisch nicht mehr, um nicht miteinander reden zu müssen, oder sie rannten in heller Aufregung durch Korridore und Arbeitszimmer mit aufgerissenen und irrlichternden Augen. Dabei war es an der Zeit, an etwas anderes zu denken, nämlich Türen und Fenster des Gebäudes zu verbarrikadieren, um einem Ansturm der Menge standhalten zu können. Vermutlich ließ der nicht mehr allzulange auf sich warten, alle Zeichen sprachen dafür, daß ein tobender Menschenstrom (keine Polizei in der Welt hätte ihn aufhalten können!) die Scheiben in Stücke schlagen, die Telefonapparate am Boden zerschmettern, die Möbel und die gesamte Organisationstechnik zertrümmern würde, ja man würde die Zeitungsleute bei laufenden Fernsehkameras für Reality-Shows am Kragen packen und wütend durchschütteln, weil sie es gewagt hatten, die gesamte Weltöffentlichkeit von einer Stunde zur andern in Panik zu versetzen, kurzum – die Redaktion hatte etwas ausgelöst, was noch nie dagewesen war und woran sich kein Mensch, womöglich seit

Anbeginn der Tage, erinnern konnte. Doch vorerst wußten die Menschen von nichts.

Es trieb sie wie an jedem anderen Tag in lärmenden Mengen durch die Straßen der großen amerikanischen Stadt, wie lebende Flüsse um gläserne Wolkenkratzer, und daneben strömten unablässig glitzernde Automobile über den Fahrdamm, hoch über den Köpfen schwebten blendend durchsichtige Helikopter. Vorerst nahm alles seinen gewohnten Gang auf Erden, mit dem Wechsel von Tag und Nacht, mit Geburt und Tod der Geschöpfe. Vorerst war noch niemand außer sich geraten oder hatte mitten auf einem Platz aufgeschrien, erschüttert von der rücksichtslosen Zeitung, die hemmungslos in die geheimsten Sphären, in die fraglosen Gesetze der ewigen Weltordnung eingedrungen war. Vorerst hatte noch niemand den Brandsatz geworfen, der alle so aufwühlte, daß sie sich auf die Teufelsbrut stürzten …

Aber all das konnte jeden Augenblick eintreten. Die *Tribune* traf ihre Vorbereitungen im geheimen, um jeder Konkurrenz zuvorzukommen. Die Ausgabe mußte buchstäblich aus dem Stand gemacht werden; hätte sie sich auch nur um eine halbe Stunde verzögert, wäre das Material, das aus dem Weltraum gesendet worden war, von allen anderen Zeitungen rund um den Globus veröffentlicht worden, wer weiß, wie die Sache dann geendet hätte. Um nichts auf der Welt hätte die *Tribune* solch eine Chance ausgelassen, und wenn am nächsten Tag eine allgemeine Sintflut alles Leben auf Erden ausgelöscht hätte und niemand mehr, versteht sich, eine Zeitung gebraucht hätte.

Und der Ozean, jener Urspeicher einer möglichen, ja eines Tages unvermeidlichen, universalen Sintflut, war an diesem Tag mächtig aufgewühlt, er schlug gegen die Kontinente des Planeten, wiegelte mit seiner gesamten, unverrückbaren

Masse den Erdball auf dessen Umlaufbahn, spielte in den Tiefen und aus den Tiefen mit gewaltigen Strömungen, ja der Ozean erregte sich selbst in plötzlich aufbrandenden Wallungen der Wellen, drehte unaufhörlich die Wasser, er glitzerte und glänzte zu der Stunde über dem ganzen atlantischen Raum.

Der Futurologe blickte aus großer Höhe auf das kochende Magma und ergötzte sich daran am Fenster des Flugzeugs über dem Atlantik. Und was er betrachtete, begeisterte ihn an jenem sonnigen Tag ganz besonders, obgleich daran nichts Besonderes war – der Ozean in der Tiefe, Wasser und Wellen, ein eintöniger, wüstenhafter Horizont. Das winzige menschliche Auge, dachte er, kann die unfaßliche Weite des Weltraumes überblicken. Nicht einmal dem Adler über den Wolken war solch eine Panoramasicht gegeben. Ja, dank der technischen Leistungen schafft der Mensch eine zweite Realität, entdeckt immer neue Mittel für seine universale Anpassungsfähigkeit und baut sich von eigener Hand die Glückseligkeit einer Himmelsbehausung. Früher konnte nur Gott die Erde im Ganzen überblicken und über der Welt wie ein unsichtbarer Wirbel in unsichtbarer Höhe dahinjagen. Im beharrlich gleichmäßigen Dröhnen des Flugzeugs ließ sich der Futurologe von solchen Gedanken in eine Stimmung der Muße versetzen. Genau das war es, was er sich zu der Stunde wünschte, während er noch am Himmel weilte: sich entfernen, völlig allein sein … Leicht berauscht vom Whisky, der am Grund des großen Glases mit den Eiswürfeln golden schimmerte, setzte er der angenehmen Erregung des Blutes keinen Widerstand entgegen, ganz im Gegenteil – er wollte das seltene Gefühl, da er sich befreit fühlte und nur sich gehörte, möglichst lange erhalten. So ausgezeichnet hatten sich doch die Götter nach einem Glas Wein fühlen müssen, dachte der Futurologe nicht ohne Selbstironie in dem Moment;

und daß die Sitze neben ihm leer waren, also niemand neben ihm saß, der ihn durch seine Gespräche hätte ablenken können, war ebenfalls ein Glück des Augenblicks.

Der Futurologe kehrte von einem seiner gewohnten Aufenthalte in Europa zurück: wieder so eine internationale Konferenz, eine Tagung von Intellektuellen, erfüllt von den endlosen Diskussionen, die zu einer Art Lebensweise für dieses kosmopolitische Milieu geworden waren, nichts als Debatten, die sich in den Kreislauf von Meinungen und Prognosen ergossen. Die Perspektiven der Weltzivilisation ... Die Gefahren des monopolaren Entwicklungsmodells ... All jene stets aktuellen Probleme, bei deren Reflexion die Tage und Jahre, das ganze Leben eines Harvardgelehrten zerfloß. Und je länger er sich in diese Wissenschaft der Orakel vertiefte, desto deutlicher entdeckte er ein unergründliches, schwarzes Loch in dem vom Menschen geschaffenen Leben auf Erden; hier spürte er, daß das, was man so beharrlich zu erforschen sich bemühte, verschlüsselt blieb – nämlich die Ziele, Handlungen und das alltägliche Verhalten des gegenwärtigen Menschengeschlechts. Mitunter dünkte es ihn, der Mensch trage eine zwanghafte Unruhe in sich – immer will er das Schicksal im voraus ausloten, sich unablässig mit dem Sinn des Lebens abquälen, eben mit all dem Kram, der sich ohnehin niemandem erschließt, nicht heute oder morgen, auch nicht in tausend Jahren. Versuch es doch einmal, sagte er sich, und verweigere dich diesem unaufhörlichen Wettlauf in der Zeit; wozu überhaupt solch ein Leben, warum nicht vor Erschöpfung und Verzweiflung abbrechen, statt stets in vollem Lauf jeden Schimmer am Horizont einschätzen zu wollen; aber dann wäre das Leben unnütz. Wird das Schicksal denn nicht unfruchtbar ohne ein Bild der Zukunft? Wie schwierig war es doch zeitweise, wissenschaftlich gelassen zu bleiben und über den Händeln der Parteien, über den Widersprüchen zu stehen und objektiv zu prognostizieren, zu welchen Abgründen sich das sogenannte Rad der Geschichte hindrehe; vielleicht war es gar kein Rad, sondern ein Ding, das sich überhaupt nicht drehen konnte, also eher eine Radfelge, die durch einen schrecklichen Schlag plattgedrückt war und in der alle Speichen auseinandergeborsten waren. Diese Form der Bewegung hatte in der Wissenschaft noch niemand genau definiert.

All seine ewiggleichen Weggefährten auf dem Feld der empirischen und zugleich dramatischen Futurologie boten ja nur Annäherungen, Deklarationen und Skizzen, nichtsdestoweniger stürzten sie sich auf alles, wollten alles deuten und vorhersagen. Vor manchen Prognosen aus jenem hohen, aber wackligen *Glockenturm* wollte man schlicht davonlaufen wie vor einer schwarzen Regenwolke, die eigenen, analytischen Schlüsse jagten einem einen Schrekken ein, du spürst allenthalben die gleiche Richtung in den schicksalhaften Windungen der Geschichte – die Offensive der unbezähmbaren Kräfte, die überall und offen zur Machtübernahme streben und dabei an der Stelle des alten Übels das Böse neu hervorbringen; denn jegliche Macht, wie sie ihre Motive auch darstellen mag, ist ein Kreislauf von Anordnen. Bei all ihrem sehnsüchtigen Wahrheitsstreben, mit all ihren unerreichbaren Idealen war die Futurologie letztlich eine einzige Seelenqual. Und doch war es schwierig, auf sie zu verzichten, auf diesen urtümlichen Hang zur Vorwegnahme, denn schon der Urmensch neigte dazu. Selbst der Mensch ohne Wort suchte spontan-intuitiv und zugleich tief-analytisch im chaotischen Zusammenleben die Wege einer möglichst optimalen Entwicklung; das gehört zum Menschen, auch wenn er glaubt, er suche danach aus völlig uneigennützigen, ja messianischen Impulsen. Darauf zu verzichten wäre Verleugnung des eigenen Wesens, so ist Schicksal. Was soll geschehen – wie viele Jahre hat Bork dieser Frage geopfert. Schon seit Studienzeiten! In der Meinung der Gesellschaft zu überleben war für die prognostizierenden Wahrsager nicht einfach, die Gesellschaft verlangte stets etwas unverzüglich Pragmatisches, und da gab es ja auch noch die exakten Wissenschaften. Die legendären, antiken Zeiten waren längst vergangen; damals genügten ja dem Orakel von Delphi die Innereien der Opfertiere, die vor aller Augen erstochen und ausgenommen wurden, um die Vorzeichen des Schicksals – ob Untergang oder Triumph – zu bestimmen. Und damit glichen die Orakel den Beratern der Götter. Doch das zwanzigste Jahrhundert hatte vor solchen Dingen wenig Ehrfurcht.

Aber auch das war nicht weiter schlimm. Die beruflichen Interessen überwogen ja zumeist, und Bork hatte seine eigene Sphäre im Umgang mit geistig nahestehenden Menschen. Dieses Mal zum Beispiel fiel die Reise des Futurologen nach Europa mit der Präsentation seines in Frankfurt am Main herausgegebenen Buches zusammen. Beim Empfang hatte jemand scherzhaft mit einem deutschen Doppellaut gespielt. »In der großen Stadt am Maine«, sagte einer, »erscheint das große Buch *Meine Herausforderung*, mit dem der Autor vor allem sich selbst widerlegt.« Dieses Buch war tatsächlich eine Herausforderung seiner selbst. Der Linksradikalismus und die einstigen Leidenschaften seiner Jugend mußten abgeschüttelt werden wie Kletten. Man mußte bei sich selbst beginnen, wollte man die bittere Erfahrung der extremistischen Jahrhundertmode überwinden.

Danach fand eine Pressekonferenz statt, und er hatte Bücher signiert. Auf dem Ausflugsdampfer – die Fahrt im Rheingau dauerte nicht lange – kam das Interview für den *Spiegel* zustande. Der ergraute Apostel der Futurologie wurde vor dem Hintergrund des felsigen Ufers fotografiert, während er gemächlich an den steilen Hängen entlangtrieb.

Und da ließ jemand wieder so einen liebenswürdigen Scherz fallen. Die verwitterten Felsen, wurde gesagt, passen so gut zu dieser Erscheinung, die ja nun einmal so bedeutsam sei wie ein alter Felsen. Und er erwiderte darauf etwas spöttisch: »Vielleicht wollen Sie dem Interview die Überschrift verpassen – *Altfelsen sinniert.*« Und der »Altfelsen« hatte laut nachgedacht. Was heißt denn, sich selbst herauszufordern? In der Wissenschaft, also auch im Leben? Geht es um eine Revision der eigenen Erfahrung und eigenen Überzeugungen? Glaubt der Apostel, daß das Fazit des Lebens im fatalen Pessimismus endet? Stellt solch ein Wagnis die Futurologie nicht überhaupt in Frage? Natürlich wurde auch nach dem Wohlbefinden gefragt. Wie schmeckt dieser Rheingau-Riesling? Wunderbar! Diese Amerikaner lassen sich so leicht begeistern, besonders wenn sie deutscher Abstammung sind.

Und nun fühlte sich Bork wie der Sportler, der in der Pause nach einem anstrengenden Spiel in die Umkleideräume flieht, um von allem abzuschalten, die Spannung und den Stress abzubauen; hier im Flugzeug wollte der Futurologe einfach nicht an das denken, was ihn ständig umtrieb. Zu all diesen Fragen wäre soviel zu sagen, womöglich in einer großen Monographie. Um Bilanz zu ziehen und abzuschließen, was nie zu beenden ist, sein *Lied der Lieder* …

Ob ihm das gelänge – zu überzeugen und das Denken an die Schwelle neuer wissenschaftlicher Einsichten heranzuführen – zu den womöglich letzten Verallgemeinerungen seiner langjährigen Forschungen? Robert Bork war der Ansicht, daß die Menschheit ganz neue Erkenntnisse verarbeiten, ja gewaltige Prüfungen bestehen müsse, etwa im Zusammenhang mit der Abkühlung oder auch der Erhöhung der Sonnentemperatur. Und wenn die Menschheit die tragische Möglichkeit ihres eigenen Untergangs einsähe, würde diese Einsicht – eben das wäre äußerst wichtig – zur

Quelle und zum Impuls bei der Entdeckung neuer Überlebensmethoden, neuer Wege und Formen der Entwicklung, was wiederum zu einem neuen Typus des Denkens führen müßte. Und genau das war sein, Robert Borks, *Lied der Lieder*, darüber wollte er schreiben, er hatte vor, ein solches Bild des künftigen Daseins vorwegzunehmen und vorherzusagen. Aber würde er es schaffen? Eine gewaltige Arbeit … Und die Zeit drängte unerbittlich …

Unter den Tragflächen wogte der Ozean nach wie vor grenzenlos, auf den Wellen trieben Lichtflecken ihr blitzendes Spiel. Seine Reisen fielen selten auf so einen Tag. Sonne, wolkenlose Höhe, die Weite und der zielstrebige Flug in einer Bewegung, die über dem Ozean für immer und ewig erstarrt schien … In rund anderthalb Stunden mußte sich das Ufer des Festlands abzeichnen, und danach würde die Landung beginnen, dann wäre auch diese Himmelspause zu Ende, und schon die ersten Schritte würden ihn wieder in das Menschengewühl des lärmenden Flughafens stürzen.

Indessen ereignete sich aber noch während des Fluges etwas Ungewöhnliches und in einem Leben wohl Einmaliges. Bork war ein leidlicher Hobbyfotograf, er trug den Apparat stets bei sich und knipste wahllos alles, was ihm auffiel. Er mißbrauchte ihn besonders für verschiedenartige Himmelslandschaften, das heißt – für Wolken. Seine Frau Jessie verzweifelte angesichts der Fülle unnützer Fotografien, die ihr Haus im Vorort verstopften. Wenn sie gereizt war, schalt sie ihn einen »Fotorologen«, einen »Fotomüllmann« und drohte mit einem ordentlichen Feuerchen für diesen Abfall, aber auch das konnte seinen Eifer für das zwanghafte Hobby nicht abkühlen. Er meinte dann zumeist selbstironisch: »Ich bin nun mal Stratosphäriker, bei der Wissenschaft schwebe ich in Abstraktionen, beim Fotohandwerk in den Wolken.«

Auch dieses Mal hatte er Lust, unterwegs etwas zu knipsen, um ein bizarres Wölkchen, das wie ein Kind bei gutem Wetter am Firmament spazierengeht, seiner Kollektion hinzufügen zu können.

Er schmiegte sich ans Fenster und richtete den Fotoapparat her. Leider war kein würdiges Wölkchen zu entdecken, der Himmel war rundum klar, sah man von den paar Bällchen ab, die tief unter dem Flugzeug umhertrieben. Und plötzlich erblickte er aus der Schräglage – das Flugzeug zog gerade eine Kurve – die große Herde rasch schwimmender Wale im Ozean. Das Bild bot sich dermaßen scharf dar, war räumlich und zeitlich in einem Blick zu erfassen, so überwältigend, daß ihm der Atem stockte. Und gerade von ihnen, den Walen, träumte er doch so häufig. Mitunter erschienen sie ihm wie dunkle Visionen, die im Meer dahinziehen und ihn zu sich rufen. Und da waren nun die Wale in der Wirklichkeit. Und welch unwahrscheinlicher Anblick! Die Wale schwammen im Keil, wie die Kraniche am Himmel. Etwa zwanzig Stück. Das Flugzeug lag zwar wieder auf geradem Kurs, aber die Wale waren noch zu sehen. Machtvoll zerpflügten sie die auflaufenden Wellen und sprühten über den Köpfen ganze Fontänen aus, dann verschwanden sie in Schlünden und tauchten wieder wie Gebirgswände auf, sie zogen in einheitlicher Zielstrebigkeit dahin, ohne vom eingeschlagenen Kurs abzuweichen. Robert Bork hatte, fasziniert von der Kraft und dem Willen in der Bewegung der Walherde, alles vergessen und stellte sich sogar vor, daß er selbst in diesem gigantischen Zug zwischen den Walen mitschwimme, ja daß er ein Walmensch sei und daß Wasser in glitzernden Strömen von seinem Rücken abfließe wie Gewitterregen von einem Hügel. Und er schwimmt mit einem betäubend pochenden Herzen in der Brust, wie er in dem brandenden Ozean inmitten der Wale zu sich kommt, ein plötzlich erwachter

Instinkt läßt ihn begreifen, daß er von nun an mit den Walen bis ans Ende seiner Tage verbunden bleibt, und das Geheimnisvolle dieser Begegnung öffnet seine Seele – was die Wale heimsucht, ereilt auch ihn, was ihm widerfährt, stößt auch den Walen zu … Er hat also nicht zufällig von ihnen geträumt. Nein, das ist kein Zufall. Aber wohin schwimmen sie so zügig zu dieser Stunde? Ist vielleicht irgendwo etwas geschehen? Wohin wollen sie ihn locken? Und mit welcher Absicht?

Ganz und gar unsicher, ob es aus dieser Entfernung funktionierte, knipste der Futurologe dennoch rasch ein Bild von den Walen. Gleich darauf holte er sich den Hörer des Flugtelefons aus der Halterung des Sitzes. Es drängte ihn, sofort zu Hause anzurufen. Er wählte rasch und gab dem Telefeld das Bankkonto, die Vorwahl und die Privatnummer ein, er verwählte sich einmal und begann von neuem, die Ziffern einzugeben, und dachte nur noch an diese eine, in diesem Augenblick außerordentlich wichtige Sache. Er war in dem Zustand, in dem ein Mensch sich durch nichts beirren läßt. Und bereit ist, alles lautstark zu verkünden, was ihn bewegt, ja sogar jeden Unsinn. Die paar Fluggäste der ersten Klasse dösten in einiger Entfernung vor sich hin, und es war auch keine Stewardeß in der Nähe. Bork dachte nur noch daran, daß sein Anruf durchkam: Wo ist sie nur, warum nimmt sie den Hörer nicht sofort ab? Wo bist du, Jessie? Vielleicht schon unterwegs, um mich abzuholen? Warum so früh? Ich muß sie im Auto anwählen! Gerade seiner Frau wollte er über dieses Ereignis berichten und erzählen, wie er die Wale gesehen hatte, als ob er die Ankunft nicht mehr abwarten könnte. Nahe Freunde verlachten ihn nicht von ungefähr – ein Ehetrottel, er bleibt ihr sogar treu, wenn er träumt.

Aber die Wale im Ozean hatten sich bereits verborgen, sie waren seinem Blickfeld entschwunden …

»Jessie!« rief er aus, als sie in der Muschel zu hören war. »Weißt du noch, wie ich dir von meinen Träumen über Wale erzählt habe?«

»Hallo, was ist denn los? Bist du's, Robert? Wo bist du?«

»Soeben habe ich sie gesehen! Ich bin den Walen im Ozean begegnet!«

»Aber wo bist du? Wie konntest du sie sehen? Du bist doch in der Luft?«

»Verzeih! Ja, wir fliegen überm Ozean und werden bald landen. Verstehst du, das war, ja das war etwas ... Grandioses, ich habe das noch nie gesehen.«

»Langsam, langsam, warum verhaspelst du dich? Wale? Um Gottes willen, so beruhige dich doch! Erzähl es mir später, wenn du daheim bist. Aber hör doch nur, hier geschieht etwas, ich weiß gar nicht, wie ich's dir sagen soll. Alle stehen unter einem Schock. Sie lesen die *Tribune,* alle, ja alle. Habt ihr keine Zeitungen von heute an Bord? Was frage ich nur – es ist ja eine Extraausgabe der *Tribune,* soeben über Funk und Fernsehen bekanntgegeben ... Wohin man kommt, alle stürzen sich darauf ...«

»Was soll das denn sein? Eine politische Sensation? Ein Mißtrauensvotum an die Regierung?«

»Wenn's nur das wäre! Ich weiß nicht, wie ich's dir erklären soll. Ich bin noch beim Lesen. Etwas Außerirdisches.«

»... Aber worum geht's? Was ist es denn?«

»Das Sendschreiben eines kosmischen Mönches an den römischen Papst! Eigentlich an alle, ja an alle Menschen ...«

»Wie bitte? Gibt es seit neuestem einen Orden mit Weltraumklöstern? Was redest du da ... «

»Ich kann's dir nicht sagen. Eine Menge Text. Alle lesen.»

»Was ist der springende Punkt?«

»Der Absender behauptet, er habe eine wissenschaftliche Entdeckung gemacht. Verzeih mir, es sieht so aus, daß die Menschen jetzt anscheinend selbst entscheiden können, ob sie auf die Welt kommen wollen oder nicht.«

»Was soll denn das, Jessie?« Der Futurologe verstummte, er fühlte sich wie vor den Kopf gestoßen und wunderte sich – aber es stimmt, ja, er befindet sich wahrhaftig in einem Flugzeug, das fliegt. Und dann kam er wieder zur Sache. »Ich verstehe gar nichts mehr! Orientalische Mystik oder irgend so eine Häresie! Wie kann man so etwas behaupten? Das wäre ja ein schrecklicher Gedanke. Das heißt, die Wale ...«

»Was hat das mit den Walen zu tun? Wenn du da bist, wirst du's lesen und dir selbst ein Bild davon machen ... Alle rufen sich gegenseitig an ... Viele sind verwirrt und ebenso viele dermaßen empört, daß sie bereit sind, die *Tribune* zur Hölle zu schicken. Unsere Freunde meinen, du solltest Stellung nehmen, was nun geschehen soll ...«

»Jessie, ich versteh dich schon. Sag mir nur noch eines – wer ist dieser rätselhafte Mönch im Weltraum? Ein Astronaut oder Kosmonaut, der auf seiner Umlaufbahn übergeschnappt ist?«

»Er nennt sich Mönch Filofej.«

»Filofej? Merkwürdig!«

»Ja, Filofej!«

»Filofej, Filofej. Seltsam. Ist er etwa Russe?«

»Ich weiß es nicht. Ist schon möglich.«

»Die Russen hatten schon mal einen Filofej in ihrer Geschichte. Der ist bestimmt Russe. Von denen kannst du alles mögliche erwarten. Die haben in unserem Jahrhundert allerhand durchgemacht ... Ein Eremit, sagst du? Er hat sich also in seine Weltraumklause zurückgezogen und schleudert uns von dort seine Ideen her, viel reiner als die revolutionären ... Das ist tatsächlich etwas Neues.«

II

An den Papst von Rom!

Eure Heiligkeit, bevor ich mich für die Beunruhigung entschuldige, die Euch aus dem fernen Weltraum zugefügt wird, und zwar unmittelbar von der Orbitalstation FX, wo ich mich nun schon im dritten Jahr einer Expedition für die Erforschung der Genetik aufhalte, neige ich in Gedanken mein Haupt, knie vor Euch nieder und küsse inbrünstig Eure Hand. Verzeiht meiner sündhaften Seele und hört, wenn Ihr es für möglich erachtet, meine auf den ersten Blick scheinbar völlig absurden, geradezu verderblichen Ideen und Schlüsse an – ja, sie stiften Schaden, wenn sie nach der herrschenden moralisch-historischen Erfahrung beurteilt werden. Ich leite sie zwar von praktischen Beobachtungen ab, habe sie aber trotzdem hautnah durchlitten und – ich erkühne mich, das anzunehmen! – verdanke sie womöglich dem Willen und der Eingebung durch die *Vorsehung*. Andernfalls würde ich Euch nicht beunruhigen, Heiliger Vater, da ich sehr wohl begreife, wie unerwartet und hemmungslos mein Aufruf an Euch aussehen muß. Allerdings hege ich die Hoffnung, daß die Motive meines Appells im Kontext des Briefes einleuchten.

Ich beginne damit, daß das Schicksal mich unbedeutenden Forscher dazu auserkoren hat, ein zuvor unbekanntes Bewußtseinsphänomen zu erkennen, nämlich den geistigen Reflex des entstehenden Embryos. Mir ist es gelungen, diese Tatsache des werdenden Bewußtseins experimentell nachzuweisen, und ich betrachte diesen Umstand als eine neue Chance, unsere Evolution auf Erden zu vervollkommnen. Ich habe mein Leben der Forschung gewidmet, welche Faktoren der Umwelt auf die Entstehung und Entwicklung des Lebens im Mutterleib einwirken. In komplexen wissenschaftlichen Versuchen untersuchte ich die

Möglichkeit äußerer Einwirkungen auf innere Lebensvorgänge.

Und nun bitte ich ergebenst, mich bis zum Schluß geduldig anzuhören.

Es sei wiederholt, daß diese umwälzende Entdeckung zweifellos die künftige Lebensweise der Menschheit prägen wird. Ich sehe mich zur Wahl solcher Worte gezwungen, weil bisher niemand imstande ist, diese Entdeckung, für die es keine Analogien gibt, zu bewerten, da auch niemand von ihrem Wesen eine Vorstellung hat.

Konkret handelt es sich darum, daß es nun eine Methode gibt, mit der eine negative Reaktion des Embryos auf dessen potentielles Schicksal festzustellen ist, oder anders gesagt – auf die Außenwelt, die den Embryo erwartet. Wenn sich bei einem keimenden Wesen solch ein Widerstand zeigt, dann wird ihm von nun an, dank der von mir erarbeiteten Methoden, die Möglichkeit verliehen, sich durch Impulse vernehmen zu lassen. Die Impulse gehen von ihm selbst aus, und zwar mittels eines Zeichensignals, das ich »Kassandramal« nenne. Die werdende Persönlichkeit ist nämlich schon in den ersten Wochen ihrer Entwicklung fähig, ihr Verhältnis zu den bevorstehenden Gegebenheiten in der Außenwelt vorwegzuahnen und zu bestimmen. Ich interpretiere diese staunenswerte Eigenschaft der Leibesfrucht als verborgenen Widerstand gegen die Geschichte, als den Instinkt eines apokalyptischen Vorgefühls und in diesem Zusammenhang als eine Urform von Willensbekundung und Protest. In den folgenden Lebenswochen im Mutterleib wird die Reaktion allmählich erlöschen und abgelöst durch eine Gewöhnung und Versöhnung der Frucht mit der sie erwartenden Zwangsläufigkeit. Tatsache bleibt aber: Daß das Kassandra-Embryo die Welt, die ihm bevorsteht, schon im voraus ablehnt, hat es zweifellos immer gegeben, seit Menschen entstanden sind, aber die

Wissenschaft konnte erst jetzt die Bedeutung des Kassandramals als Reaktion auf ein sensorisches Anfragesignal herausfinden.

Übersetzt in die uns geläufige Sprache, könnte das etwa so umschrieben werden: »Wenn es nach meinem Willen ginge, würde ich lieber nicht geboren werden. Zur Antwort auf eure Anfrage sende ich euch meine Zeichen, die ihr als mein Vorgefühl des Verhängnisses bewerten könnt, das mich und alle, die mit mir sind, erwartet. Und wenn ihr das so deutet, dann wißt ihr, daß ich, ein Kassandra-Embryo, vorziehen würde, den Weg des künftigen Lebens zu verlassen, und somit niemandem zur Last falle. Ihr fragt an, und ich antworte: Ich erwarte die Befreiung, ich sehne mich nicht nach dem Leben. Wenn man mich, ohne Rücksicht auf meinen Willen, zwingt, auf die Welt zu kommen, nehme ich mein Schicksal an, so wie es alle zu allen Zeiten getan haben. Aber in meinem Fall könnte das auch unterbleiben. Das ist alles. Den Rest müßt ihr entscheiden, vor allem die Mutter, die mich empfangen hat. Aber zuerst macht euch kundig. Ich bin ein Kassandra-Embryo! Solange es noch nicht zu spät ist, sich von mir zu verabschieden, bin ich dazu bereit. Ich, das Kassandra-Embryo, werde mich einige Tage zu erkennen geben und euch meine Signale senden. Ich, das Kassandra-Embryo, sehne mich nicht nach der Geburt, ich will sie nicht, ich will sie nicht, ich will sie nicht … Ich, das Kassandra-Embryo.«

Selbstverständlich ist niemand verpflichtet – das gilt für jeden einzelnen Fall –, die Signale eines embryonalen Lebensboykotts ernst zu nehmen. Wenn eine Leibesfrucht eine negative Reaktion anzeigt, wenn also das Kassandramal als flimmernder Punkt auf der Stirn einer schwangeren Frau aufleuchtet – ein Pigment, so winzig wie ein Senfkorn mitten auf der Stirn –, wird es alsbald wieder erlöschen und spurlos verschwinden. Und alles ist vergessen, niemand muß darüber etwas erfahren, wenn man es vergessen will. Ja, mit den Schultern zucken und nicht mehr daran denken ... Aber die Wissenschaft kann nicht zur Tagesordnung übergehen. Ich habe hinter diesem Phänomen eine Gegenwelt entdeckt, ein verzerrtes Spiegelbild menschlichen Lebens, das sich über Jahrhunderte herausgebildet hat. Hat etwa Salvador Dalí seine unheimliche Vision einer Welt geschmolzener Uhren von daher bezogen? Sollten wir nicht ein embryonales Unterbewußtsein, das unerklärliche, katastrophale Vorgefühle äußert, anerkennen und ernst nehmen? Ist es sinnvoll, Lehren aus diesem mystischen Vorgang jenseits unseres irdischen Erfahrungshorizonts zu ziehen? Wäre es nicht legitim, die embryonale Angst aus dem Inneren des werdenden Lebens auf das reale Leben zu beziehen, auf die Erscheinungen, die vielleicht die Hauptursache für dieses apokalyptische Selbstgefühl sind? Die Mutter ist der Abguß der Welt. Deutet das auf einen rein physiologischen Charakter des Problems hin? Ist etwa die Mutter der unwillkürliche Leiter der Einflüsse aus der sie umgebenden Wirklichkeit?

Wie anders, frage ich mich, läßt sich ein solcher Ausbruch an unsichtbarer Not erklären? Daß die Embryonen in vielen Fällen den Strom des Lebens und den Kreislauf des Lebens verlassen wollen, im Nichts verschwinden und den Lebenskampf nicht aufnehmen? Woher kommen die Kassandra-Embryonen? Aus welcher Unterwelt? Und was haben sie uns und sich selbst mitzuteilen? Die Daten der Computerstatistik auf der Orbitalstation FX weisen auf eine wachsende Verbreitung des Kassandramals unter den Schwangeren hin. Vorerst mißt dem aber niemand die nötige Bedeutung bei; es wird vielmehr vermutet, daß es sich nur um eine Art Pigmentstörung handelt. Was verbirgt sich tatsächlich dahinter?

Um diese Fragen zu beantworten, möchte ich, mit Eurer Erlaubnis, Heiliger Vater, die Geschichte so darlegen, wie sie war …

Doch zuvor suche ich zu erklären, warum das, meines Erachtens, gerade Euch interessieren muß und weshalb ich mich in dieser Situation ausgerechnet an Eure Heiligkeit als dem Oberhaupt der Katholischen Kirche wende. Als Stellvertreter des Heiligen Petrus und römischer Papst verkörpert Ihr eine Weltautorität; vor allem vereinigt Eure Persönlichkeit moralische Überzeugungen und geistige Werte einer Riesenzahl von Menschen auf dieser Erde. Massen von Gläubigen – bei weitem nicht nur Katholiken! – folgen Eurer Gestalt. Indem ich mich an Euch wende, richte ich meine Worte gleichsam an alle meine Zeitgenossen und – wer weiß – womöglich an unsere Nachkommen.

Selbstverständlich habt Ihr das Recht, meinen Appell an Euch, den Heiligen Vater, für unangebracht zu halten, ja für unerwünscht und dergleichen mehr, aber in jedem Fall berührt diese Frage unwillkürlich das sensible Thema, wie der Katholizismus das Wunder des Göttlichen Willens im Geheimnis der Geburt sieht.

Ich bin kein Katholik, aber dieser Umstand schmälert mitnichten meinen aufrichtigen Respekt für den katholischen Glauben.

In meiner Vorstellung kann jede Religion, die nicht im alleinseligmachenden Anspruch erstarrt, als Resonanzboden für viele Nebenstimmen dienen, so wie der Himmel Raum für den Flug verschiedenster Vögel bietet … Sollte ich mich in diesem Sinn als ein Zugvogel unter dem katholischen Firmament erweisen, wäre ich glücklich …

Ja, ich teile jetzt die katholischen Lehren über Moral und Sittlichkeit, finde ich doch darin einen Kern, welcher der Logik des Lebens am ehesten entspricht und kraft dessen eine göttliche Universalität besitzt. Im besonderen gilt das für unsere Zweifel und Gewissensqualen über das Problem der Abtreibung. Verwandelt sich dieser radikale Eingriff (in technischer Hinsicht so banal wie das Öffnen einer Konservendose!) nicht jedes Mal in einen qualvoll anschaulichen Schicksalsentscheid? Wie unkompliziert und einfach ist demnach die Entscheidung, Mensch oder nicht Mensch zu sein! Geboren oder nicht geboren zu werden! Das hängt ja nur von allerlei Nebensächlichkeiten ab, auch von Ausflüchten, die mitunter rein alltäglicher Natur sind. Was hat hier überhaupt Gott zu suchen? Er hat den Ursprung einer gesegneten Lebensmagie gestiftet, aber der Rest liegt an uns selbst – an Menschen, die eine Leibesfrucht bewahren oder vernichten können. Auf diesem Markt der Meinungen, der nicht zur Ruhe kommt, erscheint mir die katholische Haltung, die Abtreibung aus Prinzip zu verbieten, die einzig richtige zu sein. Sie entspricht der ursprünglichen Bewegung des Lebens vom Anbeginn der Schöpfung, denn jedem winzigen Keimling, jeder sich erneuernden Variante des Lebens ist eine unwiederholbare Chiffre beigegeben. Diese ewige Bewegung findet ihren Ausdruck im göttlichen Postulat vom Geheimnis der Geburt …

Deshalb möchte ich, den Katholiken folgend, daran erinnern, daß ein Abort, von manchen nebensächlichen, im menschlichen Dasein mitunter unvermeidlichen Momenten abgesehen – das wäre gesondert zu behandeln! –, das göttliche Vorhaben, das heißt die Investition an Ewigkeit, unmittelbar zerstört. Steckt doch in jedem keimenden Wesen, durch den Wandel aller Zeiten, der Code für die nachfolgende Erneuerung seines Ebenbildes, und der Schöpfer hat all das bei der Schaffung des Weltalls angelegt.

Doch was sollen die hohen Abstraktionen, wenn ohnehin klar ist und schon viele Male gesagt wurde, daß Abtreibung ein Gewaltakt ist, der einem bewußten Mord, ja Genozid gleichkommt. Abtreibung steht in unmittelbarem Gegensatz zum Gebot *Du sollst nicht töten!,* zum biblischen Auftrag *Gehet hin und vermehret euch!*

Das ist so klar wie das Amen in der Kirche. Aber vernehmen wir nicht überall die Stimmen der Gegner? Sie wollen uns von einer anderen Lösung überzeugen. Sie verfügen selbstherrlich über das herankeimende Schicksal und rufen dazu auf, sich nicht in die Angelegenheiten der schwangeren Frauen einzumischen, sie propagieren die Freiheit der Abtreibung, den straflosen Schwangerschaftsabbruch im Namen der Persönlichkeit und der Gesellschaft ... Es fällt wahrlich schwer, ihnen zu widersprechen, bedenken wir das bittere Los des durch eine Empfängnis angekündigten Wesens und all die Leiden, die es in der Welt zu erwarten hat – hoffnungsloses Elend, Slums, Krankheiten, Gewalt, Verbrechen und Erniedrigungen. Und wer hat die ganze Hoffnungslosigkeit auszutragen? Vor allem die Frauen, die sich von den Männern zumeist alleingelassen sehen, wenn sie sich unter körperlichen und seelischen Schmerzen für den Abbruch einer Schwangerschaft entscheiden. Muß man da nicht die Transparente über den Köpfen erzürnt demonstrierender Frauen verstehen, mit kategorischen Losungen wie »Mein Bauch gehört mir!« ...?

Und ich, der ich einst Frauen hochmütig behandelt und mißbraucht habe, und das noch im Namen des Fortschritts, kann ich mich da noch wundern, wenn ich höre: Was soll ich mit eurer heuchelnden Sünde, euer Gott kann mir gestohlen bleiben, ihr widert mich an, ihr haltet mich sowieso für den letzten Dreck! Und dann sogar die zynische Äußerung: Das Kind kann mir gestohlen bleiben.

Die Welt ist ebenso klein und schrecklich wie unübersehbar und unermeßlich. Und das gilt auch in vollem Maß für den menschlichen Keimling. Der Keim befindet sich noch im Stadium des Wachstums, ein Keim ist niemand und nichts, er entwickelt sich erst in der Kette von Individuen eines Geschlechts. Aber wie finster ist sein Los in den Tagen, die ihn erwarten. Wiederum ist der Schritt vom Großen zum Nichtigen so klein, es kostet ja nichts, auf einen potentiellen Träger des Geistes, auf eine unvergleichliche Individualität zu verzichten und sie zu verschmähen. Einige Sekunden nur, und der künftige Mensch wird in einem Augenblick wie Abfall weggeworfen ... Und wie viele Rechtfertigungen, allemal vorgetragen mit rigidester Logik, finden sich dafür!

Wird etwa nicht der Wunsch laut, sich von der Fähigkeit zur Fortpflanzung, zur Nachkommenschaft befreien zu lassen? Führt uns das nicht in die Sackgasse des Lebens? Scheitert an diesem Punkt die Evolution?

Und zugleich tritt das erschreckende Los der schwangeren Frauen zutage, die überall der Willkür des Schicksals ausgesetzt sind. Wer braucht die Kinder, die sie austragen? So und nicht anders denken doch viele, ja sehr viele, ob in den Wüsten Afrikas oder auf den Trottoirs der glitzernden Städte. Der soziale Abgrund zwischen dem Nötigen und dem Möglichen wird immer tiefer. Und zu gleicher Zeit ... Ja, zugleich wollen die Zweifel und Qualen in uns nicht verstummen, wie wir leben müssen, damit das Menschengeschlecht nicht aufhört zu bestehen.

Und hier halte ich es für meine Pflicht, Eure Heiligkeit, etwas Persönliches zu verdeutlichen. Obwohl ein überzeugter Anhänger des katholischen Abtreibungsverbots, finde ich es trotzdem nicht völlig verwerflich, wenn diejenigen, die das Kassandramal zeichnet, eine Abtreibung vorziehen; im übrigen schiene dieser Ausweg doch auch eher wünschenswert zu sein, da er ja den eigenen Impulsen der Kassandra-Embryonen entspräche.

Und doch stoßen wir hier mit einem außerordentlich komplizierten Widerspruch im Kreislauf des Lebens zusammen. Eine scheinbar so radikale Handlung wie die Abtreibung wegen des Kassandrazeichens löst keines der Schlüsselprobleme, ja solche Entscheidungen dürften sie eher noch erschweren, denn die Ursachen bleiben davon unberührt.

Wie oft wenden wir uns, gequält von bedrückenden Gedanken, an Gott, um uns zu beschweren und hilflos zu fragen, ob wir uns denn selbst auslöschen und auf Nachkommen verzichten sollen, da wir auf Erden kein Glück finden. Würden wir uns nicht lieber auf einem anderen Planeten niederlassen? Wie ausweglos ist doch alles geworden! Wie oft wurde darüber schon hitzig polemisiert! Alle wissen, worum es geht, sind angewidert von dieser Selbstzerstörung, aber ich sehe mich gezwungen, von neuem davon zu sprechen, als käme ich vom Mond. Und so wende ich mich über Euch an möglichst viele Menschen. Nun kommt noch eine weitere Not hinzu, die früher unbekannt war.

Es ist schwer zu sagen, Eure Heiligkeit, ob es hier um ein Unheil im üblichen Sinn des Wortes geht. Da dem Menschen als einzigem Wesen das Erschaffende wie das Zerstörende eingegeben sind, sehe ich im unerwarteten Erscheinen der Kassandra-Emryonen auch die Verpflichtung, die verschlungenen Daseinsfragen zu begreifen.

Vielleicht ist es gar kein Unheil, sondern vielmehr eine neue Prüfung des Geistes, die uns auferlegt wurde – wir selbst sollen voraussehen lernen, wie unser Geschlecht verbessert werden kann. Aber wohin geraten wir? Auf ein völlig unerforschtes Gebiet? Was erwartet uns künftig? Wo enden wir, wenn sich die Kassandra-Embryonen vernehmen lassen und in uns über uns zu sprechen anfangen? Streben wir nicht nach Vervollkommnung unserer inneren

Welt? Vollkommener zu werden ist doch stets die Frucht von Erkenntnis und Leiden. Da tut sich ein Abgrund auf, von dem wir nichts ahnten. Eine Weltenwende ist angebrochen … Wollen wir denn weiterhin außerhalb der Wahrheit leben?

Eben darum wende ich mich an Euch, Heiliger Vater, mit einer so langen Botschaft, damit Ihr mit aller Bestimmtheit dieses geheimnisvolle Phänomen der Erbmasse beurteilt. Das liegt natürlich in Eurem Ermessen, aber es geht hier um eine Erscheinung, die uns völlig unvermutet trifft, als tauchte aus den Tiefen des Universums am Horizont plötzlich eine zweite Sonne neben der ersten auf. Es wäre furchtbar, wenn das geschähe, doch verzeiht den Vergleich, ich habe das lediglich erwähnt, damit Ihr all das beachten mögt, was in unsere Seele unumkehrbar eindringen und das Leben der Gesellschaft erschüttern wird. Die Folgen reichen weit, weit über unsere Generationen hinaus.

Fern von der Erde, sehe ich mich selbst verwirrt. Durch die optoelektronischen Geräte der Station sehe ich den Planeten wie aus nächster Nähe. Sein Bild scheint mir so genau und vertraut, als ob die Entfernung keine Rolle spielte, wenn ich die irdische Wirklichkeit über den Äther wahrnehme. Dank der hochauflöslichen Bildschirme an Bord des Raumschiffes bin ich mit den Augen auf der Welt und physisch zugleich im Weltraum. Wie gerne wäre ich auf unserer unvollkommenen Erde zu diesem Zeitpunkt, da die Menschheit plötzlich die wahre Lage der Dinge einsehen kann. Wie gerne würde ich gerade in solch einem Augenblick der Wahrheit unter den Menschen sein und zu meiner Verantwortung stehen, unter all denen, die so oder so durch meine Schuld betroffen werden. Aber meine Pflicht hält mich hier oben fest. Ich fühle mich dazu bestimmt, auf der Umlaufbahn dieser Forschungsstation meiner Arbeit pünktlich und beständig nachzugehen. Ich, der kosmische Mönch Filofej, trage doch eine globale, stille Verantwortung für alle meine Handlungen. Unbeirrt und systematisch sende ich aus dem All den Strahlenschirm um die Erdkugel, dessen Fluidum die Kassandra-Embryonen bei schwangeren Frauen sichtbar macht. Ich bin ein Forscher, und meine Weltraummission dient der Entdeckung der genetischen Chiffrierung. Ich, Filofej, trage die volle Verantwortung für diese Methode der Kontrollbestrahlung, die ich selbst entwickelt habe.

Dieser Strahlenschirm bleibt in der Atmosphäre unsichtbar, etwa wie Röntgenstrahlen, aber anders als diese sind meine Strahlen für den menschlichen Organismus ungefährlich, andernfalls hätte ich nicht gewagt, derlei Experimente anzustellen. Diese Strahlen wirken im Grunde wie eine Fernabfrage. Nebenwirkungen auf die Physis sind völlig ausgeschlossen, sie rufen nur eine einzige Reaktion im Körper hervor – das Signal aus dem Innersten der Kassandra-Embryonen. Das so befragte Embryo wird antworten, ob es bereit ist oder wünscht, auf die Welt zu kommen, oder ob es dazu keine Neigung hat, sich ängstigt und sich entziehen möchte. Das ist das konkrete Ziel des wissenschaftlichen Experiments.

Die sinnliche, alogische und intuitive Wahrnehmung der Mitwelt ist in der Natur die primäre Form der Wahrnehmung. Am Ursprung der Evolution alles Lebenden steht gerade dieses alogische Wissen. Eigentlich ist das Kassandramal eine Forderung – die Verweigerungsparole des Embryos, das schon zu Beginn seines Weges seinen spontanen Widerwillen gegen die Wirklichkeit ausdrückt.

Aber das ist kein Ultimatum. Die Menschen können den Hinweis bemerken oder übersehen, sie können ihn berücksichtigen oder übergehen.

Dennoch mache ich mir wegen der Reaktionen der

Erdbewohner große Sorgen. Die Menschen dürften demnächst überall in helle Aufregung geraten. Sie sind in ihrer Geschichte noch nie mit einer dermaßen kategorischen Herausforderung konfrontiert worden. Das führt zu einem Zusammenstoß der Menschen mit sich selbst, in ihrem tiefsten Inneren.

Der psychische Zustand der Menschen ängstigt mich. Wenn sie erfahren, was dieser winzige Punkt bedeutet, der auf der Stirn werdender Mütter zeitweise aufleuchtet, wenn sie dann herausfinden, daß diese Frauen die Trägerinnen einer potentiell unglücklichen Empfängnis sind, also einer Frucht, die bereits von den ersten Tagen an Angst und Entfremdung im Mutterleib empfindet, so wird das für alle ein riesiger Schock sein. Niemand wird sich davon fernhalten können, viele werden Gegenmittel suchen, aber vergeblich, da künftig keine Frau auf der Welt davor sicher sein kann, ob sie das öffentlich erkennbare Zeichen tragen wird, wenn sie ein Kind empfangen hat.

Ich mache Schreckliches durch und flehe zu Gott, beklage mich und weine, weshalb ausgerechnet ich als erster dazu verurteilt war, dem Kassandramal zu begegnen, dieses verfluchte Zeichen des Unheils zu erkennen und sichtbar zu machen, jenes Zeichen, das verschlüsselt in unseren Genen schlummerte, seit es den Menschen gibt. Welcher wahnwitzige Eifer und welche Überheblichkeit haben mich nur in das Netz dieser alptraumhaften Erkenntnisse verstrickt? Sogar Doktor Faustus, der ausgesuchter Teufelei ins Auge blickte und mit Mephisto verkehrte, dürfte mich darum nicht beneiden! Nun bezichtige ich mich selbst, der ich auf dieser Orbitalstation allein zurückgeblieben bin, und flehe hier, in kosmischer Ferne, um Hilfe! Scheinbar verfüge ich zwar über alle technologischen Errungenschaften des Jahrhunderts und bin wohl in dieser Hinsicht fast wie eine Gottheit, die frei in Raum und Zeit schalten und walten kann, man könnte sagen, wie ein an den Weltraum angepaßter Prophet, aber hier flehe ich um die Gnade dessen, der die ewige Bewegung der Schöpfung, unseren Verstand als kollektives Universum miteingeschlossen, bestimmt. Ich bitte nicht um Erbarmen, auch nicht darum, mich abzuschalten und von meiner Bürde, die eines schwachen Menschen Kräfte übersteigt, zu befreien. Aber so ein Los hat noch niemanden getroffen. Warum ausgerechnet mich? …

Furchtbare Zweifel befallen mich. Hätte ich nicht lieber schweigen und das Geheimnis dieser genetischen Anlage im Menschen mit mir ins Grab nehmen sollen? Ein Geheimnis, das wie unter einer Brücke über dem Fluß verborgen und bis dahin von keinem Sterblichen entdeckt worden war? Wer hätte dann je etwas erfahren? Niemand könnte mir als Gelehrtem etwas vorwerfen, ja mich beschuldigen. Niemand, absolut kein Mensch. Als Wissenschaftler bin ich Schritt für Schritt in das Geheimnis eingedrungen. Und hätte ruhig der einzige Interpret des Rätsels um das Kassandramal bleiben können. Niemand und nichts hat mich dazu gezwungen, was ich jetzt in meinem Aufruf an Euch, Eure Heiligkeit, vollende.

Weshalb bringe ich also dieses unerhörte Unheil, diese Häresie unter die Menschheit? Um einen sinnlosen Aufruhr in den Köpfen zu erzeugen, Anarchie und Geistesverwirrung zu stiften? Um Familien zu verkrüppeln, in jedem einzelnen schwerste Zweifel zu säen, wenn er erschrickt und nachdenkt: Hat denn die Fortsetzung des Daseins in den Nachkommen überhaupt noch einen Sinn? Wie soll es weitergehen? Wie läßt sich das Versiegen des Lebensstroms, der uns seit den ersten Menschen vererbt wird, kompensieren? Ist das überhaupt möglich?

Ich habe mich viele Male gefragt und mir viele Male geantwortet …

Und auch jetzt sage ich mir die Worte, die nicht mehr zurückzunehmen sind, immer wieder und wieder.

Unter keinen Umständen und Bedenken darf ich verschweigen, was sich mir offenbart hat. Die abgestrahlten Signale der Kassandra-Embryonen sind, wissenschaftlich gesprochen, mit wachsender Häufigkeit festzustellen. Dieser Vorgang korreliert mit dem wachsenden Vorgefühl des globalen Unterbewußtseins, wonach die menschlichen Lebensbedingungen sich verschlechtern. Sie werden von Generation zu Generation extremer. Die Rückkopplung auf das menschliche Selbstgefühl und die Harmonie der Welt zeitigt verheerende Folgen. Das Kassandramal ist wie die Stimme einer eschatologischen Warnung aus verborgener Tiefe. Angespannt und verzweifelt erwartet das Embryo schon das nahende Ende der Welt, das bereits in der Lebensweise der vorausgegangenen Generationen angelegt war. Der Selbsterhaltungstrieb mahnt es zur Vorsicht und vermindert in ihm den Drang zum Leben. So nimmt es Stellung zur Gattung.

Darf man eine so schicksalsträchtige Erkenntnis, gerade in unseren Tagen, verschweigen?

Nein und nochmals nein. Das wäre zweifellos ein Verbrechen gegen die Menschheit und mich selbst.

Paradox daran ist jedoch, daß man mich der Verbrechen gegen die Menschheit bezichtigen wird, weil ich das Kassandramal öffentlich mache und den weltweiten, embryonalen Todesdrang aufdecke. Und die Beschuldigung wird demagogisch vorgetragen, sie soll allen verständlich sein, viele werden in Wut ausbrechen, protestieren, sie werden außer sich geraten, brüllen, toben und mich steinigen wollen. Ich bin bereit, mein Kreuz auf Seinen Spuren zu tragen, den unvergänglichen Spuren, die weder Regen noch Wind, weder Schmähungen noch hohle Lobhudelei verwischen konnten.

Seit langem ist bekannt, wie schwer es ist, diesen Weg zu gehen. Der Preis ist der Tod. Mir stehen schwere Tage bevor. Ich sehe das voraus. Geistige Wahrheiten werden durch Qualen und Opfer, durch Leiden und Selbsterkenntnis bekräftigt. Einen anderen Weg gibt es nicht …

Meine große Prüfung steht noch bevor. Ich sehe sie deutlich vor mir, und wer mich mit Steinen bewirft, dem habe ich schon jetzt verziehen.

Es geht aber nicht um mich, sondern darum, daß wir an der Schwelle zu neuer Selbsterkenntnis stehen. Von nun an sollten wir davon ausgehen – verzeiht den Formalismus –, ja, wir sollten von der Tatsache ausgehen, daß sich das Embryo nicht teilnahmslos gegenüber der Umwelt verhält, in der es als künftige Persönlichkeit heranreift. Mitunter scheint es mir, als würde es, wie von einem Unterseeboot aus, voller Unruhe durch das Periskop seines Schicksals blicken und vom stürmischen Meer hinter dem Spiegel getragen. Lohnt es sich nicht, daß wir einen aufmerksamen Blick durch dieses Periskop werfen? Sind wir nicht selbst die Ursache der Stürme, die uns in den Abgrund schleudern?

Und dann frage ich mich erschreckt, ob sich im Kassandra-Embryo nicht jene innere Selbstverleugnung ausdrückt, mit der wir über unsere ureigenste Bestimmung hinweggehen? Wie konnten wir uns nur – der Idee nach gottgleiche Wesen – so sehr erniedrigen? Wieviel an »Fortschritten« mußten die Menschen über Generationen, wieviel an Gedanken und Handlungen mußten sie zusammenkommen lassen, um die Evolution der Gattung so weit zu treiben, daß sie bereits in der Frucht und im Mutterschoß zu solchen apokalyptischen Regungen fähig wurde?

Womöglich äußert sich hier die sublimierte Erfahrung von Jahrtausenden, eben all das, was sich über Jahre und Jahrhunderte zunehmend verschärfte, anhäufte und schließlich in den Genen wie in einem Speichermedium akkumulierte und summierte. Heute können wir uns im Spiegel dieses Reflexes erkennen. Und so stehe ich, auf Geheiß des Schicksals, im Weltraumlabor, am Steuerpult der Strahlensonden, die durch ihren Impuls die Signale des embryonalen Hilferufs provozieren.

Nur deshalb habe ich heute, gezwungen durch die Logik der Ereignisse, das Wort ergriffen. So möchte ich, der kosmische Mönch Filofej, alles aussprechen, was Herz und Verstand mir auftragen. Das ist meine Pflicht.

Und nun in aller Kürze ein paar Worte über mich selbst. Natürlich hat mich niemand zum kosmischen Mönch geweiht. Ich habe mir den Titel angemaßt, den Namen Filofej habe ich mir selbst gegeben und der russischen Kirchengeschichte entnommen. Das Eremitendasein in der Weltraumklause habe ich mir selbst erwählt.

Die Einsamkeit in der Orbitalstation hat sich für mich von daher ergeben, daß unsere internationale Equipe – ein Amerikaner, ein Japaner und ich als Forschungsleiter des Weltraumlabors – ihr Programm abgeschlossen hatte und planmäßig auf die Erde zurückkehren sollte. Und als die Stunde der Heimkehr angebrochen war, weigerte ich mich kategorisch, die Orbitalstation zu verlassen und in die Raumschiffähre, die uns für den Rückflug zur Erde abholen kam, umzusteigen.

Schließlich hielt ich mir ein scharfes Rasiermesser an meine eigene Kehle und zwang damit die Kollegen, mich in Ruhe zu lassen. So konnte ich mein sorgfältig geplantes Ziel durchsetzen. Es ist nun bereits der fünfte Monat, den ich allein bin: Seit hundertundsiebenunddreißig Tagen befinde ich mich auf meiner Orbitalstation in völliger Abgeschiedenheit und führe dabei meine Untersuchungen durch. Die Lebensmittelvorräte an Bord gestatten mir hier noch einen ziemlich langen Aufenthalt. Und wenn jeder

Nachteil auch seinen Vorteil hat, dann trifft das gerade in meinem Fall zu. Der Zerfall des sowjetischen Imperiums, der die ganze Welt schmerzhaft erschüttert hat, ist mir zustatten gekommen. Im Chaos der Ereignisse werden die ehemaligen sowjetischen Dienststellen auf der Erde mich und die Orbitalstation mit dem einstigen Namen WOSCHOD 27 bald vergessen haben. Ich nehme auch an, daß ich ihnen sowieso gleichgültig bin, sie werden sich vielmehr wohl noch lange Zeit um die unsinnige Aufteilung des kosmischen Eigentums unter den neuen Staaten befassen, sie wollen erst die Orbitalstation, auf der ich mich niedergelassen habe, am Ende sogar den Weltraum unter sich aufteilen.

Aber das soll ihre Sache sein. Und je länger mir die Möglichkeit gegeben ist, für mich allein auf der Umlaufbahn zu sein, desto besser ist das für die Arbeit … Ich werde bis zu meiner letzten Stunde den Signalen der Kassandra-Embryonen nachgehen.

Dies in Kürze über mich …

Erlaubt mir, Eure Heiligkeit, für die geraubte Zeit um Vergebung zu bitten. Das einzige, was ich möchte, indem ich mich über Euch an die Menschen wende, ist, daß sie die Wahrheit, die ich ihnen hier von meiner Umlaufbahn aus offenbare, erfahren.

Filofej, der kosmische Mönch. Mit weltlichem Namen: *Andrej Krylzow*.

Dem Text der Botschaft, der vom Bordcomputer übermittelt wurde, war eine Begleitnotiz an die Redaktion beigefügt:

Geehrter Herr Chefredakteur,
in Fortsetzung unseres Gedankenaustauschs wende ich mich an Sie mit einer für mich wichtigen Bitte. Ich verstehe sehr wohl, welche schwere Bürde die *Tribune* auf sich nimmt,

wenn sie dieses Material veröffentlicht. Ich weiß Ihren Mut zu schätzen.

In diesem Zusammenhang wäre ich Ihnen dankbar, wenn mir die Redaktion, unter Berücksichtigung meines ziemlich entfernten Aufenthaltsortes, über unseren bestehenden Weltraumkanal die aktuellsten Reaktionen auf meine Botschaft an den römischen Papst zukommen ließe. Ich muß mir unbedingt ein authentisches Bild davon machen, wie die Erdbewohner auf mein Sendschreiben reagieren. Da genügt mir die Fernsehübertragung nicht mehr.

In Dankbarkeit Ihr

Filofej, Weltraummönch, Orbitalstation FX.

III

Er schwamm lange im Ozean. Inmitten der Wale. Und es wurde heiß im Wasser. Wieder waren ihm die Wale im Traum erschienen, und zwar so glaubwürdig, daß er ihnen in die Augen blickte. Er begriff, was die wellenüberspielten Walaugen ausdrückten. Er war ja auch ein Wal. Sie schwammen im Keil, wie damals, als er aus dem Flugzeug blickte. Eine unerklärliche Kraft zog sie vorwärts ans Ende des Horizonts, als erwartete sie dort etwas, wenn sie auftauchten. Der Horizont entfernte sich, und sie alle schwammen dahin, und ihre mächtigen Körper zerteilten die Wogen. Das Wasser im Ozean wurde immer heißer. Die heranrollenden Wellen verbrühten sie. Und je weiter sie sich fortbewegten, desto schwieriger und schrecklicher war es, in den siedenden Brechern zu schwimmen. Da entdeckte er sie und begriff plötzlich, warum der Ozean so unerträglich zu kochen begann. Über dem Ozean erschienen zwei Sonnen auf ein Mal. Zwei feurige purpurbraune Kugeln lohten wie ein Paar Scheinwerfer brüllend heiß vom Himmel über dem Horizont. Aber welche Sonne war nun die echte und ewige, welche dagegen die zweite, mutierte, von irgendwoher verirrte oder konkurrierende Sonne? Das konnte er nicht unterscheiden und erschrak furchtbar. Und er schrie den Walen, die neben ihm schwammen, zu: »Seht doch, seht, ihr Wale, meine Brüder! Zwei Sonnen sind am Himmel! Zwei Sonnen gleichzeitig! Was hat das zu bedeuten? Hört ihr mich? Das ist furchtbar! Der Ozean wird kochen, und wir kommen darin um! Zwei Sonnen – wie schrecklich!« Robert Bork schrie noch lange in dem tosenden Ozean unter den Walen, die sich hin und her warfen – und erwachte schweißgebadet; sein Herz klopfte heftig und war in den Ohren als Echo zu hören. Bis er zu sich kam, glaubte er nicht, daß es tatsächlich ein Traum gewesen war. Zwei Sonnen, die über dem Ozean betäubend glühten, wollten sein Vorstellungsvermögen nicht mehr verlassen und prägten sich ihm so stark ein, als hätte er sie tatsächlich in der Welt gesehen. Die Wale waren ihm des öfteren im Traum erschienen, aber daß zwei Sonnen von oben flammten! Die Vorstellung war ungeheuerlich, geradezu unheimlich.

Und da fiel ihm ein, woher die zweite Sonne – die Mutante! – im Traum herrührte. Es dämmerte ihm unruhig, aber deutlich. Er wunderte sich sogar, warum ihm das nicht sofort in den Sinn gekommen war. Jetzt war alles wieder im Lot. »Mußte das sein?« Der Futurologe schmunzelte vor sich hin, blickte auf die Uhr neben dem Spiegel, es war bereits sieben. Ein Freitag im Spätsommer.

Seine Frau schlief im Zimmer nebenan, und auch ihre Schwester, die aus Arkansas zu Besuch gekommen war, schlief noch.

Bork ging auf die offene Veranda des Hauses hinaus, wo er seine kleine Morgengymnastik zu machen pflegte. Aber dieses Mal lenkten Sorgen seine Gedanken ab. Auch alles andere rund um ihr Vororthaus interessierte ihn nicht wie sonst. Nicht einmal der Steingarten neben dem Schwimmbassin, der auf liebevolle Weise nach japanischem Muster (wie ein Sternbild, glaubte er) angelegt worden war und wo Bork, wie die von Jessie verbreiteten Gerüchte besagten, in komisch-schrecklichem Flüsterton gern schwarze Magie trieb. Demnach legte er dort eine rituelle Ordnung an und zeichnete dabei wunderliche Symbole neben den rätselhaften Steinen in den Sand, aber dieses Mal vergaß er auch das. Ihm stand überhaupt nicht der Sinn nach Spielereien.

Die Ereignisse bedrängten ihn seit dem frühen Morgen. Er spürte das physisch, sein Herz zog sich krampfhaft zusammen. Er mußte die ganze Presse durchsehen, einen

Berg von Zeitungen und Zeitschriften, und alle gierten nach einer Aussage von ihm. Er mußte verschiedene Leute anrufen, Auskünfte einholen und sich schnell Klarheit verschaffen. Absolut unaufschiebbar war der Artikel über das Kassandramal, den er fertigzuschreiben hatte. Und das stellte sich als eine ungeheuer schwierige Aufgabe heraus. Die Leidenschaften um die Kassandra-Embryonen waren aber bereits überall entbrannt. In manchen Zeitungen tauchten Schlagzeilen auf wie: »Die größte Erschütterung des Jahrhunderts«. Bork hatte keinerlei Zweifel daran, was man davon erwarten mußte. Es war, als sei ein Wind aufgekommen, der alle plötzlich von ihren Plätzen riß, durcheinanderwirbelte und dem Unfaßlichen nachjagen ließ. Der Futurologe verspürte darin die Flut von Energie wie in jenen vergangenen, jungen Jahren, als die Diskussionen in Universitätskreisen so stürmisch verliefen, ja als es auch wirklich den Anschein hatte, daß die Zukunft der Menschheit nach Modellen des seinerzeit so populären Club of Rome zu konstruieren sei, davon müßte man nur noch die konservativen Opponenten überzeugen. Die Geschehnisse um das Kassandramal rissen Bork erneut in den Mittelpunkt. Sie packten ihn wie der Wind über den Stoppeln und entfachten in ihm noch einmal die schon abgeflaute Leidenschaftlichkeit, die Bereitschaft zum Risiko und zur offenen Konfrontation wegen einer Idee.

Schon im Flughafen hatte es begonnen. Jessie erwartete ihn in der Menge am Ausgang, sie hielt eine dicke Zeitung in der Hand und winkte wie mit einem Blumenstrauß. Dabei lächelte sie merkwürdig und hatte einen ebenso schuldbewußten wie leicht beunruhigten Gesichtsausdruck. Aber das ließ sie sogar jugendlicher aussehen, als sei sie soeben einem Gewitter aus heiterem Himmel entkommen. Obwohl Jessie neun Jahre jünger war als er, schmerzte es sie doch, wenn sie sich der Jahre des Verwelkens bewußt wurde und sich damit quälte, aber zu dieser Stunde im Flughafen kam sie ihrem Mann wie elektrisiert, unternehmungslustig und so gut aussehend vor wie in jenen fernen, jungen Jahren. Oh, wie hatte er sie daran gehindert, eine große Musikerin zu werden! Spielte sie doch ausgezeichnet Cello. Und wäre er, Robert Bork, nicht so meschugge dahergekommen und hätte sich nicht fast bis zum Ersticken an sie geklammert, wäre Jessies Karriere womöglich nicht auf den Orchestergraben beschränkt geblieben.

Noch im Flughafengedränge äußerte sie etwas Verwegenes, ja Tollkühnes, womit sie zugleich ihre Freude über das Wiedersehen ausdrückte: »Ich weiß nicht, Robert, was für geheime Zeichen du vor deiner Abreise zwischen deine idiotischen Steine gekritzelt hast, aber wie läßt sich sonst erklären, was jetzt, zu deiner Ankunft, passiert ist? Nein, Robert, jetzt bitte keine Ausflüchte! Eine andere Erklärung gibt es nicht. Das ist doch unerhört! Glaub mir, die ganze Welt schaudert's davor!«

»Meine Hieroglyphen sind also doch was wert!« Bork reagierte im gleichen Ton. »Aber entschuldige, Jessie, ich weiß nicht, was sie bedeuten. Ich kritzle irgendwelche Schnörkel in den Sand und weiß nicht, was ich schreibe. Absolut nicht. Reine Intuition.«

»Intuition?« Jessie schüttelte spöttisch ihren Kopf. »Schön, jetzt ist ausgespielt, lieber Futurologe, das Spiel ist zu Ende. Jetzt finde dich zurecht!«

Schon im Wagen, den Jessie steuerte, schlug Robert Bork die Zeitung auf, überflog die Spalten, legte die Seiten aber gleich wieder beiseite, nahm die Brille ab und sagte: »Nein, es geht nur zu Hause, ich muß das in Ruhe lesen.«

»Und was hast du dir gedacht?« Jessie lächelte verständnisvoll. »Es geht doch um ... Ja, worum geht es eigentlich? ... Übrigens kam im Radio, wie soll ich's sagen, ja – eigentlich soll hier unser Selbstbewußtsein revidiert werden. Aber wie soll das enden? Käme diese Botschaft nicht aus dem Weltraum, sondern von irgend jemandem irgendwoher, würde man dem nichts beimessen. Kannst du dir das vorstellen, ein Embryo, ein Keimling soll schon so was wie denken können! Ahnungen haben!«

»Wahrscheinlich ist es ein wenig anders!« Bork zuckte die Achseln. »Womöglich geht's um einen Reflex des Keimlings, um einen Impuls zu geistigen Regungen. Wie dem auch sei ... Aber was wäre, wenn sich hier eine Form erschlösse, unsere unzulängliche Welt fehlerfrei wahrzunehmen? Als Kontrollpunkt der Rechenschaft ... Verstehst du? Mir ist das plötzlich in den Sinn gekommen. So etwas könnte es tatsächlich nur auf embryonaler Ebene geben, eine ausgesprochen phantastische Vorstellung. Obgleich, sozusagen ... aber lassen wir das jetzt. Wenn wir daheim sind, reden wir darüber, wenn die Sache wirklich ernst zu nehmen ist. Weißt du, jetzt will ich dich ein wenig amüsieren.«

Und so erzählte nun der Futurologe seiner Frau die Episode an dem frühen Morgen am menschenleeren Rheinufer bei Düsseldorf, als er einen Mann erblickte, der den Fluß entlang radelte und mit voller Stimme, als wäre das völlig selbstverständlich, lauthals eine berühmte Arie sang. Ein anschauliches Beispiel deutscher Übergründlichkeit. Der Radfahrer trug ein blütenweißes Hemd mit Krawatte und Lackschuhe, er sang, als trüge er einen Zylinder auf dem Kopf und käme soeben von der Opernbühne, aber zu der Stunde war niemand am Ufer, keine Seele weit und breit, die seinen Gesang hätte genießen können. Doch der Radsänger brauchte auch niemanden. Er war allein für sich da, und neben ihm floß der Rhein dahin, über den seit dem Morgengrauen Frachtkähne und Schiffe trieben. Und die spätsommerliche Sonne ging am Horizont auf.

Bork hatte dem sonderbaren Vokalisten vor lauter Begeisterung hinterherlaufen wollen, denn das war dermaßen extravagant, komisch und großartig gewesen. Eine einzige Befreiung, das reine Glück.

Er wollte sich sogar selbst in den Rhein stürzen, den Fluß klafterweise gegen die Strömung durchpflügen und an den singenden Radfahrer wieder herankraulen, der ganz für sich die endlose Uferstraße entlangrollte, er wollte ihn begrüßen und ihm zuwinken, etwas Lustiges aus dem Wasser heraus zurufen, neben ihm herlaufen und ihm sagen: »Laß mich für immer bei dir sein und mitlaufen, um alle Sorgen auf der Welt zu vergessen!« Und beide lachten über den Kauz, während sie über die Autobahn jagten.

»Jetzt aber heim, heim. Und arbeiten, arbeiten ... Hol's der Teufel!« Bork murmelte vor sich hin, als säße er schon in seinem Arbeitszimmer am Schreibtisch. Bei dem Gedanken daran spürte er ein zwiespältiges, zur Gewohnheit gewordenes Gefühl – einerseits Erleichterung und Befriedigung, die sich stets nach der Rückkehr und der Begegnung mit Jessie am Flughafen einstellten, andererseits den inneren Vorwurf an sich selbst: Mochten die Gründe für die Reise auch triftig gewesen sein, so bedeutete auch nur eine Woche Abwesenheit verlorene Tage. (Doch wie viele solcher Tage hatte er schon versäumt, ihren Preis erkennt ja der Mensch viel zu spät.)

Dieses Mal mischte sich aber noch etwas Fremdes in die gewohnte Stimmung. Schon an Bord des Jumbos war er damit konfrontiert worden, und zwar während des Telefonats mit seiner Frau. Zunächst hatte es den Anschein gehabt, als sei diese merkwürdige Nachricht, die als umwerfende Sensation über alle hereingebrochen war, ein Strohfeuer, das auflodert und erlischt. Doch je mehr er darüber nachdachte, desto stärker verwunderte es ihn, wie ein völlig unbegreifliches Gefühl, ja etwas Beispielloses in seiner bisherigen Lebenserfahrung in ihm aufkam. Es war so, als erkenne er erst jetzt, daß er an dem Geschehen, über das der Mönch aus dem Weltraum berichtete, gleichsam von Anfang an beteiligt war, und zwar in einem Ausmaß, daß er sich nicht zurückziehen und die Sache aus dem Sinn schlagen konnte, als ginge sie ihn überhaupt nichts an. Und schließlich setzte sich unversehens etwas ganz und gar Unwahrscheinliches in seinem Kopf fest: Er begriff, welche Beziehung er zu dem irrsinnigen Vorhaben des wie vom Mond gefallenen Mönches hatte. Bork war in das Verfahren einbezogen, als befände er sich zufällig in einem Gerichtssaal, in dem in aller Öffentlichkeit ein überraschendes und unerhörtes Urteil verkündet wurde. Ein Urteil, bei dem man nicht nur den Angeklagten, sondern auch alle übrigen, die in diesem Augenblick den Sachverhalt im Saal anhörten, nur deshalb schuldig sprach, weil sie dem Prozeß beiwohnten. Und der Urteilsspruch war schon allein aus dem Grund nicht mehr aufzuheben, weil er schon verkündet worden war ...

Die Konfrontation mit der Sensation aus dem Weltraum rief einen seltsamen inneren Zustand hervor, eine sehr merkwürdige, ungeahnte und unerklärliche Befindlichkeit. Da war Jessie am Steuer, allem Anschein nach stand auch sie unter solch einem Eindruck. Er merkte es an ihrem Gesicht und ihren Augen. Die Natur hatte sie mit einem vielsagenden Blick ausgestattet, ihre Augen konnten unergründlich schillern und teilten sich Robert Bork in zahlreichen Nuancen mit. Er verstand das Mienenspiel sehr wohl und war sich dessen stets bewußt. Seit den ersten Tagen ihrer Bekanntschaft. Jessica spielte damals im Orchester bei einem Wohltätigkeitskonzert, und er hatte sie unter den jungen Musikern erspäht, wie auch sie ihn unter den Zuschauern in der Nähe der Bühne. Danach trafen sie sich wiederholt, und seit den Tagen, die ihr gemeinsames Schicksal prägten, las er in ihren Augen »Winter und Sommer des Lebens«, er erkannte alles, was sie auf dem Herzen hatte, und sie wußte davon. Und das war die Hauptsache in ihrer gegenseitigen Anhänglichkeit über all die Jahre hinweg. Das machte ihr Einvernehmen und das Glück aus. Sie schätzten es in ihrem Inneren und sprachen das Unbeständige nicht unnötig an, sie taten so, als sei alles so vorgesehen und selbstverständlich. All das wurzelte in der Liebe und Fähigkeit Robert Borks, Jessie bei der ersten Andeutung eines Wortes und Blickes zu verstehen, und sie mißbrauchte ihre privilegierte Stellung in diesem Zusammenhang nicht.

Nein, dieses Mal will er sie nicht mit den üblichen Gesprächen ablenken. Sie ist in sich vertieft und so unüblich schweigsam. Es gibt doch keine besonders beunruhigenden privaten Probleme. In ihrem Alter ist es ja nichts Besonderes, daß sich ihre Situation und Lebensweise bereits gefestigt haben. Ihre selbstgenügsame Existenz war viele Jahre im voraus berechnet und abgesichert. Natürlich konnten sie nicht vorherbestimmen, was gottgewollt war, jeder hat seine Frist und sein Zeitalter. Was kann er mehr tun, als die ihm gegebene Zeit und Gesundheit nach Kräften umzusetzen? Wenn also Jessie jetzt beunruhigt ist, dann wohl über die schockierende Botschaft des kosmischen Mönches Filofej.

Zuhause werden wir miteinander reden, dachte Robert Bork, vielleicht rufe ich jetzt noch einen Freund von der Universität an und spreche mich mit ihm aus, während wir fahren. Er wollte schon den Hörer nehmen und wählen, ließ es aber bleiben. Nein, nicht jetzt, zuerst muß ich mich mit der Botschaft dieses kosmischen Orakels vertraut machen.

»Soll ich das Radio einschalten?« Jessie blickte durch die grauen Wellen ihrer Haare, sie hatte die Gedanken ihres Mannes erraten. »Es geht wohl nur noch um den da oben!«

fügte sie hinzu, nachdem sie ihren Blick zum Himmel gerichtet und den Kopf geschüttelt hatte.

»Das Gequatsche bringt nichts, Jessie. Mit dir fühle ich mich auch ohne Radio wohl«, winkte er ab.

»Glaube ich gern, sogar sehr gern.« Jessie reagierte, ein weiteres Auto überholend, mit leicht mißmutiger Spottlust. Und so jagten sie in dem schnellen Strom derer weiter, die vergeblich Zeit vom oder zum Flughafen aufzuholen versuchten.

»Was von dort zu hören war«, fuhr Robert Bork mit einer Kopfbewegung nach oben fort, »kann natürlich niemanden gleichgültig lassen, wenn es tatsächlich stimmt.«

»Glaubst du etwa daran?«

»Ich weiß nicht so recht. Lieber nicht. Aber ich befürchte, daß dieser Mönch eine Lawine lostritt. Im Bewußtsein der Massen.«

»Mal nicht den Teufel an die Wand, Futurologe!« Sie zeigte sich ernsthaft beunruhigt. »Bist du sicher?«

»Ich denke schon. Wenn sich die Leute in grellem Licht sehen, wird aus dem Geheimnis der Biologie Politik.«

»Du mit deinem notorischen Pessimismus!« Jessie versuchte, ihre Unruhe im Keim zu ersticken. »Am Steuer möchte ich nicht streiten. Und jeder weiß, daß im Debattieren sowieso niemand gegen dich aufkommt.« Trotzdem fing sie eine Diskussion an. »Bevor ich mich auf den Weg zum Flughafen machte, redete ich mit den Shnayers, Arthur und Elisabeth sind ebenfalls sehr besorgt. Und unser John Coshoot rief aus Atlanta an, wo er ein Stück inszeniert, ihm war eingefallen, daß du bei der Debatte über das angebliche Ende der Geschichte à la Fukuyama den Menschen neue Tragödien und Prüfungen vorhergesagt hast. Da siehst du mal, sagte er, dein Futurologe hat den Teufel an die Wand gemalt, er schöpft aus dem Vorrat des Bösen wie aus einem Sack Flöhe. Hätte dein Futurologe doch lieber den Mund gehalten, sagte John, vielleicht hätten wir dann nicht diese Bescherung. Aber jetzt soll er sich dann wenigstens in aller Öffentlichkeit erklären – habe den Korken gezogen, und jetzt ist der Geist aus der Flasche entwichen. Und er hat nicht einmal einen Namen für den Geist, wenn man ihn fragt – er ist, wie er ist.«

»Ja, ja, Coshoot, wie er leibt und lebt.« Robert Bork zuckte ironisch die Schultern. »Lästert wie gewohnt und inszeniert phantastische Tragödien, in denen die Welt Kopf steht. Shakespeare, Aischylos, die Antike und dergleichen, aber ich bin, wie du mal wieder sehen kannst, der krächzende Rabe auf dem Zaun. Danke schön, mein lieber Glatzkopf.«

»Sag das nicht, Robert, er ist ein guter Kerl. Weißt du noch, wie er dir sagte: ›Ich beneide dich um deine Frau und deine Haarpracht.‹? … Und du dann zu ihm: ›Eine Frau kannst Du dir noch aussuchen, aber mit den Haaren klappt das nie mehr.‹ Und ihm stehen die Tränen in den Augen, er scheint zu lachen und zu weinen, ein Schauspieler wie im Bilderbuch!«

Robert Bork nickte nachdenklich. Sie hatten bereits die halbe Strecke hinter sich. Nun erfüllte ihn eine ungewöhnliche, geradezu unerhörte innere Besorgnis, die zwar von außen kam, aber doch diffus war, durch nichts zu bestimmen oder zu korrigieren und stets präsent.

»Rob, hast du die Wale im Ozean tatsächlich gesehen?« Jessie unterbrach seinen Gedankenfluß.

»Deshalb habe ich dich doch angerufen.« Er lebte sichtlich wieder auf. »Stell dir das vor! In Worten nicht zu beschreiben. Bewegen sich wie Schiffe durch die Wellen, grandiose Geschöpfe, und sie schwimmen wie Kraniche am Himmel. Im Keil. Was für ein Anblick! Und du bist nicht dabei. Aber schön war es, daß ich dich erreichte …«

Robert Bork schwieg und fuhr dann fort, während er sich am Gedanken begeisterte: »Jetzt glaube ich … das war kein Zufall, sondern eine Art Vorbote. In Frankfurt war ein neuer Teilnehmer aus Australien. Von der Universität Melbourne. Die Australier stechen ganz besonders hervor, ich weiß nicht so recht, was es ist, aber vielleicht liegt es daran, daß sie am Rand unserer Welt leben. Oder es ist ein besonderer Menschenschlag. Er kennt sich in der Biologie der Delphine sehr gut aus. Das ist sein Hobby. Er selbst, würde ich sagen, ist schwärmerisch veranlagt und wißbegierig, er erzählt sehr interessant. Wir kamen zufällig auf Wale zu sprechen, mit Delphinen hatten wir angefangen. Und dieses Gespräch – du magst das komisch finden – hat uns einander sehr nahegebracht. Die Wissenschaft, meinte er, kann das Phänomen des Gruppenselbstmords der Wale bis heute nicht erklären.«

»Wenn sie sich ans Ufer werfen, meinst du das?«

»Genau das. Was veranlaßt Wale, die noch bei Kräften, hoffentlich auch bei Verstand sind, mir nichts, dir nichts, als hätten sie sich verabredet, bei Nacht ans Ufer heranzuschwimmen und sich auf Sandbänke zu werfen, um fußhoch im Wasser liegenzubleiben und zu krepieren? Ja, sie bleiben einfach liegen, unternehmen keinen Versuch, sich zum Ozean zurückzuwälzen, was ohnehin so unmöglich ist wie das Versetzen eines Berges. Und die Wale gehen zugrunde. Wie soll man das verstehen? Wie läßt sich so ein Verhalten deuten?«

Jessie unterbrach ihn, ihre Augen glänzten. »Wie oft hat man darüber in Zeitungen geschrieben! Dein Australier weiß also, woher das kommt?«

»Das ist es eben. Dieses Phänomen der Natur, der Selbstmord der Wale, widerspricht einem fundamentalen Naturgesetz, nämlich dem Selbsterhaltungstrieb, also dem Gesetz der Spezies, sich zu vermehren. Das heißt – die Wale sterben der Natur zum Trotz. Solch ein Verhalten gibt es nicht einmal unter Ameisen ...«

»Dafür um so mehr unter Menschen«, warf sie ein.

»Nein, nein, das ist etwas völlig anderes. Darum geht es nicht. Da zeigt sich ein ganz und gar anderes Bild, Jessie.«

»Meinst du das im Ernst, oder willst du mich wieder hochnehmen?«

»Ganz ernsthaft!«

Robert Bork verstummte, er sammelte seine Gedanken und warf dabei einen Blick auf den wuchtigen Highway mit seinen grellen Verkehrszeichen und den Reklameschildern am Rand, er verlief vom Wald auf den Hügel, unwillkürlich ergötzte Bork sich an der vertrauten Landschaft. Für einen Augenblick fühlte er sich sehr glücklich auf dem Weg nach Hause, auf dieser so viele Male befahrenen Straße, mit Jessie am Steuer, der er nun das große, wie er mutmaßte, intuitive Geheimnis der Wale offenbaren wollte. Im Wissen um Jessies Innenleben nahm er schon im voraus wahr, wie sehr sie staunen würde, und später würden sie beide, fasziniert von der Entdeckung, immer wieder darauf zurückkommen, den Gedanken weiterspinnen. Das war es, was ihn glücklich machte. Denn Glück ist Einmütigkeit der Seelen. Und plötzlich verspürte er den Wunsch, nach der Rückfahrt mit ihr zusammen auf der Veranda zu sitzen, ihre Musik anzuhören (unverbesserlich – Klassik bleibt für sie das Höchste!) und sich ihren weißen Lieblingswein zu genehmigen ... Aber der kosmische Mönch drängte sich wieder vor und erinnerte Bork daran, daß es wohl keinen idyllischen Abend auf der Veranda geben würde

»Du schweigst, Rob, willst du mich auf die Folter spannen?«

»Ich sammle nur meine Gedanken. Ob dieser Australier Sheldrake das Geheimnis kennt? Ja, er weiß etwas, was andere nicht wissen und sich nicht einmal vorstellen können. Der Delphinologe erzählte mir wahre Wunder. Es ist keine logische Schlußfolgerung, nichts Reales oder anschaulich Beweisbares. Ich möchte sagen, das ist eher eine philosophisch-ethische Vision. Ja, ja, du lächelst, aber du wirst dich noch wundern. Mein australischer Delphinologe führt die Version eines Weltplans ins Feld. Verstehst du? Unter allen Säugetieren sind die Wale, neben den Delphinen natürlich, die intelligentesten Wesen. Sie verfügen über keine Sprache, und das macht die vorerst unüberwindbare Barriere zwischen ihnen und uns aus.«

»Mein Gott, du hältst ständig wissenschaftliche Vorträge, Robert, erlaube mal – ich begreife nicht ganz, von welchem philosophisch-ethischen Hintergrund da die Rede sein soll? Sogar eine bescheidene Cellistin wie ich kann noch unterscheiden, was seriös ist und was nicht.«

»Ich mache mich doch über dich nicht lustig, das weißt du ganz genau. Im übrigen bleibt es deine Sache, ob du's glauben willst oder nicht. Ich selbst ... ich neige zu der Annahme, daß es auf eine besondere Weise wahr ist, denn kein einziger Gelehrter kann eine wissenschaftliche Erklärung, das wiederhole ich, für diese Tatsache beibringen. Aber für mich hat sich darin ein Bild von universellem Charakter aufgetan.«

»Aha, auch das noch!«

»Hör mich doch erst an. Mein Australier Sheldrake ist zu einem erschütternden Fazit gelangt. Er interpretiert den Akt des Gruppenselbstmordes bei Walen als eine Reaktion der Weltvernunft auf die irdischen Geschehnisse.«

»Das ist doch reine Phantastik, Robert!«

»Sag das nicht, nein, sag das nicht! Und selbst wenn es so wäre. Ich bin von dieser Entdeckung gepackt. Ich habe oft darüber nachgedacht. Jedes Mal, wenn das Fernsehen die Kadaver der Wale, die sich ans Ufer geworfen hatten, zeigte, hat mich das in höchstem Maß erstaunt. Ich träume häufig von Walen, die im Ozean schwimmen. Unterbrich mich jetzt nicht! Der Australier griff den Gedanken auf wie einen Funken, der mich erst recht entflammte. Mein Delphinologe sieht im Selbstmord der Wale eine radikale Ausdrucksform der Weltvernunft. Aber was ist das? Was soll ausgedrückt werden? Die Wale leben im Ozean und wir auf dem Festland. So ist es doch wohl! Nein, das ist kein Rätsel. Vielleicht wird hier auf geheime Art und Weise der Mensch getestet, der das Recht beansprucht, Träger der Weltvernunft zu sein. Eigentlich scheint uns, den Menschen, das absolute Privileg auf die Vernunft und eine universelle Mission gegeben zu sein. Wenn wir uns aber nicht vervollkommnen können und unfähig sind, das Universum aktiv zu erfassen – das wird uns doch abverlangt, dafür sind wir doch in dieser Welt! –, bleiben wir letzten Endes kosmische Parasiten, die ihrer Bestimmung nicht gerecht werden. Schlicht gesagt – Versager. Doch verzeih mir, ich bin abgeschweift. Ich wollte lediglich sagen: Was uns, dem Menschengeschlecht gegeben ist, wird uns auch abverlangt. Und der Auftrag lautet: Erschafft und entwickelt ein Dasein in Harmonie! Das umfaßt alles, was von uns und unserem Wirken ausgeht, ob in Gedanken oder in Taten. Harmonie des Seins! Aber wieviel an großen und nichtigen Gedanken, an Schadenfreude und Gemeinheiten kommt in uns auf Schritt und Tritt zum Vorschein, denn Harmonie bedeutet ja zudem, nicht auszuufern, sich selbst zu beschränken. Hier tritt nun das Gewissen auf den Plan, das jeder zu allen Zeiten schlau und auf jeweils eigene Weise deutet. Jeder redet sich selbst ein, wann und wie was zu tun sei – dies ist die unfehlbare Stimme des Gewissens –, vor sich selbst, vor der Natur und der Geschichte, vor der künftigen Welt und schließlich vor Gott, der uns geschaffen hat und den wir erschaffen.«

»Robert! An dir ist wahrhaftig ein Prophet verloren

gegangen, du hättest im Mittelalter leben sollen. Wie im Oratorium: ›Dir ist aufgetragen, unter den Menschen mit glühenden Augen zu verkünden!‹ Aber die Inquisitoren hätten dich wegen deiner Ketzerei auf dem Scheiterhaufen verbrannt! Gott erschaffen? Das hätten sie dich gefragt!«

»Da sieh mal einer an! Auch du, Jessie, pedantisch wie ein Dogmatiker. Mich verbrennen? Unmöglich. Erschaffen läßt sich doch nur mit dem Wort. Dafür ist es uns gegeben. Alles, was in und mit uns geschieht, wird durch das Wort entschieden. Die Brücke über dem Fluß war anfänglich im Wort. Ich gehe noch weiter. Das Wort ist das Potential des Ewigen in uns. Wir sterben, aber das Wort bleibt. Und deshalb heißt es, Gott sei das Wort. So treibt uns das Wort um – auf den Flügeln des Wortes fliegen wir in die Ewigkeit, oder das Notwendige zügelt das Wort und spannt uns wie Maultiere ein.

Aber ich meine etwas anderes, das diametral Entgegengesetzte, ich denke an den ursprünglichen Zustand, in dem das Wort fehlt. Und das ist die ganze Natur. Zum Beispiel die Wale. Tragische Geschöpfe in dieser Hinsicht. Ohne zu sprechen, verfügen sie über eine einzigartige Intuition, ja eine besondere Entwicklungsstufe des Denkens und des Geistes, eben das, was man als das ›Energoinformationsbiopol‹ bezeichnet. Das läßt sich zumindest anhand ihrer jüngeren Brüder, an den Delphinen, feststellen.«

»Bei Delphinen wundere ich mich immer wieder, wie klug sie sind. Vielleicht ist dir tatsächlich ein Licht aufgegangen, Robert!«

»Mag schon sein.« Robert Bork verstummte, er hielt sich zurück, bevor er sich darüber äußerte, was ihm während dieses Gesprächs eingefallen war. Er hatte sich bei dem Gedanken ertappt, warum er jedes Mal ausgerechnet während der Fahrt zum Flughafen oder von dort nach Hause den Wunsch verspürte, über solche Themen zu reden, über die man an einem festen Standort weniger zu sprechen pflegte, etwa so wie jetzt, als das Gespräch unversehens auf die Wale gekommen war.

»Verstehst du«, fuhr er fort, »ich kann nur über meine eigenen Schlußfolgerungen sprechen. Ich persönlich stelle mir vor, daß die Energien des bewohnten Festlandes sich auf die Wale übertragen, gleichsam als Informationsaustausch zwischen den Substanzen. Wale sind einzigartige lebende Radaranlagen im Ozean, sie fangen unterschwellige kosmische Signale auf, vielleicht erfahren die Wale zuerst, wann ein Vulkan ausbricht, und brüllen lautlos wegen des Drucks der innerirdischen Energie. Aber am tragischsten für sie, die sturmerprobten Geschöpfe, denen kein Ozeanriese gleichkommt, furchtbar wird es, wenn die Signale menschlicher Herkunft auf diese lebenden Radare herabstürzen, wenn also der Energiestrom von Missetaten, die Menschen unter Menschen anrichten, eine für uns unfaßbare Gleichgewichtsstörung erzeugt. Das dürfte die qualvollste Prüfung für die Wale sein, wie der Föhn, der die Psyche der Bergbewohner erschöpft, du weißt ja, wovon ich rede, vom Wind, der von den Bergen herweht, darüber ist ja viel geschrieben worden. Ein Vulkan mag furchtbar sein, aber er bricht aus, danach beruhigt er sich und erlischt wieder. Doch die Stürme der Menschen legen sich nie. Darum geht es eigentlich. Unser Leben ist so angelegt. An Tugend mangelt es immer, das Böse gibt es im Überfluß. Stell dir das so vor: Wenn sich auf der Erde etwas vollzieht, was wir in uns nicht mehr stoppen können und dafür sogar im Dunkel der Seele und in Bruchstücken des Bewußtseins eine Rechtfertigung finden, wenn wir töten, foltern, unterdrücken und uns selbst das Leben zur Hölle machen, schwimmen die Wale aus Verzweiflung und Angst – zu uns. Weil die Weltvernunft (das sind wir) unterzugehen und sich selbst auszulöschen droht. Sie fürchten das intuitiv. Das erschreckt wohl jede Kreatur, völlig sprachlos angesichts des Weltuntergangs. Warum verlassen denn die scheinbar unheimlichen Ratten das sinkende Schiff? Was glaubst du? Den Walen fehlt die Gabe zu sprechen, sie können also ihre Impulse nicht artikulieren, aber sie leiden unsertwegen ungeheuerlich, und wie sie das drückt, fast erstickt und von innen her zerreißt, so suchen sie nach einer Entladung, nach einem Exodus. Versteh doch, wie qualvoll das ist! Erinnerst du dich an die Geschichte mit dem tauben Mädchen, die uns jemand erzählt hat? Ein Schurke von Vater hatte die Mutter umgebracht, die Tochter war außer sich geraten und auf die Straße gerannt, konnte aber den Menschen nicht erklären, was sie erlebt hatte, deshalb wollte sie sich unter die Straßenbahn stürzen. So ähnlich, nur in kosmischen Dimensionen, muß man sich das Geschehen mit den Walen vorstellen. Standhaft ertragen sie im Ozean die alarmierenden telepathischen Wellen, wenn Wälder in Flammen stehen, ich male mir lebhaft aus, wie sie in den Tiefen der Meere erzittern, wenn Gebirge abrutschen und Bergstürze ganze Dörfer zermalmen, all das läßt sie erbeben, doch die Quälereien und Greueltaten der Menschen sind am extremsten und unausrottbar. Und das verkraften sie nicht mehr, verstehst du? Der Druck unserer verderbenbringenden Leidenschaften ist zu groß.

Denken wir überhaupt an die Vernunft, die uns Menschen anvertraut ist? An den Nährboden, vielmehr die Gestalt der Ewigkeit? Ich bezweifle das. Mitten unter uns finden Explosionen von Angst und Bösartigkeit statt, strahlen unsichtbar ab und breiten sich in alle Welt aus; sie zerstören die kosmische Gerechtigkeit, die Harmonie des Seins wird entstellt – und da halten es die Wale nicht mehr länger aus, sie schwimmen zu den Ufern, stürzen und werfen sich ins Verderben, sie begehen Selbstmord, damit wir es erfahren ... Und mitten über dem Atlantik sehe ich unter den Flügeln der Maschine eine Herde Wale. Zunächst bin ich erstarrt, als ich erkannte, wie zielstrebig sie im Keil der Kraniche die Wellen durchpflügten. Mir stockte der Atem, und gleichzeitig fragte ich mich, wohin zieht es sie, welche Kraft treibt sie an, wohin nur und wozu?«

»Jetzt verstehe ich, warum du aus heiterem Himmel angerufen hast«, unterbrach ihn Jessie. »Ich kapierte einfach nicht, woher und wie und welche Wale, ja, was sich da abspielte. Nachdem du dir so etwas eingebildet hast, mußtest du natürlich telefonieren.«

»Ich glaube nicht, daß ich nur phantasierte.«

»Na, na!« Die Frau lächelte nachsichtig. »Mein lieber Futurologe!« Sie sah ihn etwas ironisch an. »Das kommt bei dir schon mal vor. Immerhin interessant, sogar sehr, das muß man zugeben. In der Tat eine eigentümliche Form des Protests. Die Wale im Ozean und wir auf dem Festland. Übrigens müssen wir tanken, Robert. Das Benzin geht aus, sieh mal! Wir rasen über die Autobahn und orakeln über Wale.«

Als sie zur Tankstelle abbogen, schien sich wieder alles in den gewohnten Alltagstrott einzupendeln, als hätte es dieses merkwürdige, mal absurde, mal einzigartige Gespräch in voller Fahrt nicht gegeben. Und alles wich auf einmal zurück – der Weltraummönch, die Wale und alle übrigen abstrakten Erörterungen. Sie fuhren über die Vorortstraßen, bis zum Haus war es nicht mehr sehr weit.

Robert Bork spürte, wie ihn plötzlich die Müdigkeit überkam. »Jessie, heute wollen wir keine Anrufe beantworten. Stell um, das Gerät soll aufzeichnen. Ich bin erschöpft von der Reise und muß mich erholen.«

»Das klappt wahrscheinlich nicht. Einem Gespräch habe ich bereits zugestimmt, nur daß du es weißt. Am Abend wird dich Oliver Ordok anrufen. Er war nämlich schon dabei, dich in Europa aufzustöbern.«

»Oliver Ordok? *Der* Ordok?«

»Ja doch. Die Demokraten haben ihn jetzt als ihren Präsidentschaftskandidaten aufgestellt.«

»Um den kommt man nicht herum. Der ist beharrlich. Und läßt es eisern läuten. Meinetwegen. Oliver Ordok. Ist schon recht lange her, seit wir das letzte Mal telefonierten. Er war ja einmal mein Assistent, schon vor Urzeiten, danach wurde er Vizegouverneur, zuständig für Wissenschaft, Bildung und Arbeit. Irgendwann haben wir auch gemeinsam internationale wissenschaftliche Konferenzen durchgeführt. Erinnerst du dich an die ersten Jahre der Perestrojka Gorbatschows, als Politologen und Futurologen aus der ganzen Welt nach Moskau eingeladen wurden? Und Ordok war da als Vertreter unserer Administration. Ja, ja, Perestrojka, Perestrojka. Wir alle waren so aufgerüttelt, im Osten wie im Westen. Romantische Zeiten! Du weißt es ja selbst. Er ist jünger als ich, er dürfte an die sechzig sein.«

»Fünfundfünfzig«, präzisierte Jessie. »In den Zeitungen heißt es: Der fünfundfünfzigjährige Oliver Ordok.«

»Na also. Etwa so habe ich es mir gedacht. Unser Oliver Ordok hat es also gewagt und will das Schicksal herausfordern. Die Magie der höchsten Macht. Und plötzlich klappt es sogar. Das soziale Element ist wie das offene Meer, es kommt in Wellen, du blickst dich um, und schon setzt es dich ans Ufer. Du brauchst ein Gespür für die Flut.«

»Weißt du noch, wie wir damals in Moskau waren? Als du in dem riesigen, altertümlichen Saal im Kreml aufgetreten bist? Gorbatschow hat das Forum selbst geleitet. Ordok war auch dabei. Seine Rede kam ganz gut an.«

»Die Rede war gar nicht so übel. In ihm steckt Energie, ja fast Ekstase, und er kann sich begeistern. Der Mann hat einen guten Riecher. Ein Mann des Augenblicks. Aber ohne viel Tiefgang. In solchen Fällen ist das sicher auch nicht gefragt. Für das Massenbewußtsein braucht es eine Persönlichkeit, die Aktualität ausstrahlt. Und wenn sie dazu noch eine Portion Charisma hat, dann erst recht. Das ist der moderne Populismus, Jessie. Alle drehen durch, alles dreht sich um ihn, und einer spinnt für alle. Wir in Amerika machen da keine Ausnahme.«

»Aber was ist nun auf einmal in ihn gefahren, daß er dich in Europa erreichen wollte? Kam ihm das nach der Veröffentlichung in der *Tribune*?«

»Der Weltraummönch hat alle auf einen Schlag aus der Fassung gebracht. Warum die Leute ausgerechnet mich erkoren haben, über diesen kosmischen Tollkopf etwas Klärendes beizusteuern? Dabei habe ich noch nicht einmal gelesen, was hier steht. Ich muß mich möglichst rasch kundig machen.«

»Dann amüsieren wir uns köstlich.«

»Sag das nicht, Jessie! So ein Feuerwerk führt nie zu etwas Gutem.«

»Du brauchst nur einen Anlaß – nicht von ungefähr haben dich die lebensfrohen Franzosen einen Globalpessimisten genannt. Vergessen wir das alles, wenigstens bis wir daheim sind. Es ist zuviel auf einmal. Der Mönch Filofej im Weltraum, deine Wale im Ozean, und unser Orchester hat doch morgen die Hauptprobe … O mein Gott …«

»Ich möchte den Abend mit dir allein verbringen, Jessica … Da sind wir ja … Wo ist die Fernbedienung, laß mich das Garagentor öffnen …«

IV

Ich blicke mich im Raumschiff um, schwebe schwerkraftlos, verwirrt schweift mein Blick umher, als würde er nach etwas suchen, das mich ablenken und mir die innere Gewißheit erhalten könnte, ich müsse der Welt zeigen, was ich hier anstelle, und da blicke ich auf die Fernsehmonitoren an beiden Enden des Kontrollraums. Alle Bildschirme leuchten und leben, es laufen Fernsehübertragungen aus verschiedenen Ländern und in unterschiedlichen Sprachen. Da ist sie ja – die irdische Wirklichkeit, die durch den Weltraum heranrückt, in all ihren Erscheinungen und unwiederholbaren Verschiedenartigkeiten, von der Werbung bis zum Sport, von der Gerichtsreportage bis zur Begegnung offizieller Prominenter an Flughäfen. Und inmitten dieser globalen Flimmerlandschaft zieht ausgerechnet jener Monitor meine Aufmerksamkeit auf sich, auf dem eine lärmende, elektrisierte Straßendemonstration stattfindet. Auch Polizisten, gar nicht wenige, ziehen als Demonstranten in der Menge mit, alle Straßen sind verstopft, man nimmt die Bilder von verschiedenen Blickwinkeln her auf – von oben, aus der Nähe, erregte Stimmen sind zu hören. Der Reporter, der vom Ort des Geschehens berichtet, und die Stimme des Sprechers im Studio, sie ersticken im Getöse und Gebrüll auf den Straßen. Wo ist das nur? Offenbar in Italien. So fern und doch so nah, gleich wie nebenan, ein Funkeln in den Augen, Gestik und Gesichter voller Nervosität. Ja, das spielt sich in Sizilien ab. Flüchtig angebrachte Transparente über den Köpfen. Natürlich! Wieder die Mafia! Terroristen! Dieses Mal haben sie den Obersten Richter vom Erdboden gefegt, gleich nach dem Mord an dem sizilianischen Staatsanwalt! Zum Anfassen nah, heimtückisch und erbarmungslos. Eine ferngesteuerte Detonation auf der Durchfahrtsstraße hat alle und alles ringsum zerfetzt und verbrannt, niemand blieb verschont, der in diesem verhängnisvollen Moment neben dem parkenden Auto war, als der Richter und seine Leibwächter in ihrem Wagen passierten. Alles perfekt ausgearbeitet, und vor aller Augen exekutiert.

Die Demonstrierenden sind voller Verzweiflung … Aber gegen wen demonstrieren sie? Was kann diese Masse von Menschen, die wie ein Fluß vorandrängt, ausrichten? Befinden sich unter den Demonstranten nicht auch die Terroristen, um mit allen gemeinsam zu protestieren und dabei insgeheim zu triumphieren? Nach einer Stunde wird die Demonstration abgeflaut sein, dann verfolgen sie weiterhin ihre Interessen, nennen sich dabei Mafia, Kartell, Syndikat, sogar Imperium. Ganze Länder befinden sich bereits unter dem unsichtbaren Netz ihres Diktats. Ganze Mafiakolonien, wie das vom Krieg zerstörte Afghanistan, ein Land mit riesigen Plantagen für Drogen und Lieferant des Stoffes, als ginge es um Anbau und Erwerb des täglichen Brotes. Aber wer denkt schon daran, daß in einem Land, das der politische Kampf und der Krieg völlig herabgewirtschaftet haben, die Bevölkerung nur noch dank der Drogen überleben kann, wenn es physisch nicht sofort verschwinden will und eben nur durch Rauschgift sein tägliches Brot verdienen kann. Doch Zehntausende, ja Hunderttausende Tonnen der Betäubungsmittel bringen den Mafiaorganisationen neue Milliardensummen und lassen die Drogenwelt auf allen Erdteilen aufblühen. Und das zu all dem, was die Menschheit ohnehin in den Strudel der täglichen Katastrophen hineinzieht …

Die Demonstranten protestieren weiter …

Und plötzlich taucht über ihnen ein Hubschrauber auf und wirft ganze Packen Flugblätter ab, um sogleich hinter den Dächern aus dem Blickfeld zu verschwinden. Das alles geschieht vor meinen Augen. Die Menschen schnappen sich die Flugzettel, die über ihren Köpfen herabfallen. Auf den Flugblättern ist der Tod abgebildet. Ein Schädel mit gekreuzten Knochen. In dreister Weise gibt die Mafia öffentlich bekannt, wer sterben muß. Allen den Tod, die gegen die Mafia sind. Und ein Schrei der Entrüstung geht durch die Menge und erschüttert die Menschen. In den zornigen Augen stehen Tränen. Eine junge Frau in Polizeiuniform fällt mir besonders auf, sie trägt eine Baskenmütze, schräg über den Kopf gezogen, und einen gelockerten Schlips um den Hals. Eine Polizistin mit Videokamera, allem Anschein nach filmt sie dienstlich. Offenbar hat sie den Hubschrauber aufnehmen können. Aber was wird das bringen? Die Mafiosi sind ja nicht von gestern, sie werden den Helikopter neu spritzen oder zerstückeln oder was auch immer. Da kommen ihre Assistenten mit Mikrofonen. Sie reden hastig und aufgeregt. Ich kann sie verstehen: Wie viele Polizisten werden täglich in aller Welt umgebracht! Die Mafia bedroht auch sie. Aber was sehe ich noch? Auf der entblößten Stirn der Polizistin – ihre verschwitzten Haare sind mit der Mütze nach hinten verrutscht – bemerke ich den Punkt, das Kassandramal. Als ob ich es geahnt hätte! Ich nähere mich ihr und vergrößere das Bild – es stimmt. Mein Gott, die Polizeibeamtin ist doch gerade jetzt mit anderem beschäftigt, wie soll sie denn begreifen, daß ihre tiefste Ablehnung der Welt, gegen die sie selbst protestiert, als empfangene Frucht in ihrem eigenen Leib heranreift? Welch ein Zusammentreffen!

Es ist mein schwerster Leidensweg, wenn ich überlege, was meine unerwartete Entdeckung den Menschen bringt. Sie sind doch auf eine solche wissenschaftliche Revolution, die ihr Schicksal unmittelbar berührt, überhaupt nicht vorbereitet. Das ist aber nicht ihre Schuld, sondern mein ureigenes Verhängnis. Die Sache wird noch komplizierter, weil es sich um keine zufällige oder vorübergehende Episode handelt, nein, von nun an wird das Kassandramal das menschliche Leben stets begleiten. Ich erfasse es systematisch, führe aber die Experimente durch, ohne die Untersuchungspersonen, die von nichts ahnen, im voraus zu benachrichtigen. Es ist wie der Regen, in den sie plötzlich geraten. Und wenn diese unsichtbaren Lichtwellen für die Gesundheit auch völlig unschädlich sind, so quält mich der Gedanke, ob ich rechtens und ethisch vertretbar handle. Mein Gewissen sagt mir, daß ich natürlich kein Recht habe, so vorzugehen, das gilt, sage ich mir, für jeden einzelnen Fall.

Deshalb möchte ich jetzt die Gelegenheit nutzen, um mich bei allen Erdenbürgern dafür zu entschuldigen. Ja, ich bin dazu gezwungen, diese globale Untersuchung durchzuführen. Ich tue das im Interesse der Menschen und der Wissenschaft. Es gibt doch, offen gestanden, keinen anderen Weg, aber selbst darüber zerbreche ich mir noch den Kopf.

Wie soll es mit uns weitergehen, wenn wir wissen, was das Phänomen des Kassandramals darstellt? Es vergessen, die Augen verschließen und den Anschein erwecken, als sei nichts Besonderes geschehen? Abwinken und weiterleben wie seit eh und je, also unseren Lebensweg noch mehr belasten, weil wir die Erbmasse durch ein Konzentrat des Bösen unwillkürlich anreichern? Es ist doch völlig offensichtlich, daß das Erbe moralischen Verfalls um so schwerer wiegt, je weiter es geht, hat es sich doch über Jahrhunderte hinweg in den Genen ganzer Generationen naturalisieren können. Nein, das Böse, von einem Subjekt (ob Person oder Gesellschaft) begangen, verschwindet nicht mit seinem physischen Ende oder nach Ablauf seines Jahrhunderts, es verbleibt als verderblicher Same im Wald der Gene und wartet wie eine Mine mit Zeitzünder seine Stunde ab, in der es sich zu erkennen gibt.

Nebenbei bemerkt, gibt es diese Mine nicht nur im übertragenen Sinn, sondern auch als anschauliches Beispiel: Es geschah in den letzten Kriegsjahren in Afghanistan. Von den politischen Hintergründen dieses Krieges soll hier nicht die Rede sein – solche Vorgänge, die Folge geopolitischer Gewalt, motiviert durch ideologische Expansion, sind ja in jüngster Zeit hinlänglich bekannt geworden –, sondern von Mitteln des Kampfes, die die Eindringlinge als »Leichenfallen« bezeichnet haben.

Der getötete Feind wurde irgendwo hingeworfen, etwa nahe einer Straße, jedenfalls an einem sichtbaren Ort, zuvor hatte man unter den Leichnam eine entsicherte Spezialmine gelegt. »Saubermänner« des sogenannten »begrenzten Kontingents« lagen mit einer Filmkamera auf der Lauer, um den Moment abzuwarten, in dem die Mine hochging. Und alles wurde aufgenommen. Es brauchte nur Menschen, die sich zu dem Getöteten stürzten, um ihn hochzuheben und zur Bestattung heimzutragen, da »explodierte« die Leiche und tötete die Herbeigeeilten an Ort und Stelle. Alle miteinander kamen ums Leben.

Und die letzten Augenblicke der Zerfetzten wurden auf Videokassette in allen Einzelheiten festgehalten. Auf diese Weise wurde die Sonderdokumentation der eindrücklichen »Operationen Leichenfalle« abgedreht.

Die Aufnahmen wurden als Kampfeinsatz angerechnet und in den Stäben ausgewertet. Menschen mit Anschrift und Namen wirkten dabei mit und sahen darin die Ausführung ihrer Anweisungen und Ziele. Aber was sind das für Leute, die den Ereignissen auf dem Bildschirm mit professioneller Befriedigung folgen? Da rennt eine Frau. Die Nachbarn können sie kaum halten, schreiend und tränenüberströmt stürzt sie sich auf den getöteten Mann, und eine gewaltige Explosion streckt sie und die Nachbarn nieder. Und die Menschen sind nicht mehr … Aber alles ist detailliert abgefilmt. In einem anderen Fall tauchen erschreckte Kinder im Bild auf. Sie laufen heulend zum Vater, der auf der Erde ausgestreckt liegt, und erneut zerfetzt eine Detonation die blutüberströmten Körper in alle Richtungen.

Zufällig reitet einer des Weges und scheut sich, angesichts des Getöteten, gleichgültig vorüberzutraben. Er rutscht vom Sattel, beugt sich nieder, faßt den Toten an den Schultern, will ihn wenden, um zu sehen, wer es sein könnte – und wieder eine betäubende Explosion. Und erneut getroffen. Das Pferd galoppiert mit geborstenem Schädel ungelenk davon, stürzt zu Boden, zuckt in Krämpfen, schnaubt ... Details, die alle gefilmt werden ...

Wer ist es, der diese kriminellen Todesfallen angelegt hat? Und wer hat die Ergebnisse dieser »Arbeit« sorgsam auf Film fixiert? Er wurde doch zweifellos aus den Samen der Epoche – im unmittelbaren und übertragenen Sinn dieses Wortes – geboren. Wer sind sie? Woher kommen sie eigentlich? Ihr Stammbuch läßt sich nicht entziffern, ihre Ahnenlinie kann nicht festgemacht werden. Womöglich verlieren sich ihre Spuren in der nebelhaften Verwaschenheit des Vergangenen. Und so erhebt sich die Frage: Was kann so ewig unbehelligt leben, Gott zum Trotz, auf den wir uns doch als den höchsten Garanten des Guten verlassen und dabei seine unerschöpfliche Gnade mißbrauchen, wenn wir im Inneren unsere Gebete der Hoffnung erheben? Wo ist der Ursprung? Was macht den Verlauf der in uns einsetzenden Missetaten so unausrottbar? Woher und von wem kommt es? Die Frage ist freilich rhetorischer Natur ... Aber deshalb wird einem nicht leichter zumute. Woher nur? Etwa von dem Urahn, der die Eingemauerten in einer Höhle ausräucherte? Von dem wollüstigen Wahnsinnigen, der seine sadistische Pathologie an den Qualen seines erdrosselten Opfers befriedigt? Oder Abgrund der

Finsternis und Grausamkeit, die sich über Jahrtausende angehäuft haben? Wie sollte man bei dieser endlosen Liste etwa nicht an die Henkersknechte denken, die am Thron eines schon ergrauten Henkersknechtes standen und warteten, bis sie an der Reihe waren? Oder an die anderen, die wir selbst kennen – die frenetischen Verkünder, die in Parteischwärmen von Balkonen und Tribünen geiferten und Revolutionen und Kriege mit um so größerer Raserei schürten, je süßer ihr Vorgeschmack auf die ungeheuerliche, erotisch herbeigesehnte Macht war.

Blut und Macht sind der Humus, auf dem über Jahrhunderte die Ernte des Bösen gedeiht ... Das Böse wechselt ab mit Bösem und hinterläßt seine Samen für das Böse, das folgt ...

Muß man aber mit einer Fackel durch das Dickicht der Vergangenheit streifen und das tote Antlitz des Gewesenen ausleuchten? In dieser Hinsicht ist doch gerade die Epoche aufschlußreich, die vielen noch in frischer Erinnerung ist – die Epoche des Stalinhitler oder Hitlerstalin. Dieses Doppelwesen hat die Menschheit so viel Blut gekostet, daß die Statistik noch Jahrzehnte später die wirklichen Ziffern der Opfer nicht angeben kann, die in die Zwietracht und schließlich in den blutigen Zweiten Weltkrieg hineingezogen worden sind, als sich zwei Häupter eines physiologisch einzigen Ungeheuers in einem Kampf auf Leben und Tod ineinander verkrallt hatten.

Konnte der Nationalsozialismus ohne den Bolschewismus sein? Hitler ohne Stalin? Stalin ohne Hitler? Hätte Stalin zum Welttyrannen werden können, ohne daß ihn dazu Hitlers Herausforderung aktiv gefördert hätte? Und das Blut der im zwanzigsten Jahrhundert Lebenden erstarrt beim Gedanken an die unterschiedliche Geburt des Stalinhitler und Hitlerstalin, die im Karma der Hölle einheitlich gekreuzt worden waren.

Wer weiß denn, ob das Kassandra-Embryo, das als Hitler oder Stalin auf die Welt zu kommen drohte, nicht seinerzeit versucht hatte, der äußeren Welt – vor allem der Mutter, die es empfing – durch das Kassandramal mitzuteilen, es sei der Keimling eines künftigen Nekrophilen? War es nicht von einem instinktiven Schauer und dem Wunsch erfüllt, sich der bösartigen Rolle zu entziehen, zu der es sein genetischer Code verurteilt hatte?

Schwer zu sagen ... In solchen Fällen heißt es üblicherweise, Geschichte sei unabänderlich. Und dennoch muß man fragen: War das Kassandra-Embryo dazu verdammt, das blutige Diagramm, das Hitler und Stalin aufzeichnete, zu vollenden? Bis zu dem blutigen Gipfel der Grausamkeit und Unmenschlichkeit, die in den vorausgegangenen Zeiten ihresgleichen suchen?

Diese beiden Partner im Bösen vermochten es, die Menschheit und letztlich sich selbst aufeinanderprallen zu lassen, als hätten sich die Völker des Planeten zum Ziel gesetzt, sich selber auszurotten und massenhaft umzubringen, ja für immer zu verschwinden, nachdem sie die Abgründe der Menschenfeindlichkeit vorgeführt hatten.

Und wenn man sich nicht auf alle übrigen Ursachen, die zu einem solch höllischen Ende geführt haben, einlassen will, läßt sich ja auch über etwas anderes nachdenken: Haben die Menschen und das damalige Weltbewußtsein, die zu ihrem eigenen Verderben den Stalinismus und Hitlerismus kultivierten, nicht genau dazu gepaßt, daß dieser bösartige Komplex der Tyrannen, deponiert im Erbe seiner Subjekte, mit Erfolg realisiert werden konnte?

Jene Jahre sind verflossen. Niemand wird je sagen können, welche unerfüllbaren Chancen an Fortschritt und Wohlstand durch diese Geschichte verpaßt wurden. Wieviel an menschlichem Leid und Unglück man hätte vermeiden, ja schon in den Anfängen abwenden können, wenn die Menschen die wissenschaftliche Methode der Vorsehung beherrscht hätten, wenn sie also von allem Ursprung an mit ihrer Substanz im Kassandramal vertraut gewesen wären. Zu spät gelangt die Menschheit zur Einsicht in ihre eigene, genetische Substruktur. Sie erfährt davon erst nach den Entdeckungen im Weltraum und nach dem Eintritt in die intergalaktischen Räume, ja womöglich ausgerechnet dank dieser Erkundungen.

Wir entdecken den Kosmos im Äußeren und erkennen ihn in uns selbst ... Im Akt der Empfängnis liegt der Knotenpunkt der Weltzusammenhänge ...

Zum ersten Mal öffne ich mich vor der gesamten Welt. Ich bin nämlich davon überzeugt, daß die Menschen diese Seite der Wahrheit über sich selbst erfahren sollten und wissen müssen, wie die verhüllten Formen und die ursprünglichen Erscheinungen des Geistes in uns angelegt sind. Ja, ich offenbare mich, damit sich die Menschen ein eigenes Urteil bilden und sich so oder so entscheiden können.

Jedes Mal, wenn ich daran denke, daß die Strahlen, die ich aus dem Weltraum sende, den Menschen seelische Verwirrung bringen und viel Kummer bereiten, gerate ich außer mich. Ja, das embryonale Signal wird Unruhe verbreiten und das Leben verdunkeln. Und der erste Impuls dürfte zweifellos der sein, daß man sich von solch einem Keimling möglichst umgehend zu befreien sucht.

An dieser Stelle setzen bei mir höllische Qualen ein, ich darf sie nicht verschweigen und muß sie dem allgemeinen Urteil anheimstellen. Obwohl ich mich im Weltraum befinde, trage ich doch höchste Verantwortung auch gegenüber dem Kassandra-Embryo, dessen Geheimnis ich enthülle und preisgebe (das trifft auch zu, wenn das Embryo selbst danach drängt, sich preiszugeben), letztlich trage ich die Schuld für die Einmischung ins persönliche Leben der

Mutter, die das Kassandra-Embryo empfangen hat, ohne mein Zutun hätte sie ruhig weitergelebt, sie hätte nie erfahren, was das Kassandramal bedeutet.

Wer soll bestimmen, wie man sich gegenüber dem Signal zu verhalten hat? Was tun, wenn der winzige Fleck auf der Stirn, das Pünktchen eines Epithels über dem Augenpaar einer Schwangeren, aufleuchtet? Soll man das Zeichen als etwas Verhängnisvolles verstehen oder es einfach ignorieren? Die Achseln zucken und die Hände sinken lassen, weil das merkwürdige Pünktchen – das besonders deutlich bei Nacht leuchtet, wenn die Schwangere friedlich schläft – nach rund zwei Wochen wieder verschwindet, von selbst erlischt und alles, so Gott will, wieder verdrängt werden kann?

Ja, das mag wohl so sein. Und dennoch werden sich die Eltern unwillkürlich daran erinnern, wenn das Kind auf die Welt kommt. Höchstwahrscheinlich werden sie auch künftig daran denken. Treten doch unterschiedliche Krisensituationen in der Kindheit, im Leben der Mutter, im Schicksal der Familie auf, und jedes Mal wird es Eltern und Angehörigen das Herz schmerzhaft zusammenziehen, wenn sie sich des Zeichens erinnern. Allerlei Gedanken werden sie leiten, um diesen Punkt kreisen und dabei zwangsläufig beunruhigende Fragen auslösen. Merkwürdig, wird man sich denken, warum dieses Zeichen nur ihn oder sie – ihr Kind, das Kind dieser Mutter, wenn es ohne Vater aufwachsen sollte, befallen hat. Es ist doch seltsam, wird man sagen, haben andere Mütter vielleicht auch dieses Mal gehabt und es vor allen anderen wie vor sich selbst versteckt? Haben sie es auch vergessen wollen und für belanglos gehalten? Und sollte das Kind selbst davon erfahren, und sei es auch nur vage, wie in einem verschwommenen Traum, und etwas Unbewußtes verspüren, wird sich das dann nicht psychisch auswirken? Aber, andererseits, muß man sich denn wirklich durch so etwas beunruhigen lassen? Lieber erst gar nicht daran denken und einfach vergessen. Das Kind wird schon normal aufwachsen. Schluß damit, es ist doch gesund, was will man noch mehr!

Aber das ist nur die erste Flut an Fragen und Zweifeln. Am fernen Horizont harren ihrer weitaus mehr, und sie sind noch viel komplexer. Werden die Eltern (sie oder er, jedenfalls sie) dabei nicht an sich selbst und ihre Rolle denken, ob nicht sie direkt oder indirekt die Ursache dafür sind, daß ihr Kind nicht zur Welt kommen will? Womöglich sind sie an allem schuld. Sie beide? Oder er? Oder sie? Und das wird das Schlimmste sein, denn innere Selbstbezichtigungen wuchern weiter. Die Eltern sind dazu verurteilt, sich im Kreislauf aller möglichen Ursachen für den Kummer ihres werdenden Kindes zu verstricken. Das betrifft ja nicht nur sie, die biologischen Erzeuger, sondern auch alles übrige, was mit ihnen im Alltag, in ihrem Leben und in der Gesellschaft verbunden ist – ihre soziale Stellung, ihre Ansprüche und Ambitionen, den Charakter und die Überzeugungen, eben alles, was das Leben eines jeden Menschen ernsthaft bedrängt, bedingt, prägt und erschüttert, mit allen daraus resultierenden Begriffen und Fragen, was gerecht oder ungerecht, gut oder schlecht ist – und und und …

Mein Leben kreist in Raum und Zeit rund um die Erde. Auf den Bildschirmen der Raumstation zeichnen sich die Vorgänge scharf und nah ab. Die Erde zieht vor meinen Augen in Überblendungen vorüber, und der alarmierende Laut der Kassandra-Embryonen, der in den Weltraum getragen wird, ist stets zu hören. Angesichts der menschlichen Abgründe, die die kleinen Wesen von den ersten Minuten der Geburt an verschlingen, reagieren sie sichtlich erschreckt. Aber vorerst haben sie noch eine Frist vor sich, sie flehen den Himmel an, er möge sie von diesem

Los befreien und von der nahenden Katastrophe des Menschen.

Ich lausche diesen Signalen voller Verständnis und Mitgefühl. Und was von ihnen ausgeht, sind Ansätze zur universalen Vernunft – ein Bumerang, also wir selbst; unser ständig sich wiederholender Sündenfall verwandelt sich in Impulse wachsender Angst. Ich versuche zu erreichen, daß man ihre Stimmen auf Erden hören kann.

Ich werde meine Mission auf der Orbitalstation fortsetzen und die Strahlensonden weiterhin auf die Erde senden, das Medium, das alles durchdringt und die lautlosen Signale der Kassandra-Embryonen abruft, wo immer sie auftauchen. Das ist meine Bestimmung. Lieber die bittere Wahrheit als der globale Selbstbetrug. Das Kassandramal ist das neue Alarmzeichen angesichts der neuen Prüfungen des Geistes, der in uns leidet.

Ich glaube daran, daß sich mutige Menschen finden werden, die nicht zurückweichen und die ungebetenen Kassandra-Embryonen sofort von sich abschütteln wollen; die fatalen Signale werden diesen Menschen viel mitteilen, die Verantwortung für die jetzige Lebensweise und das Schicksal der Nachfahren ansprechen, sie werden auch nicht vor der Tatsache zurückschrecken, daß dem Menschen ein ungeahnter Kampf mit sich selbst bevorsteht. Und sie werden die Kassandra-Embryonen großziehen und eine andere Welt einrichten. Daran glaube ich.

V

Sehr geruhsam sollte der Abend nicht werden. Schon gegen zwanzig Uhr klingelte das Telefon. Eine muntere Frauenstimme aus dem Sekretariat der Wahlkommission bat um Nachsicht wegen der Störung; sie wolle nur anfragen, ob Mr. Bork mit dem Präsidentschaftskandidaten, Mr. Ordok, zu sprechen bereit sei. Gleich danach schaltete sich Ordok selbst ins Gespräch ein. Ordok, stets zu redseliger und lebhafter, wenn nicht gar betonter Offenheit aufgelegt, ließ dieses Mal eine Stimme vernehmen, die leicht erregt klang. Das Gespräch, freundschaftlich und ungezwungen, zog sich über rund vierzig Minuten hin. Robert Bork wurde schließlich aufgefordert, Stellung zu nehmen, hätte allerdings zunächst nicht geglaubt, welche Herausforderung da auf ihn zukam, da das Gespräch eher scherzhaft begann.

»Hallo, Robert! Willkommen zu Hause! Ich muß dir gleich sagen, daß niemand auf dem amerikanischen Kontinent deine Rückkehr so sehnlichst erwartet hat wie ich, deine bessere Hälfte freilich ausgenommen. Ich war nahe daran, einen Abstecher nach Europa zu machen, um dich an den Ufern des Mains, unter den Schönheiten Frankfurts, aufzustöbern.«

»Danke, Oliver, das hat mir noch niemand gesagt. Was gibt's denn? Wir haben uns lange nicht gesehen.«

»O ja. Es passiert ja viel in der Welt, mehr als einem lieb sein kann. Mich hat der Teufel geritten, das verstehst du ganz bestimmt. Übrigens will ich dir noch eine brandneue Geschichte erzählen. Zum Thema Teufel. Ich habe mich jedenfalls ins Getümmel des Wahlkampfes gestürzt, während du durch die alte Welt gefahren bist.«

»Ich weiß, ich weiß, hoffentlich ist es ernst gemeint?«

»Sogar sehr, mein Lieber. Flankiert von ziemlich potenten und soliden Finanzpartnern, sie sind brennend an mir interessiert, das ist die Hauptsache. Doch lassen wir das. Wie dem auch sei, einer muß ja die Arien singen, du weißt, was ich meine. Nur das Resultat zählt. Jedenfalls gebe ich nicht so schnell auf, aber lassen wir das. Du verstehst das besser als andere. Ich muß beim breiten Publikum Punkte sammeln. Nein, das Wort ›Masse‹ vermeide ich, mir geht es um die Vernunft der Gemeinschaft. Bei jeder Kundgebung betone ich, wie sehr ich dafür eintrete, den Gemeinschaftsgeist zu fördern, auf allen Ebenen. Na ja, ich sage es eben auf meine Weise ... Übrigens habe ich deinen Artikel über die Bifurkationselemente gelesen, ist ja ein wenig kompliziert geschrieben; wenn ich recht verstehe, vergleichst du den Populismus mit dem Betreten einer Gefahrenzone, oder nicht? Es stimmt schon. Du kannst jederzeit falsch reagieren und ausrutschen, befriedigst du die einen, reagieren die andern empört. Alle erwarten etwas von dir, und du mußt auf alles gefaßt sein. Wichtig ist eben, daß du zu allem einen klaren Standpunkt hast. Die Wähler erwarten das, sie wollen hören, wie man die Probleme löst. Ja, so ist es, man muß Probleme lösen. Hallo? Hallo? Hörst du mich? Entschuldige bitte, Robert, daß ich vor dir, dem Gelehrten, so daherrede, mir ist es schon peinlich. Aber ich habe das Los gezogen. Jeder soll mich verstehen können, nicht wahr?«

»Sei unbesorgt, Oliver. Ich höre dir schon zu.«

»Danke. Die Hauptsache, die ich den Wählerinnen und Wählern nahebringen will, ist mein strategisches Konzept: Die Zukunft Amerikas angesichts der globalen Krise. Die Krise, ja, ich muß betonen – die Krise! Aber dann frage ich mich, wann war das Leben eigentlich je krisenfrei? Doch nie. Krisen gab es zu allen Zeiten. Irgendwer hat immer das Risiko auf sich nehmen müssen, den anderen voranzugehen. Krise? Was ist das überhaupt? Die unerläßliche Bedingung, daß man jemandem folgt und glaubt. Gott gebe, daß unsere Verfassung und die Gesetze intakt bleiben, aber wer würde einem überhaupt noch zuhören, wenn nur Ruhe und Eintracht auf Erden herrschten? Wer folgt dir, gäbe es keine Krisen? So verstehe ich das. Schön. Was ist also mein Leitmotiv? Meine Konzeption geht von einem Urbedürfnis aus. Wie wollen wir unser Leben morgen einrichten? Für alle und für jeden einzelnen. Klar ist doch, jeder ersehnt sich unwillkürlich eine Wendung zum Besseren. Keiner denkt darüber nach, wie es geht, jeder erwartet, fast reflexhaft, himmlische Wohltaten, und zwar auf der Stelle. Dir mag es komisch erscheinen, aber die Leute können noch so hellwach bei Verstand sein, sie wollen unentwegt von einem Aufschwung überzeugt werden. Sie sehnen sich danach, überredet zu werden.«

Hellhörig wie Robert Bork nun einmal war, erfaßte er, während Oliver Ordok seinen Redefluß ergießen ließ, nicht nur die altbekannten Motive aller Wahlkampagnen, sondern eine Art Oberziel, das sich unter der Oberfläche verbarg und dem sich Ordok wie auf einem Floß, das einen Strom überquert, vorsichtig näherte.

Robert Bork sah seinen Gesprächspartner am anderen Ende der Leitung lebhaft vor Augen. Wie er da thronte im geräumigen Arbeitszimmer mit den ovalen Fenstern. Die Partei hatte es gemietet, damit der Kandidat als politischer Führer optimal ins Bild kam. Der Chef an seinem beeindruckend aufgeräumten Schreibtisch. Hinter Telefonen und anderen Apparaten. Auf dem schwarzledernen Drehsessel. Mit hochgelegten Beinen, zurückgelehnt. Wie ein aufgeplusterter Vogel. Den Hörer am Ohr. Unentwegt redend, den abwesenden Blick durch die Fenster der fünfzehnten Etage auf die gläsernen Stockwerke des gegenüberliegenden Wolkenkratzers.

So umgänglich und offen er sich auch gab, die Meinungen über ihn waren geteilt. Geizig und egozentrisch sei er, und dergleichen. Man hielt ihn jedenfalls für einen ausgekochten Populisten, der die Stimmung unter Menschen wie ein Hund erwittern könne. Doch über wen wird nicht gelästert? Um so mehr, wenn es um einen Menschen geht, der aus den Aktenstapeln einer Anwaltskanzlei auftaucht und blitzartig das öffentliche Interesse auf sich ziehen kann. Und zum Neid anderer so bekannt wird, als mache er, entgegen allen kritischen Ansichten seiner Umgebung, eine Karriere aus heiterem Himmel.

Als politisch markante Figur war Ordok zunächst auf gewerkschaftlichem Gebiet hervorgetreten, danach in der ökologischen Bewegung. Er flimmerte über die Bildschirme der Fernseher und blickte von Plakaten und Titelseiten. Er wirkte ausgesprochen mediengerecht und bewies einiges Geschick im Umgang mit dem Zeitgeist, oder wie er selbst so gerne hervorhob – mit den Bedürfnissen des Mannes von der Straße. Er witterte zielsicher, wahrlich wie der Jagdhund die Spuren des Wildes, die Stimmungslage der kleinen Leute. Er formte daraus seine Politik und sprach dem Mann auf der Straße »aus dem Herzen«, zugleich ließ er die elitäre Kritik daran in geradezu stoischer Weise an sich abprallen. So heimste er seine Siege ein. Der Zulauf ließ ihn aufs höchste Amt hoffen und gab ihm Sicherheit, der Erfolg kehrte in ihm die bessere Seite seines Wesens hervor.

Oliver Ordok hatte sich sogar im Äußeren unmerklich verändert.

Die merkwürdigen gräulich-weißen Flecken, die sich besonders in Augenblicken der Anspannung auf dem Vogelgesicht und dem sehnigen Hals abzeichneten, schienen verschwunden zu sein. Und mit den dunklen Ringen unter den Augen erinnerte Ordok an die Fotos eines Goebbels. Mitunter erweckte er den Eindruck, als ob ihm Suppe ins Gesicht gespritzt worden sei. Ein Gegner Ordoks, von

Beruf Arzt, hatte seinerzeit für diese Hautkrankheit eine völlig unsinnige und voreingenommene Erklärung. Feindselig behauptete er nämlich, daß diese »Suppenflecken« ein psychisches Merkmal für Ordoks Machtgier seien. Und wenn ihm das Schicksal nicht wohlgesonnen sei, würden diese Sprenkel, seine »Hautschreie« nach Macht, den Körper zuletzt von Kopf bis Fuß bedecken, und genau so müßte er sich dann ins Grab legen. Aber nur böse Zungen äußerten ihre Schadenfreude dermaßen zynisch. Verständige Menschen empfanden eher Mitleid mit Ordok, ging es doch bei diesem eigentümlichen Gebrechen um eine nervlich bedingte Scheckhaut. Ihr wundersames Verschwinden erklärten sich die ihm Nahestehenden mit einem jähen inneren Wandel, einer Art magischer Heilung, die er einer tiefen Befriedigung verdanke, weil er schließlich am lang ersehnten Ziel angelangt sei.

Ein seltsamer Gedanke, aber tatsächlich hatten die Erfolge in der politischen Arena Oliver Ordok von diesem kosmetischen Defekt befreit. Im übrigen hatten die meisten Leute diese Lappalie längst vergessen. Nun sah der Kandidat Ordok auf den Bildschirmen wieder völlig normal aus; keine Spur seiner einstigen Stigmatisierung. Jetzt wirkte er energiegeladen, mit dem stets spannungsvollen Ausdruck seiner flinken, dunklen Augen, die unentwegt nach etwas suchten. Sobald er bei seinem Gegenüber inneren Widerstand witterte, setzte er an zum Entern. Zudem war seine Stimme temperiert, sie klang wohltuend und zugleich metallisch, erzeugte effektvolle Ausrufe, kurzum, sie verfügte über all das, was es auf den Rednertribünen vor den neugierigen Blicken der Menge brauchte.

Da gab es aber noch etwas: Ordok hatte eine Fähigkeit, die Robert Bork außerordentlich fesselte. Er hielt sie für absolut einzigartig, und hätte er sie jemandem beschreiben müssen, wäre sie als ein Hirngespinst bezeichnet worden, das die Natur nicht kenne. Aber Robert Bork kannte die Sache nicht nur vom Hörensagen, sondern aus eigenem Erleben, hatte er doch zur selben Zeit wie Oliver Ordok die Universität absolviert. Bork hatte allerdings sein Studium an der historischen Fakultät etwas früher begonnen als Ordok, der sich etwas später der Jurisprudenz zuwandte. Wie viele Jahre waren seither vergangen? Jahrzehnte – aber das romantische Gefühl der Bruderschaft an der gleichen Universität war erhalten geblieben und schuf eine dauerhafte Nähe zwischen den beiden so grundverschiedenen Menschen. Schon damals war Robert Bork immer wieder fasziniert, wie phänomenal und verschiedenartig das menschliche Gedächtnis sein konnte. Oliver Ordok erinnerte sich buchstäblich an jedes einzelne Telefongespräch, das er in seinem Leben geführt hatte. Ausgerechnet an Gespräche übers Telefon und nur an sie. Ordok konnte auf den Tag und die Minute genau abrufen, mit wem er vor zehn oder fünfzehn Jahren fernmündlichen Kontakt gehabt hatte, auch wenn der Anlaß banal gewesen war – etwa ein Anruf bei der Auskunft am Flughafen, oder daß er im Jahr neunzehnhunderteinundsiebzig, am Mittwoch, den zwölften August, genau um drei Uhr nachmittags an der Tankstelle bei der Lincoln Street plötzlich an den Hörer des dortigen Telefons geholt worden war. Niemand konnte dieses Wunder erklären. Niemand konnte es fassen, wie ein Mensch eine dermaßen unglaubliche Menge an Telefonmüll im Gedächtnis zu speichern verstand. Robert Bork machte keinen Hehl daraus, wie er deswegen Ordok gegenüber zwischen blankem Neid und reinem Entsetzen schwankte. Wenn er über dieses Phänomen ernsthaft nachdachte, kam es vor, daß er plötzlich hell auflachte und gleich wieder erschrocken verstummte. Warum war ein Mensch mit so einer ungeheuerlichen Telefonkapazität ausgestattet? Weshalb und wozu war gerade Oliver Ordok dazu ausersehen? War es die Gunst einer höheren Gewalt oder eine Strafe aus der Hölle? Irgend etwas mußte sich doch dahinter verbergen?

Eben daran dachte Robert Bork auch jetzt, als er den fernmündlichen Wortschwall Oliver Ordoks aus verflossener Studentenseligkeit über sich ergehen ließ. Sein plötzlicher, zufälliger Gedanke: Wenn wir beide in zehn Jahren noch am Leben sind, wird sich Oliver auch an dieses Gespräch erinnern, während ich es vergessen habe.

Und wie zur Beantwortung seiner schweifenden Gedanken vernahm Bork die Worte Ordoks im Hörer: »Also, Robert, warum ich dich anrufe ... Verzeih mir, aber ich muß dir meine Gedanken aus der Ferne darlegen, mir ist es außerordentlich wichtig, die Sa-che ohne Umschweife zu klären. Du bist sicher schon im Bild, dieser Mönch im Weltraum, wie heißt er noch, so ein Kirchenheiliger – Philoway oder so ähnlich ...?«

»Filofej«, korrigierte ihn Bork, »er heißt Fi-lo-fej. Ich habe sein Sendschreiben vor einer Stunde gelesen.«

»Hab ich auch angenommen, Robert. Dieses Problem der Kassandra-Embryonen hat mich einfach überrumpelt. Ein Erdbeben wäre mir lieber, oder sonst wer weiß was ... So etwas ist mir noch nie passiert. Bis jetzt war mir unklar, was es bedeutet, über einem Abgrund zu schweben. Gewöhnlich suche ich den Kampf mit dem Gegner vor aller Augen, aber wie soll man sich verhalten, mit wem hat man es zu tun, und wie soll man nötigenfalls die Klingen kreuzen? Wie soll ich es nur sagen? Das ist so unfaßbar, so weltfremd. Zugleich betrifft es aber alle und jeden. Auf der ganzen Erde, oder? Es hat uns alle kalt erwischt. Vermutlich kommen damit nur Superintellektuelle wie du zurecht, die Leute von deinem Schlag hat es wohl nicht erschüttert ...«

»Entschuldige, Oliver«, unterbrach ihn Bork, »offen

gestanden ist das auch für mich ein einziges Rätsel. Ich höre mir gerne an, was du mir sagen willst, aber was hat dich eigentlich veranlaßt, ausgerechnet mich anzurufen?«

Bork merkte, wie Ordok tief durchatmete. »Ach ja, Robert!« Er stockte, hatte sich aber gleich wieder unter Kontrolle. »Du hast recht. Ich will offen sein. Die Idee stammt nicht von mir. Mein Assistent Anthony Junger hat als erster vorgeschlagen, bei Robert Bork Rat zu holen. Anthony ist jung und energisch, aber auch belesen und – das ist mir wichtig – an Philosophischem sehr interessiert. Wir liefen zusammen, jeder hielt eine *Tribune* in der Hand, und wir alle – meine Ratgeber und Assistenten, ich ganz speziell – waren wie benommen. Wir haben für morgen eine große Kundgebung angesetzt. In deinem County, verstehst du? Wie sehr Demokratie und Volk zusammengehören, muß ich dir ja nicht auseinandersetzen. Jedenfalls dachte ich, ich sei für alles gerüstet und auf jede Frage vorbereitet, wenn es sein muß auch vor einem Massenpublikum im Zentralstadion. Aber wenn ich mir ausmale, was aus meiner Kundgebung werden könnte, weißt du, da wird's mir mulmig, als lauerte um die Ecke ein Tiger. Wer hat denn mit diesem Donner aus dem Weltraum gerechnet? Unser ganzes Programm stand fest, mit allen Terminen und Versammlungen. Und jetzt muß ich mich plötzlich auf etwas ganz Neues einstellen! Wie soll ich auftreten? Du kennst ja unsere Wählerinnen und Wähler, Amerikaner sind überpenibel und immer auf Skandale fixiert. Die ganze Welt beobachtet uns, schüttelt sich vor Lachen, wenn wir uns so ungezwungen wie Kinder aufführen. Doch entschuldige, um Himmels willen, ich bin schon wieder vom Thema abgekommen. Meine Wähler werden ja morgen bestimmt nicht nur wissen wollen, ob meine Zähne echt sind und was der Zahnarzt dazu sagt, sondern auch, was ich von der Botschaft dieses kosmischen Mönches halte. Aber was soll ich nur sagen? Ich kann doch nicht bloß vor lauter Verwunderung die Hände ausbreiten und bedauernd mit den Achseln zucken. Ein Politiker darf sich so etwas nicht leisten!«

»Bist du sicher, daß sie dich darauf ansprechen?«

»Daran zweifle ich keine Sekunde. Und Spekulationen bringen jetzt nichts.«

»Also sollten wir uns fragen, ob wir dieses Phänomen nicht für eine Art Paroxysmus halten sollten, für ein Fieber unseres Selbstbewußtseins und als eine Aufforderung aus dem Weltraum, uns selbst zu korrigieren. Nein, das wäre mehr als eine einfache Korrektur, vielmehr könnte es sein, daß diese kosmische Sondierung unsere innere Sichtweise verschärft?«

»Sicher, sicher, aber ich weiß nicht so recht ... Solche Erklärungen kann ich nicht vorbringen. Unter uns geht das. Aber wie soll man es den Leuten sagen! Was heißt schon Korrektur, Paroxysmus und innere Sehschärfe? Was sagt uns dieser Mönch über den Wolken eigentlich? Mal im Klartext. Er erzeugt irgendwelche Zeichen auf der Stirn schwangerer Frauen und erzählt uns, sie hätten sogenannte Kassandra-Embryonen in sich. Das geht doch zu weit für den gesunden Menschenverstand, oder nicht? Ginge es nur um Wissenschaft, na ja, wäre halb so schlimm. Aber dieser Philoway oder Filofej muß sich ausgerechnet an den römischen Papst und die breite Öffentlichkeit wenden, ja an die Menschheit schlechthin. Nebenbei bemerkt interessiert es mich schon, was der Papst dazu sagen wird, was meinst du? Wird er überhaupt antworten? Ich beneide ihn nicht. Und mich noch viel weniger. Ja, ich tu mir echt leid. Der Papst sitzt im Vatikan, der Mönch treibt allein durchs All, und ich armer Hund stehe vor einer ganzen Menschenmenge!«

»Erlaube mal, Oliver, erstens bist du nicht allein«, suchte

Bork ihn zu beschwichtigen und zu präzisieren, »zweitens sind alle …«

»Ich weiß, ich weiß, aber verzeih und laß mich erstmal ausreden, mir ist klar, was du sagen möchtest. Du meinst doch, jeder müsse für sich selbst entscheiden, das sei eine rein persönliche Angelegenheit, ob man diesen, wie heißt es doch, diesen Paroxysmus annimmt oder nicht. Ja, das stimmt zwar, aber nur auf den ersten Blick, Robert. Wir dürfen doch nicht vergessen, in welcher Zeit wir leben. Die Massen erwarten von uns die totale Lösung aller Probleme. Der Staat soll alle persönlichen Sorgen lösen. Sogar das Aids-Problem soll die Administration lösen. Der Mensch von heute sucht die Schuld weniger bei sich selbst als vielmehr beim System. Aber was für ein Problem hat uns dieser Weltraummönch auf den Hals gehetzt? Wohin damit? Auf wen abwälzen? Und was soll man tun? Da muß uns etwas einfallen. Viele werden sich auch dieses Mal geschickt aus der Affäre ziehen. Ich denke da vor allem an meine Politikerkollegen, sie werden das Baby so schaukeln, daß es ihrem Wahlkampf nützt. Man kann jeden blutigen Krieg für sich ausschlachten, warum nicht diesen Philoway. So sehe ich das, Robert.«

»Filofej, lieber Freund! Schön. Du kannst mir glauben, die Botschaft aus dem All ist auch für mich ein Brief mit sieben Siegeln. Ich bin auch schockiert und verwirrt. Obwohl ich doch schon sagen kann, daß es sich um eine phänomenale Entdeckung handelt. Wenn es den Gegnern dieser Entdeckung nicht gelingt, Filofej gründlich zu widerlegen, haben wir einen neuen biologisch-psychologischen Faktor bei der Entstehung des Geistes gefunden. Ich würde ihn als ›Filofej-Syndrom‹ bezeichnen. Es dürfte im menschlichen Leben eine ebenso große Rolle spielen wie Wille und Angst, Geburt und Tod.«

»Auch das noch? Und du hältst das für möglich? Allerhand, du gehst ziemlich radikal ran!« Befremden und Verdruß waren aus Ordoks Stimme zu hören. Offenbar hatte er solch eine Interpretation der Botschaft Filofejs nicht erwartet. »Angenommen, es wäre so, wie du sagst, was soll dann geschehen?«

»Ich weiß es nicht. Was stellst du dir vor?«

»Na, was denn wohl? Jedenfalls nicht die gehobene Materie, auf die wir uns beide einlassen können, die versteht doch kein Mensch. Ich muß auf die konkreten Fragen der Wähler auch konkret antworten und klipp und klar sagen, was ich von diesem ›Filofej-Komplex‹ halte. Da darf es keine Mißverständnisse geben.«

»Ach ja, ich begreife«, pflichtete ihm Bork bei. »Darüber muß man nachdenken …«

»Vielleicht rufe ich dich lieber in einer knappen Stunde wieder an? Mir ist wirklich nicht ganz geheuer, sonst hätte ich dich nicht behelligt, Robert. Ja, ich gebe zu, ich habe große Ambitionen. Ich weiß, daß ich vor jedem Publikum bestehen kann. Aber in diesem Fall bin ich mit meinem Latein am Ende. Wenn ich dich recht verstehe, geht es um etwas absolut Neues. Als Amerikaner sollten wir ja in allem Pioniere sein und unsere eigene Meinung äußern, unabhängig von allen andern, und genau das wird für den Rest der Welt die Richtung angeben. Und sollten etwa menschenähnliche Wesen, was Gott verhüte, Bewohner anderer Planeten der Galaxis, bei uns heute auftauchen, so müßten wir die gemeinsamen Fotos, auf denen wir uns umarmen, schon morgen veröffentlichen. Sonst wären wir keine Amerikaner.«

»So ist es!« Bork lachte und fügte hinzu, daß sich das am Telefon nicht klären lasse. »Da ist mehr erforderlich, ein Forum oder ein Treffen, jedenfalls eine hochkarätig besetzte Konferenz – nicht nur eine einzige, sondern viele, und nicht nur in Amerika, sondern auch in anderen Ländern. In dicht besiedelten Regionen dürfte die Resonanz besonders heftig sein. In erster Linie in China, Indien und Japan – und vergiß Rußland nicht! Ich stelle mir schon jetzt lebhaft vor, welche Wellen Filofejs Aufruf in allen Ländern schlägt. Aber du mußt morgen auftreten, Oliver. Du hast bestimmt dein Wahlprogramm, nicht wahr? Und hast schon einige Versammlungen hinter dich gebracht, kennst also deine Prioritäten und Schlußfolgerungen. Jedenfalls bist du dir sicher, wie es sich für dieses Amt gehört. Die Zeitungen haben schon die ersten Prognosen veröffentlicht. Die Wetten stehen für dich alles andere als schlecht. Ich kenne auch deine Konkurrenten.«

Ordok reagierte sofort. »O nein, Robert, die darf man ja nicht unterschätzen. Das ist es ja gerade. Es sind starke und energische Typen. Speziell jetzt, wo so ein unerwarteter Faktor auftaucht. Dieses, wie du sagst, Filofej-Syndrom.«

Bork suchte ihn zu beruhigen. »Ich glaube, es wäre einfach verfrüht, das Thema anzuschneiden. Wir haben die Lage nicht durchdacht. Im übrigen berührt es dich doch gar nicht. Als Präsidentschaftskandidat bist du an der Entstehung dieser ungewöhnlichen Geschichte überhaupt nicht beteiligt.«

Oliver Ordoks Atem ging schwer. »Das stimmt nicht ganz, Robert«, entgegnete er. »Selbstverständlich bin ich darauf nicht vorbereitet. Aber mich wühlt die Frage schon auf, wie sich diese Situation auf meine Wahlchancen auswirkt. Hör mir jetzt genau zu, Robert. Ich brauche deinen Rat. Und wenn ich dich deshalb auf Empfehlung von Anthony Junger anrufe, dann deshalb, weil die jüngere Generation bei dir geistige Orientierung sucht. Ich zähle darauf, daß du, der bekannte Futurologe und Wissenschaftler, uns, die Praktiker der Politik, berätst. Verstehst du? An wem sollten wir uns denn orientieren, wenn nicht an euch

Intellektuellen? Meine Rivalen sind, wie gesagt, ziemlich bekannte Leute. Unter diesen alten Hasen bin ich ein Neuling. Ich gehe jetzt in die erste Runde. Ich darf keinen falschen Zug machen. Offen gestanden, ich möchte nicht zu den Konservativen gehören, ich wüßte nicht warum. Anderseits habe ich nichts für die Revolution übrig, das ist mir zu gefährlich und zu extrem. Es wäre schon sehr ärgerlich, wenn irgendein Unsinn oder Mißverständnis wie diese kosmische Affäre mich schon nach der ersten Runde aus dem Rennen schleuderte. Ich bin auf alles vorbereitet, stehe in den Startlöchern, ich habe alle Szenarien auf dem Weg zum Olymp durchgespielt. Und da kommt einem dieser Fall in die Quere! Ein Weltraummönch läßt grüßen. Was soll ich ihm antworten? Stehe ich zu ihm oder schicke ich ihn in die Hölle? Ich darf mich nicht drücken, verstehst du? Das ist mehr als bloße Neugier, wenn ich wissen will, was du meinst. Das ist doch verständlich? Die politische Vernunft zwingt mich dazu. Ich darf keine Stimmen einbüßen nur wegen eines blöden Zwischenfalls. Darum geht es.«

»Ich habe kapiert«, antwortete, staunend über so viel Elan und Energie, Robert Bork. Der Kampf ums politische Überleben, dachte er, hat ja auch seinen Preis. Und er spürte in diesem Augenblick, wie ihm das Blut in den Kopf schoß. In seinen Ohren dröhnte es, als er sich die erbitterten Leidenschaften vorstellte, die der Mönch Filofej provoziert hatte, als er, einem unerwarteten Kometen gleich, im Selbstbewußtsein der Menschen eine solche Bresche schlug. Wird sich das zum Guten oder zum Bösen wenden lassen? So lautete doch die Frage Ordoks, und darauf mußte er, der Futurologe, antworten.

»Wenn du, mein lieber Oliver, jetzt nicht unmittelbar in den Wahlkampf hineingezogen wärst«, fing Bork an, als führe er ein Selbstgespräch, und er wiegte dabei den Kopf unwillkürlich von einer Seite zur anderen, als könnte der Gesprächspartner am anderen Ende der Leitung ihn sehen, »dann müßten wir darüber ernsthaft reden. Ja, Filofejs Botschaft hat mich beeindruckt, aber darum geht es ja gar nicht. Jedenfalls sind alle meine Versuche, darin Widersprüche zu finden, vergeblich gewesen, ich fand vorerst keine Gründe, Filofejs Schlußfolgerungen zurückzuweisen. Ganz im Gegenteil. Ich fange an, daran zu glauben, was er verkündet.«

»Wie bitte? Aber wo soll das enden, Robert?«

»Die Zeit ist reif dafür, auch wenn wir es aus unserer individuellen Perspektive nicht wahrhaben wollen. Bestimmte Worte, die in allen Sprachen wenig bedeuteten, ja Floskeln zu sein schienen, erlangen unter dem Eindruck Filofejs wieder ihren ursprünglichen, eher verborgenen Sinn zurück. Es klang ja immer so einfach, daß man es überhörte: ›Warum wurde ich geboren? Wozu hat mich eine Mutter auf die Welt gebracht?‹ Erst jetzt blitzt eine Antwort auf. Ein schrecklicher Abgrund öffnet sich vor uns. Vor allen Menschen. Wenn wir alles beim alten lassen, dann stürzen wir ab, in den selbstgeschaffenen Krater. Von nun an lautet die Frage: Nehmen wir die Prophezeiung Filofejs aus dem Kosmos zur Kenntnis oder weisen sie, ungeachtet der offensichtlichen Tatsachen, zurück. Wir können natürlich so tun, als sei nichts geschehen, wir können Filofej verscheuchen wie eine lästige Fliege. Alles hängt von unserem Willen ab. Ja, so ist das. Wir können uns abwenden und so tun, als ginge das Leben wie seit Jahrtausenden weiter. Aber es war etwas ganz anderes, als wir noch keine Ahnung von der Tragödie der Kassandra-Embryonen hatten. Jetzt hat sich die Lage völlig geändert. Wir wissen Bescheid und können uns davon überzeugen. Aber wie sollen wir uns verhalten? Die Sache ignorieren und darüber hinwegsehen, daß wir uns selber bedrohen, und zwar als Gattung? Oder wollen wir der Wahrheit ins Auge blicken, den apokalyptischen Exodus antizipieren und auf die Stimmen der Kassandra-Embryonen hören? Wie gehen wir vor? Noch gestern hatte die Menschheit nicht die geringste Ahnung von diesem Phänomen, aber heute können wir uns nicht mehr herausreden, weil die Diagnose erstellt ist. Der Mensch hätte jetzt die Chance, sich selbst von neuem zu entdecken: Was schlägt sich nieder in diesem Bewußtsein, das im Keimling entsteht, wohin treiben ihn die ererbten Übel früherer Generationen, ja, in welche Finsternis ziehen diese alten Verirrungen unserer Gattung? Stellen wir uns dieser Herausforderung, und sind wir bereit, uns in diesem schrecklichen Spiegel des Vergangenen ins Auge zu sehen? Oder wollen wir uns auf selbstzerstörerische Weise immer weiter ins Abseits jagen lassen? In diesem Sinn habe ich das Traktat Filofejs begriffen.«

Oliver Ordok räusperte sich mehrmals, gab undeutliche Laute von sich und schwieg dann betroffen.

»Ich kann sehr wohl verstehen, Oliver, warum du nichts sagst. Aber meine Meinung verpflichtet dich zu nichts. Hörst du mich?«

»Ja, schon ... Und trotzdem möchte ich deine Ansicht genauer kennen, wenn es dir nicht zu viel Mühe macht, unbedingt. Ich will mich absichern. Nein, nein, keine Sorge! Nur für mich, ich plaudere nichts aus. Aber ich habe keine Wahl. Denk doch an meine Gegner! Entweder ich behaupte mich ihnen gegenüber, oder ich muß passen. Und alles hängt davon ab, welche Position ich in dieser Sache einnehme, verstehst du? Wer möchte schon verlieren! Es geht um klare Entscheidungen – ich muß abwägen, ob ich für die Streikenden Partei ergreife oder gegen sie auftrete, ob ich für oder gegen Rassendiskriminierung demonstriere. Aber das sind handfeste Fragen, da lohnt sich der Einsatz. Zum Teufel nochmal! Aber worum geht es bei diesem Filofej? Soll ich wegen so einem Hirngespinst riskieren, nicht als Präsident gewählt zu werden? Wegen diesem komischen Vogel im Weltraum? Der reine Schwachsinn wäre das. Warum muß das gerade jetzt passieren? Warum nicht früher? Noch besser später? Nimm es mir nicht übel, Robert, wenn ich mir meinen Verdruß und die Zweifel so von der Seele rede.«

»Ist doch weiter nicht schlimm, ich höre dir zu, Oliver. Allerdings ist Filofejs Entdeckung kein Hirngespinst, du kannst es drehen, wie du willst. Natürlich bleibt es dein gutes Recht, deine Meinung zu haben, nur fürchte ich, daß es nicht um eine bloße Hypothese geht, sondern um ein reales Phänomen, das buchstäblich alle Menschen angeht. Verglichen mit dem, was hier auf uns zukommt, sind Streiks und Demonstrationen, mögen sie noch so aktuell sein, ein Ringelreihen. Hier geht es um einen Katalysator von Gut und Böse, der schlagartig alle Schichten der Erdbevölkerung ergreift. Also Grund genug zum Nachdenken, Oliver! Vor allem müssen wir uns selbst gegenüber Rechenschaft ablegen und klären, was es letztlich bedeutet ...«

Beide verstummten und schwiegen nachdenklich, bis schließlich Oliver Ordok wieder zu reden begann.

»Du willst mir also vorschlagen, diesen Filofej zu unterstützen? Du pflichtest doch der Botschaft des Weltraummönchs bei, nicht wahr? Hörst du mich noch, Robert?«

»Ja, natürlich höre ich dich, Oliver.«

»Folglich muß man Filofej das Rückgrat stärken? Und dann seine eigenen Schlüsse daraus ziehen? Das meinst du doch im Klartext?«

»Sieh mal, Oliver, du bist Politiker. Und in der Politik ist deine Methode folgerichtig. Aber es geht nicht um meine subjektive Stellungnahme, überhaupt nicht. Real sieht es doch so aus, daß man gar nicht umhin kann, sich auf die Fakten und die Logik Filofejs einzulassen. Seine

Entdeckungen deuten meines Erachtens darauf hin, daß dem Menschengeschlecht neue Prüfungen bevorstehen. Jeder Mensch hat nach seinem Gewissen zu entscheiden, ob er diese Warnung annimmt und sich auf das vorbereitet, was hier an unsere Türen klopft. Versteh mich bitte nicht falsch, wenn ich dir nochmals sage – du bist Politiker, dein Ziel ist es, die Aktualität des Augenblicks zu erhaschen, den Trend der Stimmungen. Das ist kein Vorwurf, Oliver. Du wolltest meine Meinung hören, schön. Ich glaube, wir haben die Sache hinreichend diskutiert, und ich wäre froh, wenn ich dir irgendwie von Nutzen sein konnte. Wir sind sicher nicht die einzigen, die sich heute über die Worte des kosmischen Filofej den Kopf zerbrechen.«

»Alles klar, Robert. Ich male mir schon jetzt aus, wie lustig das Leben in unseren Vereinigten Staaten von Amerika ab morgen sein wird. Vielen Dank noch, mein Lieber. Ich werde mich über die Medien auf dem laufenden halten. In dieser Sache bist du ja sicher bei Presse und Fernsehen ein vielgefragter Mann.«

»Das wäre mir gar nicht recht. Gottlob hat Jessica daran gedacht, den Journalisten zu verschweigen, daß ich schon ab heute abend wieder zu Hause bin.«

»Ach, so ist das also! Dann hat dich Jessie vor dem lästigen Ordok nicht abgeschirmt? Sei großmütig zu ihr, ich habe mich ja als alter Freund bei dir anmelden lassen. Ich alter Draufgänger kann das Plaudern nicht lassen. Aber Moment, ich muß dir noch die Geschichte mit dem Teufel erzählen.«

»Mit dem Teufel? Ach ja.«

»Eigentlich nichts Besonderes, aber für mich doch interessant. Stell dir vor, Robert, es passierte bei der ersten Wahlversammlung dieser Tage – der Riesensaal war rammelvoll, gut fünftausend Leute. Ich natürlich ganz aufgeregt. Stellte mein Programm vor. Dann die Fragen, die nur so auf mich herunterprasselten. Was man da alles von mir wissen wollte! Vom Hundertsten ins Tausendste. Die ganze Bandbreite. Von sexuellen Minderheiten bis zu internationalen Beziehungen. Ob ich Sport treibe, wie es zu Hause sei, Familie, Frau, Hobbys und dergleichen. Und auf einmal taucht da ein Typ auf. An einem der Mikrofone im Saal. Ziemlich weit weg von mir. Und stellt mir die Frage: ›Mister Ordok, seien Sie doch so lieb und sagen uns bitte, welches Verhältnis Sie zum Teufel haben?‹ Ich war sprachlos! Im Saal Mucksmäuschenstille.

›Zum Teufel? Um welchen Teufel geht es denn?‹

›Um Sie, Mister Ordok. Sie sind der Teufel.‹

›Wie bitte?‹

›Ganz einfach, Mister Ordok, Sie sind doch ungarischer Abstammung. Auf ungarisch bedeutet Teufel – *Ördög*! Sie sollten das nicht vergessen, Mister Ördög!‹ Der Saal erdröhnte vor Gelächter. Aber mir lief es heiß und kalt über den Rücken. Dann fügte dieser Kerl noch hinzu: ›Verzeihen Sie, Mister Ördög. Ich habe das nicht nur so dahergesagt. Es ist nämlich mein größter Wunsch, daß Sie der populärste Teufel von Amerika werden.‹ Die Leute im Saal brachen wieder in ein Gelächter aus, daß die Wände wakkelten. Gefällt dir die Story, Robert?«

»Und ob! So etwas kann man nicht erfinden. Ich werde sie Jessica weitererzählen.«

»Ja, ja, erzähl sie ihr, sie soll auch was zum Lachen haben.«

»Okay! Ruf mich an, wenn was los ist!«

»Unbedingt!« erwiderte Ordok lebhaft und verstummte plötzlich, als wollte er noch etwas zum Abschied sagen. Tatsächlich nahm das Gespräch eine völlig unerwartete Wendung.

»Hör mal, Robert, meinem naiven Schädel ist noch eine waghalsige Idee gekommen.« Er lachte verlegen. »Also wenn nun … Angenommen, ja, so ist es, stell dir mal vor … Dieser kosmische Mönch kreuzt unerwartet auf, ja? Und niemand hat eine Ahnung davon, wie man mit ihm umgeht, so ist es doch, oder? Könntest du dann nicht den Chefberater für diesen Teil der Kampagne machen? In unserer Mannschaft? Natürlich nur für die Zeit des Wahlkampfes. Wir würden am gleichen Strang ziehen, Robert. Bei entsprechender Honorierung, versteht sich! Aber darum geht es ja gar nicht. Verzeih mir, um Gottes willen, ich hätte darüber nicht sprechen sollen.«

»Danke vielmals, Oliver!« erwiderte Robert Bork rasch, um sich nicht auf Einzelheiten einlassen zu müssen. »Aber ich antworte sofort und ganz ehrlich. Ich schaffe nicht einmal meine eigenen Verpflichtungen – die Arbeit, Termine, das Schreiben. Du brauchst dafür junge, fixe und geschickte Leute an deiner Seite, die von morgens bis abends abrufbar sind. Gefolgsleute im Sattel. Das ist doch eine Kampagne, eine Jagd auf Stimmen. Ich bin zu alt.«

»Was soll das, Robert, du übertreibst. So alt, wie du glaubst, bist du nun auch wieder nicht. Vertrau mir, ich meine es ehrlich. Überleg es dir. Glückauf, Alter! Ich denke eben, für den kosmischen Mönch brauchen wir den entsprechenden irdischen Filofej, oder?«

»Das können wir dann ja noch gemeinsam überlegen!« Bork sprach betreten vor sich hin. »Im Prinzip können wir jederzeit miteinander telefonieren, wenn es nötig ist.«

»Das ist ein Wort! Okay! Gute Nacht! Grüß Jessica von mir.«

»Sie sitzt gerade vor dem Fernseher.«

»Klar, das tun jetzt alle. Aber was passiert morgen, wenn den Leuten so richtig klar wird, worum es geht? Wer weiß, woher der Wind weht? Auf bald, Robert!«

»Auf bald.«

VI

Nachdem er den Hörer endlich auflegen konnte, atmete Robert Bork erst einmal tief durch. Er verstand ja durchaus, daß Filofejs Botschaft alle Menschen zutiefst betroffen machte. Ja, Probleme, die zu allen Zeiten schwer zu ertragen sind, gab es ohnehin genug. Und jetzt noch das Rätsel der Kassandra-Embryonen! Schlägt wie der Blitz aus heiterem Himmel ein und löst eine weltweite Hysterie aus. Wie sollte man die Sache überhaupt bezeichnen? Revolution? Evolution? Krieg? Chaos? Epidemie? Nichts von alledem! Vielleicht alles auf einmal?

Jessie saß mit ihrer Schwester im Wohnzimmer vor dem Fernseher. Robert Bork wollte von dem Gespräch mit Ordok erzählen und sie mit der Geschichte über »Ördög«, den Teufel, amüsieren, doch vorerst ging er in seinem Zimmer auf und ab. Er wollte sich konzentrieren. Er spürte eine tiefe, innere Unruhe. Sie war nicht faßbar, sie kam unwillkürlich auf und wirkte auf ihn von überallher, ganz gleich, woran er dachte. Jeder Gedanke endete bei diesem neuen, namenlosen Alarmzeichen. Da braut sich etwas zusammen. Da reift ein Unheil heran, das alles zu verschlingen droht. Aber was ist es? Es kündigten sich keine elementaren Katastrophen an, kein Komet näherte sich mit fürchterlicher Geschwindigkeit dem Erdball, keine Eislawinen donnerten ins Tal, keine Sintflut. Die unsichtbare Gefahr hatte keinen Namen und verbarg sich vorerst im Hirn von Menschen, dem schrecklichsten Reaktor alles Seienden.

Robert Bork hatte sehr wohl begriffen, daß Filofejs Botschaft nur ein Anfang dessen war, was auf die menschliche Gesellschaft stündlich und täglich zukommen würde. Zu erwarten war zunächst eine heftige Reaktion auf das kosmische Sendschreiben Filofejs, als ob man jemanden auf einem orientalischen Basar öffentlich entehren und alles, was ihm heilig war, in den Schmutz ziehen würde, wonach augenblicklich ein Höllenlärm losbrechen müßte. Genau so würde es Filofejs Ideen ergehen. Man blockiert sie, macht sie lächerlich, schmäht und verflucht sie, wie das zu allen Zeiten des Stumpfsinns zu sein pflegt und wie das alle die großen und kleinen Aufbrüche zu neuen Göttern, Heilsbotschaften oder radikalen Vorstellungen einer idealen Lebensgestaltung begleitet. Würde sich die Geschichte auch dieses Mal blindlings wiederholen? Würde sie auch diesmal in sich selbst versanden, ohne etwas enthüllt oder erfaßt zu haben, sei es für eine sofortige oder allmählich einsetzende Einsicht? Der Verzicht der Kassandra-Embryonen auf das Leben war doch nichts anderes als die Folge des Bösen, das sich durch Generationen und Jahrhunderte anhäuft. Das Böse wird im Gedächtnis der Natur gespeichert. Das Böse verläßt die Gene nicht. Wohin soll es denn verschwinden? Filofej hat lediglich entdeckt, daß dem Menschengeschlecht weitere Qualen bevorstehen. Ein Los der Verdammnis, eine Apokalypse, die mit Händen zu greifen ist.

Die ganze menschliche Gattung schien in der Sackgasse zu stecken.

Während er über all das nachdachte, stellte sich Robert Bork verwundert die Frage, woher und warum diese Leidenschaft in ihm so urplötzlich entbrannt war. Warum nahm er die Handlungen dieses kosmischen Mönches Filofej, von dem er noch nie gehört hatte, dermaßen zu Herzen? Weshalb nahm er am Geschick dieses Fremden solchen Anteil und empfand sich als bewußt engagierten Gesinnungsgenossen dieses Menschen, der die Lehre über die Kassandra-Embryonen in die Welt gesetzt hatte? Am meisten erstaunte ihn dabei der Umstand, daß sein bisheriges Leben, kurzum all das, was er an Erfahrung und Wissen hatte erreichen können, daß ihm seine eigentliche Bestimmung erst jetzt, ausgerechnet aus Anlaß von Filofejs biologischem Postulat des Kassandramals, gleichsam offenbar wurde?

Als er sich dessen bewußt wurde, spürte er einerseits ein Befremden über sich selbst, zugleich aber – und dies war die Hauptsache – überkam ihn das Gefühl einer unerhörten, inneren Befriedigung, einer unverhofft gefundenen Spur und einer Lebensaufgabe, von der er bisher nur geträumt hatte. Von daher rührte seine unbedingte Bereitschaft, die Entdeckung des kosmischen Mönches wie seine eigene zu verteidigen, obgleich ihn dazu in formaler Hinsicht nichts verpflichtete.

Seinen Beitrag für die Zeitung hatte er gegliedert. Die Gedanken flossen ihm rasch und reichhaltig zu, er formulierte bereits die ersten Sätze, gab sie in den Computer ein, bei weiterem Nachdenken würden sie noch an Klarheit gewinnen. Die Überschrift des Artikels war eine Frage: »Warum fürchten Embryonen das Leben?«

Bevor Bork weiterschrieb, ging er unstet hin und her und versuchte, seine Thesen und Antworten auf mögliche Fragen in Gedanken auszumalen. Alles mündete in eine einzige Problematik; und eben das würde die Tiefe und Aktualität des Beitrags ausmachen. Schon jetzt spürte Bork ein Aufglimmen der Wahrheit, die Stunde der noch namenlosen Entdeckung nahte.

Zu diesem Zeitpunkt dachte er bei sich, daß das Leben seine unverhofften Lichtblicke, ja Höhepunkte habe, durch Wohlbefinden und gelebte Erfahrung von Tag zu Tag gewonnen und über die Jahre angehäuft. Aber plötzlich gab es, noch rechtzeitig vor dem Tod, den Blitz der Erleuchtung. Selbst scheinbar nebensächliche Lebensumstände konnten dieses Gefühl begünstigen, das Einvernehmen in der Familie, die Anerkennung im engsten wissenschaftlichen Kreis – mit einem Wort all das, was sich tagaus tagein in Stimmung und Arbeitsfähigkeit eines Menschen niederschlägt, ein Zustand, den man ohne Scheinheiligkeit, und sei er auch noch so banal, als Glück zu bezeichnen pflegt – wenn man so will: das Glück der Spießer, das deshalb nicht weniger wertvoll ist.

Es war schon spät am Abend. Ungeachtet seiner Müdigkeit, machte sich Robert Bork wieder an die Arbeit und setzte sich an den Computer. Nichts durfte verloren gehen, was sein Inneres zu dieser Stunde aufwühlte. All das mußte seine Gestalt als Wort und Gedanke am Bildschirm und dann auf dem Papier erhalten. Durch die geöffnete Tür des Arbeitszimmers schimmerte der Schein des Feuers im offenen Kamin. Jessie hatte ihre Freude daran, den Kamin zu jeder Jahreszeit zu benutzen, sie liebte die Musik des Feuers.

Der Artikel ging Bork rasch von der Hand, er schrieb sich wie von selbst. Die Zeilen legten sich über den flimmerfreien Monitor wie vom Pflug erzeugte Furchen auf freiem Feld. Die Nacht ließ den Herbst ahnen und stand in sattem Dunkel vor den schwach beleuchteten Seitenfenstern des Zimmers. Die vertrauten Silhouetten der Bäume im Garten hoben sich nur schemenhaft ab.

Der Mond zog über den Himmelsrand und verschwand hinter den Kumuluswolken, um dann wieder aufzutauchen.

Zu dieser beglückenden Stunde des Arbeitens erstand vor dem inneren Auge Robert Borks die Welt als Ganzes, als könne er sie vom Gipfel eines Berges, der sich hinter dem Dunst des Bildschirms verhüllte, überblicken. Bork unternahm jetzt einen weiteren Versuch, in den Sinn des Daseins einzudringen, seine Gedanken kreisten um die unablässige Problematik des Menschen, der unter seinesgleichen von der Geburt bis zum Tod davon aufgefressen wird, sich zu behaupten. Nein, der Mensch war von seinem Ursprung her nicht für die Tugend geschaffen, ganz und gar nicht. Um im Menschen das Gute hervorzurufen, mußte man ihn unablässig seelisch beanspruchen. Es mußte jedes Mal wieder von neuem geschehen, bei jeder Geburt und nach jedem Tod mußte man an dem unerreichbaren Ideal weiterarbeiten. Und alles, was im Menschen veranlagt war, mußte darauf ausgerichtet werden. Erst dann war er ja ein Mensch.

Während Robert Bork über solche Dinge nachdachte, ahnte er nicht, wie sehr dieses Leben, das er unter dem Eindruck der Botschaft Filofejs analytisch zu erfassen suchte, unerklärliche und unvorhersehbare Momente in sich barg, ja, in welchem Ausmaß es in heimtückischen und jähen Wendungen verlief, die sich allen Voraussagen entzogen. Unter anderem war ihm nicht bewußt, daß über ihn ein Urteil gesprochen war seit der Stunde seines Telefongesprächs mit Oliver Ordok, der mit allen Kräften das Amt des Präsidenten anstrebte. Seit jener Stunde waren ihre Schicksalswege verknüpft. Andererseits hatte sich auch das Geschick Filofejs auf unvorstellbare Weise mit ihnen verbunden. Und auch er, der sich zu der Stunde in kosmischer Abgeschiedenheit auf seiner Orbitalbahn bewegte, konnte von all dem keinen blassen Schimmer haben. Wie auch immer, es geschah, was zu geschehen hatte. Der Knoten des Schicksals war schon nicht mehr zu lösen. In jener Mondnacht wußte davon noch niemand. Keiner von den Dreien, die hier miteinander verflochten waren, konnte das erahnen ... Doch der Schicksalsknoten war geknüpft und festgezurrt.

Und der Mond rollte im Leib der Nacht dahin und zog seine ewige Bahn über der Erde in den dafür festgelegten Minuten und Stunden. Der Kreislauf der Ewigkeit – Geburt und Tod – ging weiter, und wo es in dieser Nacht zu einer Empfängnis kam, erfolgte sogleich die Vereinigung mit der Substanz des Universums wie durch die Anziehungskraft des Mondes. Die Ewigkeit des Lebens erneuerte sich in neuen Keimen.

Und in jeder Empfängnis jener Nacht waren die handelnden Personen der Zukunft schon vorgeprägt. Ihnen allen standen die Türen der Freiheit und der Geburt offen. Jede Frucht der Nacht konnte mit der Zeit auf die Welt kommen, als Frau oder als Mann, als Täter oder als Opfer, als Henker oder als Märtyrer, als Priester des Zölibats und vieles andere mehr. Doch dem Gesetz der Ewigkeit zum Trotz und in Verleugnung des Rufes nach Leben meldeten sich in dieser Nacht auch die Verweigerer an – die Kassandra-Embryonen. Die genetischen Nihilisten, sie rührten sich und zeigten alsbald das Leuchtsignal Kassandras auf der Stirn schwangerer Frauen als Herausforderung an ihr tragisches Los, sie meldeten sich, um mit Hilfe der Strahlensonden Filofejs ihre lautlose Bitte der äußeren Welt mitzuteilen, man möge doch ihre Entlassung aus dem Leben sanktionieren.

Und die Wale schwammen in der Nacht am blinkenden Leuchtturm vor der fernen Steilküste vorüber. Die Walherde schimmerte perlmutterfarben im spielenden Mondlicht und schwamm beharrlich und unaufhaltsam dahin. Wohin schwammen sie nur? Was zog sie an? Was trieb sie weiter? Und was wollte ihnen der Leuchtturm vor dem dunklen Abgrund sagen? Der Leuchtturm vor dem Steilufer, der sich in den Strömungen des Wassers und in den unfaßlichen Blitzen der Walaugen spiegelt?

Und der Futurologe Robert Bork saß in jener Nacht am Computer, Gedanken der Unruhe, Sorge und Hoffnung wechselten sich unablässig ab. Und wieder schwamm er inmitten der Wale, und die Wale im Ozean wußten, daß er mit ihnen schwamm.

Und so drifteten sie gemeinsam dahin, denn sein Schicksal und das der Wale vereinigten sich zusehends ... Er schwamm mit ihnen in den brodelnden Wellen des Ozeans. Das Licht des fernen Leuchtturms blinkte in seinen Pupillen wie in denen der Wale ...

Um Punkt drei Uhr nachts Moskauer Zeit und beim Anschlag des berühmten Glockenspiels aus dem Kreml, das jedes Mal alle vier Himmelsrichtungen der Welt an die Größe seiner Macht gemahnt, verließ die Eule ihr Nest im Spasski-Turm. In zielstrebigem Gleitflug schwebte sie entlang der Kremlmauer. Ein leibhaftiger Schatten, schlug sie lautlos die breiten Flügel und drehte dabei unmerklich den riesigen Kopf mit den magnetisch leuchtenden, kreisrunden, durchdringenden Augen. So flog die Eule jede Nacht. Zu immer derselben Zeit, da die Wache durch das Tor des Spasski-Turmes auf den menschenleeren Platz herauskam und zu Lenins Mausoleum marschierte.

In rhythmischem Stechschritt absolvierten die drei Soldaten der Ehrenwache das Ritual von exakt zweihundert feierlichen Schritten, bis sie die anderen, seit einer Stunde regungslos verharrenden drei Posten ablösten. Das Ritual vollzog sich zu jeder Stunde. Auf die Minute genau. Aber die Eule unter dem Spasski-Turm hatte nur ihre Stunde. Um Punkt drei Uhr nachts Moskauer Zeit. Im Jahrtausend dieser Eule war auch das Mausoleum entstanden. Die Eule hatte schon viele junge Soldaten erlebt, die wie Statuen ihre Zeit am Eingang zum Sarkophag abstanden. Keine Sekunde verging, ohne daß der Sarkophag bewacht wurde. Und dies rund um die Uhr. Tagaus, tagein, ja, für alle Zeiten.

Die Eule überflog den Roten Platz, drehte einige Kreise über dem Mausoleum, dessen Granitflächen im Mondlicht schimmerten wie Perlmutt. Sie kreiste über den sakralen Stätten, den Staatsgräbern hinter dem Mausoleum und unter den Tannen, unmittelbar an der Kremlmauer. Die Eule erwartete ihre beiden Gespenster, die hier zu flanieren pflegten; sie sahen sich sehr ähnlich, waren kleinwüchsig und großschädlig, zumeist tauchten sie nach Mitternacht auf. Als die Eule aber schließlich erkennen mußte, daß die Gespenster allem Anschein nach auch dieses Mal keine Lust hatten zu erscheinen, entfernte sie sich enttäuscht und flog vor den Gesichtern der versteinert dreinblickenden Posten in die Höhe. Das unzertrennliche Paar der gleichermaßen kleinwüchsigen und großschädligen Phantome, ohne Unterlaß flüsternde Gesprächspartner, hatte den Roten Platz vor dem Kreml schon seit einiger Zeit nicht mehr aufgesucht, um dort auf und ab zu schlendern, über das Leben zu plaudern und die Köpfe zusammenzustecken. Womit hätten sich denn diese beiden Gespenster aus dem Jenseits auch sonst beschäftigen sollen?

Tatsächlich redeten sie sehr gerne, erörterten dies und das, und immer ging es um die Politik. Mitunter kam es auch vor, daß sich die Geister amüsierten oder heftig erhitzten, das konnte sich steigern, bis sie stritten und sich schrecklich beschimpften. Der eine erklärte voller Zorn, daß er den anderen nie mehr sehen wolle, daß er ihn hasse, verachte und nicht wünsche, mit ihm gesehen zu werden. Der andere erwiderte fast beleidigt, daran sei nichts mehr zu ändern, die Geschichte sei ihnen ja nicht mehr so hörig wie früher, deshalb habe es keinen Sinn, sich so zu ereifern, nach ihrem Tod seien sie beide nicht mehr als abgefallene Blätter, die der Wind verwehe – und dergleichen mehr. Nur die Eule verdankte es dem Willen der Vorsehung, daß sie diese streitsüchtigen und rastlosen Gespenster, diese verblichenen Schatten aus dem Jenseits zu sehen und zu hören bekam …

Jene Eule hatte sich an die Gespenster über viele Jahre hin gewöhnt, es war ihr, als ob ihr etwas fehle, langweilig war es ohne die beiden. Allerdings wußte sie, daß diese Phantome nicht verschwinden konnten, früher oder später würden sie sich wieder einfinden. Bald gäbe es wieder die Großparaden und die Umzüge auf dem Platz, und spätestens in der darauffolgenden Nacht würden die Geister wieder erscheinen, mit fanatisch leuchtenden, trunkenen Augen. Nach den Paraden führen sie sich auf wie beim Verlassen des Theaters nach einem lärmenden Spektakel. Wirbelnde Trommeln, schmetternde Klänge und Soldatenschritte, die aufs Pflaster knallen, gehen ihnen so recht zu Herzen. Und erst recht das Gerassel der Militärtechnik! Die Umzüge und das Marschieren wühlen sie auf. Vor allem diese lautstarken, jubelnden Menschenmassen mit den Losungen und Porträts derer, die gleichzeitig vom Mausoleum herabwinken! Diese Massen ziehen vorüber wie laichende Ströme, alle in einer Richtung. Kopf an Kopf, mit Hurraschreien auf den Lippen!

Zur Tageszeit konnten aber die Gespenster nicht erscheinen. Obwohl sie gerne ans Licht wollten, die Zeitgrenze überschreiten, sich aus dem Nichts sofort in die Aktion miteinschalten und selbst auf der höchsten Tribüne des Mausoleums stehen, über dem exaltierten Menschenstrom unten auf dem Platz …

Das war ihr sehnlichster Wunsch: All das möge plötzlich stehenbleiben wie das angehaltene Bild eines Films … In einer stummen Szene für alle Ewigkeit erstarren … Unerklärliche Wollust an der Geschichte … Auch die Flugzeuge, die über den Kreml hinwegziehen, blieben am Himmel kleben … Der aufgescheuchte Taubenschwarm erstarre in der Luft … Die leuchtenden Augen und die brüllenden Münder, ja sogar die hingebungsvollen und reinsten Gedanken erstürben auf einmal in den Windungen der Gehirne … Sogar die Sonne bliebe an der einen Stelle für immer stehen …

An den Werktagen, besonders bei Unwetter, bei anhaltendem Regen und Schneetreiben, wenn man sich auf dem Platz vor dem Wind nicht verkriechen konnte, die Wachposten am Mausoleum in Filzstiefeln und Galoschen, Pelzmützen und Fausthandschuhen ausharrten, der Atem vor Frost dampfte, sich auf dem Uniformkragen und der Mündung der Paradewaffen als Rauhreif absetzte, da waren die großschädlig-kleinwüchsigen Gespenster griesgrämig und unverträglich; sie verdrückten sich in Winkeln, warfen schräge Blicke zum Mond und fielen sich gegenseitig ins Wort. Dann vernahm die Eule zornige Ausrufe: »Hör auf, mich von Selbstverständlichkeiten überzeugen zu wollen! Gegen den Tod gibt es keine Argumente, in der Natur ist Unnatürliches nicht möglich. Aber das macht nicht meinen Kummer aus. Ich frage mich bloß, warum ich nur auf die Welt habe kommen müssen! Weshalb hat mich meine Mutter geboren? Wozu dem Tod zum Trotz als Dekoration der Unsterblichkeit herhalten?« So stöhnte das eine der beiden. »Lieber wäre ich nie geboren worden! Wie lang soll das noch weitergehen? Ich möchte nicht unsterblich sein, einmal gestorben ist immer gestorben, ich will kein Ersatzleben haben! Aber ich darf kein Ende haben, keine Ruhe und keine Reue! Das hast du besorgt, ja, du! Es ist die Ausgeburt deiner Teufelei und Heimtücke! Nie wird es eine Erlösung für mich geben, nie und nimmer, denk daran!« Darauf erwiderte das andere krächzend, während es ungerührt an der für immer erloschenen Pfeife zog: »Wie oft muß ich mir das noch anhören und dir sagen, worum es ging. Es war der Wille der Partei! Ich habe dir erklärt, die Partei brauche dich zum Anfassen, du hast da sein müssen, versteh doch! Für die Weltrevolution und die heiligen Klassenschwüre, und die Partei braucht dich nach dem Tod und dem Tod zum Trotz. Du bist der Pharao der Revolution, man wird dich hüten und betreuen und in deinem Sarkophag anbeten.« Und der Streit ging weiter. »Ich möchte mir das verbitten! Ein für alle Mal! Ich will davon nichts wissen. Kategorisch verbitte ich mir, daß man mit meinem Tod eine Ausnahme macht! Niemand, absolut niemand hat das Recht, den Tod zu ignorieren. Das ist doch absurd!«

Und die Eule zog über den beiden ihre Flugbahn, sie konnte sich nur noch wundern, wie heftig die Gespenster über etwas stritten, was nirgendwo sonst in der Welt so zu hören war …

Aber heute waren die mitternächtlichen Streithähne und Phantome nicht erschienen. Der Platz blieb leer …

Die Eule schwebte über die zackige Zinne der Kremlfestung, musterte mit ihrem starren Blick die Umgebung und flog weiter über die breiten, öden Bedachungen in die Parkanlagen der Paläste. Hier ließ sie sich still nieder, inmitten der dichten, herbstlichen Zweige starrte sie reglos vom Hügel auf die Windung des Flusses und die dunklen Dächer der schlafenden Häuser. Unter der Brücke winselte ein Hund, der sich verlaufen hatte und wohl fror. Der Eule kam es so vor, als ob sie aus großer Entfernung, irgendwoher vom anderen Ende der Welt vernähme, wie die Wale im nächtlichen Ozean schwimmen, wie sie sich im großen Keil fortbewegen und die heranrollenden Wellen wie Gebirgskörper zerpflügen. Das Wasser brodelt und heult um sie. Das Wasser widersetzt sich ihrer Bewegung, aber die Wale schwimmen eilends, wer weiß wohin. Von ihrem vulkanisch heißen Atem weht es Alarm.

Die Eule auf dem Hügel des Kreml witterte, daß sich auf der Erde etwas anbahnte: Die Wale hatten sich schon immer der Verzweiflung ergeben, bevor ein großes Unheil in der Welt geschah. Und der Eule im Park des Kreml entrang sich ein schwerer Schrei, es nahte die Stunde der Dämmerung …

Was sich am nächsten Tag abspielte, konnte Robert Bork schon nicht mehr überraschen. Die Ereignisse waren so angelegt, daß man sie vorhersehen mußte. Aber gerade deshalb stellte sich all das, was dann tatsächlich eintraf, für ihn als ein so schwerer Schlag heraus, der undenkbar, ja unvorstellbar blieb. Eine so jähe Wendung der Dinge hätte er gar nicht vorwegahnen können. Als er sich am Morgen auf den Weg zu seinen Vorlesungen machte, war er noch ganz sein eigener Herr. Aber dann …

Schon in der zweiten Tageshälfte hatte Bork es geschafft, nach Hause zurückzukehren. Auf der Heimfahrt kostete ihn die Konzentration am Steuer die allergrößte Mühe; die Botschaft des kosmischen Mönches hatte alle dermaßen aufgewühlt, daß auch er, der sonst so souveräne Futurologe, davon nicht unberührt blieb. Er wollte möglichst rasch heimkommen, bei Jessie sein … Wie hieß er nur, dieser Apparat, mit dem sie mitunter seinen Blutdruck maß. Es war sie, die darauf gedrängt hatte, und er nahm es gerne in Kauf, wenn Jessie das Meßgerät benutzte. Seine Werte waren gewöhnlich normal. Er wußte es, und wegen seiner Gesundheit brauchte er sich vorerst keine Gedanken zu machen. Mit einem nachsichtigen Lachen ließ er sich auf die Launen der geliebten Frau ein, wenn sie die Werte unbedingt messen wollte. Aber jetzt mußte er sich selbst überzeugen, ob alles stimmte. Er fühlte sich unwohl. Ein seltsames, früher völlig unbekanntes Schwindelgefühl hatte ihn erfaßt. Alles um ihn herum schien sich zu verschieben, er verlor die gewohnte Stabilität, drehte sich wie im Wind, sogar im Ausdruck der Augen und in der Stimme war es zu merken. Aber vielleicht bildete er sich das nur ein? Oder hing es damit zusammen, daß sich die gewohnten Koordinaten des Denkens veränderten? Hin zu einem neuen Typus der Denkweise? Aber gibt es so etwas überhaupt? Was heißt eigentlich »Typus der Denkweise«? Existiert so etwas, das man »typisches Denken« nennt und ansieht als etwas Stereotypes und Unveränderliches? Kann das Denken über die bekannten Ufer treten? Und was geschieht dann? Was wühlte denn alle Leute so auf? Die Botschaft, die auf die Natur verborgener Irrwege verwies? Ein Wort, das Untergründiges aufdeckte, also ein Element, für dessen Eigenschaften es bislang keine Erklärungen gab?

Die Autobahn aus der City in die Vororte, die er ungezählte Male gefahren war, kam ihm fremd vor. Die ganze Gegend war ihm nicht mehr vertraut wie bisher. Er fuhr behutsamer als sonst. Alles war an seinem Platz geblieben, und doch hatte alles seine Selbstverständlichkeit verloren. Unerklärlich war alles geworden …

Jessicas Wagen parkte vor dem Haus. Er fühlte sich erleichtert. Sie war also da, sie hätte ja auch weg sein können, an diesem Tag wollte sie noch in den Klub fahren, zur Orchesterprobe.

»Nun, wie steht's?« fragte Jessie als erstes und stand hinter dem Cello und dem Notenständer auf. Wie immer zeigte sie ihr strahlendes Lächeln. »Ist etwas passiert? Irgendwas stimmt nicht mit dir?« Jessica sah ins Gesicht ihres Mannes, und ihr ursprünglich spöttisch lächelnder Blick veränderte sich unversehens. »Fühlst du dich nicht wohl?«

»Ganz leidlich. Jessie, du kannst es dir nicht vorstellen, die Leute sind übergeschnappt!« Robert Bork murmelte vor sich hin, während er die Aktentasche aufs Sofa legte und das Jackett auszog.

»Willst du einen Kaffee?«

»Gerne. Gab es Anrufe?«

»Klar, aber darüber später. Erzähl, was in der Stadt und überhaupt los ist.«

»Was da los ist? Wie zu erwarten. Die reine Panik. Alle sind verunsichert. Filofej ist in aller Munde. Ich rede schon gar nicht von der Presse, von Funk und Fernsehen. Ein einziger Medienrummel. Alle wollen dahinterkommen, worum es eigentlich geht.«

»Man hat dich angerufen, alle möglichen Sender. Ich habe allen gesagt, daß du erst am späten Abend heimkommst. Also, erzähl erst mal weiter!«

»Was soll ich noch sagen? Die Kassandra-Embryonen haben alle völlig schockiert. Die Menschheit sieht sich entthront. Was ist denn von uns, der Krone der Schöpfung, geblieben? Von unserer Selbstzufriedenheit mit unserer so hochentwickelten Zivilisation?«

»So weit willst du gehen?«

»Das hängt nicht von mir ab. An der Universität sind alle wie durchgedreht, wohin du auch kommst. Die Erregung steht allen ins Gesicht geschrieben. Verstehst du? Alle, ja alle reden nur von dieser einen Sache. Das ist doch furchtbar, wenn es buchstäblich alle gleichzeitig tun!? Besessen von ein und demselben Gedanken, der jeden anspringt. Allmählich begreife ich, was dieser Hitler in Stadien und auf öffentlichen Plätzen auslöste und welche Elementargewalten er rief.«

»Vielleicht hast du recht. Aber hast du von den Studenten etwas anderes erwartet, Robert? Für sie ist es ein gefundenes Fressen. Sie sind jung und kochen vor Leidenschaft. Und da taucht halt dieser Filofej auf.«

»Mag sein. Ich erinnere mich lebhaft an den Tag, als Kennedy ermordet wurde, da war auch der Teufel los. Wirklich ein irres Phänomen, was sich heute abspielt. Eine einzige Kakophonie und ein Chaos sondergleichen. Die einen behaupten zum Beispiel, Filofej sei in ein verbotenes Geheimnis der Natur eingedrungen, widersprechen sich aber auf der Stelle und fragen, kann es denn Geheimnisse geben, die verboten sind? Andere meinen: Warum sollen wir uns aufregen, laßt dem kosmischen Mönch sein Vergnügen, kann sich mit seinem Moralin da oben selbst glücklich machen, wir pfeifen darauf, so ein Pickel auf der Stirn juckt uns nicht. Und dann kriegen sie zu hören: Wie bitte? Ihr pfeift doch nur darauf, weil ihr Männer seid? Was soll denn die Frau tun, die erfährt, daß ihr künftiges Kind sterben und nicht zur Welt kommen will? Und überhaupt, wie soll es weitergehen mit diesem Kassandramal? Man kann doch nicht verdrängen, was mit Händen zu greifen ist. Die einen quatschen Unsinn und blödeln, doch daneben stehen welche, die entsetzt reagieren und sich Witze verbitten: Gene sind nun mal Gene, und das programmierte Schicksal, da hat sich kein Sterblicher einzumischen. Während Jahrtausenden haben die Menschen nach ihrem kodierten Schicksal gelebt, und jetzt sollen sie plötzlich alles revidieren, was sich sowieso unserem Willen entzieht und so weiter und so fort. Wie gesagt – für die einen ist es nicht mehr als ein lächerlicher Pickel, für die anderen die reinste Katastrophe. Natürlich hörte ich auch einige ernsthafte Argumente. Ich kann gar nicht alles wiedergeben, was ich zu hören bekam, es ist einfach nicht zu fassen, und alle sind sich einig: Wie kommt dieser Kerl dazu, die Embryonen zu manipulieren! Besonders unheimlich sind die Beispiele, wo Kassandra bereits zugeschlagen hat. Eine Studentin an der juristischen Fakultät sah während der Vorlesung in den Taschenspiegel und stürzte schreiend aus dem Hörsaal. Sie hatte den Punkt auf der Stirn. Schlimmer war der Verkehrsunfall. Die Frau hat später angegeben, sie hätte in den Rückspiegel geblickt und gesehen, wie auf ihrer Stirn etwas Verdächtiges zu glimmen begann. Zum Glück kam bei der Kollision niemand zu Schaden.«

»O mein Gott!« Jessica erschrak und setzte sich wieder auf den Stuhl. »Aber wirklich, wie soll es weitergehen? Dieses Unheil betrifft alle. Was kann man tun? Es muß doch einen Ausweg geben!«

»Ich weiß es nicht, Jessie, ich weiß es nicht. Was erwartest du von mir? Übrigens ist es höchste Zeit für deine Orchesterprobe. Reden wir weiter, wenn du wieder da bist. Ich mache mir jedenfalls große Sorgen.«

»Von wegen Probe! Wenn sich da weiß der Teufel was zusammenbraut!«

»So fängt's an. Also auch du! Nein, geh jetzt, das ganze Orchester wartet auf dich, und du quälst dich wegen diesem Filofej ab. Wenn ich nur wüßte, was ich dazu sagen soll.«

»Ich rufe an und sag den Leuten, ich sei erkältet. Schließlich bin ich die Älteste und werde demnächst Großmutter, wie du wohl weißt.«

»Blüht mir auch, nur als männliche Großmutter«, warf ihr Mann, hilflos scherzend, ein. »Ich freue mich darauf, wenn wir zu Erika nach Chicago fliegen, als Oma und Opa. Aber jetzt darfst du die Probe nicht platzen lassen, Jessie, das ist wirklich nicht nötig.«

Jessica ging unschlüssig zum Telefon, gab dann aber schließlich nach. »Na schön. Ich habe noch eine halbe Stunde Zeit. Es ist überhaupt nicht einfach für mich. Gerade jetzt fiel mir ein, daß Erika schon im siebten Monat ist, und plötzlich zog es mir das Herz zusammen. Hatte unsere Tochter vielleicht auch das Kassandramal auf der Stirn? Damals hätte doch niemand darauf geachtet, als es noch keinen Filofej im All gab. Aber stell dir vor, es würde jetzt eintreten … Ich könnte nächtelang nicht mehr schlafen.« Jessica verstummte und fügte, wieder ruhiger, hinzu: »Ach ja, über dem ganzen Gerede habe ich den Kaffee vergessen, ich hol ihn dir jetzt, Robert, und fahre dann los.«

»Das kann ich doch selbst besorgen, Jess!«

»Nein, das erledige jetzt ich. Übrigens hat da noch jemand angerufen, im Auftrag von Oliver Ordok, ein gewisser Anthony Junger.«

»Junger? Ach ja, ich weiß schon. Und was hat er gesagt?«

»Ich bin gleich zurück und erzähl es dir.«

Während Jessica in der Küche den Kaffee zubereitete – eine Prozedur mit viel Dampf, wobei die Maschine jedes Mal wie eine Lokomotive zischte –, saß Robert Bork im großen Sessel, müde ließ er die schlaffen Arme hinter sich hängen, er verharrte in diesem für ihn ungewohnt merkwürdigen Zustand, als wäre er hier ein Außenseiter. Er sah sich um. Das Wohnzimmer war ein ziemlich großer, von ansehnlichen, massiven Möbeln vollgestellter Raum. Die venezianischen Kronleuchter an der Decke paßten zum Interieur, die gemeinsame Reise nach Venedig, wo er die Deckenbeleuchtung mit Jessie ausgesucht hatte, lag lange zurück. Auch den großen venezianischen Spiegel über dem Kamin hatten sie damals erworben. Der Flügel, das Cello und die reich bebilderten Buchumschläge in den verglasten Regalen verliehen dem ganzen Raum zusätzlich eine Atmosphäre geistiger Seßhaftigkeit. Seine Bibliothek war ja im ersten Stock untergebracht, gleich neben seinem Arbeitszimmer …

Robert Bork nahm all das mit einem Gefühl der Fremdheit wahr, blickte, als stünde er neben sich selbst, in den antiken venezianischen Spiegel – da war er nun, ein knochiges und graumähniges Pferd, das seine besten Jahre, in denen es noch vor Kraft strotzte, hinter sich hatte; jenes Leben und die damit verbundenen Dinge schienen schon nicht mehr ihm zu gehören, er kam sich vor wie ein flüchtiger, in sich zurückgezogener Bekannter. Unwillkürlich befiel ihn der Gedanke, ob er sich denn wirklich mehr als andere mit diesen Fragen befassen müsse. »Warum finde ich keine Ruhe und bohre ständig in mir herum, als sei wirklich das Ende der Welt angebrochen? Vielleicht war mein bisheriges Leben nur der Prolog dafür, daß ich mich jetzt auf das Unbekannte einlasse und es suche wie der Blinde, der sich nach der verschlossenen Tür vortastet? Und was habe ich mit meiner Futurologie erreicht? Mit dem gemächlichen und geordneten Leben eines erfolgreichen Gelehrten? Ist es der letzte Akt des Schicksals, das mir den kosmischen Mönch Filofej an die Seite stellt? Der Augenblick der Wahrheit? Eine Abrechnung für den Vorschuß? Was bedeutet mir dieser Filofej? Eigentlich ist er ein Niemand. Aber warum diese Unruhe? Da muß es etwas geben, was mich mit ihm verbindet. Ich fotografiere Wale im Ozean ... Aber jetzt? ... Ist es nicht so?«

Robert Bork kam weder von sich noch von seinen Zweifeln los. Die Herausforderung war eindeutig. Man mußte sich neu definieren und auf die Epoche, die das Kassandramal einleitete, einstellen. Das war die Herausforderung: Mehr darüber zu wissen, aber auch davon überzeugt sein zu können. Aber wie die Fragen der Menschen beantworten? Was besagen diese Vorboten bei der Entstehung eines Menschen? Soll man sie überhaupt zur Kenntnis nehmen? Läßt sich denn je erklären, warum wir auf der Welt sind? Vielleicht hat es gar keinen Sinn, darauf zu antworten?

Wo er auch ansetzte, alle Gedanken kreisten nur noch um die Entdeckungen des kosmischen Mönches. Buchstäblich alles, ob vergangen oder künftig, mußte revidiert werden.

Jessica brachte den Kaffee, und das Thema hatte beide sofort wieder im Griff. Sie berichtete über den Anruf Anthony Jungers, der sich als glühender Verehrer von Borks Werken vorgestellt und darauf verwiesen habe, daß er Robert schon mehrfach, leider aber vergeblich an der Fakultät angerufen habe. Die Sache sei ihm sehr wichtig, Junger würde in der zweiten Tageshälfte selbst zurückrufen, weil man ihn zur Zeit schwer erreichen könne, er sei ständig auf Achse, ganz besonders an so einem verrückten Tag wie heute, an dem sich Oliver Ordok auf die Wahlkundgebung in der Sporthalle Alpha-Baseball vorbereite, danach gebe es noch eine Pressekonferenz und ein weiteres Treffen, das er organisieren müsse, kurzum, alles gehe drunter und drüber. Und doch habe er, Anthony Junger, den dringenden Wunsch, Robert Bork in einer ruhigen Minute und frei vom Hickhack der Wahlkampagne zu sprechen. Junger habe betont, daß er seit langem von so einem Gespräch träume und nun endlich einen Anlaß dafür hätte.

»Dieser Anthony Junger war nicht zu bremsen, Robert«, schloß Jessica ihren Bericht, »er läßt dir ausdrücklich bestellen, daß er dir einige Fragen stellen und etwas Wichtiges mitteilen möchte.«

Jessica war schon unterwegs zu ihrer Orchesterprobe, als das Telefon klingelte.

Anthony Junger kam gleich zur Sache. »Mr. Bork, glauben Sie nicht auch, daß wir einen gemeinsamen Freund haben? Mit Namen Filofej? Und daß wir uns, vorerst leider nur telefonisch, eigentlich durch ihn kennenlernen?«

»Stimmt. Ich merke schon, daß dieser Weltraummönch in unserem Leben viel verändert.«

»Darum geht es ja, Mr. Bork, keiner weiß das besser als Sie. Das Problem ist eigentlich nur noch, wie sich die Dinge weiterentwickeln, man könnte hier auf gut russisch fragen – wie deichselt er die Geschichte? Übrigens sollten Sie wissen, daß ich ganz gut russisch kann. Seit meinem Praktikum an der Moskauer Universität. Wer weiß, ob ich Ihnen damit noch von Nutzen sein kann, mich würde es freuen.«

»Um so besser«, erwiderte Robert Bork und staunte über die Selbstsicherheit von Anthony Junger. Ein ziemlich energischer Bursche, dachte er. Wie alt er wohl sein mag?

»Ich bin auch in Rußland gewesen, noch zu Gorbatschows Zeiten«, fuhr er fort, um beim russischen Thema, das Junger angeschnitten hatte, zu bleiben. »Drei Mal sozusagen. Moskau, Leningrad und Kiew. Sagen Sie, Anthony, wie alt sind Sie eigentlich? Nur so, aus Neugier.«

»Ich möchte sagen, runde dreißig Jährchen! Nein, es sind genau achtundzwanzig und ein halbes Jahr«, ließ sich Junger, lustig lachend, hören. »Höchste Zeit jedenfalls, Vernunft anzunehmen. Was soll ich noch sagen? Moskau hat mir viel gebracht, ein anderer Pol des Lebens und Wissens, aber das KGB hat mich nicht angeworben. Das will ich sofort klarstellen.«

Beide lachten über diesen im Westen gängigen Scherz.

»Entschuldigen Sie bitte, Anthony, Sie könnten mein jüngster Sohn sein. Und es interessiert mich eben, wie alt mein Gesprächspartner ist.«

»Danke, mir geht's genau so. Aber ich weiß ja fast alles über Sie, habe Ihre Bücher gelesen und studiere sie weiter. Besonders aufmerksam las ich jetzt wieder Ihren Essay über die *Neun Türen des globalen Hauses*.«

»Ja, da habe ich nach einer Synthese der Ideen gesucht, die die Welt bewegen. Ich danke Ihnen, An-thony! Ich fühle mich geschmeichelt«, murmelte Bork vor sich hin.

»Akademisch gesehen, bin ich nicht festgelegt«, warf Anthony ein und präzisierte sogleich. »Zusammengeflicktes, ich habe alles Wissenswerte aufgeschnappt, von der Philosophie bis zur Astrologie und Soziologie. Auch vom Weltraum habe ich einmal geträumt, ich beneide jetzt Filofej. Die Sinnfrage, die er stellt, mutet schrecklich an. Ich befaßte mich auch mit gewerkschaftlichen und journalistischen Themen, übrigens hat mich das an die Seite von Oliver Ordok geführt. Ein typischer Populist des modernen Amerika, seine ausgesprochene Stärke. Der Wahlkampf wird ihn anspornen, seine Talente zur Geltung bringen. Wir tun unser Bestes. In seinem Stab bin ich zuständig für Medienkontakte. Heute zum Beispiel wird die Wahlkundgebung in der Sporthalle Alpha-Baseball über die Bühne gehen, genau in drei Stunden, von 6 bis 9 Uhr p.m. Wir erwarten eine Menge Leute. Und TV live. Landesweit. Danach, ziemlich spät – von 9 bis 10 p.m. – noch eine Pressekonferenz, wird ebenfalls über einige Kanäle live ausgestrahlt. Mr. Bork, ich erzähle Ihnen das aus einer bestimmten Absicht. Vielleicht wollen Sie sich ansehen, was wir machen, das heißt, was Ordok zu bieten hat und was danebengeht. Entschuldigen Sie bitte, haben Sie noch etwas Zeit? Störe ich Sie nicht mit meiner Quasselei?«

»Überhaupt nicht, Anthony!«

»Prima. Was ich in diesem Zusammenhang noch anmerken wollte, damit Sie's wissen. Heute früh haben wir uns in Ordoks Büro versammelt. Rund zwanzig Leute. Assistenten und Experten im Team des Präsidentschaftskandidaten. Und da hat uns Ordok als erstes über sein ausführliches Gespräch mit Ihnen berichtet.«

»Ja, wir redeten über Filofejs Botschaft an die Bewohner der Erde«, bestätigte Robert Bork, worauf Anthony Junger am anderen Ende der Leitung unwillkürlich nickte und nach einer Pause fortfuhr.

»Genau darüber wollte ich mit Ihnen auch reden. Es war höchste Zeit, daß Ordok Ihren Rat suchte. Er ist ein zielstrebiger Politiker, seine Popularitätskurve steigt, aber er ist alles andere als ein Prophet und …«

»Mein lieber Anthony«, Bork schnitt ihm das Wort ab, »auch ich bin weit entfernt davon, Prophet zu spielen. Alles andere als das. Und außerdem weiß ich es von Oliver Ordok selbst, daß Sie ihn dazu angestiftet haben, sich bei mir zu erkundigen. Nehmen wir einmal an, es geht hier um einen Wendepunkt der Evolution oder um eine Verschiebung unseres Selbstbewußtseins – übrigens eine äußerst schwerwiegende Sache! –, wieso kommen Sie dann darauf, daß ausgerechnet ich auf diesem Gebiet den nötigen Durchblick habe? Ich würde liebend gerne jemanden ansprechen, der mir all das erklären kann, nur weiß ich nicht, wo ich ihn finden soll. Vielleicht kennen Sie solche Leute? Sie haben ja gewisse Andeutungen über russische Kosmologie gemacht. Womöglich ist dieser Filofej selbst der russische Kosmologe, der uns die Augen öffnet. Aber jetzt rufen Sie mich an, als wäre ich der allgemein anerkannte Experte auf diesem Gebiet. Ordok mag meiner Auffassung zustimmen oder nicht, aber ich kann nicht dafür garantieren, daß mein Urteil unanfechtbar sei. Bedenken Sie das bitte!«

»Und ich freue mich, daß es genau so ist und nicht anders.« Jungers Antwort erstaunte Bork, die Stimme klang begeistert.

»Warum freuen Sie sich?« Bork reagierte noch verwunderter als zuvor.

»Weil ich mich nicht geirrt habe. Meine Intuition stimmte. Sie, Mr. Bork, sind genau der Denker, der in unserer Mitte lebt und über den es heißt – der Prophet gilt nichts in seinem Vaterlande. Und der Politiker, der Präsident werden will, braucht so einen Propheten an seiner Seite. Der Politiker und Populist, das Idol der Masse – das ist auch nicht jedem gegeben. Heute abend muß dieser Politiker eine Rede halten und Fragen der Wähler beantworten. In einer Riesenhalle. Vor eingeschalteten Fernsehkameras. Mir geht es gar nicht darum, ob es Ordok auf Anhieb gelingt, die öffentliche Meinung in den Griff zu bekommen und den Sack auf die eigenen Schultern zu heben, sondern es kommt mir letztlich darauf an, daß Ihr Einfluß, ja der Einfluß des Robert Bork, auf diesem Weg die Massen erreicht und allmählich verstanden wird.«

»Und ich helfe ihm dabei, den Sack zu packen? Lassen Sie sich nicht so hinreißen, Anthony!« Robert Bork klang etwas spöttisch, als er den jungen Präsidentschaftsberater zu bremsen suchte. »Sie erteilen mir gute Ratschläge. Ich merke, daß Sie begeisterungsfähig sind, aber ich muß Ihnen leider sagen, daß ich keine präzise Vorstellung habe, wenn ich mich über diese außerordentliche, wie soll ich's nur sagen, ja – über diese sozial-genetische Frage äußern soll.«

»Aber Sie sind doch schon dabei, Mr. Bork. Ich sage das aus gutem Grund. Oliver Ordok hat uns nämlich heute früh erzählt, was Sie ihm dargelegt haben.«

»Und was soll das gewesen sein?«

»Im großen und ganzen neigt er dazu, das Problem der Kassandra-Embryonen so darzulegen, wie Sie es taten. Er möchte Filofejs Botschaft in der *Tribune* als eine Wahrheit kommentieren, die kommen mußte, und dabei betonen, daß sie von allen Menschen zur Kenntnis genommen werden müsse, ganz egal, in welchen Ländern sie leben und welchen Schichten oder Völkern sie angehören. Ungefähr so.«

»Vielleicht verhält es sich so, aber die eine Seite der Medaille ist es, eine Tatsache zur Kenntnis zu nehmen, die andere sieht schon komplizierter aus. Wie soll man damit leben, was die Kassandra-Embryonen ankündigen? In jeder nur denkbaren Hinsicht? Global und persönlich, sozial und historisch, philosophisch und psychologisch. Ist es die Stimme von Oben oder das Ergebnis einer Mutation? Fragen über Fragen, wie Sie sicher verstehen. Und wenn es eine Warnung sein sollte? Das Menetekel vom Ende der Zivilisation und unserer Welt? Was sollen wir dann tun? Und wie soll man sich gegenüber Filofej verhalten? Dieser Mönch manipuliert doch von einer Umlaufbahn im All die Empfängnis bei Frauen mit Hilfe seiner Strahlensonden? Wer ist Filofej? Ein böses Genie? Der Antichrist? Ein kosmischer Despot? Oder umgekehrt – Verkünder und Träger des höchstentwickelten Intellekts, ein kosmischer Christus, der die utopische Mission auf sich genommen hat, das Böse auf der Welt auszurotten?«

»Sie haben recht, Mr. Bork!« bemerkte Anthony Junger, doch bevor er sich weiter äußern konnte, hatte Robert Bork wieder zu sprechen begonnen.

»Ich weiß nicht, ob ich recht habe, Anthony, ich bin mir da unsicher. Aber das Ereignis hat mich völlig überrumpelt, und ich komme mir sogar so vor, als sei ich heute ein anderer, als ich noch gestern war. Filofej hat meine Identität verändert, ja, der alte Bork ist wie verschwunden, und ich denke über mein Leben neu nach, obgleich es für mich an der Zeit wäre, mir seiner letzten Phase bewußt zu werden. Um jedem Mißverständnis vorzubeugen, möchte ich betonen, daß ich dieses Problem ganz und gar subjektiv durchlebe. Aber Ordok und sein Team, auch viele andere, verlangen etwas Handfestes, meinetwegen sogar Allgemeingültiges, auf das sie bauen können. Letztlich müssen sie entscheiden, ob sie Filofejs Botschaft annehmen oder zurückweisen. Wenn man die Sache ignoriert, kann rein äußerlich alles beim alten bleiben. Wer ist er denn? Ein Irgendwer, vielleicht ein Geist, der sich Mönch nennt, laßt ihn doch ansprechen, wen er will. Die meisten Menschen haben schon immer den Prediger in der Wüste überhört, ohne mit der Wimper zu zucken. Und sie werden natürlich weiterleben, wie sie es seit Urzeiten getan haben. Darüber schreibe ich in meinem Aufsatz, den ich der *Tribune* kurzfristig zugesagt habe. Aber da ist auch die Kehrseite der Medaille. Filofej hat die Intuition des Embryos entdeckt, und das wirft alles über den Haufen, was wir zuvor über Wesen und Schicksal des Menschen angenommen haben. Wir wollten uns nie eingestehen, was wir von Natur aus sind. Jetzt ist es zum Vorschein gekommen. Mit Fortschritt und Zivilisation wurde alles gerechtfertigt, was die Menschen angerichtet haben. Kennen Sie übrigens die

Redensart, die speziell unter Deutschen und Russen dafür herhalten muß? Wie oft war im Deutschland Hitlers zu hören – ›wo gehobelt wird, da fallen Späne‹.«

»Die Russen sagen sinngemäß: ›Wo man Wald rodet, fliegen Späne.‹ War sehr verbreitet. Unter Stalin galten als Späne die massenhaften Opfer der blutigen Repression. Aber fahren Sie fort, Mr. Bork, ich höre Ihnen sehr aufmerksam zu.«

»Wie recht Sie haben, Anthony. Ja – Filofej verschafft uns einen schonungslosen Einblick in das Wesen des Menschen. Im Verlauf der ganzen Geschichte und von Generation zu Generation haben sich die Angehörigen dieser Spezies, gerade im Umgang miteinander, systematisch mißhandelt. Sie führten sich auf wie krankhaft Besessene. Auf ihrem ganzen Weg haben sie sich um so vieles beraubt und ebenso vieles unwiderruflich versäumt, was sie im Grunde genommen im Sinn ihrer Vervollkommnung hätten erreichen können. Was sind denn all diese endlosen Kriege? Die sogenannten ruhmreichen Schlachten? All die Revolutionen, Revolten und Aufstände, die Verbrechen und Grausamkeiten der Machthabenden ganzer Epochen und Gesellschaften, in denen der Despotismus durch Lehren und Ideologien gerechtfertigt wurde? Wie konnte es dazu kommen, daß das Leben verkrüppelt und ganze Schicksale ausgerottet werden, daß Menschen und Völker einander hassen und zu blutgierigen Kreaturen machen? Und da wundern wir uns über Filofejs Entdeckung? Über den wortlosen genetischen Protest der Kassandra-Embryonen, die all das zum Ausdruck bringen, was sich an Bösem angehäuft hat? Sie verzichten aufs Leben. Soll das kein Vorgefühl vom Ende der Welt sein? Und da sehe ich eine Transformation der Theorie. An den Mythos von der Endzeit hat doch bislang kaum jemand glauben wollen, schon wegen der Trägheit des Daseins. Jetzt ist der Mythos handgreifliche Realität geworden ... Verzeihen Sie, Anthony, daß ich so viel rede, aber ich kann jetzt nicht anders. Oliver Ordok wird hier selbstverständlich seinen eigenen Standpunkt vertreten, er bewirbt sich um das höchste Amt in Amerika, muß deshalb vor vielen Menschen, in Sälen und Stadien, auftreten. Aber ihr alle, das ganze Team samt seinem Kandidaten, solltet wenigstens verstehen, mit welch schwieriger Materie wir es hier zu tun haben. In diesem Sinn habe ich mich gestern im Gespräch mit Ordok geäußert, und ich frage mich jetzt, ob es überhaupt nötig gewesen ist.«

»Unbedingt, Mr. Bork. Ich kenne meinen Oliver Ordok. Verzeihen Sie, aber zur Zeit dreht sich alles um ihn. Er tritt zwar als der Hauptdarsteller auf offener Bühne auf, aber wir sind auch noch da und möchten ihm zum Erfolg verhelfen. Immerhin habe ich Sie in das lange Gespräch gezogen, das freut mich jetzt, es war ein Glückstreffer. Ich weiß nicht, wie es Ihnen ergeht, aber ich habe jetzt wenigstens direkt erfahren, was ich wissen wollte. Natürlich pflichte ich Ihnen bei, daß die Materie kompliziert ist, daß man über Filofejs eschatologische Botschaft noch viel nachdenken und diskutieren muß. Die Nuß ist nicht leicht zu knacken. Ist schon ein toller Typ, dieser Filofej, nicht wahr? Er hat den Schlüssel des Alls umgedreht. Und es läuft doch darauf hinaus, daß wir nun, mit Verlaub gesagt, die ganze Suppe der verflossenen Jahrhunderte auslöffeln müssen. Das heißt aber auch – das Böse verschwindet nicht spurlos und stumm zusammen mit denen, die es verbrochen haben, sondern es nistet sich in den Bunkern der Gene ein und wartet seine Stunde ab. Die Natur hat ein gutes Gedächtnis, irgendwer muß dafür früher oder später büßen und auf das Leben verzichten.«

»So ist es wohl, Anthony. Bei der Verflechtung von Gut und Böse denken wir viel zu selten daran, daß das Böse die vorherrschende Kraft ist. Stets vernichtet und mordet es in uns die ursprüngliche Bestimmung, das Böse zerstört unsere universalen Ressourcen und läßt die Vernunft nicht hochkommen, die uns befähigt, andere Mittel des Daseins zu erkennen und zu erproben. Natürlich ist das keine Diskussion fürs Telefon, aber wir sind nun einmal darauf zu sprechen gekommen. Übrigens bezweifle ich, daß so ein Gespräch sehr attraktiv ist. Warum muß man sich darüber überhaupt den Kopf zerbrechen. Die reinste Scholastik! Das nur nebenbei bemerkt, ich habe mich halt etwas verheddert.«

»Verzeihen Sie, Mr. Bork, hier muß ich widersprechen. Ich fand Ihre Ausführungen faszinierend. Darf ich noch etwas fragen, was mich nicht losläßt? Was glaubt Robert Bork hinsichtlich einer anderen Option? Wie soll ich es nur formulieren? Halten Sie es für möglich, daß wir sozusagen physisch und biologisch so bleiben müssen, wie wir sind, und doch über uns hinauswachsen können? Also einen qualitativ anderen Intellekt erwerben? Und dann über andere Sensorien der Vernunft verfügen? Ist so etwas denkbar? Könnten wir, philosophisch gesehen, Wesen werden, die ein anderes Verhaltensmuster annehmen?«

»Stellen Sie sich ruhig vor, daß es fast möglich wäre. In der gesamten Welt sind wir lediglich mit uns selbst konfrontiert – wir konkurrieren mit keiner anderen Kreatur. Religionen und andere Lehren haben versucht, den Verlauf der Entwicklung zu korrigieren, letztlich vergebens. Aber wir könnten zu einem anderen Typus der geistigen Evolution mutieren, das heißt eine grundsätzlich andere Entwicklung einschlagen. Andernfalls bleiben wir Raubtiere, die ihresgleichen auffressen.«

»Zum Teufel nochmal, wenn es so ist. Der Mönch im All hat uns also auf frischer Tat ertappt. Sagen Sie aber, Mr. Bork, wie dumm es sich auch anhören mag, könnten wir nicht anders sein, als wir sind? Was sind wir nur für lockere Vögel, könnten doch ganz anders fliegen. Aber wie viele Male ist man danach abgestürzt? Nur bittere Enttäuschung kam aus der Leidenschaft.«

»Was wollen Sie. Mir fällt nur noch ein Vergleich ein – es ist wie die Klage in der Wüste über das Fehlen des Waldes.«

»Was schlagen Sie dann vor, wenn es diesen Wald nicht gibt und auch keine Bäume in Sicht sind?«

»Der Wald ist die neue Einsicht, die wir in uns selbst kultivieren, nur das!«

»Was soll das heißen?«

»Schwer zu sagen, Anthony! Sie wollen wohl alles ganz genau wissen. Lassen nicht locker. Aber nun ernsthaft. Wenn wir das Problem im Zusammenhang mit Filofejs Entdeckungen betrachten, kann das meines Erachtens nur heißen, den eschatologischen Prozeß, der in unserer Natur heranreift, zu abstrahieren und jedes Kassandrazeichen als eine Warnung der Geschichte zu verstehen. Nur so können wir den Exodus stoppen, der in uns selbst naht, nur so bannen wir das Ende der Geschichte aus Angst vor der Geburt. Kurz und bündig: Jeder einzelne wie auch die Menschheit im ganzen muß diese genetische Katastrophe begreifen lernen. Darüber schreibe ich in meinem Beitrag für die *Tribune.* Auf einen Nenner gebracht, will ich sagen – unsere Verantwortung für die Gattung Mensch, unsere Sorge um die Nachkommen haben damit eine neue Dimension angenommen. Vielleicht ist es eine erste neue Schleife der Evolution. Verzeihen Sie, Anthony, es läßt sich wirklich am Telefon nicht ausdiskutieren. Trotzdem fand ich es schön, daß wir miteinander sprechen konnten. Darum ging es eigentlich auch im Gespräch mit Ordok gestern abend. Er ist auch beunruhigt.«

»Unser Ordok hat es hier besonders schwer, die neue

Lage paßt überhaupt nicht in sein Repertoire. Er ist ja auch ein Mann, der dauernd nachladen muß.«

»Wie soll ich das verstehen?«

»Nach meinen Beobachtungen gehört er zu den Leuten ... Ich muß es möglichst genau sagen ... Ja, er ist ein Turnierpolitiker. Oliver Ordok agiert am besten, wenn er einen Feind zum Packen hat, dann greift er an, und zwar öffentlich, man soll ihn dabei sehen und bejubeln. Im engsten Kreis verwendet er selbst sogar den Begriff vom ›unerläßlichen Feind‹. Hat er einen Feind vor sich, sitzt er fest im Sattel. Aber eine Abstraktion, na ja, sehen Sie, eine Abstraktion wäre für ihn nur ein Schein.«

»Das trifft nicht ganz den Punkt, Anthony. Eine Abstraktion kann sich augenblicklich in etwas sehr Konkretes, zudem recht Grausames, verwandeln, wenn die Sache das Leben der Menschen tangiert.«

»Selbstverständlich. Aber ganz nebenbei: Dies ist auch eine Regel des politischen Lebens. Ich muß jetzt zum Ende kommen, Mr. Bork. Es ist meine Schuld, aber Ihnen kann man stundenlang zuhören. Verbieten Sie mir anzurufen, sonst haben Sie keine Ruhe mehr.«

»Ist schon gut, Anthony. Warum sollen wir uns nicht unterhalten, wenn es nötig ist?«

»Noch einmal – wenn Sie Interesse an der Sendung haben, die Kundgebung im Alpha-Baseball dauert von 6 bis 9, die Pressekonferenz von 9 bis 10, natürlich p.m. – und live.«

»Ich denke daran.«

VII

Dieser Tag erstrahlte in einem Licht, wie dazu geschaffen, ihn auf einem klassischen Gemälde des neunzehnten Jahrhunderts zu verewigen. Mit dem durchdringenden Silber der Luft, dem lautlos fallenden bunten Laub, den Schwärmen der ersten Zugvögel, die zum Abschied über den Dächern des hügeligen Vororts kreisten ... Und in der Nachbarschaft waren die Stimmen spielender Kinder zu hören. Dieser sonnendurchflutete Tag stiftete Frieden und Versöhnung mit dem eigenen Dasein und allem Lebendigen.

Zum Kreislauf aller Dinge gehört es jedoch, daß auch solch ein wunderbarer, himmlischer Tag eine letzte Stunde zu vollenden hat. Aber vorerst schien den Strom des Lebens noch nichts zu stören, wenngleich ein Ereignis unsichtbar nahte, sich in der Luft zusammenbraute und mit elektrischer Spannung auflud, damit es danach um so deutlicher ausbrechen konnte. Zu diesem Zweck mußten sich jedoch erst Menschen versammeln. Und es mußten möglichst viele Menschen sein, zu einem einheitlichen, dicht geballten Ganzen zusammengedrängte, heiß dampfende Körper.

Es blieben noch etwa eineinhalb Stunden bis zur Fernsehübertragung der Kundgebung mit Oliver Ordok aus der Sporthalle Alpha-Baseball.

Robert Bork war innerlich völlig verkrampft. Der Futurologe fieberte der Veranstaltung mit Ordok entgegen, als sei er der Präsidentschaftskandidat selbst, ja er sah sich gleichsam höchstpersönlich gefordert, die Rede des Kandidaten zu halten und die Aufgabe zu meistern, Herr der Lage zu bleiben und um das Vertrauen der Wählerinnen und Wähler zu werben. Plötzlich wunderte er sich, warum sich ihm, Robert Bork, dieses törichte Gefühl aktiver

Anteilnahme aufdrängte. Wahlversammlungen gehörten doch zu jedem demokratischen Wahlkampf, warum also so angestrengt darüber nachdenken und einem ganz gewöhnlichen Ereignis solch eine Bedeutung beimessen? Warum regte er sich über eine Sache auf, die mit ihm, formal gesehen, nicht das geringste zu tun hatte? Klar, er wird allmählich schrullig, was denn sonst?

Aber so sehr er auch über sich selbst spotten mochte, die Spur war gelegt. In Erwartung der Live-Übertragung aus dem Alpha-Baseball kam er einfach nicht mehr los von den Gedanken, die ihn einkreisten und verwirrten. Er fand sich nicht mehr zurecht und beschloß, den Steingarten aufzusuchen. Bork verließ das Haus und begab sich zu dem vertrauten Ort, wo er häufig auf und ab ging oder die angeblich magischen Zeichen in den Sand malte. Dabei lauschte er der Musik von der Schallplatte, die aus dem offenen Fenster an sein Ohr drang. Gerade in diesem Augenblick der inneren Spannung suchte er in der Musik einen Punkt der Ruhe und ließ die Symphonie Beethovens auf sich wirken, in der Hoffnung, ihre dem All entstammenden Kräfte müßten ihn auch diesmal wieder ablenken und in ihre Dimensionen entführen, jedenfalls in andere Erlebnis- und Gedankenwelten mit ihrer phantastischen, durch nichts reglementierten Philosophie versetzen. Robert Bork hatte seine eigene Vorstellung von Musik, er mutmaßte, daß die Musik zu den zahlreichen Transformationen der Sonnenenergie gehören und aus dem Kern des Universums herrühren müsse. Der Komponist verkörpere den Radarschirm, der die musikalischen Signale aus dem Kosmos empfange, in Töne transformiere und harmonisiere und damit konkret hörbar mache. Für Bork stellte also die Musik eine Metamorphose von Raum und Zeit in den unfaßlichen Dimensionen des Alls dar. Über solche ganz persönlichen Ansichten redete der Futurologe freilich mit niemandem, die Leute hätten ihn entgeistert angestarrt oder einfach verlacht. Nicht einmal Jessica wußte von Borks kosmischer Musiktheorie. Der Futurologe bekannte sich insgeheim noch zu etwas anderem, worüber er sich auch nicht auslassen wollte, obwohl es ihn, speziell unter bestimmten Eindrücken, danach drängte, sich zu offenbaren, daß nämlich die Musik den Menschen eben nur deshalb gegeben war, damit sie die tragische Kürze ihrer Lebensfrist kompensieren durften. Wenn der Mensch Musik hört und sich in deren Sinn und Entfaltung vertieft, betritt er, dachte sich Robert Bork, eine überpersönliche Kategorie der Zeit, die Strömung der Unendlichkeit zieht ihn in sich hinein, läßt ihn die Ewigkeit berühren und verlängert sein Leben, womöglich um Jahrzehnte und Jahrhunderte. Natürlich keine lineare Verlängerung, sondern hin zu einer noch unerschlossenen Dimension, die dem Menschen höchstwahrscheinlich für immer verschlossen bliebe.

Musik in diesem Sinn in sich aufzunehmen, davon konnte sich Robert Bork gerade heute überzeugen, erforderte allerdings eine ganz bestimmte Bereitschaft, eine Stimmung wie vor einem Gebet oder dem Aufbruch ins offene Meer …

Die Seele wollte sich aber dafür nicht bereithalten. Die Musik, wie er gehofft hatte, stand Bork nicht bei, und Jessica war noch bei der Probe. Auf den Straßen staute sich jetzt wohl der Berufsverkehr. Robert Bork fühlte sich selbst wie in einem Stau. Er kam einfach nicht voran. An den Schreibtisch wollte er sich auch nicht setzen, um die Arbeit, die er kurzfristig liefern sollte, abzuschließen. Die *Tribune* rechnete ja fest damit, seinen Beitrag zu Filofejs Botschaft möglichst rasch zu veröffentlichen. In Gedanken war Bork längst fertig, aber er konnte sich nicht dazu überwinden, sich vor den Computer zu setzen, obwohl er sehr genau wußte, daß Zeitungen beim Einfahren einer sensationellen Ernte keinen Aufschub duldeten. Er verschob die Arbeit von einer Minute zur anderen. Im äußersten Fall hätte er ja noch die ganze Nacht vor sich, um den Artikel vor dem Morgengrauen abzuschließen. Er hämmerte sich ein, die Zeitung unter keinen Umständen hängen zu lassen, und ließ dennoch kostbare Zeit verstreichen. Dabei ging er sich selbst auf die Nerven, lief auf und ab, malte sich aber schon aus, wie sehr sein Text, auf dem Papier einmal ausgedruckt, sich von der Masse der Publikationen abheben und ihn wachsen lassen müßte wie einen Grashalm nach heftigen Regengüssen. Noch gestern wäre solch ein Text undenkbar gewesen. Der Beitrag drängte danach, geschrieben zu werden, solange Filofejs Spur noch heiß war, er, Robert Bork, konnte und mußte die Entdeckungen ergänzen, flankieren und vertiefen. Die Stunde der Soziobiologie war angebrochen! Die Entdeckung des Kassandramals kündigt eine Mutation des Menschen an! Ja, das war es doch!

Aber Robert Bork rührte keinen Finger, er wartete voller Anspannung, worauf er nicht hätte warten dürfen. Die gigantische Kundgebung Ordoks mußte bald beginnen, sie fand statt in der sicherlich überfüllten Sporthalle, die im dichtbesiedelten Teil der Stadt lag, wo Menschen aller Hautfarben lebten. Bork hat den Eindruck, die Kundgebung rückt näher und näher, bis vor sein Haus, ja, sie ist jetzt draußen auf der Terrasse, den Beeten und Rabatten, inmitten seines Steingartens mit den dekorativen Zeichen, die er in den Sand zu malen pflegt und die Jessica schlicht als Gekritzel bezeichnet, und die Menschenmenge steht einfach da, dampfend, dicht und gedrängt, eine schwere Masse drückt auf sein Haus und beengt seinen Atem … Bork schalt sich einen Paranoiker. Wie konnte er sich nur so etwas ausdenken?

Aber er fand keine Erklärung dafür, warum eine so unsinnige Angst in ihm hochkroch und ihm die Kehle abzuschnüren drohte. »Bin ich etwa krank?« fragte er sich hilflos. Einem eingesperrten Tier gleich ging er ziellos hin und her, mal ins Haus, dann wieder ins Freie, er blickte immer wieder auf die Uhr, die Musik hörte er nur noch mit halbem Ohr, auf das Telefon reagierte er überhaupt nicht, obwohl es mitunter ziemlich hartnäckig klingelte. Um den großen Fernseher machte er einen Bogen, nein, er wollte ihn nicht zu früh einschalten, das verdiente sowieso nur die Bezeichnung Telestreß, was man da zu dieser Stunde über die zahllosen Kanäle zu beglotzen bekam … Und Jessica war auch noch nicht zurück …

Bork befand sich in dem Zustand eines Menschen, der im Begriff ist, zu einer langen Reise aufzubrechen. Immerhin kamen ihm noch einige ernsthafte Gedanken, bevor die Übertragung aus der Sporthalle begann. Mehrere Male kehrte er zu dem Gespräch mit Anthony Junger zurück. War es nötig gewesen, über so ein wichtiges Thema mit diesem jungen Mann dermaßen offenherzig zu sprechen? Der hatte doch damit nichts zu tun? War nur aufgeschlossen und neugierig …

Aber wie hätte sich der Futurologe überhaupt verhalten sollen? Seit dem frühen Morgen hatte niemand auf den Umstand verwiesen, daß Filofej, der sich als Weltraummönch vorstellte, seinen Appell an den römischen Papst höchstpersönlich richtete. Weder an der Universität noch in den Anrufen aus der *Tribune* schien sich jemand dafür zu interessieren, daß Filofej den Papst in eine schwierige Lage gebracht hatte. Wie sollte der Papst reagieren? Was raten ihm die Kardinäle im Vatikan? Bedrängen die gläubigen Katholiken in aller Welt ihre Priester? Soll der Papst von Rom auf solch eine untraditionelle, um nicht zu sagen, anrüchige Anrede eines Mannes, der sich den Titel Mönch anmaßt, erwidern oder nicht? Und wenn ja, was soll er ihm antworten?

Das Thema wühlte Robert Bork auf, daß in ihm vieles von dem, was ihn seit langem bewegte, hochkam, auch die Gedanken an die wohl unglaubliche Irritation unter Menschen der verschiedenen Religionen in aller Welt. Natürlich wären sie erregt und würden eine Erklärung dafür haben wollen, was die Kassandra-Embryonen ihnen, den AnhängernderunterschiedlichstenGlaubensgemeinschaften, zu sagen hätten. Und gewiß müßten sie darüber in den heftigsten Streit geraten.

Religionen tragen doch alle Qualen und Erleuchtungen in sich, die den Menschen seit Urzeiten begleiten, wenn er nach Gott sucht und sich mit ihm vergeblich vereinigen möchte. Bei allen Lehren des Glaubens herrscht das eine Maß – Gott ist Gott, es gibt nur den einen für alle. Aber zugleich gilt auch – was mein ist, ist mein, fremd bleibt das Fremde, das Eigene und das Fremde sind unvereinbar! Daher rühren doch die voreingenommenen, hochnäsigen und egoistischen Haltungen der verschiedenen Glaubenslehren, ausnahmslos beharren sie darauf, die alleinseligmachende Wahrheit zu besitzen. Und was ist die Folge?

Eine Konfrontation der Geistlichkeit in weltumspannenden Strukturen. Hierarchen entfremden die Gläubigen einander, die sich in Massen als unannehmbar gegenseitig ausschließen. Robert Bork folgerte, daß sich in jeder Glaubensgemeinschaft Kräfte rühren würden, die das Phänomen Filofej, wie es sich auch entwickeln mochte, zum eigenen Nutzen anwenden dürften. Ja, sie würden den kosmischen Mönch entweder als Teufel verfluchen oder ihn für sich benützen und die Entdeckung des Kassandramals ihren Dogmen anpassen, weil sie missionieren, den eigenen Kult propagieren und damit ihren Einfluß auf die Gläubigen vermehren wollten.

Robert Bork fiel wieder ein, was ihm früher zunächst eher beiläufig, dann immer nachhaltiger in den Sinn gekommen war, wenn er andere Länder bereiste und die unterschiedlichsten wissenschaftlichen Konferenzen besuchte.

Er hätte allerdings nie gewagt, diese Gedanken freiheraus zu äußern. Was wäre denn zu erwarten, fragte er sich, wenn jeder Mensch auf Gottes Erde die freie Entscheidung hätte, sich in gleichem Maß zu allen Weltreligionen zu bekennen? Ja, was geschähe dann? Im Leben eines jeden einzelnen? Verliefen die Menschenschicksale nicht anders, wenn jede Person das unreglementierte Recht besäße – ihren Glauben an Gott freilich vorausgesetzt –, allen Religionen in gleichem Maß und mit demselben Status anzugehören? Wenn der Mensch also nicht nur Glied einer bestimmten Sekte oder Konfession wäre, die zumeist nur den eigenen Glauben anerkennen und allen übrigen Wahrheiten den Weg zur Seligkeit absprechen? Wäre es überhaupt denkbar, daß sich der Mensch, Gottes Ebenbild, wie es in den Schriften heißt, den versammelten Weltreligionen angliedert und von allen, ohne jede Einschränkung, anerkannt wäre? Sich also gleichermaßen als Christ und Muslim, als Buddhist und Jude oder als Gläubiger anderer universaler Glaubensgemeinschaften bekennen dürfte? Solch ein Mensch brächte doch jeder religiösen Richtung seine Liebe und Hochachtung entgegen, so wie er dann durch alle Kultgemeinschaften anerkannt wäre, wenn er in freier Wahl deren Ideen und Normen annähme. Er würde freilich nicht die sektiererischen und einander isolierenden Werte akzeptieren, sondern vor allem die einer wahrhaftigen Ökumene. Das hieße doch dann, daß es unter den Menschen keine religiös geprägten Barrieren, ob ausgesprochen oder unausgesprochen, mehr gäbe …

Robert Bork hielt dies für ganz besonders wichtig in den gemischten, polyreligiösen Ballungszentren der Welt, ob in einer Megalopolis oder in Regionen mit extremer Bevölkerungsdichte. Wäre es nicht denkbar, dachte sich der Futurologe, daß sich das Leben dann wesentlich erleichtern, ja vielleicht sogar ein wenig harmonisieren ließe? War unter Umständen die Zeit angebrochen, in der alle Religionen dazu dienten, daß sich die Menschen aufeinander zu bewegten, den Hang zur Zwietracht verlören und auf das Faustrecht verzichteten? Der Mensch am Ende des zwanzigsten Jahrhunderts könnte doch, im Unterschied zu den vorausgegangenen Generationen, aus freien Stücken kundtun: Alle Religionen gehören mir, und ich bin Träger aller Religionen! Ich habe Zugang zu den Tempeln aller Glaubensgemeinschaften, und in jedem Tempel bin ich als Pilger willkommen ... Ich wurde als Christ getauft und werde unter Suren des Korans bestattet. Heute bin ich Christ unter Christen, gestern war ich Muslim unter Muslimen. In Japan verehre ich Buddha, in Schweden wiederhole ich Luthers Thesen. Im Glauben an Gott bin ich niemandem fremd. Wer sich in Worten an den Schöpfer wendet und ihn, gleich in welcher Sprache, anfleht, kann mir nie ein Fremdartiger sein, er ist mein Bruder wie ich seine Schwester. Wer zu Gott fleht, wird von uns allen erhört. Wir durchleiden unsere Missetaten gleichermaßen, so wie wir uns auch alle das Universum gemeinsam erschließen, damit wir es uns, nach dem Maß unserer Tugend und Weisheit, aneignen können.

Robert Bork schloß aus, daß die religiöse Ökumene im Individuum die Gottesidee irgendeiner der bestehenden Glaubenslehren schwächen könnte. Im Gegenteil hielt er es für zutiefst wahr und fruchtbar für die Menschen, sich auf diesem Weg Offenheit, Kreativität und Universalität anzueignen. Nur diese Gemeinschaftlichkeit im Glauben offenbarte die Grundidee der Religionen in der Praxis, schön klingende Theorien hatten diese Idee längst ausgehöhlt.

Der Futurologe war sich indessen wohl bewußt, daß seine hochfliegenden Gedanken über die Ökumene des freien Menschen nicht mehr waren als fromme, womöglich sogar törichte Wünsche, die schwerlich zu erfüllen wären. Über solche Vorstellungen durfte man sich ohnehin nur im stillen, ja nur vor sich selbst äußern. Globale Bekenntnisse dieser Art waren gefährlich, man mußte darauf achtgeben, die inbrünstig Gläubigen nicht zu verletzen. Borks Idee hätte unter gewissen Umständen einen weltweiten Schock auslösen können. Wenn der Futurologe diese Seite seiner Erwägungen bedachte, sah er sich in seinem Wunsch und der Bereitschaft gedämpft, all das, was er sich so vortrefflich ausgedacht hatte, laut und vernehmlich darzulegen. Er hielt sich sogar dann noch zurück, wenn der religiöse Kosmopolitismus und das lang gesuchte Modell für diese Wahrheit mit Händen zu greifen waren. Bork hätte mit erdrückenden Beweisen aufzeigen können, wie unumgänglich, ja lebensnotwendig es war, den geistigen Umgang der Menschen und Religionen rundum zu erneuern. Auf der Suche nach Gott können Menschen nur gemeinsam vorankommen, die Versuche der Glaubensgemeinschaften, auf getrennten Wegen zum Ziel zu gelangen, münden doch allemal nur in den Wettlauf ein, bei dem alle darum rennen, als erste und einzige »bei Gott anzukommen«.

Und dann erstand vor Robert Bork auch das Bild der empörten Würdenträger. Für die Hierarchien war es schrecklich, wenn eine individuelle Polyreligiosität um sich griffe. Sie würden einen Höllenlärm anstimmen. Auf das Haupt des Futurologen würden ganze Felsbrocken herabprasseln. Man würde ihn Gott weiß welcher Sünden, Lästerungen und Ketzereien bezichtigen. Reaktionen solcher Art müßten zwangsläufig auf die Verkündigung einer praktizierenden Ökumene folgen, da ja Gewinnsucht und Egoismus zu den Ureigenschaften der menschlichen Natur, ob mit oder ohne die Gewänder von Hierarchen, gehören. Hier wäre sogar das Los des unglückseligen Salman Rushdie vergleichsweise beneidenswert. Hier sahen sich ja dienstbeflissene Hierarchen wegen ihres großen Propheten zutiefst verletzt (im übrigen in einer Angelegenheit, die andere Religionen mehr oder weniger kalt läßt), und sie verurteilten den Schriftsteller zum Tode. Aber Salman Rushdie, dachte sich Robert Bork insgeheim, fand schließlich noch einen Ort, wo er sich verstecken konnte. In seinem Fall hätte er, der für die polyreligiöse Integration aller Gottgläubigen eintritt, nicht einmal mehr solch eine Zuflucht. Über einen Ketzer wie ihn verhängte man einen weltweiten Bann, alle Gemeinschaften des Glaubens jagten ihn voller Zorn, der Futurologe fände keinen Flecken mehr auf Erden, wohin er sein elendes Haupt legen könnte. Nein, nirgendwo und nimmermehr hätte Robert Bork noch eine sichere Bleibe …

»In so einer Lage bliebe dir nur noch übrig, in den Weltraum zu flüchten – zu Filofej …« Als Robert Bork diese Möglichkeit selbstironisch erwog, fiel ihm auf einmal etwas völlig Unsinniges ein. »Hat das Schicksal diesen Filofej am Ende in den Weltraum entfernt, damit er von seiner Umlaufbahn aus unerreichbarer Höhe die Wahrheit über die Kassandra-Embryonen sagen kann?«

Der Futurologe war in seine Überlegungen so sehr verstrickt, daß er den Anfang der Sendung aus der Sporthalle beinahe versäumt hätte. Ein Blick auf die Uhr zeigte 6 p.m. Robert Bork stürzte ins Wohnzimmer, schaltete den Fernseher ein und kam gerade rechtzeitig. Der Moderator begrüßte das Publikum vor den Bildschirmen zur Direktübertragung aus dem Sportpalast Alpha-Baseball. Er hieß alle willkommen zur Begegnung mit den Wählerinnen und Wählern der Stadt Newbury mit dem Präsidentschaftskandidaten – Oliver Ordok!

Dem Auge bot sich das Panorama einer riesigen Menschenansammlung unter gigantisch gewölbter Überdachung. Das Gewirr der Stimmen erinnerte an das Brummen eines aufgestörten Hornissenschwarms. Gesichter und Augen verschwammen in einem Meer von Köpfen jeden Alters, von Menschentypen und Hautfarben. Das Vorbereitungskomitee des Kandidaten hatte sich etwas einfallen lassen. Der Ort des Geschehens war geschickt gewählt, unter der Kuppel der Riesenhalle hing ein Luftballon mit dem Bild eines lächelnden Ordok. Wie der Ballon sich auch drehte, er zeigte den lächelnden Kandidaten Oliver Ordok nach allen Seiten. Sein aufmerksamer, einnehmender Blick machte Eindruck, zumindest über den Fernsehmonitor. Da und dort schimmerten Spruchbänder und Schrifttafeln. Die Kameraleute funktionierten meisterhaft. Sie hatten ihre Objektive auf verschiedene Plakate so eingestellt, daß sie gut zu lesen waren. Die Transparente über den Köpfen der Menschenmenge sprachen für sich selbst: »Er kennt die Not des kleinen Mannes!« – »Ordok for President!« – »Ordok – Garant für eine saubere Umwelt!« – »Arbeitslose vertrauen Ordok!« – »Wir wollen Frauen-Power!« – »Wählt Ordok!« Die Tafeln und Transparente wirkten selbstgefertigt und flimmerten eindrucksvoll in die Räume von abermillionen Menschen, nagelten die Blicke des Fernsehpublikums zu dieser Stunde an den Bildschirm.

Nun rollte die gewohnte Routine solcher Veranstaltungen über die Bühne. Ein Heidenlärm setzte ein. Mit suggestiven Rhythmen und swingenden Melodien im Hintergrund. Darüber lagen die munteren Stimmen der Kommentatoren, und man sah, wie Polizisten mit lässiger Gebärde für Ordnung sorgten. Oliver Ordok bewegte sich souverän, wie das bei einem Gefeierten angebracht war. Angesichts seiner unterdurchschnittlichen Körpergröße hielt der Kandidat den Kopf auf seinem sehnigen, aufgerichteten Hals demonstrativ in die Höhe. Ein aufmunterndes Lächeln belebte die unkonturierten Lippen, doch aus den Augen sprach sein unruhiges und reaktionsschnelles Wesen. Er erinnerte an einen altgedienten Conferencier, der es verstand, den kleinen Wuchs durch Stimmungsmache, Beweglichkeit und eine unerwartete Variation der Stimmlage auszugleichen. Oliver Ordok schritt, unter freundlichem Beifall, zur Rednertribüne, zu beiden Seiten flankierten ihn seine Leute – Berater und Assistenten. Kaum war der Präsidentschaftskandidat aufgetaucht, hefteten sich augenblicklich ganze Schwärme von Bildreportern an dessen Fersen, ließen die Apparate klicken und blitzen.

Diese knappe Minute Sendezeit erzeugte die Atmosphäre, die zum Auftakt solch einer Wahlkundgebung unbedingt gehörte und erneut vorführte, was man unter »American Democracy in Action« und der reibungslosen Organisation einer Big Party zu verstehen hatte.

Robert Borks Nervosität verflüchtigte sich in dem Augenblick, als er der am Bildschirm demonstrierten Normalität gewahr wurde.

In dieser Masse erwartungsvoller Menschen, die ihre Aufmerksamkeit auf eine Person – den Präsidentschaftskandidaten Oliver Ordok – richteten, ließ sich schwerlich etwas ausmachen, was außerhalb der Norm lag. Die Rede des Kandidaten, verstärkt über Mikrofone und Lautsprecher, ergoß sich in einem Strom von Worten und Beteuerungen. Sie erschallte unter der Kuppel der Halle. Oliver Ordok brachte sich gut zur Geltung, er griff die dringenden und aktuellen Probleme auf, strahlte vor Glück, als er dabei mehrere Male von Beifall unterbrochen wurde, natürlich hatte er die Fragen, die den Menschen auf den Nägeln brannten, geschickt gewählt und auf den Punkt gebracht.

Und so verging die Zeit. Ordok tat alles, was in seiner Macht stand, um die Menge zu befriedigen, zu umwerben und zu fesseln, um ihr politisches Vertrauen zu gewinnen. Zu diesem Zweck unterzog er den scheidenden Präsidenten, den Kongreß und einige Senatoren einer scharfen Kritik, auf ähnliche Weise behandelte er bestimmte Massenmedien, gewisse Konzerne, Gewerkschaften und Firmen: Sie alle versäumten ihre Pflicht, unterließen es, die nötigen Mittel für dies und das bereitzustellen, hätten hier Einnahmen nicht verbucht und dort mögliche Ausgaben zum Wohl der betroffenen Menschen gestrichen. Aber er, Oliver Ordok, versprach, falls man ihn wähle, alle diese Versäumnisse wieder in Ordnung zu bringen, klar Schiff zu machen und nach dem Rechten zu sehen, kurzum – die Menschen um ein Vielfaches besserzustellen. Man mußte schon einräumen, daß ihm dieser Teil seiner Rede vortrefflich gelang. Wenn die Halle in Erregung geriet, gewann Ordok sichtlich an Größe, er blühte auf, und die Bekundungen der Versammelten trugen ihn hoch. Ein wahrhaft einzigartiger Erfolg, gut gemacht, Oliver …

Robert Bork achtete auf alle Einzelheiten dieses Auftritts, er verfolgte vor allem den Ausdruck der Augen während der Nahaufnahmen. Was wird Oliver, dachte Bork insgeheim, von unserem gestrigen Gespräch behalten haben? Nein, vorerst hat er die Botschaft des kosmischen Mönches noch mit keinem Wort erwähnt. Vielleicht war das die beste Lösung. Es war eigentlich unangebracht, Probleme der Natur und der Schöpfung bei einer so riesigen politischen Versammlung anzusprechen. Womöglich hatte sich Ordok zum Ziel gesetzt, die Leute abzulenken, indem er sie in das Dickicht der heißen Alltagsthemen entführte und dabei die vorgesehene Redezeit voll ausschöpfte. Aber selbst beim besten Willen und der geschicktesten Regie – dem Phänomen Filofej auszuweichen, davon konnte nicht die Rede sein, die Menge ließ sich nicht hinters Licht führen.

Das zeigte schon die erste Frage von einem der Saalmikrofone aus. »Mr. Ordok«, ließ sich eine Frauenstimme vernehmen, »ich heiße Anna Smith, von Beruf bin ich Lehrerin. Könnten Sie uns nicht sagen, was Sie von dem Schreiben halten, das dieser Mönch Filofej aus dem Weltraum der *Tribune* zur Veröffentlichung schickte?« Die Frau hatte sich vor dem Mikrofon an einem Durchgang hoch aufgerichtet, ihre Stimme vibrierte, sie war sichtlich erregt.

Die Halle hob leicht ab wie das Deck eines Dampfers, der urplötzlich mit einer hohen Welle zusammenstößt. Ein Stimmengewirr rollte durch den Raum und ebbte erwartungsvoll ab.

Oliver Ordok legte eine kurze Pause ein – sein Gesicht hatte sich schlagartig verändert –, um dann auffallend gepreßt fortzufahren: »Verehrte Anna Smith, ich habe dieses Dokument studiert und viel darüber nachgedacht. Und ich muß auch gestehen, ich habe mit dieser Frage gerechnet, auch wenn sie nicht auf unserer Tagesordnung steht. Aber nichts Menschliches ist mir fremd, und was Sie alle, verehrte Wählerinnen und Wähler, bewegt, geht auch mich an. Um so mehr als diese Frage wohl alle und alles betrifft. In diesem Zusammenhang möchte ich nun gerne …« fuhr Ordok fort. »Ja … Natürlich sind mir derlei Fragen, die mit Politik nichts zu tun haben, eher etwas fremd. Aber mir scheint doch, daß die Entdeckung dieses Mönches, vielmehr dieses Wissenschaftlers mit Namen Filofej, dafür spricht, daß der Gesellschaft, das heißt also dem ganzen Menschengeschlecht, gewaltige Veränderungen bevorstehen. Leider setzt das voraus, daß wir uns auf andere Art und Weise als bisher mit uns selbst auseinandersetzen müssen. Was soll man in diesem Fall tun? Wie reagieren wir, wenn das menschliche Embryo sich selbst und das Leben verschmäht? Was machen wir, wenn auf der Stirn einer werdenden Mutter das Kassandramal erscheint? Das ist eine sehr schwierige Frage. Sie alle haben gelesen, was in der Zeitung steht, und Sie wissen selbst, wovon ich rede. Ich kenne diesbezüglich auch die Meinung von Fachleuten. Demnach haben wir Filofejs Signale als Warnung zu verstehen, als Zeichen unseres Niedergangs, ja des möglichen Untergangs aller Menschen. So sieht es aus, ich muß es Ihnen sagen, wie es ist, Mrs. Smith!«

Während Oliver Ordok redete, schwenkten die Kameras über die Köpfe der Menge, suchten Gesichter zu erfassen und groß einzublenden, wie die Leute gespannt dreinblickten und den Atem anhielten. Robert Bork saß wie angewurzelt vor dem Fernsehgerät und bedauerte nun doch, daß er sich jetzt nicht in der Sporthalle befand. Wird Oliver es schaffen, die Menschen zu überzeugen?

»Das ist es ja, was sollen wir tun?« fragte die Lehrerin in die Stille hinein. Ihre Stimme klang aufrichtig und verzweifelt.

»Ich glaube«, erwiderte ihr Oliver Ordok verständnisvoll, »daß jeder für sich selbst entscheiden muß, was er tun will.« Durch die Halle surrten Ausrufe des Unbehagens und Befremdens. »Aber wenn die Frage schon gestellt ist, so gilt im großen und ganzen ...«, suchte Ordok das Murren in der Menge zu dämpfen, indem er so sprach, als ob er laut dächte, »ja, generell ist es natürlich notwendig, dafür werde ich mich auch einsetzen, entsprechende Programme zu entwerfen, um diese Katastrophe in den Griff zu bekommen und Vorkehrungen zu treffen, das heißt – man muß den Kampf im Auge behalten, den Kampf gegen alle Erscheinungen, die das Phänomen der embryonalen Lossagung vom Leben hervorrufen.«

»Erlauben Sie mir zu widersprechen?« Von ganz weit hinten ließ sich plötzlich eine andere weibliche Stimme hören. Eine Frau, vom Typ her Mulattin, brünette Haare, blitzende metallene Ohrringe und mit einer gelben Bluse, tauchte ziemlich resolut an einem Mikrofon zwischen den Reihen auf.

»Ich kann nicht mehr schweigen, und wir dürfen nicht schweigen!« erklärte sie und blickte dabei um sich. »In unseren Wohnvierteln ist das Leben alles andere als leicht, allein das reicht uns zur Genüge. Aber darum geht es mir jetzt nicht. In jedem Fall haben wir gelebt, wollten Kinder haben und freuten uns, wenn sie auf die Welt kamen. Niemand hat das Recht, sich in unseren Bauch einzumischen. Was geht das diesen kosmischen Mönch überhaupt an? Ist doch typisch Mann! Warum verfolgt er mich? Und vergiftet mein Leben? Ich protestiere entschieden!«

In der Halle rumorte es jetzt, viele der Anwesenden nickten zustimmend, manche hatten sich von ihren Plätzen erhoben und gaben Zeichen des Einverständnisses.

Ordok suchte von der Tribüne her die Frau zu besänftigen. »Ich kann Sie verstehen, Madam, aber dieses Problem hängt ja nicht von uns ab. Wir können die Augen davor nicht verschließen.«

»Wenn es so ist, daß unser künftiger Präsident diesen kosmischen Mönch so nachsichtig behandelt, muß ich ja noch was ganz anderes aufs Tapet bringen! Dann soll Filofej doch hier erscheinen und uns Frauen auseinandersetzen, was wir verbrochen haben. Und warum uns der liebe Gott bestraft, zu dem er verduftet ist, um von da oben gegen uns zu sticheln und die ganze Welt in Verruf zu bringen!« Die Frau kam nicht mehr zur Ruhe. Die Ohrringe blitzten im Scheinwerferlicht. Mit ihrem temperamentvollen Auftritt erzeugte die Frau eine Welle solidarischer und spontaner Äußerungen des Protests. Sie beherrschte die Szene, vielleicht war sie das von zu Hause gewohnt, aber denkbar war auch, daß sie ohne Mann lebte. »Was für ein Unglück!« flüsterte Robert Bork vor sich hin. »Welch tragischer Irrtum. Sie leidet furchtbar, und man kann sie so gut verstehen.«

Die Mulattin wurde immer erboster und gestikulierte heftig. »Der hat gut reden, unser Mr. Ordok, wenn er den Kerl einen Wissenschaftler heißt. Soll uns angeblich die Augen geöffnet haben. Daß ich nicht lache! Für mich ist dieser Kerl da oben ein Lump!« schrie sie, vollends in Rage geraten, ins Mikrofon.

Bei diesen Worten ebbte das Getöse in der Halle auf einmal ab. Eine Sekunde lang herrschte völlige Stille. Niemand hatte die Frau unterbrochen oder darum gebeten, sich in ihrer Wortwahl an die üblichen Regeln zu halten. Nicht einmal Oliver Ordok hatte zu kontern gewagt, er sah sich buchstäblich auf offener Szene überrumpelt und befand sich jetzt in einer absurden Lage. Danach folgte aber die Szene, die all die Menschen in Amerika, die vor dem Fernseher saßen, erschütterte.

»Da, sehen Sie hin, ich habe nichts zu verbergen, schaut es euch an! Was soll ich denn machen!« Die Mulattin redete wie entfesselt, ihr Atem ging stoßweise, und sie deutete mit der Hand auf die Stirn. »Schon seit Tagen habe ich diese Plage am Kopf, den Punkt da – das Kassandramal, wie es dieses Scheusal von kosmischem Teufel nennt.« Ihr Gesicht erschien in Großaufnahme und füllte die ganze Bildfläche. In diesem Augenblick war das unheilvolle purpurrote Pünktchen in maximaler Vergrößerung auf ihrer Stirn zu sehen – ein Alarmsignal, das in rhythmischem Puls zuckte.

»Ich habe schon alles ausprobiert, um es zu verdecken. Creme, Make-up, Puder und andere Mittel.« Die Frau bedeckte, während sie weiterredete, die leicht zitternden Lippen mit der Handfläche. »Aber nichts hat geholfen. Es geht einfach nicht weg. Weder am Tag noch in der Nacht.

Was folgt daraus? Doch nur das eine – dieser Verbrecher kontrolliert mich aus dem Weltraum und will mir unter die Haut reiben: Schau mal, Kleines, dein Embryo in dir ist gegen dich, seine Mutter und das Leben; es sendet die Signale, damit man es umbringt; es will also nicht geboren werden, hat Angst vor dem Leben und befürchtet das Ende der Welt, oder etwa nicht? Aber wer flößt dem Kleinen diesen Ekel denn ein? Wer stößt das ungeborene Leben in den Tod? Wer zwingt es dazu, sich von der Welt loszusagen? Wer mischt sich hier in mein persönliches Leben ein? Nach welchem Recht werde ich mit diesen schrecklichen, unsichtbaren Sonden aus dem All bestrahlt? Da sitzen wir hier herum, und er, der geniale Gelehrte Filofej, bestrahlt aus dem Weltraum den Erdball und fahndet nach Kassandra-Embryonen! Kontrolliert uns und reibt uns unter die Haut, wie schlecht wir sind. Oder etwa nicht? Und was sollen wir jetzt tun? Denkt ihr, ich bin die einzige? In dieser Halle sind bestimmt noch andere, die es trifft, nur wissen die armen Frauen noch nichts von ihrem Unglück. Was wollt ihr also tun, Leute? Sagt mir das! Was soll ich machen? Das Kind abtreiben, nur weil das Embryo das Leben fürchtet? Heißt das, ich, mein Leben und Schicksal passen ihm nicht? Soll ich etwa die Welt ändern und ihm ein Paradies auf Erden bereiten? Wie denn? Auch ich wäre froh, wenn ich das könnte. Aber wie mein Leben ändern und die Welt verbessern? Oder soll ich mich gleich aufhängen?« Plötzlich brach ihre Stimme, sie weinte, raufte sich die Haare und schüttelte verzweifelt den Kopf. Von den benachbarten Reihen waren Leute herbeigeeilt, hatten sie um die Schultern gefaßt und führten sie weg.

Und wiederum trat Totenstille in der Halle ein. Und Tausende von Menschen saßen mit gesenkten Blicken regungslos da. Und sie alle hatten Oliver Ordok, dessentwegen sie sich im Alpha-Baseball versammelt hatten, völlig vergessen. Auch die Fernsehkameras hatten den Kandidaten und die Tribüne noch nicht wieder ins Bild geholt, statt dessen blendeten sie unablässig einzelne Gesichter aus der Menschenmenge oder von Großaufnahmen der Kundgebung ein. Und erst danach erschien wieder Ordok auf der Mattscheibe. Als er anfing, seine Stimme zu erheben, betonte er Wort für Wort.

»Ich glaube nicht, daß wir hier auf diese Fragen antworten können. Vielleicht lohnt es sich, darüber gesondert ...« Ordok hatte kaum zu sprechen begonnen, als ihn wieder eine Stimme aus der Halle unterbrach.

»Verzeihen Sie, Mr. Ordok, wenn ich Ihnen ins Wort falle.« Der Redner wandte sich an den Kandidaten von einem Mikrofon am äußersten Ende der Sporthalle. »Ich muß es loswerden, damit Sie nichts Falsches denken. Wir wollen Sie ja als Präsidenten haben, aber Sie sehen doch, wie furchtbar besorgt wir sind. Nehmen Sie nur mich als Beispiel! Ich hätte nicht vermutet, daß es bei unserer Kundgebung zu solch einem Wortwechsel und zu so einem Skandal kommen würde. Nun ist es geschehen, und ich muß etwas sagen. Als Arzt bin ich zutiefst erschüttert, ich habe volles Verständnis für diese Frau, sie steht unter einem enormen Stress. Es betrifft bestimmt nicht nur sie allein! Es ist einfach unmöglich, daß sich da einer anmaßt, aus dem Weltraum in unser Leben einzugreifen, ganz egal, worum es sich handeln mag. Zum einen verstößt das gegen unsere Verfassung. Da erhebt sich doch die Frage – leben wir in einem demokratischen Staat oder nicht? Wer sind wir denn? Etwa nicht unser eigener Boss? Wo bleiben hier die Menschenrechte? Wer wagt es, die Persönlichkeitsrechte dermaßen zu mißachten? Wer maßt es sich an, uns aufzunötigen, wie wir leben und handeln sollen, da mag sich einer auf die Wissenschaft berufen, wie er will, es bleibt eine bodenlose Anmaßung. Was passiert eigentlich, wenn ich mich weigere, diese Wissenschaft anzunehmen? Wenn ich zum Beispiel feststelle, daß diese Entdeckungen meine Interessen verletzen, dann muß ich mich doch wehren. Mir kann niemand diese oder jene Lebensweise aufzwingen, zu alledem noch aus einem Laboratorium im Weltraum. Ich bin nicht die Maus eines verrückten Genetikers. Im übrigen habe ich die Botschaft Filofejs sehr aufmerksam studiert und darüber viel nachgedacht. Hier bin ich mit Ihnen, Mr. Ordok, bei all meinem Respekt für Ihre Person, nicht einverstanden. Ich halte es für sinnlos, den Empfehlungen Filofejs zu folgen. Vielleicht hat er wissenschaftlich recht – das räume ich durchaus ein –, aber im Leben liegt er daneben, nein, hier hat Filofej unrecht. Wir sind keine Versuchsratten!«

»Richtig! Bravo! Die Sprache versteht jeder.« Dieser Zwischenruf übertönte alle übrigen, und die Halle fing an zu brodeln. Die Fernsehkameras glitten über schreiende Gesichter, sie holten mal diesen, mal jenen brüllenden Teilnehmer der Kundgebung in die Bildmitte. Zwischendurch ließ die Regie Oliver Ordok in einer Nahaufnahme einblenden. Er sah schrecklich aus und konnte einem leid tun. Der Kandidat stand völlig verwirrt auf der Tribüne und schien nicht mehr zu wissen, wie er reagieren und die wilden Leidenschaften stoppen sollte. In diesem Moment entdeckte Bork auf Ordoks die ganze Mattscheibe ausfüllendem Gesicht jene berüchtigten Suppenflecken, sie waren plötzlich aus seinem Inneren wieder aufgetaucht, gleichsam unter der Oberfläche hervorgekrochene, häßliche Auswüchse einer stillen Wut. Die Suppenspritzer übersäten Stirn, Wangen, Kinn und Hals, sie waren von purpurrot taubenblauer Farbe, etwas entfernt vom Bildschirm wirkten sie wie brennende, feuchte Flecken. Angesichts dieses Geschehens wurde dem Futurologen ganz übel – es ist doch aussichtslos, die Menschen wollen einfach nicht wahrhaben, daß das Böse auf Erden in ihnen selbst liegt. Genau so ist es doch, sie leugnen es, diese Blindheit ist unheilbar. Unterdessen tat ihm Oliver Ordok leid. Robert Bork machte sich Sorgen um den Kandidaten, er spürte die Erniedrigung und litt daran, daß sein ehemaliger Studiengefährte in solch eine Zwangslage geraten war. »Die Sache ist gründlich schiefgelaufen, daran ist nicht mehr zu rütteln.« Bork hatte Ordoks wegen Gewissensbisse. »Jetzt kommt es nur noch darauf an, daß Oliver nicht aufgibt, daß er das Publikum noch umstimmen und seinen Standpunkt behaupten kann, dann findet er wieder zu sich. Aber wird er es schaffen? Mein Gott, was für eine Absurdität! Wir sind nicht einmal schuld an der ganzen Misere, sondern schlicht zur Blindheit verdammt, wenn wir das Böse in uns selbst erkennen sollen. Unglückseliger Filofej! Was würde ihm jetzt zustoßen, wenn er sich in dieser Halle befände? Seine Mühe war völlig umsonst. Wir leben hinterm Mond.«

»Ich muß Sie herzlich bitten, Mr. Ordok. In Ihrem eigenen Namen, aber auch im Namen Ihrer Wählerinnen und Wähler! Sie dürfen hier nicht ausweichen und ablenken, Sie müssen Stellung beziehen.« Der Mann, der sich als Arzt vorgestellt hatte, war bemüht, gegen den Lärm anzukommen, und schrie ins Mikrofon. »Wir müssen an unser Land denken, an seine Führer und die Regierung, vor allem an Sie, den wir doch als neuen Präsidenten haben wollen. Niemand hat das Recht, mit den Bürgern Amerikas herumzuexperimentieren! Dieser kosmische Mönch hat zwar die gesamte Menschheit im Visier, aber das ist seine Sache, die unsere ist es nie und nimmer. Wir leben als Amerikaner und achten die Unversehrtheit der Person als höchstes Gut. Diese provokative Bestrahlung aus dem Weltraum gehört verboten. Filofej muß das Handwerk gelegt werden. Der Kongreß soll sich dazu äußern, wie auch alle übrigen Bundesorgane, die hier zuständig sind.«

»Sehr richtig! Stimmt haargenau! So gehört sich das! Man muß den Kerl verbieten!« Die Rufe drangen von überall her. »Weg mit ihm!«

»Ich bitte um Ruhe, meine Damen und Herren!« Der Versammlungsleiter bemühte sich darum, von seinem Mikrofon aus die Kundgebung wieder in den Griff zu bekommen. Der gesetzte Mann mit der teuren, massiven Brille, dem streng gescheitelten, pomadisierten Haar und der peniblen Kleidung hatte allem Anschein nach mit dieser unerwarteten Wendung der Dinge überhaupt nicht gerechnet. »Bitte halten Sie sich an die Reihenfolge der Wortmeldungen!« beschwor er das Publikum. »Ich gebe allen mein Wort, daß sie an ein Mikrofon kommen, aber bitte sehr, nur der Reihe nach.« Es war zu spät. Trauben von Menschen drängten sich in allen Gängen um die Saalmikrofone, alle waren offenbar darauf versessen, unverzüglich eine Erklärung abzugeben, ihren Dampf abzulassen und eigene Meinungen zu bereits Gesagtem hinzuzugeben.

Dem Versammlungsleiter blieb nur noch übrig, den Wechsel der Mikrofone zu regulieren.

»Erstes Mikrofon!«

»Jetzt ist das zweite dran! Bitte! Nun das dritte Mikro!«

»Das fünfte, siebte, zehnte ...«

Die Beiträge sprangen wie unsichtbare Funken von Mikrofon zu Mikrofon. Die Äußerungen wurden immer drastischer, sie liefen auf eine schroffe Ablehnung der Entdeckungen und Ideen Filofejs hinaus und mündeten in den unverhohlenen Aufruf, den Mönch von seiner Orbitalbahn wegzuschießen – es sei doch die Höhe, wie sich dieser Weltprovokateur und Globalterrorist da oben eingerichtet habe und aufführe. Ein ehemaliger russischer Emigrant beschimpfte Filofej, ganz im Stil von KGB-Denunzianten, als einen Weltraumspitzel, der werdende Mütter verleumde, um ihr Leben zu ruinieren. Jemand äußerte den Verdacht, daß Filofej ein russischer Einflußagent sei und nur deshalb in den Weltraum abgestellt wurde, um Amerika von innen her zu zerrütten, indem er diese genetische Bombe zündete. Eine weitere Version lautete, hier habe die internationale Mafia ihre Finger mit ihm Spiel, sie wolle mit dieser globalen Aktion die moderne Gesellschaft total kontrollieren. Und was immer den Versammelten an starken Worten und schrecklichen Visionen in den Sinn kam, entlud sich als geballte Ladung durch die Mikrofone und die dröhnenden Lautsprecher. Die erprobten und sattsam bekannten Gemeinplätze über Gut und Böse kamen kosmisch angereichert durch die Verstärkeranlagen. Da war vom Weltraumsatan, vom Teufel im All, vom Antichristen im Universum die Rede, ja, es gab sogar eine Art unfreiwilliges Kompliment für Filofej, als jemandem nichts anderes mehr einfiel als der empörte Ausruf – »dieser verdammte Weltraumfaust«!

Doch die meisten Menschen waren innerlich zutiefst beunruhigt und fanden dafür aufrichtige Worte. Das änderte jedoch nichts an der Tatsache, daß alle wie eine Mauer gegen Filofej standen, sie hatten nur den einen Wunsch, diese erschreckende Entdeckung aus Herz und Verstand zu bannen, das Phänomen samt allen Schlußfolgerungen zu leugnen. Sie wollten von den »Kassandra-Embryonen« schlechthin nichts hören. Die Menschen hätten doch über Jahrtausende hinweg ohne dieses sogenannte Kassandramal gelebt, hätten sich vermehrt und weiterentwickelt. Der Eindruck war überwältigend, vor allem dann, wenn Frauen mit Tränen in den Augen um Rettung und Schutz vor der Bedrohung durch den kosmischen Mönch flehten. Schließlich wurde eine Resolution an die Uno gefordert, die nächste Vollversammlung der Vereinten Nationen sollte die Sache auf die Tagesordnung setzen und wirksame Maßnahmen im Interesse der Menschheit ergreifen.

Robert Bork, der diese Szenen am Bildschirm verfolgte, war schwer und traurig zumute. Es ist bitter, aber wahr, dachte er sich, daß Filofejs Versuche auf kein Verständnis stoßen, die meisten Menschen sperren sich, auch nur im Ansatz darüber nachzudenken, was dieser Mönch im Weltraum bezwecken wollte. Filofejs Botschaft besagte doch nichts anderes, als daß die Apokalypse nicht in Katastrophen der äußeren Welt herannahe, wie das vom Tag der Schöpfung an in den Schriften prophezeit wurde. Mit solchen Prophezeiungen ließ es sich ja einigermaßen leben. Nein, Filofej schlägt Alarm, weil er nachweisen kann, daß die Apokalypse aus der inneren Substanz der Menschheit herrührt – dem genetischen Erdrutsch, der von Geschlecht zu Geschlecht das Böse akkumuliert und immer ausgesuchtere, grausamere Missetaten auslöst. Aber so gut wie niemand will davon hören. Der Natur des Menschen wohnt also eine unauslöschliche Angst inne, die auch bei dieser Kundgebung zum Vorschein kam, die Angst vor der Vergeltung für das zu allen Zeiten Verbrochene, der Mensch verdrängt seine Schuld vor der Schöpfung, die ihm nur einmal geschenkt worden ist. Tatsächlich nur einmal geschenkt, nicht für alle Ewigkeit, sondern räumlich und zeitlich befristet, ein zweites Mal gäbe es solch ein Geschenk nicht mehr.

Es war zum Erbarmen. Am meisten erbarmte ihn aber der alte Studienkollege Oliver Ordok. Bork konnte ihn unmöglich mit Gelassenheit betrachten. Der Futurologe malte sich aus, wie Ordok langsam resignierte und seine Felle davonschwimmen sah. Er hatte Oliver zwar nach Kräften gewarnt, aber daß die Ereignisse eine so jähe Wendung nehmen würden, hätte er nicht vorhersehen können.

Oliver Ordok befand sich tatsächlich in einer schier ausweglosen Lage. Von einem Augenblick zum anderen hatte diese wichtige Wahlkundgebung ihre ursprüngliche

Zielgebung verloren. Man hatte ihn völlig vergessen. Wie ein verlassenes Häuflein Elend fiel er auf der Tribüne in sich zusammen, wo er noch kurz zuvor bejubelt worden war. Alle Auftritte und Beiträge aus der Halle galten nur noch Filofej, der die vielköpfige Elementargewalt auflodern ließ. Nicht er, Oliver Ordok, für den die Kundgebung anberaumt worden war, stand im Zentrum der Aufmerksamkeit, sondern ein gewisser Filofej, der sich, weiß Gott wo, in den Weiten des Alls aufhielt. Die Menschen belagerten die Mikrofone und rissen sich um sie, weil sie diesem Filofej etwas mitteilen wollten, aber nicht ihm, dem Präsidentschaftskandidaten Oliver Ordok. Die paar Gedanken, die Ordok zu Beginn über aktuelle Probleme und die Botschaft des Weltraummönches geäußert hatte, waren nicht mehr gefragt und bewegten niemanden mehr. Und doch verharrte Oliver Ordok auf der Rednerbühne. Vor seinen Augen verwandelte sich alles in ein einziges Gejohle. All die umsichtigen Vorbereitungen des Teams und seine persönlichen Mühen, dem Wahlvolk in der Sporthalle und vor den Fernsehern der Nation nahezubringen, wie wichtig seine Mission für alle Amerikaner sei, zerplatzten wie Seifenblasen. Der Luftballon unter der Kuppel der Riesenhalle mit dem runden Bild des lächelnden Kandidaten Ordok wirkte jetzt lächerlich. Und er selbst, das lebende Konterfei des Ballons, kraftlos und gedemütigt, ein verlorenes Häuflein Elend – vom Standpunkt der öffentlichen Imagepflege ein verheerender Schlag. Die Berater und Assistenten eilten herbei, flüsterten ihm etwas zu, aber Ordok verharrte auf der Tribüne in trotziger Erwartung. Die Augen versprühten Wut, die Suppenflecken flackerten übers ganze Gesicht, der Körper bebte. Es war das reinste Fiasko, landesweit eine komplette Pleite. Und wer weiß, wie die Sache geendet hätte, wäre dem Ertrinkenden nicht in letzter Minute ein rettender Strohhalm zugeworfen worden.

Von irgendwoher seitlich sprang ein junger Mann von sportlicher Statur mit einem Satz auf die Bühne und begab sich entschlossen zum Versammlungsleiter, der nervös an seiner Krawatte nestelte und den sinnlosen Versuch nicht aufgeben wollte, die Reihenfolge der Auftritte zu dirigieren. Der Moderator reagierte ein wenig verblüfft, als ihm der Herbeigeeilte etwas zurief, das Mikrofon fast gewaltsam aus der Hand riß, sich an alle Anwesenden wandte und mit lauter Stimme den Lärm in der Halle übertönte.

»Hört mich an, alle, ich bitte darum. Hört mich an! Zunächst möchte ich mich entschuldigen, daß ich so hereinplatze. Aber ich muß eine sehr wichtige Erklärung abgeben. Ich bitte um Ruhe!«

Die Stimmen verebbten, als von der Rednerbühne erneut so kraftvoll gesprochen wurde. Diese Stille würde freilich nicht lange anhalten, deshalb durfte der junge Mann auf der Tribüne keine Sekunde verlieren, um loszuwerden, was er sagen wollte. Und er schaffte es. »Mein Name ist Anthony Junger«, stellte er sich während der eingetretenen Pause vor. So einer ist das, also das ist Anthony, dachte Robert Bork und beugte sich vor, ein stattlicher Bursche!

»Der Name sagt Ihnen nicht viel«, fuhr Junger fort. »Immerhin bin ich Wähler dieses Distrikts, wie die meisten von Ihnen, ich nehme hier also mein demokratisches Rederecht in Anspruch. Außerdem gehöre ich dem Wahlkampfteam des Präsidentschaftskandidaten Oliver Ordok an, ich bin einer seiner Berater und bitte nochmals um Ihre Aufmerksamkeit. Unsere Kundgebung war dafür vorgesehen, daß Sie, Wahlberechtigte unseres County, unseren Kandidaten, Oliver Ordok, anhören und ihm Fragen stellen. Das ist keine Kundgebung für die Probleme, die uns der Mönch Filofej aus dem Weltraum vor die Füße geworfen hat. Deshalb wäre es jetzt viel vernünftiger, wenn wir die anstehenden Fragen des Wahlkampfes diskutierten.

Mit Filofej können wir uns gerne bei einer anderen Gelegenheit befassen. Ich glaube, daß uns da noch einiges ins Haus steht. Und die meisten von Ihnen machen sich zu Recht ihre Gedanken über die beunruhigenden Nachrichten aus dem Weltraum. Gerade aus diesem Grund schlage ich vor, die Tagesordnung einzuhalten und Mr. Ordok zu fragen, welche politischen Prioritäten er als Präsident setzen will. Er soll dann sein Fazit ziehen und sich nicht durch den Streit um Filofej ablenken lassen.«

Robert Bork reagierte hocherfreut, als er bemerkte, wie Anthony Junger genau zur richtigen Zeit das Auseinanderbrechen der Kundgebung verhindern konnte. Etwa so hatte er sich den jungen Mann nach dem langen Telefonat vorgestellt, entschlossen und zielstrebig.

Aber im weiteren Verlauf der Kundgebung trat etwas ein, was niemand, am allerwenigsten Robert Bork, vermutet, ja für denkbar gehalten hätte. Auf eine solche Metamorphose war der Futurologe überhaupt nicht vorbereitet. Und das eine mußte man Oliver Ordok wenigstens lassen: Er ließ sich die Initiative nicht aus der Hand nehmen.

»Sehr schön, Anthony, ich wollte sowieso mit meinen Äußerungen fortfahren und habe Sie, verehrte Wählerinnen und Wähler, nur nicht unterbrechen wollen, als ich merkte, wie intensiv Sie sich engagiert haben.« Ordok stand sofort Gewehr bei Fuß. In seinen Augen blitzte eine Spannung auf, die an eine Bogensehne vor dem Abschuß des Pfeils erinnerte. Sein Gesichtsausdruck veränderte sich, in ihm vollzog sich ein Vorgang, der ihn zu einer Entscheidung drängte.

»Ladies and Gentlemen! Liebe Wählerinnen und Wähler! Meine amerikanischen Landsleute! Genau aus diesem Grund stehe ich hier, mein junger Freund Anthony Junger hat es soeben gesagt. Ich muß weiterreden, damit Sie wissen, wen Sie wählen. Nur in einem muß ich Sie, lieber

Anthony, korrigieren, es ist nur eine Kleinigkeit ...« Ordok machte eine kunstvolle Pause, ließ einen prüfenden Blick über die Versammelten schweifen. »Ich will über Filofej sprechen, das muß ich, jawohl, über den Mönch im Weltraum werde ich reden«, betonte Ordok bedächtig und verhalten. »Ich habe doch damit angefangen, wer A sagt, muß auch B sagen, ich mache also da weiter, wo Sie, Ladies and Gentlemen, ihre Meinungen an den Saalmikrofonen geäußert haben. Ich frage: Was sind die Hintergründe dieser psychologischen Kriegführung aus dem Weltraum? Sie ist ja eindeutig gegen uns gerichtet. Es geht um eine radikale Kritik an unseren Lebensgrundlagen. Volkes Stimme ist meine Stimme. Dafür stehe ich ein. Wir haben uns hier gemeinsam eingefunden, und das zählt für mich am meisten. Die Stimmen von all den Mikrofonen in unserer großartigen Halle Alpha-Baseball gingen mir sehr nahe, sie haben mir aus dem Herzen gesprochen. Genau wie Sie meine ich: Dieser Anschlag auf unsere Rechte und unsere Freiheit ist unerhört, und das noch aus dem Weltraum. Sollen wir uns das gefallen lassen? Jeder Amerikaner, ob Mann oder Frau, ob alt oder jung, versteht auf Anhieb, was Recht und Freiheit für die amerikanische Demokratie bedeuten. Freiheit und Recht verkörpern die höchsten Prinzipien Amerikas. Ich kann also all dem, was hier gesagt wurde, nur zustimmen. Dieser Filofej will vom Weltraum her unser Leben und unsere Grundsätze unterminieren. Dem will ich noch hinzufügen: Er zerstört damit letzten Endes, ob er es will oder nicht, unsere Demokratie. Das mag in manchen Ohren unwahrscheinlich klingen, aber es verhält sich genau so und nicht anders. Besonders wenn man bedenkt, daß dieser Mann über astronautische Steuerungssysteme und moderne Technologie verfügt. Ich behaupte sogar, daß er uns in böser Absicht unterminiert, er verfolgt menschenfeindliche Ziele. Wir können uns hier ein weiteres Mal überzeugen, daß der Heimtücke des Teufels keine Grenzen gesetzt sind. Meine amerikanischen Landsleute! Ich habe mich eigentlich schon vorher darüber so äußern wollen. Doch zunächst beschränkte ich mich darauf, die Meinung einiger Fachleute zu referieren, die diesen neuen Theorien anscheinend nahestehen. Ich habe natürlich die Gelegenheit genutzt, mich mit solchen Leuten ausführlich zu unterhalten, und wollte Ihnen, Ladies and Gentlemen, nicht vorenthalten, was ich da gehört habe, um dann meine eigene Einstellung darzulegen. Aber ich habe es nicht geschafft, denn Sie, liebe Wählerinnen und Wähler, kamen mir zuvor, ja, Sie überholten mich, Sie wissen, was ich meine. Aber es zeigte sich dann, wie sehr wir in den Grundfragen übereinstimmen. Denn all das, was von den Mikrofonen im Saal kam, stimmt fugenlos mit dem überein, was ich im Auge hatte. Das ist doch großartig! Ihre einhellige Meinung gibt mir den nötigen Rückhalt, weil ich jetzt weiß, daß Sie voll hinter mir stehen. Ich teile uneingeschränkt die hier vorgetragene Meinung, daß unserer modernen Gesellschaft eine noch nie dagewesene Gefahr droht, und zwar vom Weltraum her, in Gestalt dieses gewissen Mönchleins namens Philoway oder so. Seine Aktion beruht angeblich auf genetischen Forschungen, tatsächlich handelt es sich jedoch um eine Aggression gegen uns, er will unsere spirituellen Werte zerstören, unser historisches Selbstvertrauen, unsere Zivilisation und unseren Glauben an die Evolution der Vernunft. Aber ich sage Ihnen, verehrte Landsleute, wir sind keine Herde von Schafen auf der irdischen Ranch eines Männleins im All. Ich möchte Sie außerdem darauf aufmerksam machen, daß diese Aggression aus dem Weltraum auch mitten unter uns nistet, ja, auf unserer Erde, das sollten Sie im Auge behalten, Ladies and Gentlemen! Zu dieser Aggression gehören auch gewisse Leute, die sich für bedeutende Autoritäten in

Sachen Wissenschaft und Gesellschaft halten. Sie leben mitten unter uns, ja, so stehen die Dinge. Diese Herrschaften stecken mit Filofej unter einer Decke und warten auf ihre Stunde. Wundern Sie sich nicht! Solche Leute stehen Gewehr bei Fuß, damit sie ihren Weltraumerleuchter auf ihren eigenen Schild heben können. In Filofejs Namen wollen sie dann ein Chaos auf Erden auslösen, Zweifel an unseren ursprünglichen und gottgegebenen Werten stiften, sie wollen uns mit ihren Strahlensonden in Angst und Schrecken versetzen und schon im Mutterleib unsere Gene manipulieren. Sie behaupten, genetische Misfits entlarven zu können. Vor allem aber kommt es ihnen darauf an, unsere Mütter und Frauen in Verruf zu bringen, indem sie ihnen dieses Teufelszeichen einprägen – das Brandzeichen der Kassandra, als seien wir Longhorns auf einer Weide von Texas. Denken Sie selbst weiter! Das Brandzeichen der Kassandra, der klassischen Prophetin des Unheils und allen Unglücks! Das hat man nicht zufällig ausgeheckt. Was für eine heimtückische Anspielung! Aber wir sind auf der Hut! Die ganze Nation muß sich vorsehen, liebe Landsleute! Filofejs Gesinnungsgenossen verbergen sich hinter ihren akademischen Gedankenspielereien, sie stehen bereit, sich der Presse zu bemächtigen, sie werden alle Massenmedien so lange beschwatzen, bis sie sie in der Hand haben, um uns die Gewöhnung an den Pseudopropheten im Weltraum aufzuzwingen. Ladies and Gentlemen, my Fellow Countrymen! Ich übertreibe nicht und versichere Ihnen, das ist eine Verschwörung gegen die Menschheit. Genau das! Und eben das ist meine allergrößte Sorge, meine lieben Wählerinnen und Wähler …«

Wie sich herausstellte, hatte das Publikum auf so eine Ansprache gewartet. Im Sportpalast vollzog sich ein wahres Wunder. Die Rede des Präsidentschaftskandidaten, die so plötzlich und anscheinend spontan hervorsprudelte, hypnotisierte die Leute, die gebannt dasaßen. Jedes Wort, das der Kandidat Ordok aussprach, fand die heiße Resonanz und schuf das Einvernehmen der aufgewühlten Gemüter. Der ganze Saal atmete wie aus einer Lunge und folgte dem einen Lockruf – dem Wort des großen Kandidaten Oliver Ordok. Kein Zweifel – das war der Sieg ...

Nach dem kläglichen Absturz zuvor – ein glänzender Sieg. Ordok hatte den Weg zum Triumph gefunden, als er im richtigen Augenblick richtig manövrierte und den strategisch richtigen Punkt traf. So erntete er jetzt reichlich Früchte. Oliver Ordok war wie verwandelt. Auf der Tribüne stand ein völlig anderer Mensch. Der Kandidat hatte zu seinem Höhenflug abgehoben, als er merkte, wie überzeugend seine Worte auf die Anwesenden wirkten. Und so drehte er seine verwegenen Kurven. Von Wort zu Wort. Von Satz zu Satz. Von Pause zu Pause. Der Zustand, in dem sich Ordok so an der eigenen Person berauschen konnte, stellte sich sehr selten ein. Dies Gefühl, einen Erfolg voll auskosten zu können, ließ sich nicht in Worten ausdrücken. Es war ein Höhepunkt der Unersättlichkeit, eine Erektion der Worte, ihm kam es vor, als ergösse sich seine Rede, um sich mit allen ringsum, vor allem mit den gebannt blickenden Frauen, zu vereinigen. Und wie sie ihm alle, gleich welchen Geschlechts, verfielen, wie sich Männer und Frauen ihm, dem Kandidaten, hingaben, wie ihn jeder für sich allein empfangen wollte! Und dies steigerte den Strom der Potenz in ihm, wie ein Hengst, der laut wiehernd und brünstig schnaubend alle Stuten in der Herde anrennt, jedes Wort steigerte seine strotzende Kraft und den Vorgeschmack auf die nahende Paarung mit der so heiß ersehnten und vorerst noch von fern lockenden Machterfüllung. Und aus ihm löste sich dann der langanhaltende Ruf an seine Artgenossen, sich zu ergeben und zu gehorchen. Dieser Ruf war so alt wie die

Kreaturen der Wälder und der Meere, in diesem Ruf erwachte auch der Wolfswille und der blendende menschliche Gedanke, nichts von dem einzubüßen, was sich seinem Joch fügt, er, der lüstern erfolgreiche Kandidat, würde sich davon nie und nimmer mehr trennen müssen.

Aber der Weg dorthin führt über Ströme von Worten und Reden, der Weg zu den Flitterwochen der Macht muß mit Schlagworten gepflastert sein. Und nur in fest geschlossenen Reihen setzte man zum Sturm auf die feindliche Festung an. Hier auf die Ideen Filofejs und seine noch unbezwungenen Gesinnungsgenossen, über die er, der Präsidentschaftskandidat Oliver Ordok, vorerst nur Andeutungen gemacht hatte, um das Publikum, vor dem letzten Akt, an eben den Punkt heranzuführen, von dem aus sie, die geliebten Wählerinnen und Wähler, sich ihm anschließen, sich ihm ergeben und auf seinen Wink hin erheben würden.

Oh, es war die Sternenstunde des Oliver Ordok. Und alle berauschten sich an ihm, außer dem einen, der sich in der Nähe der Rednerbühne aufhielt und einige Male am Bildschirm auftauchte. Anthony Junger saß abseits und preßte den Kopf mit beiden Händen zusammen, als wolle er vor den Steinwürfen der Propaganda in Deckung gehen. Die angespannten und geschwollenen Venen auf dem sehnigen, kräftigen Handrücken fielen besonders ins Auge. Er fühlte sich offensichtlich unwohl.

Unterdessen entrollte Oliver Ordok Strategie und Taktik seiner Schlacht. Seine Rede war in einer Art und Weise aufgebaut, daß er alle, die in der Halle oder vor den Bildschirmen saßen und ihm lauschten, in die Arena zu locken suchte, in der ein Mensch bei lebendigem Leib zerfetzt würde. Er weckte die Bereitschaft zur unversöhnlichen Konfrontation und hatte es dann um so leichter, der Masse seinen Willen aufzuzwingen. Für Ordok war dies etwas

Außerordentliches, es gehörte zum Vorspiel – sich heiß anschmiegen, mit süßen Worten umgarnen, an sich drücken und geil die Füße lecken –, wer immer ihm entgegenlief und sich hinzugeben bereit war. Hier lag die Macht, man mußte nur rasch und sicher zupacken.

»Ich appelliere vor Ihnen an unsere gemeinsame Wachsamkeit!« Ordok wandte sich in eindringlichen, besorgten Worten an die Massen im Alpha-Baseball. »Und wenn ich das tue, so lasse ich mich nur von den Interessen unserer menschlichen Gesellschaft leiten. Wir lassen es nicht zu, daß wir auf so fatale Weise das Opfer dieses unerhörten Abenteurers im Weltraum werden. Dieses Problem betrifft buchstäblich jeden Menschen, unter anderem auch Sie, verehrte Anwesende! Wie können wir uns retten? Wie erwehren wir uns der planetarischen Experimente dieses Filofej, der einen Anschlag auf die Erbmasse des Menschen unternimmt? Mit seinen Experimenten will er unser Erbgut zerstören. Das Ziel ist klar – Filofej möchte die gesamte menschliche Gesellschaft in Panik versetzen, damit wir den Lebensmut aufgeben. Die Menschheit soll aus Angst vor den Kassandra-Embryonen allmählich degenerieren. Filofej will den lebensbejahenden Ursprung in uns Menschen auslöschen.«

»Niemals! Wir wollen das nicht! Wir wollen leben!« Erboste Stimmen ertönten von allen Seiten der Sporthalle. »Das lassen wir nie zu! Wir durchkreuzen den Plan!«

»Das will ich hoffen, und ich glaube es auch«, fuhr Oliver Ordok fort. »Und ich will meine ganze Kraft dafür einsetzen. Niemand kann mich davon abhalten. Aber wie können wir diese kosmische Gefahr unschädlich machen? Wie fallen wir all denjenigen in den Arm, die hier, auf unserer Mutter Erde, schon jetzt diesem Filofej zu Diensten sind? Die die Situation anheizen oder ganz einfach im Trüben fischen? Das sind keine leeren Worte, dafür ist mir das Schicksal aller Menschen und Völker zu heilig! Die Filofeiten sollen wissen, ein Oliver Ordok läßt sich nicht irreführen, sie haben sich aus der Menschengemeinschaft ausgeschlossen, mit ihnen gibt es keine gemeinsame Sprache mehr, wir sind nicht bereit, in ihre Gen-Falle zu tappen, mögen ihre Worte auch noch so schlau und hyperintellektuell klingen. Ich denke hier insbesondere an ein längeres Gespräch, das ich unlängst mit einem Futurologen führte. In akademischen Kreisen ist er sehr bekannt, er genießt sogar Weltruhm. Doch in Wirklichkeit entpuppte sich diese Koryphäe als der Hauptanhänger, ja, wenn Sie so wollen, als der ideologische Scout des Mönchleins im Weltraum. In der ehemaligen Sowjetunion nannte man solche Leute, wenn ich mich nicht irre, Komsomol-Aktivisten, die ihrem Führer gläubig dienten und glücklich waren, für ihn ihr Leben zu opfern. In dieser Hinsicht hat Filofej auch seinen Aktivisten, einen Strohmann, obgleich zu sagen wäre, daß dieser Mann nicht mehr der jüngste ist. Übrigens agiert er an unserer Universität. Und lebt in unserer Stadt ... Sein Name ist Robert Bork!«

Eine längere Pause trat ein. Der Schreck nahm den Menschen in der Halle den Atem. Dann erhob sich ein Geflüster und lief durch die Reihen: »Robert Bork! Robert Bork! Es ist Robert Bork! Irgendein Bork, Robert ...«

»Nun denn, verehrte Wählerinnen und Wähler! Ich bemühte mich, so gut ich konnte. Selbstverständlich habe ich den Professor respektvoll angehört, wie er seine wissenschaftlichen Schlußfolgerungen zog. Aber wann immer ich versucht habe, Robert Bork darauf aufmerksam zu machen, daß es niemandem erlaubt sei, mit dem Schicksal lebender Menschen zu spielen, traf ich auf taube Ohren. Immer wieder verwies ich darauf, daß das Experiment im Weltraum, ganz gleich, wie objektiv die wissenschaftliche Zielsetzung auch sein mag, zerstörend in unser Leben eingreift.

Aber vergeblich! Und nicht nur das, verehrte Landsleute! Ich habe mit ansehen müssen, daß dieser Mann noch viel weiter geht als Filofej. Wie heimtückisch kann sich doch das Böse maskieren und hinter Menschen von Weltruhm verbergen. Robert Bork kann seinen Gesprächspartnern mit erhabenen philosophischen Visionen und universalen Ideen wahrhaftig den Kopf vernebeln, jedenfalls sind ihm solche Ideen und Visionen weitaus wichtiger als das Schicksal seiner Mitmenschen auf unserer Mutter Erden. Aber Robert Bork ignoriert die einfachen Menschen und kaschiert das mit seinen Sorgen und Problemen, mit seinem Kummer und Weltschmerz. Dieser Futurologe opfert die einfachen Leute auf dem Altar des Filofeismus, er lähmt unseren Selbsterhaltungstrieb, raubt uns die Zukunft, da kann er noch so viel wissenschaftliche Motive ins Feld führen. Robert Bork verbürgt sich unerschütterlich für Filofej, er hat sich dem Mönch mit Haut und Haar verschrieben, ist bereit, ihm zu dienen, wie Satan dem Teufel oder umgekehrt …«

»Aber erlauben Sie mal, Mr. Ordok! Das war doch ein Privatgespräch!« Anthony Junger hatte nicht mehr an sich halten können, war zum Mikrofon gelaufen und stand nun völlig bleich und mit verzerrter Miene auf der Bühne. »Wie kann man nur ein persönliches Gespräch in die Öffentlichkeit tragen und preisgeben?«

»Gerade deshalb mache ich daraus kein Geheimnis, Mr. Junger.« Ordok parierte ungerührt. »Wenn ein privates Gespräch die Schicksale von Millionen Menschen betrifft, von Menschen, die nicht mehr wissen, wohin mit dem Kreuz, das ihnen der Weltraummönch aufbürdet, wenn mir also Professor Robert Bork privat mitteilt, er billige Filofejs Kontrollmaßnahmen, ja, wenn er sie zudem großspurig rechtfertigt und die Öffentlichkeit so weit bringen will, daß der kosmische Mönch am Ende die gesamte Welt beherrschen kann, ja soll ich dann noch die allgemeinen Regeln des Anstands wahren? Ich handle aus hoher politischer Verantwortung.«

Donnernder Beifall brandete auf und erschütterte die Kuppel der Sporthalle. Die Kameraleute versuchten einer nervös gewordenen Regie zu folgen, die sichtlich bemüht war, den Ausdruck der Augen und Gesichter bei diesem unglaublichen Trubel möglichst nah heranzuholen, damit der Turniersieg des Oliver Ordok auch in allen Variationen fixiert wurde.

Anthony Junger ließ noch nicht locker. »Mr. Ordok, Sie haben dazu kein Recht ...« Aber das Publikum ließ ihn nicht mehr ausreden. Alle fielen in rhythmisches Klatschen ein und erstickten damit die unerwünschte Stimme, dieser Junger sollte kein Sterbenswörtlein mehr sagen dürfen, er mußte mundtot gemacht werden.

Er bemühte sich trotzdem, etwas herauszuschreien und das ihn niederklatschende Publikum zu überbrüllen, verzweifelt ruderte er mit den Armen, versuchte das Mikrofon zu schnappen, doch das goß nur weiteres Öl ins Feuer, so daß alle auf einen Schlag zu skandieren anfingen, um Anthony Junger endgültig in die Ecke zu treiben. »Or-dók! Or-dók! Or-dók! Or-dók!«

Dann erhoben sie sich schlagartig von ihren Plätzen, wie auf ein Kommando hin, und einige tausend Menschen wiederholten im Stehen bei frenetischem, rhythmischen Klatschen der Hände wie rasend: »Or-dók! Or-dók! Or-dók! Or-dók!«

Der Triumph war perfekt. Oliver Ordok hatte einen gewaltigen Schritt getan auf dem dornigen Weg zur Präsidentschaft. An solch einen politischen Erfolg hätte keiner seiner Mitbewerber geglaubt. Davon hätten sie nur träumen können. Für Ordok lief alles wie geschmiert. Der öffentliche Wirbel trug den Kandidaten empor in eine Sphäre der Magie – dieser äußerlich eher unansehnliche, beinahe schwächliche Mann mit der fleckigen Vogelvisage, die an Goebbels erinnerte, erklomm den Gipfel so zielstrebig, daß niemand auf den Gedanken gekommen wäre, daß er genau in diesem Moment des Triumphes einer Ohnmacht nahe war, so intensiv durchkostete er die Euphorie seiner Stunde. Aber er hatte sich fest in der Hand. Er hatte seine Sache gut gemacht, jetzt mußte das Werk nur noch vollendet und der Erfolg gefestigt werden. Die Halle dröhnte noch immer: »Or-dók! Or-dók! Or-dók! Or-dók!« Er bezwang sich und suchte, den rhythmischen Beifall und das Skandieren mit souveränen Gesten und dankbarem Lächeln von der Tribüne herunter zu stoppen, und sprach in die allmählich eintretende Stille hinein gelassene und überlegene Worte …

»Da war hier doch jemand, der für Robert Bork viel Mitgefühl hat? Worum geht es denn? Soll er doch kommen und das Publikum vom Gegenteil überzeugen! Ja, warum denn nicht? Ich schlage vor, daß Robert Bork hierher kommt und Ihnen, Ladies and Gentlemen, auseinandersetzt, weshalb der Mönch im Weltraum für die Menschen, das Volk, ja alle Nationen und die künftigen Generationen nur das Beste will. Wir werden ihm schon die richtige Antwort geben! Bitte sehr! Wir leben doch, Gott ist unser Zeuge, im demokratischsten Staat der Welt. Ja, ich hoffe sehr, daß Bork nicht bescheiden abseits stehen wird, er soll kommen und hier auftreten. Ich fordere ihn dazu auf! Und wenn er sich plötzlich eines Besseren besinnt und zur Vernunft kommt, dann kann er ja – das hoffen wir doch alle! – alles zurücknehmen und Reue zeigen. Allerdings frage ich mich, ob dieser Herr Futurologe das überhaupt nötig hat. Einem Robert Bork stehen doch alle amerikanischen Zeitungen und Zeitschriften zu Diensten! Ich habe ja nichts dagegen. Laßt sie tun, was sie nicht lassen können, sollen sie mit solchen Ideen ihren Profit machen. Übrigens sind nicht nur die amerikanischen Medien hinter ihm her, sondern auch, versteht sich, alle Medien, einschließlich Funk und Fernsehen, rund um den Erdball. Aber ich möchte Ihnen, liebe Landsleute, verehrte Wählerinnen und Wähler, versichern, auch ich werde nicht abseits stehen, auch meine Wenigkeit erbittet sich ein bescheidenes Plätzchen in den Massenmedien. Aber ich habe nicht die Absicht, meine Zeitgenossen mit futurologischen Artikeln über die Angst der Embryonen vor dem Leben zu beeindrucken, sondern ich will einfach klarstellen, daß man mit dem Feuer nicht spielen darf, ganz im Unterschied zu Robert Bork, der wegen Filofej bereit ist, einen Weltenbrand zu entfachen. Seit der Stunde, da ich in Borks Pläne eingedrungen bin, kann ich nicht mehr in Ruhe schlafen, seine Pläne sind finster und furchtbar. Er will uns die Idee einpflanzen, daß sich alle Frauen den Strahlensonden auszusetzen haben, daß das Brandmal der Kassandra Buße und Reue von seiten der gesamten Menschheit einfordert – für all die Sünden, die zu allen Zeiten, von Anbeginn der Schöpfung begangen worden sind. Da geht es um eine neue Religion, die Glaubenslehre der Filofeiten, die schließlich unser Christentum verdrängt wie auch alle übrigen Weltreligionen, die Filofeiten streben nach dem Monopol des Glaubens und der Macht über die Menschen. Das sollten wir alle im voraus bedenken, und eben darüber werde ich nicht aufhören zu schreiben und zu reden. Es geht um die Kernfrage: Ist es nicht an der Zeit, diesen gelahrten Herren das Handwerk zu legen, vor allem aber Filofej auf seiner Umlaufbahn im Kosmos und Bork auf der Erde? Ich erkläre dies ganz speziell für die Damen und Herren der Presse, die mich jetzt hören und sehen. Natürlich versteht es sich von selbst, daß wir diese Leute auf gesetzlichem Weg zur Ruhe bringen, nur so und nicht anders. Wir leben in einem demokratischen Rechtsstaat und werden auf diesem Weg die genetischen Manipulationen weltweit verbieten. Dafür brauche ich Ihre Unterstützung und setze auf Ihr Vertrauen.«

Es folgte ein donnernder, tosender, nicht enden wollender Beifall, alle erhoben sich von ihren Plätzen, fingen wieder an, ungestüm zu klatschen und erneut zu skandieren: »Or-dók! Or-dók! Or-dók! Or-dók!« Und der Präsidentschaftskandidat Oliver Ordok bat geschmeichelt und bescheiden das Publikum noch einmal, die Ovationen zu unterbrechen.

»Ich werde nur noch ein paar Minuten Ihrer Zeit beanspruchen. Ich möchte den Gedanken noch kurz weiterspinnen ...«

Plötzlich wurde die Übertragung aus der Sporthalle jäh abgebrochen. Borks Bildschirm erlosch. Irgendwer hatte den Fernseher mit einer nervösen Handbewegung ausgeschaltet.

Es war Jessica. Wann sie nach Hause zurückgekehrt war, wann sie das Zimmer betreten und wo sie die ganze Zeit über gesessen, ob sie seitlich Platz genommen, alles gesehen und sich dann nicht mehr gerührt hatte, weil sie sich von dieser Sendung sicher wie gelähmt fühlte, ob dies oder das und was auch immer geschehen sein mochte, Robert Bork sah sich zu keiner Reaktion imstande. Sprachlos und wie erschlagen saß er im Sessel und starrte mit leeren Augen in den Raum.

»Ist denn das die Möglichkeit? Wie kannst du dir nur so etwas ansehen! Das reicht! Schluß damit, basta!« Jessies Ton war scharf und hart wie ihr Entschluß, den Fernseher abzuschalten.

Bork schwieg.

»Und trau dich ja nicht, den Fernseher in deinem Arbeitszimmer einzuschalten!« Sie war gereizt. »Ich schalte jetzt alle Telefonapparate ab! Zur Hölle mit ihnen allen. Hol sie doch der Teufel. Niemand kommt hier durch, soll es klingeln, bis ihnen das Trommelfell wehtut. Jetzt wird jeder Hanswurst anrufen, der mitangesehen hat, was dein lieber Freund Oliver angerichtet hat. Ein Wahnsinn! Und welche Gemeinheit!«

Robert Bork schwieg.

»Hast du die Stimme verloren?« schrie Jessie auf. »So etwas hätte nie geschehen dürfen, nie im Leben!«

»Leiser bitte!« bat nun Robert Bork. »Du wirst nichts ändern, wenn du schreist.«

»Um so weniger änderst du etwas, wenn du schweigst.«

Beide verstummten. Niedergedrückt, verwirrt, verstimmt. Draußen dunkelte es bereits. Jener wundervolle Tag, der zum Malen einlud, ging zur Neige. Er versank und hinterließ verzweifelten Schmerz und tiefe Unruhe ... Der Tag schied dahin und kündigte neue Tage an, von denen niemand wußte, was sie mit sich bringen würden ...

»Ich kann es einfach nicht glauben!« Jessica unterbrach das Schweigen mit bebender Stimme. »Ich räume ja ein, daß man sich über dieses unwahrscheinliche Problem streiten kann, ja, streiten soll, aber es ist die reinste Verleumdung und eine einzige Lüge, mit dir so gemein und niederträchtig umzugehen und um des eigenen Vorteils willen einen Menschen vor aller Welt dermaßen zu demütigen. Ich könnte diesen politischen Gauner umbringen. Und der soll Präsident von Amerika werden! Du lieber Himmel, wo bleibt deine Gerechtigkeit?« Sie weinte bitter, verschluckte sich und geriet in Atemnot. Robert Bork stand auf, goß Wasser in ein Glas und reichte es seiner Frau. Sie war in Tränen aufgelöst und ihre Zähne schlugen fiebrig an den Glasrand. »So beruhige dich doch, Jessie! Du mußt mich jetzt anhören.« Er streichelte ihr übers Haar.

»Das will ich nicht, ich will niemanden anhören, und du

hast mir auch nichts zu erklären, hör um Gottes willen auf!« Der Weinkrampf würgte sie.

»Verzeih, aber erlaube mir wenigstens, bei dir zu sein.«

Jessica schluchzte und bebte am ganzen Körper. Zusammengekrümmt im Sessel war sie ein einziges jammervolles Bündel aus Schmerz. Nun fiel auf, daß sie schon völlig ergraut war, wie auf einen Schlag gealtert, und all das kam in diesem schrecklichen Augenblick zum Vorschein.

Robert Bork ging auf und ab. Das eigene Heim wirkte ihm fremd. Er taumelte hin und her wie im Nebel, mal nach links, mal nach rechts, dann vorwärts und wieder zurück. Ihm war furchtbar zumute, weil er sich überhaupt noch bewegen konnte und glaubte darauf achten zu müssen, nicht in einen Abgrund zu stürzen: Der unerwartete Schlag, den Oliver Ordok aus dem Hinterhalt geführt hatte, wirkte sich aus wie ein betäubender Volltreffer. Bork hatte einmal während einer Fernsehsendung einen Boxer sehr genau beobachtet und mit dem Pechvogel gezittert; dabei war ihm unwillkürlich deutlich geworden, was einem Faustkämpfer widerfährt, der Knockout geschlagen wird, und was in dem Augenblick, da er den Halt verliert und zu Boden geht, in ihm vorgeht; wie er sich trudelnd umsieht, als stürze er ins Bodenlose. Jetzt erlebte er es selbst. Die Welt ringsum bleibt, wie sie ist; sie stürzt im Menschen selbst ein, in seinem Inneren, im Strom des Blutes, das aus der Bahn tritt; der Kopf dröhnt dann wie ein Wasserfall im »schwarzen Loch« des Denkens, das der rasende Strom auswäscht; und die Gedanken überschlagen sich, sie folgen blitzschnell aufeinander und sind zugleich völlig chaotisch.

Bork ging hin und her, mit bleiernen, schleppenden Schritten. Und seine Gedanken, vom Unheil zertreten, irrten durch das »schwarze Loch«, durch die Ruinen des Vergangenen und all dessen, was noch vor einer Stunde er selbst gewesen war – sein »Ich«, seine Persönlichkeit. Auf einen Schlag war all das eingestürzt und ausgeglüht. Er spürte physisch, wie zerschmettert und verbrannt er war. Sein Körper loderte im Feuer. Solch einen Zusammenbruch hatte er noch nie erlebt. Da gab es kein Entweichen. Was ihm blieb, war die Unterwerfung: Entweder er beugte sich dieser Macht, nahm vor aller Augen alles zurück, gab sich selbst auf und jagte sich eine Kugel durch den Kopf; oder er sammelte all seine Kräfte zusammen und stieg in den Ring, zum Entscheidungskampf, dem Showdown, erfüllt von der ewigen Hoffnung aller Menschen im Augenblick der Niederlage: Jetzt wird die Gerechtigkeit endgültig triumphieren, die Wahrheit und all die Werte, für die es so viele Worte gibt. Plötzlich wurde ihm bewußt, daß er alles bedacht hatte, nur nicht, daß es auch für ihn den Tag und die Stunde gab, da sich in aller Härte und Unzweideutigkeit die Frage stellte: Sein oder Nichtsein! Leben oder Tod! Und Bork machte in diesen Minuten noch eine schmerzliche, verstörende Entdeckung. Seine Tragödie lastete auf Jessica stärker als auf ihm, dem Mann; für die hingebungsvolle Frau konnte sich all das weitaus tragischer auswirken. So wurde ihm noch schwerer zumute. Und es gab weder das Mittel noch die Worte, die den Kummer der beiden hätten lindern können. Nur zu gut hatten sie das Geschehene begriffen.

Jessica hörte schließlich auf zu weinen, unterdrückte die schweren Seufzer und wandte sich ihrem Mann zu. »Robert, schau mich an!«

»Ja, Jessie. Du willst etwas sagen?«

»Robert, ich habe gerade gedacht …« Sie verstummte erneut. Er wartete. »Hol mir ein Handtuch aus dem Bad!«

Bork kehrte mit einem Handtuch zurück.

Während sie sich abtrocknete, kämpfte Jessica weiter mit den Tränen und dem Schluchzen.

»Was hast du mir sagen wollen, Jessie?«

»Ich dachte mir, Robert, daß dich die Tragödie des Idealismus heimgesucht hat, das gilt auch für Filofej, obwohl er sich da oben aufhält, irgendwo im All. Ich denke nicht an deinen geliebten Sokrates wie du, wenn ich Musik höre. Es bleibt letztlich der alte psychologische Komplex, wie es war, so bleibt es. Für alle Zeiten. Irgendwer stülpt einem den Sack über den Kopf, und der restliche Haufen fällt über das Opfer her.«

»Mag sein.« Bork reagierte verhalten.

»Du hast es doch selbst mit angesehen, Robert! Die Leute wollen gar nicht begreifen, und wir haben nicht darauf geachtet. Du hättest mit diesem Ordok einfach nicht reden dürfen. Dieser Irre will nur Präsident werden und ganz oben sein. Deshalb ist er zu allem bereit, zu jeder Lüge und Verleumdung, er dreht einem das Wort im Mund um. Aber darum geht es mir nicht einmal. Verfluchter Bastard! Kein Wort mehr von ihm. Aber diese Menschen! In der riesigen Halle! Was für ein schreckliches Bild! Eine Meute mit Hufen, die alles zerstampft, da wächst kein Grashalm mehr, man möchte ersticken! Oh, Robert, diese Masse! Eine einzige, niederträchtige Meute! Wie konnte so etwas geschehen! Was für ein barbarischer Anblick! Mein Gott, was bringt deine Welt nur hervor?« Jessica brach wieder in Tränen aus und verhüllte sich mit dem Handtuch.

»Beruhige dich doch, Jessie, hör auf damit, ich flehe dich an, du nimmst dir das zu sehr zu Herzen. Ich verstehe dich zwar, aber wir müssen klaren Kopf bewahren, dann sehen wir weiter«, redete er auf seine Frau ein. Und er zwang sich, logisch vorzugehen, um sich nicht von blindem Zorn übermannen zu lassen. »Es stimmt, daß die sokratische Tragödie zeitlos ist. Nehmen wir an, es ist so. Massenbewußtsein ist herdenhaft und elementar, wie du es sagst – eine

Meute mit Hufen! Ja, aber es ist auch das Fundament des gesellschaftlichen Lebens. Kann ohne diese Sicherheit überhaupt Zusammenleben entstehen und sich halten? Ja, ich würde es als das Gleichgewicht der ewigen Tragödie bezeichnen: Der Philosoph entdeckt die Gesetze der Gesellschaft, die ihn dafür mit dem Bann belegt, um diese Entdeckungen später anzuwenden. Die Illumination erfolgt quasi durch die Negation.«

»Robert«, unterbrach ihn die Frau mit einem Vorwurf in Stimme und Blick. »Du kannst reflektieren, soviel du magst, aber versuche jetzt nicht, mir Vorlesungen über Illumination zu halten – also erleuchtet, weil einen die Herde zerstampft? Das meinst du wohl? Nein, nicht mit mir. Philosophieren bringt jetzt nichts. Es ist schon tiefe Nacht. Und du mußt dich morgen früh äußern, wenn du es überhaupt noch vorhast!«

»Ja, ich werde es tun.«

»Robert, ich verstehe sehr wohl, was das bedeutet und was die Folgen sind. Ordok hat die Masse hinter sich. Und wer steht hinter dir? Niemand außer vielleicht diesem jungen Mann, ach, sag mir, wer ist zum Mikrofon gerannt?«

»Anthony Junger.«

»Wir können ihm dankbar sein. Du mußt die Herausforderung annehmen, das ist doch klar. Aber – überleg dir gut, was du sagst. Und wenn du sicher bist, daß die Wahrheit tatsächlich auf deiner und Filofejs Seite steht, dann ist es dein gutes Recht, für diese Wahrheit einzutreten und trotz alledem zu bekräftigen, wie du die Dinge verstehst, damit dich alle hören können.«

»Du hast völlig recht, Jessie, nur so und nicht anders, alle müssen es hören. Daran hab ich schon gedacht. Nach Erscheinen des Artikels in der *Tribune* will ich mich sofort um eine Pressekonferenz bemühen. Der Beitrag ist ziemlich lang und weitgehend fertig; das meiste habe ich schon im Computer. Nach all dem, was bei dieser Kundgebung zum Vorschein gekommen ist, sehe ich mich nur noch darin bestärkt, wie recht Filofej hat. Ich muß also noch etwas umschreiben und ergänzen, vor allem die Grundthesen hervorheben, wenn ich die Reaktionen bei der Versammlung einbeziehen will. Jedenfalls habe ich nicht die Absicht, von der Bühne zu verschwinden, ohne meine Rolle zu Ende zu spielen. Ich stehe hinter Filofej, er hat recht.«

»Das ist der Vorgeschmack des Krieges. So sehe ich das, Robert. Ein echter Krieg.«

»Stimmt. Allerdings der Krieg um den letzten Sieg über sich selbst, darum geht es hier, Jessica.«

»Ich kann einfach nicht aus meiner Haut. Seinen Mörder retten wollen? Noch einmal die Bergpredigt? Glaubst du wirklich, daß du sie mit christlichen Postulaten überzeugen kannst?«

»Nicht so hastig, Jessica. Natürlich, was denn sonst. Außer uns Menschen gibt es doch niemanden, der das Böse auf der Welt verkörpert. Und doch sieht jeder die Ursache der Zerstörung im anderen – er und seine Gruppe, sein Stand und seine Nation haben damit nichts zu tun, es sind immer die andern … Und so zerrinnt das Leben in Missetaten. Und jetzt heißt es plötzlich: Stop! Bis hierher und nicht weiter. Und je perfekter wir uns technologisch ausrüsten, desto furchtbarer werden sich unsere Irrtümer auswirken, desto ungeheuerlicher werden unser Zynismus und unsere Zerstörungen sein.«

»O Robert, hör endlich auf damit, mir reicht es!« wehrte ihn Jessica ab. »Lieber veröffentlichst du deine Gedanken, damit dich die Leute hören können.«

Beide verstummten wieder. Und wie sehr sich Jessica auch zusammennahm, es wollte ihr nicht gelingen. »Verzeih mir, Robert, ich kann nicht mehr, diese Schau hat mich so verletzt und niedergedrückt«, sagte sie tränenerstickt und suchte dennoch ihren Zustand zu erklären. »Mir kommt es vor, als irrten wir in einem abgebrannten, völlig verkohlten Wald umher. Alles ist niedergebrannt. Zweige, Stämme, Sträucher, da ist nur noch schwarze, verbrannte Erde übriggeblieben. Nichts mehr ringsum, alles leer, schwarz und tot. Was wird aus uns, Robert? Was steht uns bevor? Was nur, was?« flüsterte sie.

Robert Bork redete auf seine Frau ein, wollte sie beruhigen, so gut es ging; er spürte seine Hilflosigkeit, es war alles so anders als gewohnt. Er konnte sich nicht daran erinnern, daß Jessie jemals von solch einer Hysterie geschüttelt worden wäre. Sie war stets ausgeglichen, pflegte die unterschiedlichsten Dinge weitaus geschickter und rationaler zu erledigen als er selbst. Der Zynismus Oliver Ordoks hatte Jessica ins Herz getroffen.

Aber sie erinnerten sich daran, daß sie keine Zeit verlieren durften, unverzüglich handeln mußten, und kamen wieder zu sich.

»Geh in dein Arbeitszimmer, Robert, und schreib den Artikel zu Ende. Bleib wach! Ich werde auch nicht schlafen. Mach allen klar, worum es geht. Vielleicht ist das tatsächlich die genetische Revolution, Filofej ein radikaler Entdecker. Entschuldige mein Gestammel. Willst du Kaffee? Er steht in der Küche. Wenn du willst, hol ich ihn dir. Fang endlich an zu arbeiten! Tu was! Ich gehe ins Kaminzimmer und probe meine Stücke. Wir studieren gerade Schostakowitsch ein. Die fünfte Symphonie. Ich geb mein Bestes. Und du fang an zu kämpfen! Nur nicht aufgeben. Ich weiß, du hast etwas zu sagen. Und ruf niemanden an, ich bitte dich inständig; ich habe alle drei Apparate abgestellt. Laß die Finger von ihnen! Wir müssen jetzt allen aus dem Weg gehen. Geh schon, von hier unten wirst du mich nicht hören. Ich schließe Tür und Fenster.«

VIII

Zeitweise trug es die Klänge des Cellos aus dem Kaminzimmer in den ersten Stock, und zwar wohl dann, wenn Jessie die hohen Töne spielte. Dieses Violoncello erinnerte Bork in jener Nacht an jenen Menschen, der nicht nur die Tage an seiner Seite teilte, sondern ihm auch im kleinsten, und dies bis zum Grab, verbunden blieb. Und womöglich würden ihre Seelen auch danach voneinander wissen, und die Saiten des schlaflosen Violoncellos würden auch dann, wie heute, über die größten aller Entfernungen hinweg klingen.

Und auch in jener Nacht, als er vor dem Monitor seines Personalcomputers saß, über den die elektronischen Zeilen des Zeitungstextes liefen, vernahm Robert Bork erneut den alarmierenden Atem der Wale im Ozean. Wohin zog es sie nur? Die Wale hatten es eilig, auf der Erde war also etwas geschehen, und sie mußten rechtzeitig ihr Ziel erreichen. Die Wellen türmen sich ihnen, Berg um Berg, entgegen, das Wasser brodelt, verschwendet und erneuert die Energie des Ozeans in einem, und die Wale schwimmen und schwimmen. Alsbald ist er mitten unter ihnen. Der Ozean zerfließt im Dunkel mit dem blinkenden Licht des Monitors, der gleichzeitig den fernen Weltraum in einer Einheit des Ewigen in sich birgt und seinen Ausdruck im Wort findet.

Und Bork schwamm im Ozean mit und suchte die innersten Gesetze der Welt, die für alle die gleichen waren und doch für jeden einzelnen etwas Eigenes, losgelöst von allen und doch mit allen verbunden. Und die Zeilen liefen über den Bildschirm, eine nach der anderen, um sich auf diese Weise zu Borks Text zusammenzufügen:

»Das Kassandramal ist kein Zeichen der Schande und Erniedrigung, wie uns das manche eigensüchtigen Politiker einreden wollen. Sondern es ist das Menetekel unserer Epoche, das winzige Signal unserer großen Katastrophe, die uns unerwartet trifft. Dieses Unheilszeichen gilt unübersehbar unserer ganzen Gattung, und es erscheint in globalen Dimensionen. Daß es gleichzeitig ein biologisches wie ein soziales Phänomen ist, bedeutet für uns eine außergewöhnliche Herausforderung. Die Entdeckungen, die sich mit dem Kassandramal verbinden, betreffen vor allem unser Selbstbewußtsein, greifen ein in unseren Alltag und in unser Verständnis der menschlichen Natur, heute und in Zukunft. Filofejs Entdeckungen ermahnen die Menschen, daß unser Selbstbewußtsein schon in den ersten Tagen unserer Existenz durch die Erbmasse deformiert sein dürfte. Eine von uns selbst verunstaltete Lebensweise hat sich von Generation zu Generation fortgepflanzt und Gewalttätigkeit konserviert; damit gerieten wir zusehends in einen Widerspruch zu den Idealen der Welt-Seele. Besonders tragisch ist es jedoch, daß wir jetzt das Kassandramal auf jede nur erdenkliche und tendenziöse Weise ignorieren und uns von den Kassandra-Embryonen brüsk abwenden, wenn sie den Kampf ums Überleben vom Augenblick der Empfängnis an verweigern, zumal es hier um einen erdrutschartigen Vorgang geht, der sich von Tag zu Tag katastrophal beschleunigt und zunehmend unumkehrbar wird. Erlischt der Wunsch zu leben, wird die Weltzivilisation erlöschen. Das bedeutet die Apokalypse. Mit anderen Worten: das Ende der Welt liegt in uns selbst und ist in den Deformationen der genetischen Codes enthalten. Die Kassandra-Embryonen wittern das, denn sie verfügen über einen außerordentlich sensiblen Instinkt und schlagen durch ihre Signale auf der Stirn schwangerer Frauen sofort Alarm. Sie sind die Wahrzeichen auf einem hochempfindlichen, universalen Monitor. Wir müssen also nicht das Kassandramal fürchten, sondern seine Ursachen … Wir begehen einen großen Fehler, wenn wir das mißachten ... Filofej ist kein Provokateur im All, sondern ein kosmischer Prophet.«

Und Robert Bork vernimmt zu jener Stunde, wie ungestüm die Wale im Ozean schwimmen und mit großem Elan die Gegenwellen überwinden. Und er sieht, wie das Wasser auf dem Weg des Walschwimmzuges alarmierend leuchtet und im leuchtenden Bildschirm des Computers brennt ...

Und die Uhrzeiger des Spasski-Turmes näherten sich der Stunde der Eule, die gegen drei Uhr nachts das vertraute Glockenspiel des Kreml abwartet, das ein weiteres Mal in alle vier Himmelsrichtungen der Welt ertönt. Die Eule erhebt sich dann sogleich von ihrem Platz, läßt sich aus der Höhe des Turmes in die Tiefe fallen, schwebt über dem Kopfsteinpflaster des Platzes wieder in die Höhe, um dann, wie gewohnt, die Kremlmauer entlangzusegeln, ihre lautlosen Kreise über dem Roten Platz und dem Mausoleum zu ziehen und ringsum zu erkunden, was sich tut. Die Eule erwartet, wie so oft, die kleinwüchsigen, großschädligen Gespenster, will sehen und hören, worüber die beiden streiten.

Dieses Mal gab es einen triftigen Grund. Am Vorabend hatte sich auf dem Roten Platz etwas Furchtbares ereignet. In großen Haufen waren Menschen über den Platz gezogen, hatten die beiden Gespenster als Porträts an Stangen hochgehalten und das eine wie das andere über das Pflaster getragen. Damit hatte wohl alles begonnen. Sogar die Eule, die in ihrem Leben viel gesehen hatte, erlebte eine solche Geschichte zum ersten Mal.

Aber woher hätte sie es wissen können. Wer hätte ihr, dieser merkwürdigen Spasski-Turm-Eule, die – ob als Vogel oder Geist – mit leibhaftigen Gespenstern verkehrte, es erläutern sollen, wenn selbst Menschen aus Fleisch und Blut keine Erklärung für das Geschehen fanden.

An jenem herbstlichen Nachmittag strömten Massen auf dem Roten Platz zu einer Großkundgebung zusammen, um für den MIK, wie Journalisten den Militär-Industrie-Komplex abzukürzen pflegten, zu demonstrieren. In der Presse konnte man nachlesen, wie es in bestimmten Kreisen schon seit langem rumorte: Das Geschwafel über die Rüstungskonversion falle den »Helden der Verteidigung« in den Rücken; der Glanz der Supermacht könne nur erhalten bleiben, wenn man den MIK von Grund auf restauriere. Ja, solche Meinungen lagen in der Luft und rochen nach einem schwelenden Brand. Jetzt war das Feuer offen ausgebrochen. Die Brandstifter bei Presse, Funk und Fernsehen, bei allerlei Parteien und anderen Kräften fuhren ihre Ernte ein; sie hatten die öffentliche Meinung so weit geschürt, den Waffenhandel zu rehabilitieren und den MIK wieder aufblühen zu lassen, kurzum, die Grundfeste der militärischen Staatlichkeit, die von der sogenannten Perestrojka und den sogenannten Demokraten zerrüttet worden war, und all das nur im Interesse des Westens, der sich hinter den Kulissen heimlich und heimtückisch die Hände rieb.

Von überallher strömten die Menschen zusammen. Die Mehrheit kam aus den diversen »geschlossenen« Städten, die man zuvor nur als »Briefkästen« mit kodierten Nummern gekannt hatte. Aus diesen »Briefkästen«, die im Konversionsprozeß enttarnt worden waren, wälzten sich nun die im Kollektiv Angereisten von allen Moskauer Bahnhöfen her in langen Kolonnen über die Straßen der Stadt. Die Moskauerinnen und Moskauer, die sich während der letzten Jahre an die unterschiedlichsten Umzüge und Ereignisse auf ihren Straßen gewöhnt hatten, sahen dieses Mal erstaunt auf die sonderbaren Erscheinungen, als zögen Gespenster von gestern, die nach einer schweren Verwundung wieder zu sich gekommen waren, an ihnen vorüber. Über den Köpfen schwebten die Konterfeis der Führer, die man erst unlängst auf diesen Straßen wütend beschimpft und verflucht hatte.

Die Kolonnen schwollen an und veranschaulichten, wie viele Beschäftigte die zuvor »geschlossenen« Städte des MIK beherbergten. Sie hatten die halbe Welt aufgerüstet, ja, so war es doch. Aber jetzt spürten sie, wie man ihnen den Boden unter den Füßen wegzog; die Konversion der Rüstung hatte sie der Willkür des Schicksals ausgeliefert. Und deshalb hatten sie sich in Bewegung gesetzt.

Niemand vermochte später zu erklären, wie und warum alles so plötzlich geschah. Die Leidenschaften einer Menschenmasse sind unberechenbar. Es war wie bei einem Hochwasser, das niemand aufhalten kann; der tosende Strom reißt vor aller Augen Baumstämme, Gesteinsbrocken und abgedeckte Dächer mit sich. Wie Baumstämme, Gesteinsbrocken und abgedeckte Dächer schwemmte es auch Parolen und Forderungen über die Straße: »Nieder mit der Rüstungskonversion!« – »Ein Hoch der Industrie unserer ruhmreichen Rüstung!« – »Unser Staat! Er lebe über alles in der Welt!« – »Weg mit den Reformen!« – »Unsere Panzer sind Garanten der Stabilität!« – »Her mit Devisen für die Rüstung!« – »Wir wollen auf dem Weltmarkt konkurrieren!« – »Schluß mit dem Geschwätz über Abrüstung!« Für Uneingeweihte gab es völlig absurde Appelle: »Wir wollen unsere Briefkästen wieder haben!« – »Haltet die Klappe, Pazifisten, so lange es nicht zu spät ist!« Und dann gab es auch noch das: »Man hat uns den Kalten Krieg genommen, um uns niederzumachen!« – »Wir lassen Panzer nicht zu Bratpfannen plattwalzen!« Schließlich die Quintessenz: »Es lebe das Wettrüsten! Die Quelle unseres Reichtums!« – »Bei uns gibt es keine Arbeitslosen!« – »Laßt die

Spezialisten nicht außer Landes!« – »Hoch lebe der Kalte Krieg, der Motor des Fortschritts!« – »Nieder mit den korrupten Humanisten!« Kein Papier war zu schade für die Inschriften, die Macht suggerierten, einen benebelten und schwindlig werden ließen.

Aber diese Parolen hatten schon nicht mehr die Kraft, den Strom der Zeit umzuleiten. Ihre Anhänger tanzten jetzt wie Kienspäne auf Wasserwirbeln, obwohl sie sich doch einst übermächtig vorgekommen waren und sich auf den Namen der Supermacht etwas eingebildet hatten. Wie üppig hatten sie die internationalen Waffenmärkte mit versorgt, wie selbstherrlich die ersten Ränge bei diesem Handel belegt, natürlich stets in vollkommener Übereinstimmung mit den Interessen der Nation. Aber jedes Mal – und das war die Hauptsache! – scheffelten sie atemberaubende Gewinne, Dollar-Milliarden, von denen ein Drittel in die Taschen der Hersteller floß; dabei versäumten sie es nicht, das Erfinden und Herstellen der Waffen als vaterländische Ruhmestat in den Massenmedien bejubeln zu lassen.

Und nun strömten Hunderttausende, ein wogendes Meer von Köpfen und Gesichtern, zur Kundgebung auf den Roten Platz, füllten die riesige Fläche vor den Kremlmauern nach allen Seiten und skandierten frenetisch ihre Forderungen: »Mil-ko! Mil-ko! Mil-ko!« – »De-vi-sen! De-visen! De-vi-sen!« – »Un-ser Kre-ml! Un-ser Kre-ml! Un-ser Kre-ml!« Der Auftritt war gewaltig. Der Atem stieg bebend gen Himmel wie aus einem Mund.

Man filmte sie von oben, aber das ganze Ausmaß dieses vulkanischen Panoramas ließ sich auch aus den Hubschraubern kaum erfassen. Vor dem Hintergrund der Kundgebung und den Verstärkeranlagen für die Hauptreden am Mausoleum tauchten an verschiedenen Stellen in der Menge noch kleine Minidemonstrationen auf, die ihre eigenen Transparente und Porträts, ihre Losungen und

Appelle hatten. Am Richtplatz, unmittelbar vor der Basilius-Kathedrale, drängten sich Menschen um die Inschriften: »Fidel – wir stehn zu dir! Patria o muerte! Sozialismus oder Tod!« Vor der Passage zum Historischen Museum, neben dem Kaufhaus GUM, brodelten die Anhänger des Saddam Hussein: »Sad-dam, Bru-der! Sad-dam, Bru-der! Sad-dam, Bru-der!« Und nicht weit davon entfernt reckten sich Fäuste zum Sprechchor: »Kaddha-kaddha-Kaddhafi! Kaddha-kaddha-Kaddhafi! Kaddha-kaddha-Kaddhafi!«

Fast alle Länder, in die über viele Jahre hinweg massenhaft Waffen gepumpt worden waren, hatten solch selbständig brüllende Filialen in den Menschenmassen. Ihre Anhänger tanzten zu Ehren Chinas, des Iraks und Libyens, Pakistans und Indiens, ganz speziell zu Ehren der arabischen und afrikanischen Kaufpartner. China hatte, entsprechend seinen Dimensionen, einen Riesenhaufen von Anhängern, die Maos Zeile skandierten: »Die politische Macht kommt aus den Gewehrläufen! Die politische Macht kommt aus den Gewehrläufen!« Unisono stimmten die Stalinisten ihre Weise an: »Hoch lebe Josif Wissarionowitsch Stalin!« Und zahlreiche Arme reckten erregt die servil retuschierten Porträts des Generalissimus gen Himmel. Doch über all dem Gekreische triumphierte wahrhaftig eine Kalaschnikow: »Holt die Kalasch! Auf zum Kreml! Holt die Kalasch! Auf zum Kreml!« Ja, das übertönte alle Schreie: »Holt die Kalasch! Auf zum Kreml!« Es gab auch kaum Verständliches, ja, Konfuses zu lesen: »Schießen sprießt! Diamanten am Himmel!« Sollte das etwa bedeuten: Die Rakete startet, und Diamanten fallen von oben herab? O ja, wenn es nur so wäre! O ja!

Im Kessel der Masseneuphorie brodelte und kochte es, und all das erhitzte das Gefühl von Machtentfaltung, im Sturm Schulter an Schulter … Gleich wird etwas geschehen, das Feuerwerk der Leidenschaften bricht in Jubel aus, läßt den Himmel erbeben, und Er wird erscheinen – der Vollstrecker des Willens ... Aber wer ist Er? Er, ja, Er, dann schlägt unsere Stunde! Er! Er! Er! ...

Die Ansprachen von den Rednerbühnen des Mausoleums klangen nüchtern und überzeugend: Die Rüstungskonversion hat nicht nur unserer Wirtschaft geschadet, sondern den Monopolen des superreichen Amerika den Weltmarkt überlassen. Amerika legt die Hände nicht in den Schoß, produziert seine Waffen rund um die Uhr, bewaffnet alle bis zu den Zähnen und läßt jeden nach seiner Pfeife tanzen. Sind wir etwa schlechter als Amerika? Und noch ein Fazit: Die Konversion erzeugt Arbeitslosigkeit, aber Arbeitslosigkeit ist sozialer Sprengstoff; die Umwandlung der Rüstung zerstört unser intellektuelles Potential bis auf den Grund. Jeder Treffer dieser verbalen Scharfschützen weckte einen haßerfüllten Beifallssturm.

Aber es gab auch eine andere Kraft. Ganz in der Nähe, auf dem Manège-Platz, kochten andere Leidenschaften. Der Raum grenzte unmittelbar an den Roten Platz und die Kremlmauern am Alexandrow-Park. OMON-Truppen, die Spezialeinheiten für Sondereinsätze, bildeten eine Trennungslinie über die gesamte Straßenfront vom Hotel Moskwa bis zur Rückseite des Historischen Museums.

Hier hatte sich ein anderes Publikum versammelt: Demokraten, Reformer, Dissidenten, Pazifisten, Antimilitaristen und das bunte Völkchen der Perestrojka, kurzum: freiheitsliebende Liberale aller Schattierungen. Auch dieser Platz schien unter den Massen zu schwanken, auch diese Menschen hatten ihre Überzeugungen, Aufrufe und Losungen, die nicht weniger schlagkräftig wirkten als die der anderen. Über den Köpfen schimmerten bunte Transparente und Plakate: »Nieder mit den Privilegien des MIK!« – »Wir sind nicht die Geiseln des MIK!« – »MIK dient dem Militarismus!« – »MIK – Vampir der Steuerzahler!« –

»Weg mit dem stalinschen Monstrum!« Dieses und anderes war zu lesen, bis hin zu Losungen wie: »MIK ist das Fließband des Todes!« – »MIK – der Kettenhund der Parteibürokraten!« – »MIK knechtet das Volk!« Auf dem Manège-Platz herrschte das gleiche Bild wie auf dem Roten Platz – nur mit umgekehrten Vorzeichen. Auch diese Demonstranten hielten die Porträts ihrer Führer hoch, damit jeder sie sehen konnte.

An diesem Tag gerieten die Kameraleute der diversen Agenturen und Gesellschaften außer Atem; sie rannten mit ihren Apparaten mal hierhin, mal dorthin: Die Ereignisse auf den beiden Plätzen boten reichliches und einmaliges Material für aktuelle Sendungen. Aber selbst ausgefuchste Bildreporter und Journalisten übersahen, daß unter den zahlreichen, brandaktuellen Inschriften zwei Spruchbänder hochgehalten wurden, die völlig aus dem Rahmen fielen; jedenfalls hatte man bis zu diesem Tag solcherlei auf den Straßen nie sehen können.

Zwei junge, sympathisch aussehende Menschen, offenbar Studenten, hielten wie vereinsamt ihre Transparente hoch. Späteren Zeugenaussagen zufolge bewegten sie sich inmitten der Menge, ohne sich allzuweit voneinander zu entfernen, sie wollten wohl in Rufweite bleiben, behielten sich gegenseitig im Auge und sprachen allem Anschein nach mit niemandem. Sie blieben ganz auf sich selbst konzentriert und wirkten wie abwesend. Der junge Mann trug einen mit schwarzer Farbe geschriebenen Satz gewissermaßen philosophischen Inhalts vor sich her: »Der Mensch wird nicht geboren, um Waffen zu produzieren!«

Die Inschrift des Mädchens, in leuchtendem Rot aufgetragen, klang, wie es später hieß, ganz und gar selbstzerstörerisch: »Rüstet der Kreml wieder auf, werde ich mich verbrennen.«

Die jungen Leute bewegten sich in der Menge wie zwei

im Meer verirrte Boote. Die einen hatten wohl Verständnis für die Äußerungen, anderen sagten sie wiederum gar nichts – kein Wunder bei all den Deklarationen, Losungen, Protesten und Warnungen, den radikalen Reden und lautstarken Auftritten, die auf die Kundgebungsteilnehmer, ob auf dem Roten oder dem Manège-Platz, wie Regen herabprasselten. Wie auch immer, der Zeitpunkt, zu dem etwas passieren mußte, näherte sich und trat doch für die meisten völlig unerwartet ein.

Gewöhnlich erinnern sich die Menschen erst hinterher daran, daß inmitten einer aufgeheizten Menge in Massenpsychose die Ereignisse detonieren können, und erst dann wird ihnen, erneut über sich selbst staunend, bewusst, wie überflüssig und zugleich unvermeidlich all das ist.

Die Sonnenstrahlen fielen bereits schräg über die Kremlmauern, eine unschuldig frühe Dämmerung senkte sich über die brüllenden Menschen, die Kundgebungen auf den benachbarten Plätzen kochten weiter, die Brandreden dröhnten über die Verstärker, heizten Köpfe und Seelen der Versammelten immer mehr an, der Höhepunkt dieses Tages nahte. Beide Seiten, ob auf diesem oder jenem Platz, appellierten an die Gerechtigkeit, sie riefen die Behörden und das Volk auf zu ihrer Wahrheit und ihrem Standpunkt, boten der Welt nur die eigenen Argumente und Schlußfolgerungen dar. Und die Redner erglühten angesichts der Menschenmasse, ja, sie verspürten das unbändige Bedürfnis, sich in der Aktion und in der aufgeladenen Energie der Demonstranten zu verströmen. Und obgleich es zwischen den beiden Plätzen keinen Tonkontakt gab, entwickelten sich die Leidenschaften beinahe synchron; die gegenseitigen Beschuldigungen, Drohungen und Beleidigungen wurden gleichzeitig über die Lautsprecher hinausgeschleudert, an die jeweils andere Seite, an die feindliche, hassenswerte, niederträchtige Partei, hier an die »Vaterlandsfeinde«, dort an die »Nationalpatrioten«. Und da entbrannten die ersten Handgreiflichkeiten der Menschen an den benachbarten Rändern. »Militaristen« und »Antimilitaristen« durchbrachen die Ketten der OMON-Einheiten und schlugen mit Plakaten und Transparenten aufeinander ein. Frauen kreischten, Männer brüllten und fluchten. Faustschläge und Fußtritte wurden ausgeteilt. Je mehr sich die OMON-Trupps darum bemühten, den Ansturm zurückzuhalten und die Streithähne zu trennen, desto grimmiger schlugen sich die Parteien.

Und so begann die Schlägerei, die sich zu einer Schlacht ausweitete, als hätten die Leute eben darauf gewartet, ja, als seien sie nur deshalb zusammengeströmt. Die Porträts der Angebeteten und die Plakatstangen eigneten sich vorzüglich dazu, sich gegenseitig die Köpfe einzuschlagen. Das Fernsehen übertrug die Szenen live – es lieferte Stöhnen, Tränen und Blut über die Bildschirme frei Haus. Aus Hubschraubern oder von Standorten am Boden konnte man spektakuläre Szenen verfolgen – Hunderte, ja Tausende, Frauen und Männer, Alt und Jung, die sich aus Leibeskräften prügelten.

Plötzlich sah man in diesem Gewühl den Burschen und das Mädchen. Sie standen einfach da, hatten ihre Plakate mit den eigenwilligen Aufschriften nicht zum Zuschlagen verwendet, im Gegenteil – sie hielten sie demonstrativ hoch, ein Umstand, der sich für die beiden als schicksalhaft herausstellen sollte. Die »MIK-Komplizen« des Roten Platzes schlugen nach wie vor grimmig auf die »Konversiten« von der Manège ein, als sie unversehens diesen Studenten vor sich sahen – die Aufschrift des genial einfachen Plakates fiel den rasenden Nationalpatrioten direkt ins Auge.

»Aha, du Schwein, wen willst du eigentlich verblöden, Affe!« brüllte ein Angreifer. »Du willst also, daß wir lieber nicht auf die Welt gekommen wären, ha? Ja, wir machen die Waffen, und du bist ein Klugscheißer, kapiert? Eine miese Ratte bist du, Mistvieh!« Sie fielen über ihn her, zerrissen das Plakat mit dem bemerkenswerten Aphorismus und zerstampften es. Ausgerechnet in diesem Augenblick drängte sich das Mädchen vor, dem Freund und Mitstreiter solidarisch beizustehen, und hielt das schockierende und provozierende Transparent hoch – sie wolle sich selbst verbrennen, wenn der Kreml das Wettrüsten wiederaufnähme.

Später wurde gefragt, inwiefern es überhaupt zu rechtfertigen war, sich mit der Androhung einer Selbstverbrennung auf einer Massenkundgebung aufzuhalten. Das ließ sich schwer beantworten. Sie hätte ja wissen müssen, daß es da zwei Lager gab, die sich feindlich gegenüberstanden. Warum hat sie sich also mitten in die Gefahr begeben? Woher kommt ein so ungewöhnlich extremes, ja abnormes Verhalten? War es jugendliche Unerfahrenheit oder Dummheit? Oder gar ein Sendungsbewußtsein oder äußerste Verzweiflung? Es hätte sie ja schließlich nichts gekostet, in solch einer Situation und bei diesem Gewühle den unglückseligen Text einfach wegzuwerfen, bevor sie sich zu ihrem Freund vordrängte, dem sie natürlich spontan helfen wollte, weil er von diesen »MIK-Komplizen« zusammengeschlagen wurde. Aber nein, sie stürzte sich mit dem Plakat ins Gemenge und schrie:

»Was tut ihr nur? Laßt ihn los! Wer gibt euch das Recht dazu? Wie könnt ihr es wagen? Aufhören, aufhören!«

Aber es war vergebens. Mindestens fünf Kerle prügelten auf den Studenten ein; sie hätten ihn vielleicht nach der ersten Abreibung laufen lassen, übersät mit blauen Flecken, Prellungen und Blutergüssen. Die Rüstungsfans empfingen das Mädchen mit Schimpfworten: »He, du Kröte! Hau ab, sonst zerquetschen wir dich! Hol die Kalasch! Auf zum Kreml!«

Und das Gebrüll einer Alten traf für die meisten hier den Nagel auf den Kopf: »Was, du Hurentochter, du willst uns erpressen? Und dich verbrennen? Willst wohl, daß der Kreml im Erdboden versinkt? Seht mal her, Leute, haltet sie fest, soll die Nutte doch brennen, ha, ha, sie hat es verdient, die Erpresserin. Brenn, Hexe, brenn! Gleich vor unseren Augen! Ha, ha! Unser Kreml soll verschwinden?! Daß ich nicht lache. Schlagt ihr in die Fresse, daß sie nicht mehr weiß, wie sie heimkommt. Uns zum Narren halten wollen!«

Man fiel über sie her und zerriß ihre Kleidung. Über ihr Gesicht floß Blut. »Untersteht euch, ihr Ungeheuer!« schrie sie und wischte sich das Blut ab.

Ihr Plakat wurde auf der Stelle zerfetzt und zerstampft.

»Und was jetzt? Du willst doch brennen? Oder hast du schwache Nerven? Denk erst nach, bevor du solch einen Quatsch schreibst! Warum brennst du denn nicht, du Aas?«

Was danach geschah, schien undenkbar. »Dann zündet mich doch an!« Das Mädchen schrie hysterisch und löste ein bösartiges Gelächter aus.

Plötzlich hatte jemand eine Schachtel aus der Tasche geholt und schickte sich an, ein Hölzchen anzuzünden.

»Hat denn niemand ein Feuerzeug bei sich? Ha, ha! Probiert's lieber mit dem Zippo!« schlug noch jemand vor.

»Halt! Aufhören!« Der junge Mann konnte sich jetzt aus dem Haufen der Leute, die auf ihn eindroschen, losreißen, seine Stimme überschlug sich. Aber er schaffte es nicht mehr, seiner Freundin zu Hilfe zu kommen. Ein brennendes Streichholz fiel dem Mädchen auf die Bluse, und im selben Augenblick brannte es wie eine Fackel.

Alle erstarrten, wichen wie vor einer explodierten Bombe zurück und stoben auseinander.

Das Mädchen brannte lichterloh und rannte mit unheimlichen Schreien in der ausbrechenden Panik davon. Auf dem Platz brach die Hölle los. Dieser Hexenkessel war noch furchtbarer und teuflischer als zuvor das verheerende Brodeln und die entfesselte Sucht nach dem Feind …

Die Nachricht über die in die Menge geworfene Bombe, die explodiert war, oder über die Person, die sich angeblich selbst bei lebendigem Leib verbrannt hatte, verbreitete sich blitzartig: Sie loderte feuergleich durch die Menge und ließ die Menschen alles vergessen; sie hetzten durcheinander, erdrückten sich gegenseitig, stürzten nieder, traten aufeinander und zertrampelten die fallengelassenen Bilder und Transparente; völlig aufgelöst und schreiend flohen sie durch Gassen und Straßen, als hätten sie mit all dem nichts zu tun. Von Todesangst gepackt, liefen sie um ihr Leben und vor sich selbst davon. Niemand konnte sich später die Frage beantworten, warum es so weit hatte kommen müssen, warum es unter den Kremlmauern überhaupt zu einem so völlig unsinnigen Aufruhr gekommen war.

Die Ereignisse waren von einer Sekunde zur anderen umgeschlagen: als das Mädchen zur brennenden Fackel geworden war. Und nun machte es schon keinen Unterschied mehr, ob die Drohung des Mädchens, sich anzuzünden, ernst gemeint war oder nur schockieren sollte. Es zählte allein die Tatsache, daß sie schreiend davongerannt war, eine lebende Fackel in vollem Lauf, vor den Augen aller Leute. Als das Mädchen dann zu Boden stürzte, hatten es der Student und einige OMON-Polizisten endlich eingeholt. In fiebriger Hast suchten sie das Feuer zu löschen und bedeckten mit ihren Jacken den brennenden Körper. Aber es war schon zu spät. Ihr Freund fiel voller Verzweiflung auf die Knie und nahm ihren Kopf in beide Hände.

In diesem Moment war der Hubschrauber gelandet, von dem aus zuvor fürs Fernsehen gefilmt worden war. Unter dem betäubenden Lärm des laufenden Rotors, der sich im Wind krümmte, eilten Helfer herbei, hoben den Körper der Verbrannten hoch, zogen den Burschen und einige Uniformierte mit sich und starteten senkrecht nach oben durch.

Der Hubschrauber flog über den fast menschenleeren Roten Platz, gewann rasch an Höhe bis hin zur Spitze des Spasski-Turmes, schwebte im Nu über der Steinernen Brücke, um dann entlang der Uferstraße der Moskwa zu entschwinden ...

Die Tragödie im Dschungel der Stadt entfernte sich wie der Vogel, der im Wald verschwindet.

Die beiden jungen Menschen mußten wohl, wie Zeugen berichteten, Studenten gewesen sein, nur so konnte man sich den festen Glauben an die Idee, ihre Verzweiflung und die schreckliche Unbesonnenheit erklären ... O Romantik, du ewige Weggefährtin der Utopie und des unvermeidlichen Verderbens!

An diesem Abend kamen die Menschen im Zentrum der Stadt noch lange nicht zur Ruhe. Die Ereignisse des Tages hatten viele aufgewühlt und auf die Straßen getrieben. Man konnte das an dem nervösen Gang, an den angespannten Gesichtern und den erregten Stimmen ablesen. Passanten blieben stehen und bildeten kleine Gruppen. Wildfremde Menschen suchten das Gespräch miteinander, stritten über die unbegreiflichen Vorkommnisse und stellten die verschiedensten Mutmaßungen an. Aber sie konnten keine Erklärung finden: Ein im Freien angezündetes Streichholz erlischt doch schon im Flug ... Aber in diesem Fall kam es ganz anders als gewohnt ... Und dann stand das Mädchen binnen einer Sekunde in Flammen? Wie soll man das verstehen? War das etwa ein Zaubertrick? Man war doch nicht im Zirkus? Vielleicht hatte sie ihre Bekleidung zuvor mit einem leicht entflammbaren Mittel getränkt? Aber wozu das makabre Theater mit dem tödlichen Ausgang? Womöglich war sie doch eine Zauberkünstlerin, so eine mit übersinnlichen Tricks? Aber das konnte doch nicht stimmen! Wenn es möglicherweise um etwas ganz anderes geht? Vielleicht um ein unfaßliches metaphysisches Phänomen, bei dem der Mensch vor höchster innerer Anspannung auf einmal Feuer fängt? Es heißt doch auch, daß es bestimmte Leute gibt, die bei Nacht phosphoreszieren? Aber wer weiß das schon? Wie soll das unsereiner nur verstehen …

Derweilen war die Nacht angebrochen. Die debattierenden Menschenmassen lösten sich allmählich auf. Wer sich die Nacht noch um die Ohren schlagen und sich irgendwie amüsieren wollte, setzte sich jetzt in Bewegung. Autotüren wurden zugeknallt. Straßenwachen und Diebesbanden kassierten ihre Schutzgelder. Die Tanzlokale wurden geöffnet, die Verstärkeranlagen und schummrigen Lichter eingeschaltet, nackte Haut, verführerisches Lächeln … Alles vergessen, an nichts denken, vor Gott und der Welt fliehen …

In jener Nacht senkte sich die absolute Leere über den Roten Platz. Keine Menschenseele weit und breit. Jeder floh den Ort, wo noch kurz zuvor sich sinnlose Raufereien, wilde Leidenschaften und blinder Wahn ausgetobt hatten. Ringsum schimmerte es trüb. Rätselhafte Silhouetten wie von Filmkulissen warfen ihre Schatten. Überall lagen die Porträts, Losungen und Plakate herum, die die Demonstranten auf dem Schlachtfeld in ihrer Panik weggeworfen, im Handgemenge und bei der Flucht zertreten hatten. Es gab niemanden mehr, der sich um sie kümmerte.

Von hoch oben warf der Mond sein Licht auf den Kreml. Die Eule erschien zu ihrer vertrauten Stunde und begann ihren Flug. Wie ein Schatten glitt sie dahin, schlug lautlos ihre breiten Flügel und drehte dabei unmerklich den großen Kopf mit den magnetisch leuchtenden, durchdringenden runden Augen. Ihr war schwer und unheimlich zumute. Still kreiste sie über dem Mausoleum, schwebte an den wie zu Stein erstarrten Posten am Eingang zum Sarkophag vorüber. Die Eule war auf der Suche nach den kleinwüchsigen, großschädligen Gespenstern. Und schließlich fand sie die beiden, seitwärts im Halbdunkel. Nein, auch dieses Mal hatten sie nichts Neues zu sagen. Auch dieses Mal verharrten sie zunächst ausdruckslos unter der Ziegelmauer des Kreml, wenngleich sie etwas besorgt und wie behext wirkten. Sie faßten sich an den Händen und drehten sich im Tanz. Dabei wiederholten die Kleinwüchsigen mit den großen Schädeln auf monotone Weise ein paar Parolen, die sie bei der Kundgebung aufgeschnappt hatten: »Sozialismus oder Tod!« Unermüdlich, obschon lautlos, eigentlich unsichtbar und aufgeregt: »Sozialismus oder Tod!«

Der kubanische Rhythmus begann die Eule zu langweilen. Sie flog weiter und erspähte eine lebende Seele gegenüber dem Spasski-Turm. Eine einsame, betrunkene Frau, die es, weiß Gott warum, hierher verschlagen hatte. Sie zog über den Roten Platz. Ganz allein. Zerzaust und zerlumpt. Und sie grölte im Vollrausch ihr bitteres Lied in die Nacht:

Ach warum, ach warum
Bin ich auf diese Welt gekommen?
Ach warum, ach warum
Hat mich meine Mutter nur geboren?

Ach warum, ach warum
Hast du mich empfangen?
Ich hab es nicht gewollt,
Und du hast mich betrogen.

Ach warum, ach warum
Hast du mich geboren?

Ich hab es nicht gewollt,
Und du hast mich betrogen.

Ach warum, ach warum
Bin ich auf diese Welt gekommen?
Ach warum, ach warum
Hat mich meine Mutter nur geboren …

Die Frau schlurfte über den Platz, schwankte und strauchelte … Bald darauf verschwand sie am Kaufhaus GUM. Ihr trostloses Lied schwebte noch eine Weile durch die Nacht, bis es langsam verklang.

Die Eule flog über die Kremlmauern hoch, schwebte in die Anlagen und heulte plötzlich inmitten der dichten Zweige auf wie die Alte und verstummte mit einem schweren Schrei.

Der Mond stand hoch oben, inmitten der Sterne, und er beleuchtete mit seinem ewigen Licht Kuppeln, Turmspitzen und Dächer des Kreml.

Und wieder vernahm die Eule aus weiter, weiter Ferne das Schnauben der Wale, die im Ozean schwammen. Wohin trieb es die Wale? Warum hatten sie es so eilig? Auch sie finden keine Ruhe. Und die Wellen beruhigen sie nicht.

IX

Der größte Teil des Artikels für die *Tribune* war bereits geschrieben, Robert Bork blieb nur noch der Schluß, an den er sich aber erst nach nochmaliger Lektüre des ersten Ausdrucks machen wollte. Doch je mehr sich die Sache dem Ende näherte, desto unruhiger reagierte er auf die Frage, die ihn nicht loslassen wollte: Hatte er sich mit der wissenschaftlichen Erklärung des Kassandramals nicht zu weit und obendrein vergebens vorgewagt? Für die allermeisten Menschen, welche die Live-Sendung aus der Sporthalle erreicht hatte, blieb doch unterm Strich nur eines übrig: Um jeden Preis die Provokationen dieses Filofej zu stoppen. Der abgebrühte Politiker Oliver Ordok hatte dies im Handumdrehen erfaßt und deshalb einen so durchschlagenden Erfolg verbucht. Die ganze Halle und damit auch das Fernsehpublikum waren nach der Sendung auf seiner Seite. Ohne Zweifel war dies ein politischer Sieg sondergleichen, auch wenn er im Kern ein verlogener Sieg auf verlogenem Weg war. Aber wie ließen sich die Menschen umstimmen? Wie könnten sie verstehen lernen, daß sie im Grunde genommen einer Massenpsychose des Selbstbetrugs aufgesessen waren?

Erst jetzt begriff Robert Bork, daß es ihm, bei all seiner politischen Erfahrung, an politischer Gewandtheit gegenüber einem solchen Gegner mangelte. Ja, jetzt waren sie Feinde. Es hatte sich so unerwartet und unumkehrbar vollzogen! Als sei die Sache im voraus ausgeheckt worden. Jetzt stand ihm, Robert Bork, ob er es wollte oder nicht, ein Kampf bevor. Eben das brauchte Ordok: Ein öffentliches Turnier auf dem Weg zur heißersehnten Präsidentschaft. Heroismus und Popularität! Das Schicksal hatte ihn großzügig behandelt und ihm Filofej und Bork, den einstigen Freund, zum Ausschlachten bereitgestellt.

Wie schnell man doch in einen primitiven politischen Kampf hineingezogen werden kann, dachte Bork, wie ansteckend und unentrinnbar ist diese Leidenschaft der Konfrontation. Jetzt wollte er Ordok, den er seit langem nicht gesehen hatte, ins Gesicht blicken. Ganz nah wollte er an ihn herantreten, ihn hart fixieren und ihm, ohne die Stimme zu erheben, gelassen sagen: »Was bist du nur für ein Schwein!« Und sich danach an die ganze Umgebung wenden und ihr erklären: »Er ist ein Schwein, solch einen Halunken darf man nicht an die Hebel der Macht lassen, da könnt ihr gleich den Teufel wählen!« Gefährlich daran wäre ja vor allem, daß niemand Ordok als Teufel durchschauen würde. »Nein, nein, nur das nicht!« Bork verscheuchte diese Gedanken, ja, es widerte ihn an, daß sie ihm überhaupt gekommen waren. »Meinetwegen wird Präsident, wer will, aber ohne mich! Nein, meine Aufgabe ist es, den Menschen zu zeigen, daß sie das Problem in die Tiefe treiben, ihr Unheil verschlimmern, wenn sie nicht die Augen aufmachen wollen, sich blind stellen. Aber wie?«

Nächtliche Kühle empfing ihn, als er auf dem Balkon frische Luft schnappen wollte. Nun gab sich schon der Herbst zu erkennen. Das Laub raschelte unaufhörlich im Dunkeln, ein Schauer überkam ihn. Der Mond stand schon tief und berührte fast die waldige Anhöhe hinter der Zufahrtstraße zur großen Autobahn. Dort lag der Golfplatz mit seinen Hügeln und den gepflegten Rasenflächen, die an eine sanfte Dünenlandschaft am Meer erinnerten und wohin es ihn in den letzten Jahren, wenn auch selten, zum Golfspiel gezogen hatte. Merkwürdigerweise fiel ihm jetzt auch ein Traum ein. Träume kehren immer wieder wie eine bestimmte Realität in die Erinnerung zurück. Es war gar nicht so lange her, als ihm träumte, wie der Vollmond die Rasenflächen des Golfplatzes auf dem Hang beschien. In jener Nacht fühlte er sich glücklich und befreit, aber es gelang ihm nicht, den Ball vom Tee abzuschlagen – der Ball fliegt nicht und rollt nicht, so oft er auch ausholt und sich anstrengt, die weiße Kugel bleibt einfach liegen. Und da taucht plötzlich Max Fraid von oben her auf, sein verstorbener Kollege, wie er selbst Professor an der Fakultät. – Laß uns gemeinsam fliegen, sagt Max, ich kenne phantastische Plätze, wo wir beide Mond-Golf spielen können. Fliegen wir auf den Mond, Robert! Bork ist hingerissen. Er folgt dem Freund und fliegt über den Golfplatz, während ihm Jessica nachrennt und ihn zurückruft. Aus irgendeinem Grund weint sie. Was hat das nur zu bedeuten?

Es ist seltsam und wiederum nicht besonders befremdlich, wenn man so denkt wie Max, ein enger Freund, den allerlei Esoterisches und Astrologisches faszinierte. Max konnte nach den Sternen die Chancen beim Golfspiel errechnen. Mitunter traf das, was er wahrsagte, auch ein, doch zumeist dienten Bork solche Mutmaßungen zum Anlaß, sich über den Magier ein wenig lustig zu machen: Vielleicht spürte sein Geist im Jenseits etwas vorweg und näherte sich jener Welt, als könnte er eine negative Konstellation der Gestirne feststellen und dann sogar noch in Worten ausdrücken. Womöglich hat Max ihn, den Freund, aus der Gefahr retten wollen und ihn deswegen zum Golfspiel auf dem Mond gerufen. Und nur deshalb war er ihm im Traum erschienen; Max hat ihn im voraus gewarnt.

Ja, wäre Max noch am Leben, hätte er sich bestimmt noch mitten in der Nacht auf den Weg gemacht, wäre nach all dem, was bei der Kundgebung vorgefallen war, herbeigeeilt. Mag sein, daß das gar nichts gebracht hätte, aber Max war eben so ein bißchen verrückt und voller Anteilnahme. Manchmal hatte er Jessica auf dem Klavier begleitet, meist unkomplizierte Stücke, aber durchaus kunstvoll. Jessica konnte indessen mit ihren Spötteleien nicht hinterm Berg halten. »Lauter Maxe hast du zum

Freund, lieber Rob, komische Eierköpfe in ihrer klassischen intellektuellen Variante. Ihr solltet euch als Orden etablieren, mit dir als Prior, du wärst der ideale Vorsteher, dogmatisch und standhaft, und dein schöner Max könnte dir als rechte Hand beistehen. Das wär doch was für euch – ihr mit euren unsterblichen Belehrungen für gewöhnlich Sterbliche.« Im übrigen ließ Jessica den armen Max keineswegs kalt, worüber er durchaus geistreich scherzen konnte. Leicht berauscht, schüttete Max Fraid dann sein Seelenleben aus:

»Hör mich mal an, Robert, ich muß es dir einfach ins Gesicht sagen – du bist mir sehr in die Quere gekommen.«

»Und wie das?«

»Wenn du nicht wärst, würde ich Jessica lieben.«

»Dazu ist es wohl auch jetzt noch nicht zu spät.«

»Nein, so nicht. Du hättest als solcher einfach nicht sein dürfen. Als Subjekt absolut inexistent, basta! Erst dann würde ich es ihr sagen.«

»Na, sieh mal einer an – eine Grundfrage des Seins. Als Subjekt existiere ich durchaus absolut, da beißt die Maus keinen Faden ab.«

»Das ist es ja! Jetzt kapierst du endlich, wie sehr du mir in die Quere gekommen bist.«

»Max, Kumpel, du machst es dir sehr leicht. Versuch doch dein Glück bei dieser Person selbst! In dem abstrakten Rahmen, wie du es dir gewünscht hast, wäre das völlig uninteressant.«

»Falsch, mit dir im Hintergrund sehe ich gar nicht gut aus, da habe ich überhaupt keine Chance!«

»Warum eigentlich? Die Frauen himmeln dich an. Du siehst gut aus, bist eine ausgesprochene Schönheit. Als du noch auf deinem Motorrad dahergebraust kamst, haben alle den Atem angehalten. Ich weiß nicht, wie's jetzt damit steht, immerhin bist du jünger als ich.«

»O mein Gott, du sagst es, ich bin der Easy-rider, und du bist der Weltklasse-Guru. Ich fahre ein Motorrad, und du bist ein reicher Mann, kassierst hübsche Honorare für deine Bücher, hast ein herrliches Haus im Villenvorort Newbury, deine Frau geigt dir Bach und Beethoven vor, und ich rase auf meiner Harley Davidson über die Highways. Du golfst im schicken Club von Newbury, während ich auf meinem Feuerstuhl herumjage. Freilich helfe ich dir manchmal, den Ball zu treffen. Aber du hältst Reden im Kreml und im Weißen Haus. Und ich? Ich brause mit meiner Maschine durch die Gegend …«

»Sachte, sachte, Max Fraid! Stell dein Licht nicht unter den Scheffel. Du bist ja nicht nur Klasse auf dem Motorrad, wenn das auch längst vorbei ist. Aber wer ist die Nummer eins in deiner Wissenschaft? Du hältst doch den ganzen Planeten in deinen Händen mit deiner politischen Geographie. Immerhin einen ganzen Planeten! Aber sieh dich vor, plötzlich taucht Anna auf und hört dich so reden, und sie, die beste unter allen Schönen aus Polen, merkt, was für einen treulosen Mann sie da hat. Ist doch skandalös! Da hilft auch kein Motorrad mehr. Und sie hat noch immer Illusionen, was dich angeht.«

»Jetzt hast du mich erwischt, Robert. Es stimmt ja, was du über Anna sagst. Aber mit dem Planeten hast du unrecht. In der Geopolitik weiß man alles oder nichts. Das ist eine ganz spezielle Wissenschaft, die alles frißt, ich würde sagen – wie Banking. Ja, in dieser Hinsicht bin ich Weltbanker. Der Rothschild des zwanzigsten Jahrhunderts. Weiß alles, bin für alles zuständig, verfüge über kolossale Mengen an Information über die gesamte Erde. So what? Es heißt ja auch: Gott im Himmel sieht alles, hört alles, weiß alles, ist für alles zuständig und kann doch nichts ausrichten …«

Und dann war dieser Mensch plötzlich nicht mehr da.

Umgekommen bei einem Crash. Er liebte das Tempo zu sehr. Erst neulich hatte Anna bei ihnen hereingesehen; sie war stark gealtert. Ihr Sohn hatte geheiratet und führte nun sein eigenes Leben. Jessica ruft Anna manchmal an, dann und wann treffen sie sich auch. Der letzte Besuch Annas war im Sommer gewesen. Sie waren gemeinsam zum Golfplatz gefahren, um ein wenig an der frischen Luft zu spazieren, hatten im Golfklub zu Mittag gegessen und einen schönen Tag verbracht. Natürlich erinnerten sie sich der alten Zeiten, redeten viel über Max ... Er hatte diesen Platz sehr gern gehabt, war stets bereit gewesen, auf einen Sprung vorbeizukommen.

Oh, unglückseliger Freund! Was würdest du mir jetzt raten? Wie würdest denn du zu dem Kometen stehen, der aus anderen Welten urplötzlich einschlug und Köpfe und Seelen durcheinanderwirbelt. Was würde Max Fraid zu dem genetischen Orkan sagen, der unsichtbar losgebrochen war?

»Warnen kann nur Gott allein, aber die Menschen müssen sich entscheiden«, da hatte Max völlig recht. Er war ihm nicht zufällig im Traum erschienen: muß alarmiert sein und hat etwas im voraus gespürt; hat ihn zu sich gerufen, um ihn vor dem Unheil zu bewahren; er soll zum Golfspiel auf den Mond kommen, wo der Ball nicht vom Tee fliegt, wenn man ihn abschlägt ...

Aber was erwartet ihn, Robert Bork nun wirklich? Ordok hat das Problem auf den Kopf gestellt, das Publikum um den Finger gewickelt und so geschickt abgelenkt, daß die Sache eine heroische Aura bekam: Ordok hat ihn, Bork, zum Duell gefordert. »Mein Gott, schon zwei Uhr nachts!« Siedend heiß fiel Bork ein, daß er noch nicht fertig war. »Ich muß mich sputen. Unverzüglich handeln. Nur so! Das ist ein Urteil. Da gibt es kein Zurück.«

Robert Bork ging ins Arbeitszimmer zurück und musterte sich im Spiegel am Eingang. Die Augen von Schlaflosigkeit gerötet … Und wieder betrachtete er sich schon wie einen Fremden. Er hatte sich in einer Nacht verändert, ganz besonders um die Augen. Verquollen. Tiefe, harte Falten. Wieviel Schmerz und Sorgen lagen darin. Und ganz ergraut. Schön, noch keine Glatze wie bei anderen. Aber alt und kantig wie der Rheinfelsen, an dem er unlängst mit den Deutschen vorübergefahren war, in der Gesellschaft lärmender Journalisten bei dem Gespräch fürs Fernsehen, tatsächlich als »Interview mit einem Altfelsen« ausgestrahlt. Da hatte er noch nicht ahnen können, daß ihn bei der Heimkehr, noch überm Atlantik, der Blitz des Kassandramals treffen, danach das universale Gewitter ausbrechen und alle in Panik versetzen würde, bis schließlich dieser Dämon aus der Unterwelt, dieser Oliver Ordok, lärmend auftauchte. Er muß sich also schlagen und kämpfen …

Bork wollte sich gerade an den Schreibtisch setzen, da hörte er Schritte. Jessica kam die Treppe herauf.

»Nun, wie steht's mit dir?« fragte sie von der Schwelle her.

»Man tut, was man kann«, antwortete er und schickte sich an, ihr den Traum von Max zu erzählen, stockte jedoch, weil ihm plötzlich etwas anderes in den Sinn kam.

Jessica sah ziemlich müde aus; der fehlende Schlaf und das endlose Üben auf dem Cello zeichneten sie, obwohl ihre Augen aufleuchteten: »Eigentlich wollte ich nicht stören, Robert, aber weißt du, ich hab dich einfach sehen wollen.«

»Raus mit der Sprache, womit willst du mich überraschen?«

»Ich habe dir einen Haufen Papiere mitgebracht.«

»Was ist das?«

»Ein Bündel Faxe. Und von wem glaubst du? – Von Anthony Junger.«

»Von dem?« fragte er gespannt zurück. »Was schreibt er?«

»Ich hab dir ja gesagt, daß ich alle Telefone abschalte. Aber ich habe das Faxgerät vergessen und nicht abgestellt. Komisch, dachte ich mir, da raschelt doch etwas, draußen im Vorraum. Ich spiele und spiele, noch immer raschelt es; ich sehe nach und hier ist es – eine ganze Rolle voll. Lies es! Auf jeder Seite schreibt er als erstes: ›Um Himmels willen, schalten Sie ja nicht das Faxgerät ab!‹ Und es treffen weitere Faxe ein, eine Seite nach der anderen. Was ist mit ihm los? Der arme Kerl. Aber lies mal erst, ich bring dann den Rest.«

Das war völlig unerwartet. Zwei Uhr nachts. Anthony Junger schläft nicht. Schreibt Seite um Seite. Faxt eine nach der anderen durch. Zu ihm, der sich auch den Kopf zerbricht. Wer ist dieser Mann, mit dem er nur einmal telefoniert hat? Eine Telefonbekanntschaft. Zu wundern brauchte er sich eigentlich nicht, ja ganz und gar nicht. Bei der Kundgebung hatte sich Junger für ihn ins Zeug gelegt, allerdings vergeblich; Junger hatte Ordoks besessene Demagogie stoppen wollen; dabei gehörte der junge Mann dem Beraterstab des Kandidaten an und wollte seinem Führer gerade bei dieser Versammlung zum Erfolg verhelfen. Sein Auftreten ließ sich nicht anders deuten, als daß er bewußt und eindeutig Stellung bezogen hatte. Seinem Job entsprechend und im Hinblick auf den eigenen Vorteil hätte er genau umgekehrt verfahren müssen, aber er hatte es nicht getan. Anthony Junger wechselte völlig unverhofft und offen die Position und wandte sich vom siegesbewußten, triumphierenden Oliver Ordok ab, ergriff Partei für das politische Opfer, das vor aller Augen und bei einer Direktübertragung eine totale Niederlage erlitten hatte. Was wollte dieser Anthony Junger damit bezwecken? Seine Überzeugung demonstrieren? Als Querdenker auftreten und über einen Skandal Ruhm einheimsen? Wollte er seine

Unabhängigkeit unter Beweis stellen und schließlich zum Widerspruch herausfordern? Was hat er damit erreicht? Er war mir nichts dir nichts durchgefallen …

Unschwer sich vorzustellen, wie es ihm nach der Kundgebung ergangen sein mußte. Es bedurfte schon einer gesunden Selbstsicherheit, vor das Publikum hinzutreten und unbeirrbar auf der eigenen Meinung zu beharren, nachdem sein Versuch, den Futurologen Bork zu verteidigen, einmütig abgeschmettert worden war, besonders, als ihn Ordok höchstpersönlich hatte abfahren lassen. Da mußte man nicht lange raten, wie Junger in den Augen des Kandidaten und der loyalen Kollegen im Team aussah: Er war sicher als Verräter abgestempelt worden. An eine Karriere im Schatten Ordoks war nicht mehr zu denken. Und seine Freunde dürften ihn verlachen: Wo hat es das schon gegeben, daß einer sich selbst ein Bein stellt und sich den Weg nach oben versperrt?

Und nach all dem fand dieser junge Mann noch genug Kraft, um jemandem beizustehen! Ausgerechnet dem Mann, den Ordok bloßgestellt und vor Millionen Menschen niedergemacht hatte. Robert Bork kränkte und ärgerte es, ja, es erniedrigte ihn, sich diese Tatsache einzugestehen. Andererseits wärmten ihn Gefühle der Dankbarkeit gegenüber Anthony Junger. Noch nie hatte ein Außenstehender Robert Bork Mitleid verspüren lassen, dafür war er stets viel zu selbständig und stark. Aber jetzt war er gewaltsam in den Ring gezerrt und niedergeschlagen worden; und das zum Spaß und zur Schadenfreude der Versammelten niedergemachte Opfer hatte sich vorerst verkrochen; biß beim Versuch, wieder auf die Beine zu kommen, die Zähne zusammen, um erneut den Kampfring zu betreten, aber jetzt schon aus eigenem Willen und auf eigenes Risiko. Junger hatte das wohl begriffen und ihn deshalb am Anfang der Seite mit der Zeile beschworen:

»Um Himmels willen, schalten sie das Faxgerät ja nicht ab, ich muß alles sagen können!«

»Mr. Bork, mit allen Fibern begreife ich, warum die Telefonleitungen in Ihrem Haus abgeschaltet sind«, schrieb Junger gleich vorweg. »Ich hätte nie gewagt, Sie zu so später Stunde zu belästigen, aber Sie müssen auch mich verstehen. Die Ereignisse bei der Wahlkundgebung brennen mir auf der Seele; ich bin zu allem bereit, sogar zu einem Mord, wenn das nur einen Sinn hätte! Verzeihen Sie mir bitte dieses schreckliche Eingeständnis! Aber ich war es ja, der Sie in die scheußliche Geschichte mit Ordok hineingezogen hat. Letztlich habe doch ich Sie zur Zielscheibe dieses Politikers und Populisten gemacht, eines – wie ich jetzt erschreckt erkenne – amoralischen Typs sondergleichen. Wenn ich die Folgen korrigieren und für den schrecklichen Schaden aufkommen könnte, indem ich mich selbst opferte, wäre ich dazu ohne weiteres bereit. Ich will mich zwar nicht beklagen, bereue aber, was nie wiedergutzumachen ist. Es geschieht mir gerade recht; es ist die Quittung für meine Blindheit und die unverbesserliche Vertrauensseligkeit. Aber jetzt geht es nicht um mich, verzeihen Sie mir, um Gottes willen! Wie soll es weitergehen? Wie gehen wir mit dem Kassandramal um? Ich möchte ....«

An dieser Stelle brach die erste Seite ab, und das nächste Blatt begann mit demselben beschwörenden Satz: »Um Himmels willen, schalten Sie das Fax ja nicht ab, ich muß alles sagen können!«

»Also, wie soll es weitergehen, Mr. Bork? Gestatten Sie mir bitte, daß ich Ihnen, trotz der idiotischen Rolle, die ich in dieser Angelegenheit spielte, meine Erwägungen unterbreite. Vielleicht sind sie sogar nützlich.

Es fällt mir schwer, darüber zu sprechen, Mr. Bork, aber ich tue es und bitte vorweg um Verzeihung, wenn ich es wage, Vorschläge zu machen. Aber ich habe ja nichts zu verlieren. Ich stehe schon so sehr in Ihrer Schuld, daß es darauf auch nicht mehr ankommt.

Ordok ließe sich als Lügner bloßstellen, falls man darauf hinauswill, weil er sich auf ein mündliches Gespräch berufen hat: Bei dieser Unterhaltung gab es keine Zeugen. Es hätte dieses Gespräch also auch nicht geben können. Vielleicht haben Sie sich nicht einmal unterhalten, und wenn Sie es doch getan haben, dann über etwas ganz anderes. Eine solche Variante wäre auf Ordoks Stil zugeschnitten: Auf einen groben Klotz gehört ein grober Keil. Einen Mitschnitt des Telefonats gab es auch nicht, das weiß ich genau; dafür kann ich mich verbürgen. Die letzte Entscheidung liegt bei Ihnen. Sollten Sie einen solchen Schritt erwägen, übernehme ich die Rolle des Zeugen und sorge für ein sensationelles Dementi. Ich bin zu allem bereit. Die Massenmedien schnappen solch einen Köder im Nu.

Zum zweiten: das eigentliche Problem. Darüber kann ich nur in dem Maß urteilen, wie sich mir diese komplexe Sache während der vergangenen paar Tage erschlossen hat. Mr. Bork! Wenn Sie die Entdeckungen Filofejs überzeugt haben und Sie an Ihrer Einsicht, bei allen damit verbundenen Beschwernissen, nicht zweifeln und um der Wahrheit willen daran festhalten möchten, wäre ich meinerseits, Ihr Einverständnis vorausgesetzt, bereit, den Weg mit Ihnen zu Ende zu gehen. Mein Anteil daran wäre allerdings nicht mehr als eine bescheidene Hilfe. Ich könnte die Rolle eines Knappen übernehmen. Daß Ihnen eine große Schlacht ins Haus steht, falls Sie von dieser Sache nicht ablassen, ist so sicher wie das Amen in der Kirche.

Ich möchte meine Sicht der Dinge schildern. Die Lage hat sich unterdessen so zugespitzt, daß Sie allein auf weiter

Flur stehen. Nach den Vorfällen bei der Wahlkundgebung und der »Einheitsfront«, die sich zusammengeschweißt hat, werden sich viele der Stimme enthalten, ja, sie schweigen, auch wenn sie sich dazu äußern wollten und etwas Positives zu sagen hätten. Und der Rest der Bevölkerung dürfte sich wie üblich verhalten.«

»Um Himmels willen, schalten Sie das Fax ja nicht ab, ich muß alles sagen können!

Man kann demnach feststellen, Mr. Bork, daß sich die Bevölkerung unseres Landes und, wie wohl anzunehmen ist, die gesamte Menschheit dagegen wendet, das Kassandramal anzuerkennen: vor allem die Frauen, die das Signal der Kassandra-Embryonen natürlich am liebsten leugnen wollen und jede ›Kontrolle‹ durch Strahlensonden aus dem Weltraum rigoros zurückweisen.

Unmittelbar nach der Kundgebung gingen die Aufzeichnungen über sämtliche verfügbaren Kanäle um die ganze Welt, um zu zeigen, was das Sendschreiben bei uns ausgelöst hat. Danach ist die Popularitätskurve Ordoks in allen Teilen der Welt sprunghaft angestiegen. Der Präsidentschaftskandidat heizt die Stimmung weiter an und hat erklärt, er stehe unbeirrbar für die Menschenrechte ein, halte seine schützende Hand über das angestammte Heiligtum der Frau und Mutter und bekämpfe mit allen Mitteln die provokatorischen Umtriebe der Filofejs aller Schattierungen, wie sie auch heißen und wo immer sie sich befinden mögen, ob auf Erden oder im All. Während der Sendezeiten wird Ihr Konterfei, Mr. Bork, unablässig über die Fernsehkanäle eingeblendet und von entsprechenden Kommentaren begleitet. In Moskau sind Fotografien Filofejs gefunden und in Umlauf gegeben worden.

Ich erwähne diese Vorgänge, damit Sie sich ein vollständiges Bild über die Folgen der Kundgebung Ordoks machen und daraus ersehen können, wie sich die Dinge weiterentwickeln. Ich fürchte, daß hier eine Lawine losgetreten wurde, die schon jetzt außer Kontrolle ist ...«

»Um Himmels willen, schalten Sie das Fax ja nicht ab, ich muß alles sagen können!

Jedenfalls ist etwas ins Rollen gekommen, was wir beide nicht mehr dirigieren können. Dahinter stehen böser Wille und völliges Unverständnis. Deshalb sollten Sie, Mr. Bork, nach meiner Ansicht, vor allem für sich selbst entscheiden, welche Position Sie einnehmen, welche Strategie und Taktik Sie wählen wollen. Schon jetzt zeichnen sich Pläne für organisierte Massenproteste ab. Überall läuft es auf die Losung hinaus: Hände weg von unserer Erbmasse! Ihren Artikel für die *Tribune* sollten Sie per Fax oder Telex übermitteln, denn am Eingang zur Redaktion sind bereits Streikposten mit Plakaten aufmarschiert, die ihre Forderungen und Drohungen in voller Lautstärke hinausschreien. Die Streikposten haben erklärt, daß sie das Gebäude der *Tribune* rund um die Uhr belagern wollen. Entschuldigen Sie bitte, daß ich Ihnen Informationen übermittle, die mehr als unangenehm sind.

Wer steht auf Ihrer Seite? Eine große Idee und tiefe Erleuchtung haben Sie erfaßt, die andere Menschen aus Erwägungen des Augenblicks nicht wahrnehmen wollen. Warum das so sein muß, kann ich letztlich nicht verstehen. Muß sich die Geschichte des einsamen Rufers in der Wüste denn immer wiederholen? In jedem Fall stehe ich zu Ihnen und will Sie unterstützen. Ich bin zu allem bereit, was in meinen Kräften steht, und zwar nicht nur aus dem Grund, daß ich Ihnen gegenüber Schuldgefühle habe, sondern auch, weil mich diese Idee vom Kassandramal nach unserem Telefonat buchstäblich angesteckt hat. Mich fasziniert der Gedanke, daß wir uns, wenn ich die Sache richtig verstehe, an einer Schwelle befinden. Vielleicht war es so, daß der Mensch bis heute nur umherirrte, bis die Zeit anbrach, da er sich sagen kann: Sei endlich Mensch! Oder bereite dich, wie einst das Mammut, auf dein Aussterben vor; du bist vom Bösen schon zu sehr angefressen und zu keiner Evolution mehr fähig. Vielleicht übertreibe ich, womöglich bin ich übergeschnappt. Ich werde immer wieder verlacht. Aber das Mädchen, das ich liebe, ist auch nicht ganz bei Trost. Sie ist zu ihrer Mutter gereist. Nach Irland. Wenn die beiden zurückkommen, werden wir heiraten. Ich habe ihr noch gesagt, warum fährst du überhaupt, wenn deine Mutter sowieso zu uns nach Amerika übersiedelt, aber Katharine hat mir einfach erklärt, sie habe es Mamma seit langem versprochen, schon damals, als sie sich an unserer Universität einschreiben ließ: ›Ich hole dich ab, wenn es eine Hochzeit gibt …‹

Verzeihung, das Blatt ist wieder zu Ende …«

»Um Himmels willen, schalten Sie das Fax nicht ab. Ich habe noch nicht alles gesagt …

Mr. Bork, entschuldigen Sie die Abschweifung ins Persönliche, ich komme wieder zur Sache. Nach meiner Einschätzung wird der morgige Tag sehr viel ans Licht befördern und manches zurechtrücken. Die ganze Presse und alle Sendungen über Funk und Fernsehen werden voll davon sein. Die unterschiedlichsten Kommentare und Interpretationen werden über die Menschen unablässig hereinprasseln. Der Tanz der Sensationen und Gerüchte hat schon begonnen. Wie werden Sie vorgehen? Wollen Sie eine Pressekonferenz abhalten? Wenn ja, wo und wann und für welche Medien? Wollen Sie andere Personen dabei haben, falls Sie sich dafür entscheiden? Ich will die Sache gerne in die Hand nehmen und Ihnen beistehen.

Das ist noch nicht alles. Man wird Sie vom frühen Morgen an in Newbury aufsuchen, sehr wahrscheinlich ohne jede Vorwarnung. Reporter, Journalisten und alle möglichen Leute. Sind Sie darauf eingestellt? Wollen Sie den Kontakt aufnehmen? Falls Sie das nicht wünschen, vergessen Sie bitte nicht, gleich in der Frühe an sichtbarer Stelle, am besten bei der Auffahrt zu Ihrem Haus, eine Bekanntmachung anzubringen, in der Sie eindeutig zum Ausdruck bringen, daß Sie niemanden sehen wollen und darum bitten, in Ihrer privaten Sphäre nicht gestört zu werden.

Ich erwähne das, weil ich voller Unruhe bin. Ich bin öfter in Newbury gewesen und habe auf den Hügeln vor der Stadt Golf gespielt. Von Reeding, wo ich wohne, dauert die Fahrt zu Ihnen etwa eine halbe Stunde. Wenn Sie es wünschen, kann ich jederzeit kommen, um mit Ihnen persönlich alles durchzusprechen. Für alle Fälle teile ich Ihnen auf diesem Blatt mit, wie ich telefonisch oder über Fax zu erreichen bin.

Mr. Bork, es ist schon drei Uhr nachts. Ich schreibe und schreibe voller Hoffnung, daß Sie alles lesen, was ich Ihnen durchfaxe, wenn nicht jetzt sofort, dann wenigstens etwas später. Ich hätte Ihnen noch so vieles zu sagen. Zeugen doch die Ereignisse in der Welt, ja sogar die alltäglichen Nachrichten davon, daß das Kassandramal ein Aufschrei der Evolution ist, daß ein neugeborenes Wesen in unserer Welt mit dem Risiko zu rechnen hat, ein Minenfeld zu betreten. Aber wer kann schon mit dem Finger darauf zeigen, wo sich dieses Minenfeld befindet? Das ist unmöglich. In welchen Lebensbereichen verbirgt es sich? In Gedanken oder in Taten? In Ruhm oder Schande? In den Lehren über die Welt oder in ihrer alltäglichen Praxis?

Soeben werden Bilder von einem schrecklichen Ereignis auf dem Roten Platz in Moskau durchgegeben. Wie gerne habe ich mich dort aufgehalten! Es gab Zusammenstöße zwischen Teilnehmern von zwei Kundgebungen. Die einen demonstrierten für den Militär-Industrie-Komplex, die anderen für die Konversion der Rüstungsindustrie. Dabei hat sich ein Mädchen vor aller Augen selbst in Brand gesteckt. Man kann diese Szenen kaum mitansehen. Ein Plakat, mit dem ein Student, offenbar Freund des verbrannten Mädchens, zur Kundgebung gekommen war, habe die Explosion an Leidenschaften ausgelöst. Auf diesem Plakat ... Ich mache gleich weiter ... Das Blatt ist zu Ende.«

»Um Himmels willen, schalten Sie nicht ab, ich muß erzählen, was auf dem Roten Platz geschah ...

Mr. Bork, das Plakat jenes Studenten stach unter den vielen Aufrufen und Losungen durch seine Kühnheit ab; da war doch schwarz auf weiß zu lesen: ›Der Mensch wird nicht geboren, um Waffen zu produzieren!‹ Das löste natürlich Entrüstung aus, speziell unter den Verteidigungsfanatikern, all denen, die das Schicksal der Menschen mit der Rüstungsindustrie verstricken. Der Student hat den wunden Punkt getroffen und nur das bestätigt, was davon zu halten ist – Geldverschwendung, sinnlose Arbeit, todbringende Produktion! Das reicht von Bleisplittergeschossen (Fanatiker der Verteidigung rechnen hier in Trilliarden und garantieren jedem Lebenden auf der Welt jeweils hundert Stück) bis zu Überschallflugzeugen und atomaren U-Booten, die Tag und Nacht in den Tiefen der Ozeane in ständiger Bereitschaft sind, um beim ersten Befehl Interkontinentalraketen abzufeuern. Unser eigener militärisch-industrieller Komplex ist genau der gleiche Superroboter, wenn nicht gar noch schlimmer. Auch bei uns pflegt diese Industrie den Kult, die Artgenossen mehrfach töten zu können, ganz gleich, mit welchen Argumenten der Verteidigung wir Amerikaner es zu rechtfertigen versuchen.

Auf der anderen Seite sieht man nur Artgenossen, die es

zu töten gilt – jede nur erdenkliche Waffe wird zu diesem Zweck produziert! Beide Seiten bewaffnen sich bis zu den Zähnen, lechzen gleichermaßen danach, einander im Namen ihrer fanatischen Idee umzubringen. Besonders wirksam sind zur Zeit die nationalistischen Urschreie, jeder beruft sich dabei auf die Gerechtigkeit und nicht zuletzt auf die eigenen wirtschaftlichen Interessen.

Der Kreis schließt sich. Seit Menschengedenken besteht dieser Circulus vitiosus. Da mag dieser Student in Moskau sein Plakat hochhalten und rufen, so lange er will, er wiederholt ja nur, was sich der Vernunft des Menschen aufdrängt, womöglich seit der Zeit, da er der Sprache mächtig wurde. Als er die Wasserstoffbombe erfand, hatte Andrej Sacharow in Rußland genau das begriffen, er hielt ein und handelte – dem Schicksal zum Trotz. Ich habe ihn einmal selbst gesehen, als ich mich zusammen mit Studienkollegen auf einem Moskauer Bahnhof befand. Ich wurde Zeuge davon, wie man Sacharow in die Verbannung nach Gorki verbrachte. Ist man dem Beispiel dieses Mannes, der von einem bestimmten Augenblick an nur seinem Gewissen gehorchte, gefolgt?

Auf der Welt gibt es trotz seines Beispiels immer mehr Waffen. Alle wollen bewaffnet sein, wohin man blickt. So frage ich, ob uns das Kassandramal nicht auch diese ganze Misere signalisiert? Rühren sich die lautlosen Kassandra-Embryonen nicht auch deshalb, weil mindestens hundert scharfe Patronen auf jeden heranreifenden Menschen in der Welt entfallen und er schon im voraus dazu verurteilt ist, zu töten oder getötet zu werden? War vielleicht in dem unglücklichen Mädchen, das sich auf dem Roten Platz verbrannte, jene Regung erwacht, die sich bereits im Embryo bemerkbar gemacht hatte, jedoch überhört worden war? Aber wen kümmert schon die ursprüngliche, existentielle Beunruhigung eines jungen Menschen?

Gibt es eine Alternative, mag sie auch idealistisch erscheinen (oder nur im Konjunktiv gedacht werden)? Was wäre aus einer Menschheit geworden, die weder Waffen erfunden noch Kriege gekannt hätte? Wäre aus dem Menschen ein anderes Wesen geworden? Sähe unsere Zivilisation anders aus? Würde dann auf Erden ein wirklich vernunftbegabtes Wesen herrschen? Nach welchem Recht kann man behaupten, dieser Gedanke sei reiner Unsinn?

Filofej ist in den Weltraum ausgewichen und hat den Schleier über der Welt ein wenig gelüftet. Aber, Mr. Bork, es ist durchaus möglich, daß Filofejs Entdeckungen verfolgt und verboten werden. Schon jetzt wird gefordert, ihn aus seiner Orbitalbahn zu eliminieren. Aber für mich beantwortet er vieles, das bislang schwer zu erklären war, vor allem die zunehmenden Zeichen des Zerfalls, die aus den Tiefen des Menschen auftauchen. Ich stelle mir diese Frage, wenn ich höre, daß sogenannte Feldkommandeure im Krieg um Karabach, den Armenier und Aseris in verbrecherischer Weise seit vielen Jahren führen, mit den Leichen der Getöteten einen schwunghaften Handel treiben: Wenn einer im Gefecht gefallen ist, müssen ihn die Verwandten für die Beerdigung freikaufen. Der Handel mit Leichen blüht. Leichen sind inzwischen ein beliebtes Mittel zum Geldverdienen, und deshalb werden auch die eigenen Soldaten rücklings erschossen. Mir wurde richtig übel, als ich die Presseberichte darüber las. Mir ist solch eine Brutalität und eine derartige Perversion noch nicht untergekommen. Sagen Sie mir, Mr. Bork: Können solche Missetaten an Leib und Seele spurlos vorübergehen?

Und Ähnliches haben wir bei einem anderen Fall vor Augen. Hier hat uns das Fernsehen die Ereignisse veranschaulicht, während wir über die Brutalität im Krieg um Karabach vorerst nur aus Zeitungen erfahren haben.

Mich hat es zutiefst erschüttert, wie die Teilnehmer

einer Konferenz für Salman Rushdie in ihre Tagungsstätte, ein Hotel in einer türkischen Stadt, eingesperrt und verbrannt wurden. Man konnte alles sehen: Das Gebäude brennt lichterloh, die Literaten verbrennen bei lebendigem Leib, die Feuerwehr versucht zu löschen, während eine große Menschenmenge fundamentalistischer Jugendlicher auf dem Platz nebenan jubelt; sie lassen die Brandstifter hochleben, hüpfen und tanzen, schütteln die Fäuste und geraten in Ekstase, als bezögen sie daraus die höchste erotische Befriedigung. Ihre erregten, rachelüsternen Gesichter spiegeln den Todestanz der Flammen vom brennenden Gebäude. Das Fernsehen ist da und filmt alles. Aber das ist doch kein Spielfilm! Wo sind wir eigentlich hingeraten? Was ist mit uns geschehen? Müssen wir uns das nicht auch fragen, wenn wir an die türkische Familie denken, die lebendigen Leibes in Deutschland verbrannt worden ist … Wahrscheinlich haben Sie darüber selbst in den Zeitungen gelesen …

Diese Liste ließe sich beliebig verlängern. Nach Ländern und Städten, nach der Tragweite des Geschehens. Und das eine ist so schlimm wie das andere. Früher habe ich noch an die Vernunft als höchste Leitlinie des Universums geglaubt, aber sie hat sich als die ewige Geisel des Bösen erwiesen. Wird sich die Vernunft überhaupt jemals voll und frei entfalten können?

Ist es nicht das Kassandramal, das uns daran erinnert und an uns appelliert, an die Fähigkeit zur Vernunft zu denken?

Mr. Bork, ich muß mich in acht nehmen, daß meine hemmungslosen Gedanken … Verzeihung bitte, ich muß ein neues Blatt einlegen …«

»Um Gottes willen, Mr. Bork, ärgern Sie sich nicht über meine weitläufigen Betrachtungen, aber es ist nun mal geschehen, daß ich mir in dieser einen Nacht die Seele aus dem Leib reden muß. Ich sehe darin nichts anderes als meinen innersten Wunsch, Ihnen in Ihrer Not nahe zu sein. Ich kann nachvollziehen, was Ihnen widerfährt. Und ich habe Angst. Aber noch mehr hoffe ich, indem ich auf Ihren Mut setze.

Hier noch ein letzter Punkt, den ich Ihnen zu bedenken geben muß. Auch Filofej wird sich auf seiner Umlaufbahn im All aus den Ereignissen auf der Erde nicht heraushalten können. Man müßte umgehend ein Mittel finden, wie wir ihn im Weltraum kontaktieren können. In technischer Hinsicht ist das sehr schwierig. Allerdings könnte ich zu diesem Zweck meine Verbindungen zu Fernsehgesellschaften und Weltrauminstituten aktivieren. Wie stehen Sie dazu? Wenn Sie das wollen, lassen Sie mich's wissen, und ich teile Ihnen dann mit, ob solch ein Versuch realisierbar ist.

Und schließlich die Hauptsache: Nach meiner Auffassung müßte Filofej beantworten, auf welchem Weg er herausgefunden hat, daß das Kassandramal die Reaktion auf eine nahende Katastrophe ist und somit ein eschatologisches Vorzeichen darstellt. Ich persönlich zweifle nicht daran, daß er dazu die nötigen wissenschaftlichen Angaben machen kann. In seiner Botschaft aus der Raumstation ist das noch nicht eindeutig geklärt. Es ist Ihnen sicher auch aufgefallen, daß er sich in dieser Hinsicht eher bedeckt hält. Wir müssen damit rechnen, daß andere Wissenschaftler nach solchen Hintergründen fragen werden.

In jedem Fall muß es unser vitales Interesse sein, daß Filofej uns allen, sollte er sich über den Bildschirm persönlich vorstellen, das Problem erhellt und auf direkte Fragen unmittelbar antwortet. All das hängt freilich davon ab, ob wir den Kontakt für eine Fernsehsendung herstellen können. Deshalb möchte ich für Sie die organisatorische Seite der Sache in die Hand nehmen. Sie können sich unterdessen darauf vorbereiten, wie Sie bei dieser Fernsehbrücke zwischen Ihnen und Filofej philosophisch und wissenschaftlich argumentieren wollen. Das Bedürfnis ist unübersehbar, man wird vom heutigen Morgen an über Sie herfallen und Sie ausquetschen. Wir sollten für alles gewappnet sein. Oliver Ordok hat einen Sturm entfacht. Aber das ist Schicksal, und die Stunde des Schicksals wird auf der Straße schlagen.

Ihr Anthony Junger

PS: Beachten Sie bitte, wie ich zu erreichen bin. Die private Anschrift, Telefon und Fax finden Sie auf allen Blättern. Die dienstlichen Nummern sind überflüssig, ins Büro werde ich nicht mehr gehen …«

X

Robert Bork saß neben dem Schreibtisch inmitten einem Wust von Blättern. Stumm hielt er nach der Lektüre den Kopf gesenkt. Jessica stand neben ihm, auch sie hatte Jungers Faxe gelesen. Es war bereits halb fünf Uhr morgens. Jessica wiederholte voller Sorge: »Mein Gott, was geschieht hier nur?«

»Vielleicht legst du dich noch etwas hin«, riet ihr Bork.

»Wenn du allein sein willst, gehe ich gleich, aber schlafen kann ich nicht. Mir ist ganz mulmig. Anthony Junger hat mir die Augen geöffnet. Ich hatte zwar begriffen, daß man die Sache sehr ernst zu nehmen hat, aber ich konnte mir doch nicht ausmalen, wie kompliziert alles geworden ist und einen so üblen Beigeschmack angenommen hat.«

»Junger hat recht, ja, Jessie, er wirkt überzeugend!« Bork reagierte nachdenklich und fuhr nach einer Weile fort: »Mitten in der Nacht taucht Anthony wie der Abgesandte des Schicksals auf. Unmittelbar vor Anbruch des Tages, an dem sich die Ereignisse mit neuer Wucht überstürzen werden. Und wie der die Sache anpackt! Das ist die junge Generation. Sie sieht die Welt mit anderen Augen. Man spürt es sofort. Ich selbst hätte kaum mehr unternommen, als mein Fazit zu ziehen und es für die *Tribune* festzuhalten, der Artikel ist sowieso zu lang geraten. Ich weiß nicht genau, aber es dürfte eine ganze Zeitungsseite sein. Junger handelt, während wir beide uns abgeschottet haben. Ich kann dich nur zu gut verstehen, ich hab es ja selbst gewollt, daß uns niemand stört. Und ich fühle mich wie ausgebrannt. Trotzdem kann man sich unmöglich so verschließen und von allem abwenden, Jessie. Was Ordok da inszeniert hat …«

»Inszeniert?« Jessica unterbrach ihn empört. »Von wegen inszenieren, sag lieber: was Ordok entfesselt hat …«

»Auch das stimmt. Die Urgewalten, die er entfesselt hat, werden uns nicht verschonen. Junger hat mir das ganz klar gemacht. Wie paradox das alles ist! Die Politik hat alles auf den Kopf gestellt. Wir sollen jetzt nicht mehr über Filofejs Entdeckung nachdenken, sondern statt dessen diese Sache verfolgen, verjagen und ausmerzen. Die ganze Richtung paßt nicht ins politische Konzept, sogar die Diskussion darüber wird verfemt. Uns bleibt nur der Versuch, die Menschen umzustimmen.«

»Wo liegt eigentlich die Schwierigkeit? Du mußt es so darstellen, daß es jedem einleuchtet. Jedenfalls hat Filofej meine bisherigen Ansichten erschüttert. Und wenn ich es verstehen kann, warum sollen dann auch die anderen Leute nicht dahinterkommen?«

»Du mußt begreifen, daß das Kassandramal im Schicksal der Menschen eine kolossale Rolle spielt, obgleich es sich nur als winziges, kaum sichtbares und vorübergehendes Signal manifestiert. Aber nach seiner Bedeutung ist es vergleichbar mit einer zweiten Sonne in unserer Galaxis.«

»Wie bitte? Auch das noch?«

»Das ist ganz natürlich, aber man braucht davor keine Angst zu haben. In der Natur würden freilich alle Welten untergehen. Die Planeten müßten verklumpen. Aber in unserem Fall, bezogen auf unser genetisches System, ist es zunächst nur ein Zeichen der Negation. Filofej hat für den Pessimismus der Embryos den Begriff vom kassandrischen Phänomen gewählt. Von daher gilt es, seine Schlüsse zu ziehen. Und eben darüber schreibe ich.«

»Du sagst das so, Robert, als sei alles glasklar und unbestritten. Aber warum zum Teufel haben sich Ordok und die anderen auf dich gestürzt, als seist du eine Ausgeburt der Hölle? Nichts ist klar und alles umstritten.«

»Das ist es ja, meine Liebe. Das Phänomen der Kassandra-Embryonen versetzt unseren gewohnten Vorstellungen über das Leben einen vernichtenden Schlag, freilich nicht physisch, sondern eher moralisch. Unser bisheriges Selbstbewußtsein löst sich auf. Wer die Reaktion der Kassandra-Embryonen ernstnimmt, zieht zwangsläufig den herrschenden Kanon von A bis Z in Zweifel, vor allem die bestehenden politischen, sozialen und geistigen Institutionen. Der Rest ist doch klar: Das hat für alle nur Nachteile, angefangen von einer schwangeren Frau bis zu einem Typ wie Ordok. Auch wenn ich nachweise, daß es um ein Menetekel des Überlebens geht, ja, um das Wohl der ganzen Weltgemeinschaft, wenden sich alle gegen das Signal der Kassandra-Embryonen. Man will davon nichts hören und sehen, und das ruft den Widerstand hervor, der in Aggression umschlägt.«

»Für sie ist Filofej der Aggressor.«

»Ja, der kosmische und genetische Aggressor. Er hat das Zeichen entschlüsselt und macht es manifest, das heißt er provoziert die Kassandra-Embryonen durch die Strahlensonden aus dem All. Für mich handelt er prophetisch – satanisch aber für die anderen. Die Frage lautet also: Wollen wir weiter im Teufelskreis des ewigen Selbstbetrugs leben oder uns der Chance einer inneren Evolution öffnen; das hieße aber, wir müßten alles überdenken, was den Weg der Menschen begleitet, und die Warnung vor einem möglichen genetischen Exodus ernst nehmen – die Apokalypse vollzieht sich doch schon und droht in eine verhängnisvolle Implosion umzuschlagen. Hier hast du in Kürze die beiden Einstellungen.«

»Ich weiß nicht, Robert. Wenn man dir so zuhört, möchte man glauben, daß du dich auf einen Auftritt vor deinen Kollegen vorbereitest. Aber dieses Mal steht dir alles andere als eine Konferenz für Futurologen ins Haus. Du sagst ja selbst, es gehe um ein Phänomen, das mit dem Auftauchen einer zweiten Sonne zu vergleichen sei und zum Zusammenbruch des Systems führen müsse. Deine Gegner bezichtigen dich und Filofej der Menschenrechtsverletzung. Kann es noch eine Steigerung geben? Wie willst du dich rechtfertigen?«

»Nach meiner Überzeugung kann von einer Verletzung der Menschenrechte überhaupt nicht die Rede sein. Wir haben die Pflicht, das Kassandramal anzunehmen. Die Gesellschaft und jeder einzelne Mensch sind dazu angehalten, aus freien Stücken dieser Wahrheit ins Auge zu blikken. Vor allem schwangere Frauen; sie müssen doch alles austragen und sollten allein deshalb daran interessiert sein, worauf sie sich einlassen, wenn sie das Signal des Kassandra-Embryos wahrnehmen. Vor dem Kassandramal braucht niemand davonzulaufen, niemand muß sich seiner schämen oder sich verbergen. Wir sollten es einfach zur Kenntnis nehmen und bedenken, daß unsere Lebensweise, die beim Embryo die Angst vor der Geburt hervorruft, etwas Bedrückendes und Aussichtsloses, ja letztlich Unnatürliches darstellt – diese Lebensweise ist zutiefst amoralisch, gefährlich und zerstörerisch. Statistisch gesehen, wird die Häufigkeit der Kassandra-Ebryonen mit der Zeit zu den wichtigsten sozialen Kennziffern gehören. Es geht soweit, daß man danach den Zustand und die Entwicklung der Gesellschaft beurteilen wird.«

»Ich frage dennoch: Was geschieht, wenn man dir nicht glaubt und du niemanden umstimmen kannst?«

»Jessie, wie soll ich dir garantieren können, was wir beide uns wünschen? Mir schwant, daß Anthony Junger völlig zu Recht den Kontakt mit Filofej vorschlägt, er hält den Trumpf in der Hand, nur er verfügt über die wissenschaftlichen Informationen, um die Reaktion der Kassandra-Embryonen festzustellen. Er muß seine Forschungsergebnisse so präsentieren, daß sie allgemein verständlich sind. Und daraus könnte sich eine Diskussion ergeben –

zum Beispiel bei der Pressekonferenz – von Themen der Biologie und Genetik bis zur Philosophie. Deshalb ist es so wichtig, daß Filofej über den Äther zu uns durchdringt. Jedenfalls bin ich für die Fernsehbrücke und will Junger meine Zustimmung sofort durchfaxen. Und danach sehen wir weiter …«

Beide verstummten. Jeder versank in Gedanken. Im Schlafrock, mit zerwühlten Haaren und übernächtigt. Als gehörten sie nicht sich selbst. Es war die erste Nacht ihres gemeinsamen Lebens, die voll war von einer Unruhe, welche über die Grenzen der gewöhnlichen Alltagssorgen hinaus etwas Bedrohliches von Himmel und Erde heraufziehen ließ. Ihre Gefühle entführten sie in ein Gefilde, das sie noch nie betreten hatten und vorerst auch nicht benennen konnten. So erweitert sich das Universum durch Leid und Schmerz …

»Wenn du dein Fax an Anthony schickst«, seufzte Jessica schließlich, »mach ihn doch bitte darauf aufmerksam, daß ich vom Alter her seine Mutter sein könnte, und richte ihm auch von mir aus, er habe bestimmt eine glänzende Zukunft vor sich, eigentlich sei er niemandem verpflichtet als sich selbst, er soll bleiben, wie er ist.«

Draußen wurde es bereits hell, der Morgen brach an. Der neue Tag begann so, wie sich der gestrige verabschiedet hatte: mit einem klaren, herbstlich zarten Leuchten. Vogelstimmen zwitscherten aus der Ferne, die scheidenden Zugvögelschwärme hatten sich wieder vor Tau und Tag versammelt. Robert Bork malte sich aus, wie sie am Himmel ihre Kreise ziehen würden. Über dem Waldhügel, dem Golfplatz und all den vertrauten Orten. Wie sie sich dann bei Sonnenaufgang auf ihren weiten Weg machten, am Ufer des Ozeans entlangflögen, über die unter ihnen schäumende Brandung am weißen Ufer. Und er wollte mit ihnen fortfliegen und sich von hier entfernen … Aber er mußte das Ereignis abwarten, das sich plötzlich als unumstößliche Tatsache in seinem Leben ergeben hatte. Und so erfuhr all das, was er in der Nacht durchmachen mußte, seine Fortsetzung.

Mit der einsetzenden morgendlichen Routine wurde klar, daß die Geschehnisse die Eheleute nicht losließen. Es fing damit an, daß ein Fax der Tochter aus Chicago eintraf. Erika schrieb befremdet und alarmiert: »Die ganze Nacht über habe ich euch zu erreichen versucht. Alle Telefone sind offenbar abgeschaltet. Das Faxgerät war ständig besetzt. Papa, was ist nur los? Was hast du nur ausgeheckt? Chicago kocht. Alle sind dagegen. John und ich können es nicht fassen. Sind schockiert. Ich flehe dich an: Hör auf damit! Mama, was tust du nur? Bist du noch bei Sinnen?«

Es war nur zu verständlich, daß Jessica völlig die Nerven verlor. »Was sollen wir denn jetzt tun, Robert? Du bist der Vater, du bist angesprochen. Unserer Tochter geht das sehr nahe. Sie ist in anderen Umständen. Du weißt es selbst. Unser Schwiegersohn ist auch nicht begeistert. Ich habe Verständnis für John, er muß sich darauf einstellen, wie er sich im Aufsichtsrat verhalten soll. Wir dürfen das nicht außer acht lassen.«

»Mein Gott ja, stimmt, stimmt alles«, pflichtete ihr Bork bei, äußerte aber zugleich seine Zweifel. »Was soll ich ihnen eigentlich sagen? Es geht ja nicht um eine Familiengeschichte. Kein Problem, wenn es nur das wäre. Also bitte reg dich nicht auf, Jessie. Ich werde Erika schreiben oder sie anrufen, um sie zu beruhigen. Im übrigen sollten sich die jungen Leute ihren Kopf selbst zerbrechen, sie haben es nötiger als wir. Selbstverständlich zählt das Wohl der Firma für die beiden, speziell für John, am meisten. Aber es gibt auch ein Leben außerhalb des Automobilwerks, und die damit verbundenen Probleme sind nicht minder wichtig. Ich habe ja nichts gegen die beiden. Ein prima Paar.

Und obendrein glücklich. Aber du begreifst ja selbst, daß der Egoismus – der soziale, nebenbei bemerkt – seine Grenzen hat.«

»O Robert, mein lieber Oberlehrer, wenn du nur dozieren kannst! Lassen wir's, aber vergiß nicht, dich bei ihr zu melden, sobald du kannst.« Mit diesen Worten machte sich Jessica zurecht, warf sich den Wollschal über die Schultern und begab sich, eingedenk des Rates von Anthony Junger, vors Haus, um dort die Erklärung anzubringen, mit der sie mögliche Besucher darum bat, nicht zu stören und dafür Verständnis zu haben. Sie nahm die zottlige Katze mit hinaus, eigentlich ihre »Hundkatze«, weil sich das Haustier, obwohl Katze, fast wie ein Hund verhalten konnte. Jedenfalls hatten die beiden Besitzer der Katze es so entschieden.

Jessica kraulte die Hundkatze, die neben ihr herlief, flüsterte ihr etwas zu und schloß die Tür hinter sich. Währenddessen war Robert Bork schon dabei, den in der Nacht geschriebenen Beitrag der *Tribune* durchzufaxen, die Redakteure sollten das Material beim Eintreffen im Büro schon vorfinden und sofort in den Satz geben können. Der Futurologe hatte nicht den geringsten Zweifel daran, daß sein Text sofort veröffentlicht werden würde, er brachte sogar eine Notiz an, die besagte, daß der Beitrag nur unverändert verwendet werden dürfe und keinerlei Änderungen zulässig seien. Zweifel waren schon aus dem Grund ausgeschlossen, weil die *Tribune* gar keine andere Wahl mehr hatte. Da sich die Zeitung erkühnt hatte, die Botschaft des kosmischen Mönches Filofej in ihrem weltweiten Verbreitungsgebiet zu veröffentlichen, durfte die Redaktion auch auf diese Stellungnahme nicht verzichten, dazu war sie vor ihrer Leserschaft verpflichtet. Auch das war etwas Einmaliges: Die Zeitung mußte den Text annehmen, die Sache durchstehen oder abstürzen. Alle Folgen waren einstweilen nebensächlich. Man befand sich bereits im Stadium vor dem »Sprung des Tigers«. Schon seit den frühen Morgenstunden setzte die Konfrontation um die Zeitung, Filofej und Robert Bork ein. Und sie versprach brutal und schonungslos zu werden. Es ging, nannte man die Dinge bei ihrem Namen, um Leben und Tod.

Robert Bork sah zu, wie das Faxgerät eine Seite nach der anderen schluckte und durchzog, er vernahm den Piepston und registrierte zufrieden die reibungslose Übertragung. Nur nebenbei schien es ihm so, daß vor dem Haus etwas nicht in Ordnung sein könnte. Ihre Hundkatze war von draußen hereingelaufen; zerzaust und wütend knurrte sie vor sich hin, als sei sie von einem geilen Köter angefallen worden; Bork kannte das nur zu gut, er wußte auch, wie lange die Mißstimmung bei ihrem Vierbeiner nach so einer Rauferei anhalten konnte. Aber dann sah er plötzlich, wie Jessie, völlig aufgelöst, über die Terrasse ins Haus rannte und dabei einen Haufen Papier und Pappe an sich gepreßt hielt. Sie war völlig außer sich, ganz bleich und atemlos; wie sie zum Haus hinstürzte, hätte man denken können, sie sei von jemandem auf der Straße angefallen und gewürgt worden, bevor sie sich schließlich losreißen und fliehen konnte.

»Was ist passiert? Was ist los mit dir?«

Robert Bork war ganz unwillkürlich vor Jessica zurückgewichen.

»Robert, es ist furchtbar! Unglaublich! So geht das nicht weiter. Komm schnell, da haben irgendwelche Halunken ihr Auto quergestellt, sie stehen noch da, gleich hinter der Allee. Lies mal, was da steht!«

Jessica schleuderte das Zeug auf den Boden. Zeitungen und Plakate. Grobe, hastig aufgemalte Transparente. Nach dem ersten Blick erstarrte auch Bork. Es wurde ihm übel. Auf einer Pappe war zu lesen: »Wir schämen uns, mit so einem Bork in derselben Straße zu wohnen.« Das konnten ja nur Nachbarn sein. »Raus aus unserem Newbury! Raus mit dem Frauenhasser Bork!« Einige andere Plakate mußten, gemessen an den schrillen Tönen, von außerhalb stammen: »Bork ist ein Gangster!« – »Bork – Agent des KGB!« – »Jagt ihm eine Kugel in den Kopf!« – »Läufst du mir über den Weg, erwürge ich dich! Dein Embryo Kassandra.«

»Sie haben also schon vor Morgengrauen angefangen«, murmelte Bork konsterniert vor sich hin.

»Seit heute früh! Da hast du's, seit dem frühen Morgen! Wie soll das weitergehen, Robert? Das ist doch nicht zu fassen!«

Robert Bork schritt durchs Zimmer und verschränkte so hart die Arme hinter dem Rücken, daß es ihn schmerzte. »Wir hätten darauf vorbereitet sein sollen.« Er schlug seiner Frau gegenüber einen geradezu rauhen Ton an, um nicht gleich loszuschreien. Er konnte sich kaum beherrschen, so sehr sauste ihm das Blut in den Ohren. »Wenn es schon so weit gediehen ist, müssen wir uns auf das Schlimmste gefaßt machen. Wir mußten wissen, worauf wir uns einließen. Das alles hätte sich auch in zivilisierteren Bahnen abspielen können, wenn es gestern nicht zu der Kundgebungsorgie von Oliver Ordok gekommen wäre! Seither eskaliert die ganze Sache. Mr. Candidate hat die Puppen tanzen lassen, zum Teufel nochmal.«

»Wenn du sie nur gesehen hättest!« Jessica wies durch eine Kopfbewegung zur Straße hin. »Ausgesprochene Rohlinge, wie sie da an der Ecke stehen und neben ihren Autos qualmen. Als ich die Scheußlichkeiten abriß, pfiffen sie hinter mir her und lachten ordinär.«

»Und wie sehen sie aus? Sind sie von hier?«

»Woher soll ich das wissen? Durchschnittliche Typen. In Jeans und Jacken. Auch ein paar Frauen. Nach Ortsansässigen sahen sie nicht aus.«

»Na klar«, murmelte Bork vor sich hin, obwohl da nichts zu klären war.

»Wir müssen uns an die Polizei wenden, Robert! Ruf das Revier an! Sie sollen was unternehmen.«

»Das hat noch Zeit bis später. Wir müssen abwarten. Was bringt's, wenn ich anrufe?«

»Ja, begreifst du denn nicht? O mein Gott! Unvorstellbar! Und du willst noch abwarten?« Bei diesen Worten ließ sich Jessica mit dem Gesicht nach vorn auf die Tischplatte fallen, hielt es krampfhaft zitternd im Ellbogen verborgen und fing an zu weinen. Bork hatte seine Frau noch nie in solch einem Zustand erlebt; ihm war schrecklich zumute, und er wußte nicht mehr aus noch ein.

»Meine liebe Jessie, gute Jessie! Was ist mit dir, reiß dich doch zusammen!« Über sie gebeugt, stammelte er hilflos, während sie schluchzte und nur mit Mühe Worte fand.

»Wenn du nur wüßtest! Wenn du nur wüßtest!«

»Ich bringe dir etwas zur Beruhigung, bin gleich wieder da, Jessie! Hör bitte auf, ich komme sofort zurück.«

Im Schlafzimmer suchte er nach Tropfen. Auf dem Weg zurück stieß er gegen die angelehnte Wohnzimmertür und entdeckte in diesem Augenblick ein grobes Papierknäuel, das zwischen Tür und Wand am Boden lag. Er begriff sofort, daß es Jessie von draußen mitgebracht und beim Hereinlaufen zerknüllt und weggeworfen haben mußte. Was mochte das nur sein, daß sie, schon völlig aufgelöst, noch daran denken konnte, es zu zerknautschen und in die Ecke zu schleudern, nur um ihm den Anblick zu ersparen? Er las und brauchte keine Erklärung mehr. Es war ekelhaft und gemein und versetzte ihm einen Stich ins Herz: »Bork, halt ihm deinen Hintern hin! Filofej hat doch keine Weiber im Weltraum.« Und dazu die passende Zeichnung mit der Unterschrift: »Liebesgrüße von Deinem Kassandra-Embryo.«

Später erinnerte er sich schon nicht mehr daran, wie er danach in den Innenhof hinausgetreten war und sich in seinem Steingarten befand. Und obwohl er sich eingeschärft hatte, diesem Terror nicht zu erliegen und denen, die nicht wissen, was sie aus Blindheit und Armseligkeit des Geistes anrichten, ja, eher zu verzeihen und über dieser Gemeinheit zu stehen, wurde es Bork nicht leichter ums Herz. Er erlebte einen ungewöhnlichen Augenblick in seinem Steingarten. Wie auf einen Schlag kehrten all die großen Gedanken zurück, die sich mitunter seinem inneren Auge erschlossen hatten: Die Umrisse der Ewigkeit, die nicht durch Worte erklärt werden mußten, sondern auf der Musik der Intuition beruhten. Er suchte sie dennoch auszudrücken und malte dann seine geheimnisvollen Zeichen in den Sand. Seine Frau lachte zwar darüber, aber sie konnte sich auch daran begeistern ... Und jetzt sah er sich auf viehische Weise erniedrigt und beleidigt. War das Ironie des Schicksals? Die Verhöhnung seiner elitären und für sein Alter unverzeihlichen Schöngeisterei? Wie wenig erfahren erwies er sich doch, wie wenig wußte er um die Brutalität und Rachsucht dieser Welt. Jetzt hat er den ganzen Unflat im Alter zu schmecken bekommen.

Die Sonne, die am Horizont aufstieg, kam ihm wie ein leeres, unnötiges Licht vor. Bork hatte auf nichts mehr Lust, er wollte nichts mehr sehen und hören.

Mechanisch schlug er die Zeitung auf, die er aus irgendeinem Grund in der Hand hielt, als er das Haus verlassen hatte. Ein Extrablatt der Regionalausgabe in Newbury. Und erneut konnte er sich davon überzeugen, daß er überall als Wolf einer Treibjagd herhalten mußte.

Auf der ersten Seite der Bericht über die Pressekonferenz mit Oliver Ordok nach Beendigung der Kundgebung. Unter einer knalligen Schlagzeile. Eine Meldung der Associated Press. Mit mehreren Fotos des Kandidaten. Besonders hervorgehoben in der Pose eines auf der Rednerbühne grimmig gestikulierenden Helden. Lauter Illustrationen zum Sensationsaufmacher über der ganzen Seite: »Stoppt die bolschewistische Säuberung der Erbmasse.«

Dahin hat er also seinen Speer geworfen: auf Filofej – einen Russen, das heißt automatisch auf einen Bolschewiken. Hohles, absurdes Gewäsch, aber effektvoll. Nun war klar, warum auch Bork auf einem Plakat plötzlich als KGB-Agent entlarvt wurde. Alles kam aus ein und derselben trüben Quelle. Bork wollte darüber weder nachdenken noch reden. Eine niederdrückende Öde lastete unerträglich auf seiner Seele.

Er wandte sich um, als er die Stimme seiner Frau neben sich vernahm. Jessica suchte sich wieder in den Griff zu bekommen.

»Soeben ist noch ein dringendes Fax von Anthony angekommen«, sagte sie und setzte sich neben ihn. »Mr. Bork«, hatte Junger an diesem Morgen geschrieben, »wir müssen umgehend miteinander telefonieren. Schalten Sie ein und reagieren Sie bitte! Es geht um die Installation der Fernsehbrücke in den Weltraum. Es ist äußerst wichtig und duldet keinen Aufschub. Wenn man Filofej in direkter Aktion beobachten kann, gehen den Menschen die Augen auf. Wir sollten darüber reden, ob wir diese Verbindung zunächst bei Ihnen zu Hause einrichten, wenn Sie nichts dagegen haben. Wir müssen die technischen und alle übrigen Fragen durchsprechen. Lassen Sie sich nicht einschüchtern, Mr. Bork! Die Attacken kommen jetzt von allen Seiten. Geben Sie ja nicht auf! Ich rufe Sie in zehn Minuten an. Wir haben allen Grund zu hoffen. Ihr Anthony Junger …«

»Das ist doch was. Anthony packt die Sache an!« Robert Bork lebte etwas auf. »Jessie, wir müssen jetzt die Telefone einschalten, unbedingt. Soll klingeln, wer will. Wir können den Anrufern sowieso nicht entkommen. Es hat keinen Sinn mehr, weiter Deckung zu suchen.«

»Mag schon sein. Übrigens ist noch ein Fax angekommen«, fügte Jessie hinzu. »Vom Rektor der Universität. Er bittet dich sehr darum, deine Vorlesungen ausfallen zu lassen. Und zwar in deinem ureigenen Interesse.«

Bork warf einen flüchtigen Blick auf das Fax. »Klarer Fall«, meinte er lakonisch, »komm, wir gehn zum Telefon.«

Und wer weiß, wie sich die Dinge weiterentwickelt hätten, wenn nicht Anthony Jungers Anruf gewesen wäre; er wirkte wie ein Lichtstrahl an diesem schrecklichen Morgen.

»Schön, Sie zu hören, Mr. Bork. Ein Fax ist eine feine Sache, aber die Stimme ist viel besser, ich freue mich ...«

»Ich bin so froh«, Robert Bork gab sich alle Mühe, gelassen und sicher zu wirken. »Meine Frau steht neben mir, Jessie läßt Sie herzlich grüßen, Anthony.«

»Wunderbar. Danken Sie ihr, bitte! Ich glaube, wir werden uns heute alle sehen, das wäre dringend nötig.«

»Legen Sie los! Ihre nächtlichen Faxe haben uns gerettet, sonst wären wir in unserem Elfenbeinturm von der Welt abgeschlossen geblieben. Gestatten Sie mir einen Rest von Humor. Also – wie soll's weitergehen? Hoffentlich gibt es Perspektiven für uns.«

»Natürlich, sogar großartige, wenn alles klappt, jedenfalls sieht es ganz gut aus. Ich habe ein globales Programm in petto. Doch zunächst sollen Sie schon jetzt wissen, Mr. Bork, daß Ihr Artikel für die *Tribune* in diesen Minuten übertragen wird, zu Filofejs Raumstation, ich muß das in ein paar Minuten klären. Übrigens dient die Übertragung nicht nur dem Zweck, daß Filofej Gelegenheit erhält, sich, salopp ausgedrückt, mit seinem ersten irdischen Partner in Sachen Kosmogenetik ...«

»Warum eigentlich nicht?« unterbrach ihn Bork, »Genau das ist es, jedenfalls sehe ich mich als Filofejs Juniorpartner …«

»Okay! Vielleicht ist Filofej schon dabei, sich mit Ihrem Text vertraut zu machen, so daß er heute abend bei der internationalen Schaltung im Pressezentrum die Fernsehbrücke benutzen kann, um mit Ihnen im Duett aufzutreten.«

»Mein lieber Anthony, ich bin mit allem einverstanden. Aber geht so was? Und es soll schon bis zum Abend funktionieren?«

»Keine Bange, Mr. Bork. Die *Tribune* steht ganz auf unserer Seite, sie tut das, wenn man so will, um zu überleben. Hauptsache ist aber, daß die ganze Fernsehkette an der Aktion interessiert ist; für sie ist es eine weltweite Reklame, jedenfalls eine aufregende Show, bei der man sich einen unverhofften und gar nicht so kleinen Gewinn ausrechnet. Deshalb legen sich die Sender voll ins Zeug. Verzeihen Sie, wenn ich das Gespräch jetzt abbreche. Die Zeit ist sehr knapp. Ich rufe Sie von unterwegs wieder an. Aus dem Wagen. Wir fahren jetzt los. Zu Ihnen nach Newbury. Wir sind zu viert, außer mir noch drei Jungs von der NASA, Experten beim Installieren von Verbindungen in den Weltraum. Wir nehmen zwei Autos. Einen großen Jeep mit der technischen Ausrüstung. Den Rest erkläre ich vom Mobiltelefon. Wir rechnen mit einer Fahrzeit von rund vierzig Minuten, vielleicht sogar etwas weniger. Der Karte nach liegt Ihr Haus eine halbe Meile vom Supermarkt *Conference* entfernt?«

»Stimmt genau. Drei Blocks weiter.«

»Wir fahren also los. Und ein Letztes – zur organisatorischen Seite. Für einen reibungslosen Ablauf muß alles klar sein, nur dürfen Sie dabei nicht lachen: Ich bin Stabschef der Operation, Filofej ist Marschall im All und Sie sind …«

»… Oberleutnant unter Jessica«, parierte Bork.

»Oho, da kann der Kosmos kaum mithalten. Noch eine Kleinigkeit! Ich empfehle weder Ihnen noch Ihrer Frau, das Haus zu verlassen. Auch nicht zum Supermarkt. Jedenfalls nicht heute. Halten Sie sich zurück! Wir bringen alles Nötige mit. Aber jetzt los! Ich rufe in fünf Minuten wieder an.«

Und das tat Anthony Junger auch. Aber sogar diese kurze Zeitspanne zwischen den zwei Telefonaten kam Jessica und Robert Bork so vor, als seien sie dazu verurteilt, für immer fortzugehen; es war, als säßen sie wie vor der Abfahrt eines Zuges auf Koffern und müßten all das, was bisher war, zurücklassen, und dann würde alles hinterm Horizont versinken. Das Ehepaar Bork hatte plötzlich begriffen, daß es einer anderen Dimension des Lebens ausgeliefert war. Diese Frist war unerbittlich, sie verstrich minutenweise und nur noch von einem Geschehen zum anderen. Jetzt trat ein, woran die beiden bei verschiedenen Anlässen zu denken pflegten, was sich jedoch in Wirklichkeit erst jetzt vollzog – die entscheidende Wende des Schicksals. Es war kein rätselhaftes oder unvorhersehbares Los, sondern das Geschick, das aus Impulsen, Handlungen und unmittelbar heranrückenden Kräften bestand, ja, hautnah zu fassen war.

»Wir fahren jetzt schon auf dem Zubringer und biegen bald auf den Highway 311 zu Ihnen ab«, ließ sich Anthony Junger übers Mobiltelefon hören. »Der Verkehr ist normal, kein Stau gemeldet. Wir müßten also rechtzeitig eintreffen. Nochmals zur Sache.«

»Ich bin ganz Ohr, Anthony, und möchte gerne wissen, was passiert.«

»Mr. Bork, ich will nichts bagatellisieren. Die Lage ist sehr ernst. Man muß davon ausgehen, daß wir es überall, ja, in allen Ländern mit ein und derselben Situation zu tun haben – massenhafte Proteste! Ich vergleiche die Lage mit der Konstruktion einer Brücke, beispielsweise der Golden Gate Bridge von San Francisco: Man hat schwere Defekte entdeckt und kann noch immer über die Brücke fahren, und die Leute sagen, warum sollen wir uns wegen des Schadens den Kopf zerbrechen, es funktioniert ja noch, sollen sich doch die Zuständigen darum kümmern, wie sie die Mängel beheben. Übrigens möchte ich Sie noch auf etwas anderes aufmerksam machen. Da ich nicht selbst am Steuer sitze, kann ich in aller Ruhe in den Hörer sprechen. Nun, militant sind die Reaktionen auf das Zeichen der Kassandra allemal, das wissen Sie selber; dabei zeichnen sich zumindest zwei Haupttendenzen ab, nationalistische und, sagen wir, allgemein menschliche. Besonders hochmütig und erbarmungslos verhalten sich die Nationalisten aller Schattierungen und Völker. Für Fundamentalisten ist es eine Todsünde, darüber zu sprechen. Im Iran riskiert jeder, der über das Kassandramal öffentlich redet, zum Tode verurteilt zu werden. In Israel haben Orthodoxe erklärt, Filofejs Versuche würden die Erbmasse des auserwählten Volkes zerstören. An verschiedenen Orten wird nach einem strategischen Abwehrsystem gerufen, nach einer Art SDI gegen die Strahlensonden aus dem All – die Wissenschaftler könnten doch endlich einmal etwas Sinnvolles erfinden, zum Beispiel Apparate und Programme zur Neutralisierung dieser Bestrahlung durch den Weltraummönch. In Rußland vereinigen sich die diversen, bisher eher untereinander verfeindeten Blöcke zu einer Bewegung, die im wesentlichen eine Forderung stellt: Holt Filofej aus seiner Kapsel, von wegen Mönch, der Typ gehört in die Strafkolonie. Man ist empört und hat diese Sorte von Experimenten satt. Uns langt's, sagen sie, erst Sozialismus, dann Perestrojka, Reformen hier, Reformen da; wir sind für den Rest des Jahrhunderts bedient, und eine genetische Perestrojka der Russen kommt niemals in Frage. Filofej ist der Gorbatschow des Alls! Er dient Amerika und möchte Rußland niedermachen. – Mr. Bork, die Leidenschaften gehen bis zum Exzeß.«

»Sehr traurig und kaum zu ertragen. Mir tut's einfach weh. Aber was soll ich tun?« Der Futurologe schien verzweifelt.

»Das ist noch nicht alles, hören Sie weiter!« Anthony Junger konnte ihm weiteres nicht ersparen. »In China sieht man die Gefahr in etwas ganz anderem. Dort vermutet man, es ginge um eine effektive Methode, die Bedeutung, die das demographische Übergewicht dieses Landes in der Welt besitzt, zu entwerten. Die chinesische Losung zum Kassandramal lautet deshalb: Wir wollen keinen demographischen Ausgleich! In Indien wird übrigens an die betroffenen Frauen appelliert, die *binda* zu Hilfe zu nehmen, den traditionellen Punkt der Fruchtbarkeit auf der Stirn, und damit das Kassandramal zuzuschminken.«

»O Gott, o Gott!« rief Bork beeindruckt aus, »da braut sich ja allerhand zusammen.«

»Mich verblüfft etwas anderes viel mehr, Mr. Bork«, erwiderte Junger. »Und ich bin gespannt, was Sie dazu sagen. In Hamburg haben Zuhälter und Prostituierte demonstriert. In Palermo hat die Mafia mobilisiert, allgemeiner Volksauflauf. Zahlreiche, zumeist spontane Protestversammlungen überziehen die Länder Lateinamerikas, besonders in den Regionen mit den Plantagen für den internationalen Drogenmarkt. Selbst die Pornoindustrie protestiert. Auch die terroristischen Organisationen und alle möglichen Revolutionäre sind wütend; in ihrer Reichweite, versichern sie den Regierungen, wäre dieser Typ ja überhaupt kein Problem ... Die Militärs, ganz gleich in welchen Ländern: Ihr Mißbehagen hört sich an wie nahender Kanonendonner. Was ich nicht begreife, sind die negativen Reaktionen bei den Multis der Massenunterhaltung.«

Borks Stimme war anzumerken, wie ratlos er auf das letzte Beispiel reagierte.

»Natürlich steckt hinter jeder Parteinahme ein Bündel von Interessen. Jedes Rudel will leben und sich vermehren. Und jetzt kommt allen das Kassandramal in die Quere. Ein Hindernis, das sie bedroht, wenn die Gesellschaft einsieht, daß sie an den Absahnern keinen Bedarf mehr hat. Diese Profiteure verlieren ihre Kunden, wenn ihr Nährboden verschwindet. Empirisch wäre es durchaus denkbar, den genetischen Schatten sichtbar zu machen und zu behandeln. Aber da rührt sich der Selbsterhaltungstrieb. Das Rudel wittert das schlechte Wetter und die mißliche Lage. Das verstehe ich wohl, was dann im Rudel ausbricht. Hallo, hallo, Anthony! Ich kann Sie kaum mehr verstehen!«

»Ich Sie schon, Sie sind es, der redet, Mr. Bork, machen Sie weiter.«

»Aha, es klappt wieder, Ihre Stimme ist wieder ganz da. Sind Sie schon auf der Autobahn?«

»Ja, wir fahren so schnell es geht.«

»Schön, dann rede ich weiter. Wo bin ich stehengeblieben? Sollte sich die Mentalität der Menschen unter der Einwirkung von Filofejs Entdeckungen ändern, sollte sich also unter der menschlichen Spezies allmählich eine neue Selbsterkenntnis ausbreiten, angeregt vom Puls der Endzeit-Embryonen, dann könnte sich das Individuum einer merklichen Mutation öffnen, das heißt – weniger geneigt sein, sich auf die negative Art und Weise wie bisher zu verwirklichen. Ich will jetzt nicht die Bedeutung der gesellschaftlichen Verhältnisse erörtern, natürlich ist das sehr wichtig, berührt aber eine andere Seite der Fragestellung. Mir geht es vor allem um ein erneuertes Selbstbewußtsein der Spezies Mensch, das ist etwas ganz anderes als die künstlichen, letztlich gewaltsamen und blutigen Experimente für einen sogenannten neuen Menschen. Nehmen wir ein Beispiel: Es ist doch denkbar, die mafiose, millionenfache Nachfrage nach Drogen, Prostitution und Zuhälterei aller Nuancen wirksam zu bekämpfen und einzuschränken, dann gäbe es eben weniger Leute, die auf diesem Gebiet tätig werden wollen. Heute weiß schon fast jedes Kind, wie sich Bandenwesen und Kriminalität wechselseitig bedingen. Und dann findet sich immer ein Gewerbe, das daraus Helden und Vorbilder macht. Wer natürlich behauptet, so ist es eben, da kann man sowieso nichts machen, hat bereits verloren. Wenn dagegen der Wille wächst, die Akkumulation des Bösen einzudämmen, können auch die dafür nötigen Maßnahmen eingeleitet werden. Das Kassandramal ist doch keine Schande, sondern das Menetekel unserer Zeit. Wenn die Menschen es als Warnsignal begreifen, fühlen sie sich sicherer und zur Selbstbesinnung herausgefordert. Sie könnten das Zeichen als Anreiz verstehen für die dringend nötige Evolution der Gattung, für ihre Verbesserung, die unablässige Anstrengungen erforderlich macht. Andernfalls ...«

»Mr. Bork, hätten Sie nicht Lust, diese Gedanken bei der Pressekonferenz heute abend zu äußern?«

»Warum denn nicht? Aber ist das Publikum an solchen Gedanken überhaupt interessiert? Sie haben bisher über alle möglichen Menschen und Kreise geredet, die wütend protestieren, darunter auch die Militärs, die freilich in einer Weltordnung, wie sie mir vorschwebt, überflüssig wären. Die Denkweise der Menschen würde sich doch von Grund auf ändern, jedenfalls derer, die nach Kräften versuchen, unsere dem Untergang geweihte Daseinsform zu überwinden. Ihnen kommt das Kassandramal nicht in die Quere. Im Gegenteil, bestätigen ihnen doch die Kassandra-Embryonen das Elend dieses Lebens, gegen das diese pränatalen Instinkte rebellieren. Im übrigen möchte ich betonen, daß sich der Wandel des Selbstbewußtseins nicht auf Grund wohlgemeinter moralischer Vorsätze einstellt. Bekanntlich ist der Weg zur Hölle immer mit guten Vorsätzen gepflastert. Nein, es sollte eine Methode sein, in neuen Dimensionen zu denken, um vorankommen und überleben zu können. Wir müssen uns dem Gedächtnis der Natur öffnen, und das steht derzeit noch jenseits jeder Vorstellungskraft.«

»Mir fällt gerade ein, Mr. Bork: Auch die verschiedenen Religionsgemeinschaften haben für morgen ihren Protest angekündigt.«

»Mich wundert das nicht. Die Kassandra-Embryonen passen all denen nicht ins Konzept, die davon schmarotzen und damit herrschen, daß sie Menschen nach Blöcken und Nationen, nach Sekten und Strömungen, nach den Eigenen und den Fremden, nach Ausländern und Einheimischen aufspalten, kurzum Gegensätze schüren, um davon zu profitieren. Gegenüber dem Kassandramal verhalten sich diese Kräfte gar nicht mehr als getrennte Sekten, vielmehr als ein Block von Verschwörern, die dieses Hindernis aus dem Weg räumen, es verdammen und gemeinsam jagen werden. In allen Idiomen und Sprachen, in denen Bannflüche verhängt werden. Mich erstaunt die Reaktion der Religionsgemeinschaften überhaupt nicht.«

»Mr. Bork, Sie halten mir ja, während ich im Auto fahre, eine ganze Vorlesung. Verzeihen Sie bitte, ich muß jetzt kurz unterbrechen. Ich werde über eine Geheimnummer verlangt und hebe den anderen Hörer ab ... Nein, nein! Legen Sie nicht auf! Ich will nur Bescheid wissen, worum es geht, danach sprechen wir weiter ... – Hallo! Hallo! Gibt's was Neues? – Ja? – So ist das also. Gar nicht schön. Alles klar. Tun unser Bestes ... Mr. Bork, die Lage wird immer komplizierter. Bitte rufen Sie die örtliche Polizei an, zu ihnen zu kommen. Verständigen Sie das

Revier, daß sich vom Parkplatz am Supermarkt aus eine große Gruppe Demonstranten in Bewegung gesetzt hat und Ihr Haus ansteuert. Natürlich wollen die protestieren und Krach machen.«

»Einverstanden, Anthony, wird sofort gemacht. Meine Frau hat mir's schon längst nahegelegt, aber ich sah für diese Eile keinen ersichtlichen Grund. Schon seit dem frühen Morgen hat man unsere Mauern mit Plakaten vollgeklebt. Übrigens ist Jessie schon zum Telefon gegangen, um die Polizei anzurufen.«

»Das ist unbedingt notwendig, Mr. Bork! Außerdem hat man mir soeben mitgeteilt, daß die *Tribune* Ihren langen Artikel als Extraausgabe schon herausgebracht hat.«

»Da sieh mal einer an!« rief Robert Bork staunend. »Die Zeitungsleute haben also keine Zeit vertrödelt.«

»Wo denken Sie hin, Mr. Bork! Ihr Wort ist jetzt Gold wert. Natürlich wird der Beitrag die Leidenschaften erst recht entfachen, und zwar rund um den Globus. Aber es ist der erste Schuß aus der Kanone einer belagerten Festung.«

»Und was sagen Sie dazu?«

»Ich? Mr. Bork, wenn wir eintreffen, will ich mehr dazu sagen. Wir nähern uns jetzt Newbury. Eine Sache kann ich doch nicht zurückhalten, sie bedrückt mich sehr: Es gibt gar nicht wenig Leute, die Ihren Standpunkt teilen würden, wenn sie ihn unvoreingenommen kennenlernen könnten. Und sie würden sicher noch eigene, interessante Aspekte zu den Kassandra-Embryonen einbringen. Für die Genforschung ist das wie die Entdeckung eines neuen Kontinents.«

»Anthony, ich glaube, daß die wissenschaftliche Forschung hier nicht die Hauptsache ist. Für mich ist es die Weltgemeinschaft, die sich in uns selbst ausdehnt. Und die Weltgemeinschaft ist kein neuer Kontinent, sondern die

Erde im ganzen, der Lebens- und Siedlungsraum aller Menschen.«

»So habe ich mir das Phänomen auch vorgestellt, ganz bestimmt. Wann hat es so etwas in der Geschichte je gegeben? Und wer den Sinn des Phänomens begriffen hat, müßte singen wie die Vögel im Frühling. Aber je mehr ich daran denke, desto größer sind meine Zweifel: Ich fürchte, daß die Menschen jetzt nicht gegen den Strom schwimmen wollen – Ordok hat allen den Rang abgelaufen. Niemand wird sich vom Fleck rühren. Da ist er, der Durchschnittsmensch, wie er leibt und lebt, der stellt sich nicht gegen die Masse, der heult mit den Wölfen, der hält sich bedeckt und wartet ab … Vorsicht, auf einmal überholt uns ein Wagen nach dem andern, ich kann mir denken, wohin sie rasen. Nach Newbury. Ich bemerke, wie sie in den Hörer ihrer Mobiltelefone schreien … Der Ausdruck der Gesichter verspricht nichts Gutes, Mr. Bork. Jeder Wagen ist voller Leute. Sie wollen sich, wie mir durchgegeben wurde, auf dem großen Parkplatz beim Supermarkt treffen.«

»Der Ort ist für solche Massenversammlungen ideal, Anthony.«

»Wenn's nur das wäre. Verzeihung, noch ein Anruf für mich … Hallo! Ja, ich höre. – Anthony Junger. – Verstehe Sie ausgezeichnet. – Ja, doch, sprechen Sie, ich bin ganz Ohr. – Hab mir's fast gedacht, danke. Halten Sie mich auf dem Laufenden. – Kapiert … Mr. Bork! Soeben habe ich erfahren, daß Demonstranten durch die Straßen von New York ziehen. Vor dem Uno-Gebäude hat sich eine große Menschenmenge versammelt. Die Polizei kann sie kaum noch zurückhalten. Die Demonstranten verlangen sofortige Sanktionen des Sicherheitsrates. Filofej soll aus dem All entfernt werden. Die Aktion ist international. Schwangere Frauen führen die Demonstrationen an, bei ihnen soll in den letzten Tagen das Kassandramal aufgetaucht sein. Sie haben ihre Stirn bemalt und tragen Plakate mit Losungen: ›Seht her! Das Brandmal der Kassandra! Rettet uns!‹ Viele Frauen und Männer haben sich zum Zeichen der Solidarität ein Kreuz auf die Stirn gemalt.«

»Ja, ja, Anthony, keine guten Nachrichten, aber es ist nicht verwunderlich.«

»Wir beeilen uns. Gedulden Sie sich noch ein wenig. Wir sind bald bei Ihnen. Hauptsache ist doch, Mr. Bork, daß wir jetzt die Technik installieren. Für die Verbindung mit Filofej.«

»Ich warte, Anthony. In der Nähe des Hauses höre ich Stimmengewirr. Jessie ist rausgerannt, um das Garagentor zu schließen. Ich sehe sie durchs Fenster. Irgendwelche Typen werfen Steine ins Schwimmbecken. Sie randalieren. Ich hoffe, daß die Polizei bald da sein wird. Ich erwarte Sie, Anthony. Ja, noch eines: Wie lange dauert es, bis der Kontakt zu Filofej hergestellt ist?«

»Die Jungs hier rechnen mit rund einer Stunde, vielleicht etwas darüber, das sehen wir vor Ort. Jetzt hängt alles vom ersten Gespräch mit Filofej ab, sozusagen Aug in Auge. Er hat Ihren Beitrag schon an Bord. Direkt von der *Tribune*. Wir müssen dann nur noch Strategie und Taktik für die Fernsehbrücke vereinbaren und die Pressekonferenz am Abend. Aber das bereden wir, wenn ich da bin. Auf gleich! Mr. Bork!«

Der Lärm auf der Straße vor dem Haus schwoll an. Durch das Fenster war zu sehen, wie eilig es die Leute hatten, die aus den Autos stiegen oder vom Parkplatz beim Supermarkt herströmten und sich vor der Mauer um das Anwesen drängten. Sie standen unter den Bäumen an der Allee, unterhielten sich lebhaft und trieben die Neuankommenden durch Zurufe zur Eile an. Dabei hielten sie ihre selbst angefertigten Plakate und Transparente hoch. Farblich und graphisch unterschieden sie sich zwar, aber sie enthielten ein und dieselbe Drohung: »Bork, du verdienst keine Gnade!« – »Wer Menschenrechte antastet, hat sein Leben verwirkt!« – »Keinen Terrorismus der Wissenschaft!« – »Bork und Filofej in eine Zelle!« …

Und noch vieles andere in dieser Tonart. Dem Futurologen drängte sich unwillkürlich die Frage auf, die ihm gleichwohl rhetorisch erscheinen mußte: Was sind das für Menschen? Woher kommen sie? Warum müssen sie ausgerechnet hier, vor seinem Haus, auftauchen? Sie hatten sich noch nie zu Gesicht bekommen, kannten sich nicht, hatten ja nicht einmal eine Ahnung von ihrer gegenseitigen Existenz. Aber nun hatte die Stunde geschlagen. Sie standen sich gegenüber. Aug in Auge. Die Leute heulten und hupten. In Haufen erwarteten sie, daß etwas geschähe. Frauen und Männer, Junge und Alte, Weiße, Farbige und Schwarze hatten sich speziell auf diesen Augenblick vorbereitet, waren mit Megaphonen und Lautsprechern, Kameras und Camcordern, Funktelefonen und Walkie-talkies angekommen; wie aufgezogen redeten sie miteinander oder mit irgend jemandem an einem anderen Ort. Für Robert Bork kam das gleichermaßen merkwürdig, ungewöhnlich und doch auch wie erwartet, denn hier, vor seiner Behausung, manifestierte sich in realer Gestalt jene Gewalt, die er zuvor nur allgemein, sozusagen wissenschaftlich, zu beurteilen wußte. Er kannte diese Gewalt aus Geschichtsbüchern, hatte sie auf Gemälden wahrgenommen, bei Inszenierungen auf der Theaterbühne oder in Filmen, ob im Kino oder im Fernsehen, mitangesehen, wie die Masse in ihrem rätselhaften, finsteren Verhalten, das sich über die Jahrhunderte nicht geändert hat, erklärt und dargestellt wurde.

Nun hatten sich all diejenigen bei ihm eingefunden, die in dieser Masse auftreten. Jetzt stand sie an den Auffahrtswegen; sie drängte so dicht an die Ummauerung, daß man einzelne Gesichter durch die Fensterscheiben erkennen konnte. Was wollen sie eigentlich? Wonach dürstet es sie? Wie wird es enden?

Die Fackel der Bartholomäusnacht verbrennt ihre Hände, die blutverschmierten Pflastersteine der Revolten im alten Rom stoßen an ihre Füße, und das dumpfe Surren eines Wespenschwarms, der aus der Enge hinauswill und zum Erguß des Giftes drängt, hält ihre Köpfe im Bann. Ist es ihre Schuld? Ihr Unheil? Oder hat sie eine verseuchende Übermacht hergejagt, zur Strafe und zu ihrem Fluch? Wie soll man sich verhalten? Was kann man ihnen sagen? Noch vor gar nicht so langer Zeit haben sie den Himmel erschüttert, als sie auf öffentlichen Plätzen dicht gedrängt aus Hunderttausenden von Kehlen gleichzeitig in ein Gebrüll der Begeisterung und Hingabe ausbrachen, den unwiderstehlichen Führer, ihren Adolf Hitler, auf der Tribüne erblickten und auf ein Handzeichen hin knietief durch Blut wateten, sich nach Westen und Osten, nach Süden und Norden stürzten. Was soll man denen sagen, die sich erst vor kurzem noch vor dem Sarg Stalins gegenseitig tottrampelten, nur um in einem Augenwinkel das Antlitz des bis zur Selbstaufgabe Vergötterten zu erhaschen, um mit ihm über einem Kontinent von Erschießungen und Hinrichtungen in andere Welten einzugehen? Was soll man ihnen sagen? Noch gestern liefen sie als tobende nächtliche Masse über das sommerliche Feld dem auffliegenden Flugzeug des iranischen Schah-in-schah nach, der vor der Vergeltung floh und über den Köpfen der Rasenden kaum entkommen wäre, hätte er sich nicht am Chassis festgeklammert. Und die Menge lief noch lange außer Sinnen dem Flugzeug hinterher. Die Signalleuchten der Flüchtlinge blinkten in der Höhe, und die unerreichbaren Sterne standen am Himmel, während sie unten tobten wie besessen, angeheizt vor Rache, die sie nun nehmen konnten und dabei Allah anriefen, diesen Flieger unverzüglich zurückzuschicken …

Und nun befanden sich alle an einem neuen Weg der Kreuzigung, der durch sein Haus führte …

Er stand am Fenster. Jessie war neben ihm. Sie redeten miteinander, und ihre Worte schwebten im luftleeren Raum.

»Hör mich an, Robert, die verstehen keinen Spaß.«

»Ganz und gar nicht.«

»Was soll geschehen?«

»Ich muß mich zeigen und sollte hinausgehen.«

»Wie bitte? Bist du noch bei Trost, Robert?«

»Ich glaube ja.«

»Weißt du, wovon du sprichst?«

»Ich weiß es. Sie sollen begreifen, daß ich ihnen nicht aus dem Weg gehe. Sie sollen wenigstens erfahren, daß kein Aufruhr die genetische Evolution stoppen kann – so vermehren sie nur die Gewalt und beschleunigen die Apokalypse. Ich will, muß ihnen sagen – das Kassandramal ist eine Prüfung und die Herausforderung durch das Schicksal. Jedes Zeichen eines Kassandra-Embryos betrifft ausnahmslos alle. Wenn wir es so verstehen, haben wir noch eine Chance. Der Ausweg liegt im Blick zurück, damit wir erkennen, was vor uns ist.«

»Großartig, Robert! Aber bitte denk vorher noch einmal nach, wenigstens jetzt, wem du das sagen willst! Du hältst keine Vorlesung an der Universität. Diese Leute sind nicht hergekommen, um dir zuzuhören, begreifst du das nicht?«

»Ich habe keine andere Wahl.«

»Was soll das heißen? Wir warten auf Anthony! Wir müssen die Verbindung mit Filofej aufnehmen, uns am Bildschirm sehen und einander anhören, fast so, als wäre es wirklich. – Mein Gott, warum sind sie noch nicht da!

Können sie nicht schneller fahren, damit es klappt! Die Leute kennen ihren Job. Und abends wird die Pressekonferenz sein, wir haben die Fernsehbrücke, und du redest wieder mit Filofej, vor einem großen Publikum, hör mich an, Rob, dann könnt ihr doch gemeinsam darlegen, wie ihr beide die Dinge seht. Hörst du mich, Robert? Die Menschen werden dann einsehen, daß Ihr nur Gutes wollt und nichts Böses. Robert, hörst du überhaupt zu?«

»Und wie ich dir zuhöre, du hast völlig recht, Jessica. Aber die da draußen wollen nicht warten. Sie verlangen eine unverzügliche Reaktion. Sieh doch selbst, wie sie strömen und strömen. Und je mehr sich ansammeln, desto aggressiver werden sie sein. Ich muß mich öffentlich verantworten, so lange es noch nicht zu spät ist.«

»Robert, du riskierst viel zu viel.«

»Was heißt riskieren? Ich muß es ihnen sagen und erläutern, was ich denke.«

»Das hast du doch bereits getan. In dem Artikel für die *Tribune.*«

»Das reicht ihnen nicht, nein, es sagt ihnen gar nichts. Sie lesen nicht und wollen nicht lesen.«

»Robert, sieh doch, was sie da machen! Sie verbrennen dich, ein Bild von dir!«

»Bilder von mir? Bin ich denn ein Politiker? Ein Führer?«

»Ja, sieh hin! Vergrößerte Kopien eines Fotos von dir.«

»Was soll's? Schade ums Papier.«

»Wo ist denn nur die Polizei?«

»Wozu die Polizei? Sie ist übrigens da. Drei Uniformierte. Da draußen. Sie stehen abseits. Hast du sie übersehen?«

»Nur drei Polizisten? Warum schweigen sie? Sie tun ja nichts.«

»Was sollten sie machen? Kommt doch öfter vor. Irgendeinem gefällt's, das Konterfei von irgend jemandem zu verbrennen. Mehr nicht.«

»Ich kann es mir nicht erklären, Robert. Mein Gott, sind wir Menschen geboren, um andere zu bedrohen? Wie oft habe ich solche Szenen im Fernsehen beobachtet. Und jetzt ist es da draußen. In natura. Wie zur Zeit in Jugoslawien und Afrika oder sonstwo, ja genau das, wie irgendwo sonst. Aber hier ... Um Himmels willen, wenn Anthony nur schon da wäre. Was meinst du, Robert? Werden sie jetzt kommen?«

»Woher soll ich's wissen. Sicher wird Anthony bald da sein, aber auf den Straßen mußt du jetzt mit allem rechnen. Um diese Zeit hast du Staus an jeder Ausfahrt, das muß ich dir ja nicht sagen.«

Sie verstummten. Jedes Gespräch verlor seinen Sinn – nichts machte mehr einen Sinn. Sie waren sich unschlüssig, ob sie sitzen oder stehen, sprechen oder schweigen sollten.

Unterdessen schickte sich die Menge draußen an, in Aktion zu treten. Sie geriet in Bewegung und dröhnte. Wie auf Kommando skandierten die Leute: »Stell dich, Bork! Vor das Haus! Wag dich raus! Stell dich, Bork! Stell dich, stell dich! ...« Das Gebrüll schwoll an und mündete in ein bösartiges Heulen. Es war nicht mehr zum Aushalten. Alle verlangten nach Robert Bork.

Als eine Gruppe von Frauen mit bemalter Stirn eintraf, steigerten sich die Sprechchöre bis zur blanken Wut. Man schrie und wedelte mit druckfeuchten Ausgaben der *Tribune*: »Bork, du Schuft! Bork, du Hundesohn! Brennt doch Bork das Brandmal ein! Jagt ihn! Schlagt ihn! Bork, hol dir den Lohn ab! Bork, du Sohn deiner Kassandra-Hündin! Fuck your Filofej!« Eine andere Gruppe brüllte: »Or-dók! Or-dók! Or-dók!«

Der Zustand näherte sich dem Siedepunkt. Fanatischer

Taumel machte sich breit. Die Polizisten standen hilflos da. Niemand beachtete sie. Einer von den dreien wand sich mit Mühe aus dem Gewühl der Körper heraus, lief zum Streifenwagen und suchte wohl über Funk Hilfe anzufordern.

Die brüllende Menge bemerkte ihn gar nicht und rückte unaufhaltsam zum Haus hin vor, über die Auffahrt und die Anlagen. Vor dem Druck der Körper zerbrachen die Bänke. Laternen knickten um. Gejohle aus tausend Kehlen. Das Geschrei steigerte sich zu einem anhaltenden entsetzlichen Geheul.

In diesem Augenblick brüllte Jessica auf. Sie sah, wie sich ihr Mann das Jackett überzog und die erstbeste Krawatte umband. »Wohin willst du? Untersteh dich!«

Aber Bork stieß sie weg. Und von dieser Sekunde an verrückte die Welt in seinen jählings verdunkelten Pupillen und verschob sich über die Grenzen zu einer völlig anderen Wahrnehmung. Jessicas und Roberts Blicke begegneten sich – Schmerz traf auf Schmerz. Und er sprach von weither, aus einer unerreichbaren und unermeßlichen Ferne.

»Halte mich nicht auf! Diesen Kelch muß ich bis zur Neige leeren.«

Voller Verzweiflung verzerrte sich Jessicas Gesicht. »Du gehst in den Tod!«

»Wenn es sein muß«, erwiderte Bork mit dumpfer Stimme aus dieser grenzenlosen Ferne.

Er angelte sich den Hut von der Garderobe und schritt entschlossen zum Ausgang. Mit Krawatte und Hut in der Hand, als erwartete ihn eine Kutsche. Die heranströmende Hitze umhüllte ihn in der Brandung der lebenden Glut aus Masse. Als er auf der Schwelle erschien, explodierten Schreie, und die Luft erbebte. Transparente zuckten auf und nieder: Jeder war darauf erpicht, ihm die eigene Inschrift ins Gesicht zu stoßen.

Er stand auf der Veranda und lächelte zerstreut. Er betrachtete sie alle aus seiner endlosen anderen Dimension und sah keinen einzelnen. Auf einen Ruck hin setzte er sich seinen schwarzen Hut auf und war für einen Augenblick der Mann, den er stets verkörperte: ein ergrauter, knochiger Alter mit ausdrucksvollem, lebhaftem Mienenspiel, tiefliegenden, wuchtigen Augenhöhlen, einem noch kräftigen Hals und vollen Lippen – ganz der »Altfelsen«, wie ihn die Journalisten aus Frankfurt genannt hatten.

In der eingetretenen Stille schaffte es Robert Bork, mit erregt vibrierender Stimme ein paar Worte zu sagen: »Tötet sie nicht, sondern zeigt ihnen eure Verantwortung! Die Kassandra-Embryonen sind wir!«

Behend sprang eine Frau auf die Veranda. Sie zeigte auf ihre Stirn: »Siehst du das Brandmal? Und wer hat das hier geschrieben? Der Satan singt dem Teufel im All etwas vor.« Und sie schlug ihm die zusammengerollte *Tribune* mit dem Artikel wütend ums Gesicht. Die Zeitungsseiten flogen in Fetzen auseinander, der Hut rollte vor die Füße, man zerstampfte ihn auf der Stelle, und die Frau rief außer sich: »Bis zum Kosmos schaff ich's auch noch und erwürge diesen Filofej!«

»Schlag ihn doch! Schlag zu!« Angesteckt von der maßlosen Wut der Frau schrie die Meute ringsum wie aus einem Mund. »Her mit ihm! Schleppt ihn hierher!« kreischten welche, die dahinter standen, und stürzten sich mit geballten Fäusten zu ihm hin. Ein Dutzend Arme zerrte an ihm, und alle vermengten sich in einem Knäuel. Jessica befand sich inzwischen auch im Gedränge, aber niemand beachtete ihr Bitten und ihre Tränen, sie wurde nicht einmal wahrgenommen. Die Fernsehleute, die diese furiose Szene filmen wollten, wurden überrannt. Ihr ganzes Gerät lag auf dem Boden verstreut. Die Handvoll Polizisten, die sich eingeschaltet hatten, tanzten wie Späne im

Strudel. Niemand wollte sie als Hüter der Ordnung respektieren.

Robert Bork wurde weggezerrt, wohin konnte keiner sagen, aber hätte sich in dieser Minute die Erde einen Spaltbreit geöffnet, wären sie allesamt bereit gewesen, gemeinsam mit ihm in die Hölle zu fahren. Jeder zerrte an ihm in seine Richtung, man hatte sich an Borks Kehle und in seinen Haaren festgekrallt, zerfetzte ihm die Mundwinkel und verwandelte das Gesicht des alten Mannes in einen Brei aus Blut. In ihrer Raserei zerquetschte sich die Menge selbst – alle gegen jeden, jeder gegen alle. Und das entfachte die Erbitterung und den Haß noch mehr. Dieser Haufen von Besessenen befand sich jetzt im Steingarten des Futurologen, gleich neben dem Schwimmbecken. Und ausgerechnet hier, wo er seine Zeichen in den Sand zu malen pflegte, mit deren Hilfe er in die verborgenen Formen des Weltgeistes einzudringen suchte, ausgerechnet an der Stelle ereignete sich das Unumkehrbare. Sie fuhren fort, ihn brutal zu schlagen und zu treten, bis es einer fertigbrachte, Bork mit einem geriffelten Eisenstab aus dem Beet für Kletterpflanzen einen heftigen Schlag auf den Schädel zu versetzen. Robert Bork schrie laut auf, faßte sich an den Kopf und fiel rücklings nieder; er verkrümmte sich in Zuckungen und strömendem Blut, aber sie schlugen und traten weiter auf ihn ein. In diesem Augenblick rührte sich etwas anderes, neue Stimmen und entschlossene, kräftige Menschen trieben einen Keil in die Menge, drängten alle zur Seite und bahnten sich ihren Weg bis zu Bork. Endlich war Anthony Junger eingetroffen, mit seinen Assistenten für die Fernsehbrücke mit dem All, die jetzt schon niemand mehr nötig hatte. Immerhin hatten sie es geschafft, sich den Weg zu dem wie leblosen Robert Bork zu bahnen. »Wer war das! Wer?« Anthony Junger packte einen nach dem anderen und schleuderte die ihn Umstehenden durcheinander. »Verbrecher seid ihr! Alle miteinander! Kriminelle!«

In diesem Moment setzte ein Polizeihubschrauber zur Landung auf der Straße an. Das durchdringende Pfeifen der Rotoren übertönte das Geschrei am Boden, und es erhob sich ein starker Wind. Es war wie in dem Film, in dem die Besessenen taub werden. Polizisten mit Schlagstöcken sprangen aus dem Hubschrauber. Erst jetzt kam die Menge wieder zu sich. Die Leute rannten auseinander. Viele stürzten sich in Richtung Supermarkt, wo sie ihre Wagen geparkt hatten. Andere saßen schon am Steuer und jagten mit rasendem Tempo davon. Und bald war niemand mehr zu sehen. Mit Hilfe von zwei Mitarbeitern trug Anthony Junger den zermalmten Körper Robert Borks. Einer der Helfer stützte Jessica. Sie war völlig apathisch und strauchelte bei jedem Schritt. Gemeinsam mit den Polizisten bestiegen sie den Helikopter; danach kamen Jungers Assistenten wieder heraus, setzten sich in ihren Wagen mit dem Gerät für die Weltraumverbindung … Der Hubschrauber startete durch, zog fast senkrecht über Borks Haus hoch … Und binnen kurzem war alles verstummt …

Keine Menschenseele weit und breit. Um das verlassene Haus mit den eingetreten Türen und den zerschlagenen Fenstern, die zerborstenen Bänke und die umgeknickten Laternen war niemand mehr zu sehen. Der Steingarten des seltsamen Futurologen, beim Pogrom dem Erdboden gleichgemacht, war zur Wüste geworden …

Schon eine Minute später überflog der Hubschrauber den Golfplatz, auf dessen bewaldeten Hügeln Bork so gerne geweilt und von dem es ihm erst neulich geträumt hatte, als ihm der verstorbene Freund Max Fraid auf den Wiesen des Lichts, des Grüns und der Weite erschienen war und ihn zum Golfspiel auf dem Mond eingeladen hatte. Der Hubschrauber hielt Kurs auf das städtische Krankenhaus …

Anthony Junger beugte sich über Robert Bork und suchte die stark blutenden Wunden mit dem Hemd, das er sich ausgezogen hatte, zu stillen. So hielt er den Kopf auf seinen Knien, spähte nach Lebenszeichen und hoffte noch immer auf ein Wunder. Plötzlich glaubte er zu entdecken, wie sich die Gesichtszüge des Futurologen entspannten. Die Lider der geschlossenen Augen erzitterten fast unmerklich. Und Anthony Junger begegnete einem Blick Robert Borks. Ihre Augen hatten zueinander gefunden. Womöglich hatte er ihn, Junger, erkannt. Sie hatten sich zum ersten Mal im Leben gesehen, um sich gleich wieder voneinander zu trennen. Für immer und ewig. Robert Borks Kopf fiel zur Seite ...

Anthony Junger fing an zu weinen, ohne auf Jessica zu achten, die neben ihrem leblosen Mann kniete. Die Polizisten versuchten, ihr mit einem mitleidsvollen Kopfnicken ihre Anteilnahme zu zeigen ...

Der Hubschrauber setzte zur Landung auf dem Dach des städtischen Klinikums an, aber es war zu spät ...

Zu dieser Stunde stürmte es auf dem Meer. Die Wetterdienste hatten ihre Warnungen vor einem bevorstehenden Hurrikan entlang der Atlantikküste verbreitet. Flugzeuge über dem atlantischen Raum gerieten in starke Turbulenzen, die Flugkapitäne forderten die Passagiere immer wieder auf, die Sicherheitsgurte festzuschnallen und auf den Plätzen auszuharren, während sie den Landediensten die schwierigen Flugbedingungen durchfunkten. Die Stewardessen versuchten zu lächeln, aber auch das Lächeln konnte an der Lage nichts ändern. Der Atlantik kennt bei solchem Wetter keine Späße.

Und die Wale, die Radare des Universums, trugen all das in sich, durchlitten es und nahmen es als Echo des Weltalls wahr. Und so zogen sie durch die Wogen wie der

Keil von Kranichen am Himmel. Der Ozean wollte den Keil der Wale sprengen und sie zur Umkehr zwingen. Aber sie schwammen und kämpften mit den riesigen Wellen, in denen sie gleichsam begraben wurden, um dann doch von neuem aufzutauchen und wieder zu versinken.

Was war das nur für eine Kraft, die diese Tiere peinigte? Wozu schwammen die Wale nur so zielstrebig? Und wohin?

Auf dem Roten Platz herrschte schon tiefe Nacht. Und es nahte die Stunde der Eule. Noch schlummerte sie auf dem Spasski-Turm unter der Uhr. Und wartete ab, bis sie nach unten fliegen mußte. Eine Unruhe sondergleichen quälte heute ihre Seele … Ihr Herz zog sich krampfhaft zusammen. In der Welt mußte etwas passiert sein. Sie, die Eule, witterte es. Irgend etwas war geschehen …

XI

Die kurzfristig angesetzte Direktübertragung aus dem Weltall fand wie angekündigt statt, und zwar im Abendprogramm der letzten Nachrichten. Die Sendung wurde über alle führenden Kanäle ausgestrahlt.

Die Fernsehgesellschaft mußte jedoch zuvor einen Orkan über sich ergehen lassen. Nachdem bekannt geworden war, daß man den prominenten Futurologen Robert Bork auf viehische Weise erschlagen hatte, brach ein Sturm aus allen Teilen der Welt über den Sender herein. Die nationalen Fernsehstationen fast aller Länder, die diese sensationelle Pressekonferenz in ihr Programm aufgenommen hatten, ließen unentwegt die Telefone klingeln, um unverzüglich darüber aufgeklärt zu werden, ob die Fernsehbrücke noch geplant oder überhaupt realisierbar sei; und wenn ja, wer dann den Dialog mit dem Mönch führen könne, kurzum, ob man wirklich mit der Pressekonferenz über das Kassandramal rechnen dürfe.

Und die Erde drehte sich auf ihrer unveränderlichen Bahn. Die Stunde rückte näher. Und alle warteten auf die Stunde …

Als dann zur vorgesehenen Zeit der Vorspann der Pressekonferenz über die Bildschirme lief, erschien zunächst eine Sprecherin, die eine Sonderansage durchgab: Die Veranstalter der Fernsehkonferenz hielten es für ihre Pflicht, die Öffentlichkeit vorweg darüber zu informieren, wie die Welt auf die Ermordung des Gelehrten Robert Bork reagiert und welche Kommentare es über die Tragödie in den einschlägigen Massenmedien gegeben habe.

Dabei war unübersehbar, mit welchem Hintergedanken diese Kommentare ausgewählt und dargeboten wurden. Zunächst zitierte die Sprecherin aus den üblichen Bekundungen des Beileids und Kummers, danach huschte, natürlich zufällig, ein hintergründiges Lächeln über ihr Gesicht, als sie die Daten einer Blitzumfrage auf der eingeblendeten Schautafel kommentierte. Dabei ging es um das Pro und Contra der Lynchjustiz an dem, wie die Formulierung der Fernsehsprecherin lautete, »Apologeten der Lehre Filofejs über die Kassandra-Embryonen«, Professor Dr. Robert Bork. Die Sprecherin zitierte im Ton der bekannten Ausgewogenheit: »Die Ergebnisse der Umfrage sind zugleich bedrückend und überwältigend. Urteilen Sie selbst, verehrtes Fernsehpublikum.« So geschah es denn auch. Dem Diagramm, das aus Gründen der Anschaulichkeit in mehreren, leuchtenden Farben wiedergegeben wurde, war zu entnehmen, daß 83,7 Prozent der Befragten folgende Aussage uneingeschränkt billigten: »Das war doch zu erwarten. Er hat es auch verdient.« Die Mehrheit in dieser Gruppe – 76 Prozent – erklärte, sie hätte sich am Tatort zweifellos beteiligt, den verdammten Komplizen des kosmischen Teufels zu bestrafen. Elf Prozent der Befragten verurteilten die Aktion einer »unzivilisierten Menge« und sahen darin die »unheilvollen Symptome des moralischen Zerfalls in der Gesellschaft«. Der kleine Rest reagierte mit allgemeiner Indifferenz und wollte sich in dieser Sache nicht äußern.

Danach wurden dem Fernsehpublikum die Ereignisse des Tages präsentiert. Es ging um eine eindrucksvolle Liste von Ländern, Städten und Regionen der Welt, gegliedert nach demographischen, sozialen und sonstigen Kennziffern. Daraus war als Fazit wiederum zu ersehen, daß praktisch die ganze Welt und alle Schichten der Bevölkerung in dieser oder jener Form ihren Protest gegen das Kassandramal geäußert hatten, mitunter aufgrund rein egoistischer Interessen, aber auch durch Vorurteile. Wieder stach hervor, daß der Nationalismus in den Stimmungen und im Verhalten der meisten Menschen dominierte.

Die massenhaften Proteste waren an geographisch unterschiedlichen Punkten und in den gegensätzlichsten Milieus zu beobachten. Kundgebungen auf dem Platz vor der Uno in New York ebenso wie bei der Vollversammlung der Vereinten Nationen. Aber das Schrecklichste ereignete sich in den Gefängnissen. Regelrechte Schlachten mit den Wärtern und polizeilichen Hilfskräften, bei denen man sich Wand an Wand, Mauer an Mauer gegenüberstand, die einen mit Schutzhelm, Schild und Schlagstock, die anderen mit bloßen Händen, aber in rasendem, wölfischem Ingrimm, und wo man dann in einem einzigen Gemetzel unter dem Widerschein der Brände zusammenprallte. Und was auch immer die äußeren Ursachen in den verschiedenen Ländern und Städten gewesen sein mochten, den eigentlichen Hintergrund bildete das unheilvolle Kassandramal, das alle, die nun für ihre Verbrechen eine Strafe verbüßten, als Embryo einmal so schmerzhaft empfunden hatten.

Und noch andere Exzesse wurden in der Zusammenfassung dieses Tages dem Publikum dargeboten, unter anderem Meutereien von Matrosen und ihren Kapitänen, die in den Häfen dagegen protestierten, in See zu stechen. Die Schiffe lagen am Kai wie Häuser mit leeren Fenstern, die von ihren Bewohnern verlassen worden waren.

Wer sich auch äußerte und öffentlich auftrat, forderte nur noch das eine: Schießt den kosmischen Provokateur mit einer Rakete ab und zerstört die Raumstation, die Basis der Strahlensonden!

Erst nach dieser Sendung über die »Ereignisse aus aller Welt«, die der Fernsehbrücke vorgeschaltet war, wurde das Studio eingeblendet, in dem sich die Teilnehmer der Pressekonferenz eingefunden hatten. Der Raum war brechend voll. Die Leute standen in den Durchgängen zwischen den Stuhlreihen, lehnten sich an die Wände oder saßen auf dem Boden. Die Blicke der Anwesenden waren auf die Bühne gerichtet, wo man einen überdimensionalen Monitor montiert hatte, auf dem Filofej erscheinen sollte. Dieser riesige Bildschirm befand sich seitwärts vom Tisch des Moderators und stand schräg zu Bühne und Publikum. Am Podium saßen Anthony Junger und Walter Shermet, ein erfahrener und populärer Fernsehmoderator. Alle wirkten sehr nervös; selbst bei flüchtigem Hinsehen konnte man das an den gespannten, besorgten Gesichtern und den neugierig gereckten Hälsen ablesen. Die stets routinierten Bildreporter, die es sonst, ohne mit der Wimper zu zucken, schafften, den Teufel samt seinen Hörnern auf die Platte zu bannen, hatten jetzt fast zitternde Hände. Stupid wie angespannte Ziegen vor einer neuen Furt durch den Fluß drängelten sie sich in einem Haufen.

Der modebewußte Walter Shermet mit dem schütteren Haar galt als ein ziemlich gewandter und beredter Mann, jetzt wollte es ihm nicht einmal gelingen, in gewohnt professioneller Manier zu lächeln. Seine Eleganz und schauspielerische Lässigkeit kamen nicht zur Geltung, sie paßten nicht zu diesem Augenblick. Anthony Junger dagegen konzentrierte sich völlig auf die eigene Person und seinen inneren Zustand. Er befand sich im Sog der Erschütterung und des Kummers und mußte seine ganze Willenskraft aufbringen, um seine Gefühle zu beherrschen. Aber zugleich wußte er, was ihm bevorstand: Er mußte in die Rolle schlüpfen, die ihm von einer Minute zur anderen zugefallen war; er mußte während der Direktübertragung improvisieren. Außerdem beunruhigte und bedrückte ihn der Umstand, daß seine Katty mit der Mutter, Mrs. Jonathan, ausgerechnet an diesem Abend aus Dublin ankam. Hatte er sich richtig entschieden? Die Fernsehbrücke, die er selbst angeregt hatte, war ihm plötzlich in die Quere gekommen, so daß er die beiden am Flughafen nicht abholen konnte. In diesem Moment glich er dem Einsiedler, der aus der Abgeschiedenheit auftaucht und die Botschaft der Wahrheit, die sich ihm erschlossen hat, unter die Menschen bringen will. Die Botschaft verbrennt ihn von innen her und treibt ihn an, aber dann steht er plötzlich vor dem Steinhaufen, der ihm den Weg aus der Schlucht versperrt. Auch äußerlich wirkte Junger angespannt. Überdies waren Beulen zu sehen, die auf den Kinnbacken hervortraten. Die kräftige, breitschultrige und sportliche Gestalt mit dem jungen Gesicht schien wie aus Stein gemeißelt, wäre sie nicht von den vor Schmerz getrübten Augen gezeichnet gewesen. Anthony Junger war klar, daß das Schicksal ihn mit einem Schlag auf die Bühne des Geschehens geschleudert hatte, um die Prüfung zu bestehen, nachdem er sich für Robert Bork, der vor seinen Augen umgekommen war, entschieden hatte. Oder er müßte endgültig abtreten und unter dem Gejohle und den Steinwürfen der Straße verschwinden, so wie er bereits gestern unter dem hämischen Grinsen und Achselzucken der Berater Ordoks davongegangen war, während diese von oben herab auf die besessene Masse Mensch da unten, die ja von ihnen, den Politikern, angeheizt worden war, geringschätzig herabblickten ... Und es war ja auch nicht auszuschließen, daß ihn, Anthony Junger, das gleiche Los treffen könnte wie den Mann, der seinen Überzeugungen nicht untreu hatte werden wollen ...

Ja – aus der Redensart »Sein oder Nichtsein« war plötzlich bittere Realität geworden. Anthony Junger wußte sehr wohl, was er riskierte, als er sich darauf eingelassen hatte, den Platz des erschlagenen Robert Bork bei der Fernsehbrücke mit Filofej einzunehmen.

Die Glut des Tages, die zugleich von der Hitze und der Masse der erregten Menschen ausstrahlte, hatte ihren Höhepunkt erreicht. Alle erwarteten das krönende Ereignis – das Erscheinen Filofejs auf dem Bildschirm, damit sie ihn endgültig, wie es ein Kommentator formulierte, bei einer allgemeinen Treibjagd des Welthasses vor sich herhetzen könnten. Und alles lief jetzt nur noch auf den Punkt der Konferenzschaltung hin. Und diese Stunde nahte nun mit dem rückwärts laufenden Sekundenzähler wie vor einer Explosion …

Doch zuvor, noch bei hellem Tageslicht, als der Autopsiebericht in der Klinik den gewaltsamen Tod Robert Borks endgültig bestätigte, hatte ihm Jessica unter Tränen gesagt: »Anthony, was soll ich jetzt über das Ende meines Robert noch an Worten verlieren? Nichts war ihm wichtiger als die Wahrheit, und dafür hat er bezahlen müssen. Denken Sie jetzt doch an sich selbst! Sie sind jung und haben das Leben vor sich. Hat es denn einen Sinn, Robert zu folgen und wie er alles zu riskieren?«

Die Fortsetzung des Gesprächs war ihnen schwergefallen, und er war nur zu einer kurzen Antwort fähig gewesen: »Ich kann Sie verstehen, Jessica. Aber ich muß es tun und will mich nicht drücken, wenn ich's annähernd schaffe, was sich Robert Bork vorgenommen hatte.« Sie standen an einem großen Fenster der Halle mit den Aufzügen, abseits von den Kranken, die vorübergingen oder auf Betten gefahren wurden. Sonnenstrahlen fielen durch das Glas, das Blau des Himmels jenseits des Fensters und die golden schimmernden Blätter an den Zweigen des Ahorns füllten die Ruhe des Raumes … Sie war Witwe geworden und plötzlich gealtert, vom Kummer gezeichnet, als ob man sie geschlagen hätte wie einen verirrten Hund, der in einer Schlucht vor sich hinwinselt. Jessica war zutiefst aufgewühlt. Sie ließ ihren Tränen freien Lauf. Und dann sagte sie leise, und sie bemühte sich um Beherrschung:

»Robert hat immer gesagt, die Liebe sei die Vereinigung von zwei Flüssen. Und ich habe bei diesen Worten stets lachen müssen. – Du, du wirst noch ertrinken, Bob, in deinem Mississippi! – Und jetzt komme ich dahinter, daß es mich ans nackte Ufer geworfen hat. Der Fluß fließt nicht mehr, er ist ausgetrocknet …«

Und dann fügte sie noch den merkwürdigen und rätselhaften, ja absurden Satz hinzu: »Oh, arme Wale, wer wird nun mit euch sein, wenn ich Cello spiele?!«

Dieser Seufzer hatte Anthony dermaßen erstaunt, daß er nachfragen wollte, welche Wale sie meinte und woran sie dabei dachte, aber er wagte es doch nicht. Es war wohl der Kummer gewesen, der aus ihr sprach.

Danach hatten sie sich getrennt. Er mußte sich auf die Sendung mit Filofej vorbereiten. Die Zeit war ohnehin äußerst knapp. Mit jeder Minute wuchs seine Unruhe, er wollte ja auch noch Katty in Dublin anrufen. Jessica Bork blieb allein in der Klinik zurück und wartete auf die Ankunft der Tochter und des Schwiegersohns aus Chicago, um mit ihnen die Beerdigung Roberts vorzubereiten. Sie verabschiedeten sich bis zum folgenden Tag.

Zum Glück wurde er noch im Krankenhaus mit Dublin verbunden; Katty wollte soeben das elterliche Haus verlassen und mit Mrs. Jonathan zum Flughafen fahren. Und er hatte doch noch vor der Ankunft der beiden alle Vorbereitungen für die Hochzeit treffen wollen! Wer hätte ahnen können, daß all das in einer knappen Stunde zusammentreffen könnte, wie bei Meteoriten, die durch Raum und Zeit aufeinander zufliegen und aufeinanderprallen.

Das Gespräch mit Katty war gar nicht einfach gewesen. Sie hatte sofort den Hörer abgenommen. Ihre Stimme drang so rein und klar an sein Ohr, sie reagierte erfreut und besorgt und brachte ihn für einen Augenblick auf den Punkt zurück, der ihm erneut sein Glück bestätigte. Er konnte und wollte sich das Unerklärliche an diesem Gefühl nicht erklären, er spürte einfach, daß in Katharine sein ganzes Glück lag. Alles an ihr war Glück. Die Berührung der Wimpern, der Atem, sie war, wenn sie neben ihm ging, aus demselben Holz geschnitzt wie er. Und alle Passanten auf der Straße merkten es – Katty war sein Glück. Etwas Geheimnisvolles, das weder bewiesen noch bekräftigt werden mußte.

»Da bist du ja endlich, Anthony! Ich habe auf den Anruf so sehr gewartet!« rief sie aus. Ihm wurde heiß bei der vertrauten Stimme im Hörer. »Ich hab Sehnsucht nach dir. Mama und ich fahren gleich los zum Flughafen, wir sitzen hier auf den gepackten Koffern. Was ist bei dir los? Holst du uns ab?«

»Verzeih, Katty, ich hatte große Sorge, ob ich euch überhaupt noch erreiche.«

»So schlimm wäre das ja auch nicht gewesen. Hauptsache, wir sehen uns bei der Ankunft am Flughafen. Mir war einfach danach, vorher noch deine Stimme zu hören.«

»Mir ging's genau so. Aber hör mir jetzt einmal gut zu. Da gibt's ein Problem. Ich kann es dir leider nicht ausführlich erklären. Die Zeit ist einfach zu knapp; ich sage dir alles, wenn ihr da seid. Okay? Bitte entschuldige mich bei deiner Mutter, es ist mir furchtbar peinlich, aber sag bitte Mrs. Jonathan, daß ich euch nicht abholen kann. Hoffentlich verstehst du mich nicht falsch, nehmt euch einfach ein Taxi!«

»Was ist passiert, Anthony? Ist es was Ernstes?«

»Ja, leider sehr ernst. Stoff für ein langes Gespräch. Ich muß mich kurz fassen. Es geht einfach nicht, ich kann nicht zum Flughafen kommen, heute abend muß ich an einer Pressekonferenz teilnehmen, für Robert Bork, der umgekommen ist.«

»Wie bitte? Was hör ich da? Ist das der Bork, den aufgebrachte Demonstranten erschlagen haben? Was hast du damit zu tun?«

»Ich habe die Fernsehbrücke mit dem Mönch im Weltraum organisiert.«

»Mit Filofej?«

»Ja. Robert Bork hätte mit ihm reden sollen.«

»Jetzt verstehe ich überhaupt nichts mehr, Anthony! Ich blicke nicht mehr durch.«

»Ich erkläre es dir später, Katty! Jetzt fällt mir die Rolle des Gesprächspartners zu. Ich muß mit Filofej reden, über die Fernsehbrücke, verstehst du? Gedulde dich bitte, du wirst alles erfahren, ich kann jetzt nicht anders …«

Katty redete leiser, und er verstand sofort, daß sie die Muschel des Hörers mit der Handfläche bedeckte.

»Schön, Anthony, dann eben später. Ich werde Mama jedenfalls nichts davon erzählen. Sie ist über diesen Wahnsinnigen im Kosmos sehr aufgebracht, weil er die ganze Welt aufwiegelt. Ich bin übrigens auch nicht sonderlich begeistert von ihm.«

»Ich kann euch beide gut verstehen«, erwiderte Anthony. »Dennoch flehe ich dich jetzt an, mir zu vertrauen. Mach es so, wie ich's sage. Und deine Mutter braucht sich nicht aufzuregen. Wir werden alles klären, wenn ihr da seid. Und wir haben sehr viel miteinander zu bereden. Ich sehne mich nach dir, Katty. Ich liebe dich. Setzt euch nach der Landung in ein Taxi, damit ihr möglichst bald in meiner Wohnung seid. Ich melde mich gleich nach Abschluß der Konferenz, und dann treffen wir uns. Laß dich jetzt nicht länger aufhalten, sonst verspätet ihr euch. Auf bald! Ich umarme und küsse dich.«

»Auf bald, Anthony, auf bald. Ich habe nur den einen Wunsch, daß alles gut geht. Ich bin bei dir.«

»Und ich bei dir, ich warte sehnsüchtig …«

Katharine und ihre Mutter, Mrs. Jonathan, waren jetzt schon auf dem Weg von Irland nach Amerika. Ihr Flugzeug näherte sich der Atlantikküste, die Landung stand unmittelbar bevor. Unterdessen ging es nur noch um Sekunden bis zum Beginn der Sendung. Dann würde ein gewisser Filofej vor dem Gericht der Welt erscheinen, ein Pseudomönch, der die Menschheit in globale Wirren hineingezogen hatte. Und ihm würde alles Böse, das passiert war, vorgehalten werden, er war der Sündenbock, der für allen Aufruhr herhalten mußte.

Schon mehrere Male an diesem Tag hatte ein Gedanke Anthony Junger wie ein Blitz durchdrungen: »Was wird geschehen, wenn das Kassandramal auch Katty und mich heimsucht? Was dann? Niemand ist geschützt, da bildet kein einziger Mensch eine Ausnahme. Wer ist schon dagegen gesichert, daß sich die Angst vor dem Leben nicht auch in seinen Genen verbirgt? Das ist unsere Tragödie.«

Obwohl alle Zuschauer der Pressekonferenz wie angenagelt vor dem Bildschirm verharrten und den Beginn der Sendung voller Spannung erwarteten, ließ doch das Signal, das nun ertönte, viele erbeben. Der Monitor blitzte auf und ließ die Zuschauer ins Weltall blicken. Totenstille trat ein. Der Moderator wandte sich hastig zum Publikum.

»Wir können jetzt mit der Übertragung beginnen. Die Fernsehbrücke ist der Pressekonferenz mit dem Biologen und Wissenschaftler gewidmet, der sich den Namen Filofej, der Weltraummönch, gegeben hat. Wir alle wissen, worum es geht. Ich erspare mir deshalb, die allgemein bekannten Tatsachen zu wiederholen – das außerordentliche Sendschreiben an den Papst von Rom und die darauffolgenden, tragischen Ereignisse. Ich bitte jetzt um Ihre geschätzte Aufmerksamkeit.«

Auf dem Bildschirm flimmerten einige Male unscharfe Konturen auf, als ob jemand im Schneegestöber umherirrte, danach kam das Antlitz eines Menschen klar und deutlich zum Vorschein. Alle Zuschauer kannten ihn zwar schon bei Namen, aber nun konnten sie ihn zum ersten Mal sehen. Noch kein einziges Wort war gefallen, und schon blitzte es von allen Seiten her: Die Bildreporter starteten wie nach dem Pistolenschuß eines Rennens und holten sich Filofejs Konterfei vom Monitor.

Walter Shermet schirmte sich vor dem Lichtsturm ab und sah sich genötigt, um Mäßigung zu bitten. »Halten Sie bitte die Spielregeln ein, Ladies and Gentlemen! Hören Sie auf, uns zu blenden! Wir wollen mit der Arbeit beginnen.«

Als das Blitzlichtgewitter abgeflaut war, rückte Filofejs Gesicht in lebendigen Zügen heran. Dieser Augenblick faszinierte alle. Später sollten noch weitere Momente der Erschütterung folgen, aber dies war der erste Paukenschlag. Da war er nun in eigener Person: der große Prophet. Der hochgradige Irre. Ein Satan erster Güte. Da ist er, dieser Provokateur der Hysterie und des Unglücks! Seht ihn doch an, diesen Mönch, der die Erdoberfläche mit seinen Sonden aus dem All bestrahlt! Den Urheber der unheilvollen Lehre vom Kassandramal!

Dem Aussehen nach war der Mann knapp um die fünfzig Jahre alt. Längliches Gesicht mit dunkelblonden Haaren. Sie fielen ihm, ungleich geschnitten, in Strähnen auf die gebückten Schultern. Im Kosmos muß man sich ja die Haare selbst schneiden. Der Bart schimmerte rötlich, stellenweise ergraut. Filofej sah vom Monitor in den Saal. Er sah auf die Gesichter der Anwesenden wie der Wanderer auf dem Weg, der mit Sack und Stab irgendwo unterwegs ist, stehen bleibt und sich vergewissert, ob die Richtung stimmt: Wird er, da schon der Abend naht, sein Ziel noch erreichen? Und jetzt blickt er aufmerksam, besorgt und durchdringend in die Ferne, um sich dann wieder aufzuraffen – Filofejs Antlitz verriet nun Zielstrebigkeit: Annähernd so hatte sich Anthony Junger den Mann vorgestellt, und er freute sich im stillen über die Bestätigung. Die

Erscheinung des kosmischen Mönches erinnerte an einen alten Stich und stand doch im Einklang mit der technischen Ausrüstung der Weltraumkapsel. Vor diesem Hintergrund wirkte Filofej sehr selbstbewußt und professionell. Die riesige Entfernung vom irdischen Jammertal und die Sache, der er sich in völliger Abgeschiedenheit hingab, verstärkten diesen Eindruck. Die tiefen Falten, die müden Lider und die starr blickenden grauen Augen verhüllten jedoch etwas, was gleichermaßen anzog und schmerzte.

Während der ersten Sekunden der Übertragung geriet Anthony Junger zu alledem noch in Hektik, weil er sich plötzlich fragte, ob Filofej gut genug englisch sprechen könne. Nicht immer kann man ja in einer Fremdsprache ebenso gut schreiben wie sprechen, besonders vor Publikum. Doch schon nach den ersten Sätzen Filofejs hatte sich Anthony Junger wieder beruhigt: Der kosmische Mönch russischer Herkunft drückte sich in einem völlig normalen Englisch aus, wenngleich ein leichter Akzent herauszuhören war.

Das Gespräch kam gleich auf den Punkt, als Walter Shermet mit gespielter Hemmung, ja Zimperlichkeit die Lippen öffnete:

»Guten Abend, Bruder Filofej! Sie verzeihen mir doch den vertrauten Ton, aber wir wissen ja nicht, wie wir Sie ansprechen sollen?«

»Genau so«, erwiderte der kosmische Mönch. »Wie es Euch gefällt, ja, ich bin ein Bruder.«

»Und wenn es nicht allen gefällt, sich mit Ihnen zu verbrüdern?« Walter Shermet spitzte den Mann im Monitor gleich an.

»Jedem nach seiner Wahl. Was ist schon dabei? Aber jenseits der Schwelle bin ich den Menschen ein Bruder.«

»Warum sind Sie so sehr von sich überzeugt? Wollen Sie sich über unsere sündige Welt erheben?«

»Mein Bekenntnis heißt Mitgefühl mit jeder Seele, gleich wie sie zu mir steht.«

»Schön. Wir wollen Ihr Bekenntnis mal so stehenlassen.« Walter Shermet unterlegte seinen Äußerungen einen spitzen Ton. »Es geht um ernsthafte Dinge, wie Sie sicher vermuten, vielmehr schreckliche, wenn ich Ihnen damit nicht zu nahe trete. Das ist ja auch der Grund, weshalb wir zu Ihnen, Bruder Filofej, den Kontakt suchen. Uns interessieren Ihre wissenschaftlichen Experimente, Bruder Filofej, die sie von Ihrer Raumstation aus durchführen. Das ist ja der Grund für diese Pressekonferenz über die Fernsehbrücke mit Ihnen. Aber lassen Sie mich zunächst das Publikum vorstellen. In diesem Saal befindet sich die journalistische Crème de la crème. Wir sind in einer Live-Sendung. Ich moderiere und heiße Walter Shermet. Neben mir sitzt Anthony Junger. Er nimmt den Platz des Futurologen Robert Bork ein, der bedauerlicherweise heute bei Massenunruhen ums Leben gekommen ist. Verzeihen Sie bitte, wenn ich die Dinge beim Namen nenne – die tragischen Ereignisse traten nicht ohne Ihr Zutun ein. In dieser Sache wird sich Anthony Junger selbst äußern.«

»Besten Dank, Mr. Shermet. Ich kenne Anthony Junger«, unterbrach ihn Filofej und lenkte seine Blicke in Richtung Junger. »Und zwar seit der Wahlkundgebung vor drei Tagen, die an Bord meiner Behausung übertragen wurde. Da ich Euch so unvermittelt unterbrochen habe, erlaube ich mir noch die Bemerkung, daß ich diesen Augenblick unserer Begegnung erwartet habe, damit ich mich – Ihr habt es bereits erwähnt – dazu äußern kann, wie mich das Feuer in Köpfen und Seelen der Menschen erreicht hat. Ja, ich habe die Flamme entfacht. In der Tat. Aber nicht, damit man Scheiterhaufen errichtet und Ketzer verbrennt, sondern weil ich aufklären und Licht ins Innere der Menschen bringen wollte. Die Erkenntnis des Unbekannten hat sich in finstere Gewalt verwandelt. Ich habe keine Hoffnung mehr. Womöglich war ich trotz meines Alters doch viel zu naiv, noch zu glauben, die Wahrheit, und wenn sie so wahr ist wie der Satz von der Energieerhaltung, müsse stets triumphieren. Welch ein Irrtum, so zu hoffen! Ich habe großes Unheil über die Welt gebracht, unter den Massen Chaos und Verwirrung hervorgerufen. All das dringt ja zu mir über den Äther, ich sehe das Unheil über die Bildschirme wie zur Strafe. Ich habe auch mit ansehen müssen, was sich heute im Vorort Newbury abgespielt hat. Dabei war ich voller Erwartung, mit Robert Bork zu sprechen, er war mir ja als Partner angekündigt worden, und ich brannte darauf, mir alles von der Seele zu reden. Aber dann wurde ich, obgleich im Weltall, Zeuge der wütenden Abrechnung mit diesem Menschen. Ein Aufruhr, so sinnlos wie grausam, wie die Russen sagen würden. Und wiederum muß ich das als meine Schuld auf mich nehmen. Während ich mich in gesicherter Ferne aufhielt, verursachte mein Werk den Tod des Gefährten, den mir Gott gesandt hatte. Ich liege auf Knien vor Euch da unten auf der Erde. Aber was besagen jetzt meine Bekundungen der Reue? Es sind nichts als Worte. Der erschlagene Robert Bork kehrt nicht wieder zurück, nicht einmal um den Preis meines eigenen Lebens, das ich sofort bereit wäre zu opfern. Wenn, ja wenn …

Und hier noch ein Wort, bevor ich Eure Fragen beantworte. Vielleicht werde ich sie nicht alle beantworten können, dafür bitte ich im voraus um Entschuldigung. Ich muß gehen, und Ihr müßt leben, aber Leben bedeutet, die Fragen, die es stellt, selbst zu beantworten. Bitte versteht mich und verzeiht mir, wenn möglich. Ein Letztes noch: Meine Entdeckung dient nicht meinem Ruhm und meinem Ehrgeiz, ich will mich auch nicht über meinesgleichen erheben. Ich hätte diese Entdeckung auch ungenutzt für mich behalten können, und wir alle hätten wie zuvor, ganz unbeschwert und unwissend, weitergelebt. Wäre es dann aber nicht so, daß wir unsere höhere Bestimmung weiterhin fliehen würden? Uns im Dickicht der Ahnungslosigkeit verkröchen? Dem universellen Bedürfnis auswichen, Zeugen der Ewigkeit zu sein und mit unserem Geist die Welt unablässig zu erkennen suchen. Entfernen wir uns nicht immer mehr vom Auftrag der Schöpfung? Warum sind wir denn geschaffen worden? Sollen wir nicht den Sinn und Inhalt der Ewigkeit erfüllen, damit sich die Welt kraft unseres Bewußtseins beständig entfalte und offenbare? Was wäre denn das ewige Universum, wenn wir uns nicht bemühten, seinen Sinn zu verstehen? Aber was geschieht statt dessen? Wir drücken uns vor der Wahrheit, je nach Laune. Entwürdigen wir damit nicht uns vernunftbegabte Wesen? Ohne uns sind Götter keine Götter. Ohne uns bleibt die Materie leer. Und wenn wir behaupten, die Information über das Wissen sei der Weg des Fortschritts, besteht dann nicht das Wesen der Ewigkeit im Strom der Information, der unendlich fließt, sich stets erneuert und alles umfaßt? Zivilisation ist unendlich, wenn sie auf der Unbegrenztheit der Information beruht. Wenn wir aber Information nur uns zuliebe nutzen und die Wahrheit fliehen, wenden wir uns von der Ewigkeit ab, die wir in Worten so sehr beschwören.

Ich bitte Euch alle, die Ihr anwesend seid, um Nachsicht für meine abstrakten Schlüsse, aber als wir heute Robert Bork töteten, haben wir mit ihm einen Teil unserer Ewigkeit ermordet. Verzeiht mir, ich möchte …«

»Aber erlauben Sie, Bruder Filofej!« unterbrach ihn jetzt Walter Shermet, der sich nur noch mit Mühe beherrschte. »Betrachtungen über eine so hohe Materie sind selbstverständlich schön, auch die Philosophie der Ewigkeit mag recht aufschlußreich sein, aber Sie haben sich in den Akt der Empfängnis eingemischt. Ich denke dabei an Ihre kosmischen Experimente, mit Strahlensonden bei schwangeren Frauen das Kassandramal zu provozieren. Kommen wir zur Sache, Bruder Filofej! Sie haben einen unzulässigen Druck auf uns ausgeübt, auf das Ego aller. Sie streben doch danach, uns Ihrer Weltraumkontrolle zu unterstellen, nicht wahr? Lassen Sie sich gesagt sein, daß sich kaum jemand auf der Erde mit diesem Gedanken anfreunden kann. Ich erinnere Sie an diese simple Wahrheit: Hier auf dieser Erde, ja, auf unserer sündigen Erde will das niemand haben. Beurteilen Sie nicht alle von Ihrem hohen Weltall herab, wo die Reaktionen der empörten Menschen Sie nicht treffen können. Die Menschen empören sich völlig zurecht. Im vorliegenden Fall halte ich mich nicht an die Spielregeln und die üblichen Umgangsformen des Moderators. Ich bin mit Ihren Aktionen nicht einverstanden. Wer hat Ihnen erlaubt, die Erdbewohner in solch massenhafte Verwirrung zu stürzen? Wer ermuntert Sie eigentlich zu Ihrem Handeln? Welche Kräfte stehen hinter Ihnen? Berufen Sie sich bitte nicht auf irgendwelche hehren Absichten. Sie haben, Bruder Filofej, der Menschheit geschadet und sie für Ihre wissenschaftlichen Experimente mißbraucht, ich würde sogar sagen, zur Befriedigung Ihres Hochmuts! Soll das, was Sie treiben, etwa keine Gotteslästerung sein? Gerade Sie als Mönch, auch wenn Sie sich diesen Rang angemaßt haben, wie uns die hohen Würdenträger der Russisch-Orthodoxen Kirche am Telefon bestätigten. Es ist die reinste Gotteslästerung gegen das göttliche Gebot, wo es doch in der Schrift heißt: Gehet hin und vermehret euch! Im übrigen braucht die Bibel keinen Kommentar, im Unterschied zu Ihnen! Sie haben aber revidieren wollen, was niemand, absolut niemand kontrollieren darf. Opfern Sie nicht das Mysterium der Geburt auf dem Altar der Hölle? So einfach sehe ich die Dinge.

Was Ordok als Politiker erst neulich von Ihnen gesprochen hat, wiederhole ich hier als völlig unabhängiger Journalist, der die Meinung seines millionenfachen Publikums vertritt.«

An dieser Stelle erhob sich Lärm im Saal. Ein merkwürdiges, absonderliches Spektakel setzte ein. Journalisten sprangen von den Plätzen, stürzten zu den Mikrofonen und fuchtelten mit den Händen, als hätten sie kein Bild vor sich, das aus dem Kosmos übertragen wurde, sondern die leibhaftige Gestalt dieses Menschen. Die gepreßten Lippen und die zusammengekniffenen Augen Filofejs ließen erkennen, daß er sich anstrengte, Ruhe zu bewahren. Die Rufe und Äußerungen mündeten in einen einzigen Strom der Erregung. Allerdings wiederholten sich die Aussagen unentwegt, es war alles schon von der Wahlversammlung Ordoks her bekannt. Filofej hatte keine Chance mehr, den Mund zu öffnen. Man sah, wie sein Gesicht krampfhaft zuckte und schließlich verletzt erstarrte. Diese Begegnung ließ sich kaum mehr als Pressekonferenz bezeichnen. Sie unterschied sich in nichts von einer fanatischen Massenkundgebung. Wem immer es gelang, sich zum Mikrofon durchzurangeln, seinen Namen, seine Zeitung oder seine Nachrichtenagentur zu nennen, versuchte, den kosmischen Mönch auf der Stelle zur Rechenschaft zu ziehen. Filofej mußte davon übel geworden sein, da er plötzlich vom Bildschirm verschwunden war. Aus dem Monitor starrte gähnende Leere.

»Wo sind Sie? Was ist los mit Ihnen, Bruder Filofej?« rief Walter Shermet enttäuscht aus.

Aber da tauchte er wieder auf und hielt einen Weltraumanzug in den Händen.

Die Stimmen im Saal verstummten einen Augenblick lang. Alle waren erstaunt. Was hatte das zu bedeuten? Filofej schwieg und schlüpfte in seine Raumflugmontur.

Anthony Junger nutzte diese Pause, erhob sich von seinem Platz und wandte sich an das Publikum.

»Ich möchte die Anwesenden doch bitten, mich anzuhören, zumal ich einer der Leute bin, die diese Fernsehbrücke angeregt und eingerichtet haben. Ich nehme also, wenn ich das Wort ergreife, meine Rechte und Pflichten wahr. Vor allem will ich Walter Shermet vorschlagen, die weitere Leitung der Pressekonferenz mir zu überlassen. Sie haben Ihren Standpunkt dargelegt, Walter Shermet. Im übrigen ist der bisherige Verlauf unserer Begegnung alles andere als fair und sachlich gewesen, jedenfalls kein Ruhmesblatt für objektive journalistische Arbeit. Eine Pressekonferenz soll dazu dienen, gerade bei umstrittenen Sachverhalten, Fragen zu stellen und sich Antworten anzuhören. Vorerst wurden keine professionellen Fragen gestellt. Emotionen trüben jede Logik. Ich habe an vielen Treffen dieser Art teilgenommen, aber so etwas ist mir noch nicht untergekommen. Sogar nach Ausbruch des Krieges am Persischen Golf wurden Fragen gestellt und diverse, durchaus widerspruchsvolle Standpunkte geäußert. Aber hier ertönt nur ein einziges Unisono. Und alle fällen einträchtig ein und dasselbe Urteil.«

»Gestatten Sie, Anthony Junger«, unterbrach ihn Walter Shermet, der nicht mehr an sich halten konnte, »warum versuchen Sie dem Publikum – nein, warum wollen Sie der ganzen Welt ausgerechnet Ihre Ansichten aufdrängen? Wenn sich die Teilnehmer unserer Konferenz spontan äußern, ist das doch ihr gutes Recht? Was wollen Sie eigentlich?«

»Nicht mehr als die Vereinbarung einhalten, die wir getroffen haben, verehrter Walter Shermet. Wir haben diese Fernsehbrücke installiert, um dem Wissenschaftler im Weltraum die Gelegenheit zu geben, das Problem zu erläutern, das binnen allerkürzester Zeit die ganze Welt aufgewühlt hat, aber nicht zu dem Zweck, unsere Loyalität mit der herrschenden Meinung unter Beweis zu stellen und um die Wette zu demonstrieren, wie einhellig wir die Massenproteste unterstützen. Benehmen wir uns doch nicht wie einst das allmächtige Politbüro der KPdSU. Das hilft doch der Wahrheit nicht weiter! Wir wollen doch mehr über die neue Entdeckung erfahren! Deshalb schlage ich jetzt allen vor, in diesem Fall auf die Politik zu verzichten, ganz egal um welche Richtung es gehen mag, sonst kommen wir dem Kern des Phänomens keinen Schritt näher. Wir sind zu Mut und Realismus herausgefordert, wenn wir die Wahrheit wissen wollen.«

»Wo ist denn Ihre Wahrheit? Und Ihr Mut?« schrie jemand aus dem Saal. Walter Shermet lächelte provokant. Das Publikum spitzte die Ohren und verstummte.

»Was den Mut betrifft, weiß ich nicht so recht«, Anthony Junger sprach in die eingetretene Stille jedes seiner Worte bedächtig aus, »ich lege die Hand für meinen Mut nicht ins Feuer. Lassen Sie mich deshalb zur Sache kommen. Wir haben auf dem Bildschirm einen Menschen vor uns, der eine große, ich würde sogar sagen, einmalige wissenschaftliche Entdeckung gemacht hat. Jedenfalls geht es um Wissenschaft. Bruder Filofej, wie er hier angeredet wurde, ist für mich mehr als ein Gelehrter, ich nenne ihn, im Sinn der russischen Bedeutung des Wortes, Vater Filofej. Vater Filofej sucht das Phänomen der Kassandra-Embryonen, die er ja experimentell nachweisen kann, objektiv zu interpretieren und herauszufinden, was sie für die Menschheit bedeuten. Unser Zeitgenosse, der namhafte Futurologe Robert Bork, den heute eine gewalttätige Menschenmenge ermordet hat, bewertete Filofejs Entdekkung als etwas absolut Neues in der Evolution des menschlichen Geistes. Robert Bork hat seine Ansichten in der Presse dargelegt. Leider sollte das seine letzte Äußerung sein. Es ist sein Vermächtnis für jeden, der es annehmen und darüber nachdenken will. Ich kann mich nicht auf selbständige Untersuchungen und Auswertungen berufen, aber wenn ich die wissenschaftlichen Thesen Filofejs und Borks für mich weiterspinne, gelange ich zu folgendem Ergebnis: Die Kassandra-Embryonen deuten offensichtlich auf eine versteckte Gefahr hin, die uns Menschen als Gattung droht, wenn wir objektive biologische Tatsachen ignorieren und uns von den Interessen des Augenblicks blenden lassen. Darum geht es doch letztlich bei diesem Phänomen. Ganz offensichtlich sind wir alle angesprochen, wenn wir wollen, daß die Menschheit nicht verschwindet wie einst die Dinosaurier. Und wir sind hier zusammengekommen, um uns Vater Filofej anzuhören; mit seiner Erfahrung und seinem Wissen ist er in einem noch höheren Maß als wir gefordert. Und die Frage an ihn wie an uns lautet jetzt: Was soll der Mensch von nun an tun, nachdem die Kassandra-Embryonen im Kreislauf des Lebens aufgetaucht sind?«

»Mr. Junger«, ertönte eine Frauenstimme aus dem Publikum, »in meinen Augen behaupten Sie, mit Verlaub, etwas sehr Kühnes. Sie reden von einem Embryo, als wäre es eine Person. Von welcher Person kann denn die Rede sein, wenn es nur um einen Keim geht? Sie haben sich professionelle Fragen gewünscht, bitte sehr. Dann beantworten Sie für die Presse, für Millionen Leser und Fernseher, die Sie mit Ihren Äußerungen schockieren und verzweifeln lassen – und ich erbitte mir eine klare und unzweideutige Stellungnahme: Was hat Sie veranlaßt, gemeinsam mit Filofej zu kämpfen und der menschlichen Gesellschaft dieses schicksalhafte Problem aufzuzwingen? Reicht es Ihnen noch nicht, daß Robert Bork ein so schreckliches Ende genommen hat? Warum lassen Sie die Menschen nicht in Ruhe, wenn Sie absolut niemand darum bittet?«

»Man bittet uns doch darum! Sie behaupten, keine Menschenseele möchte davon etwas wissen. O nein, ungezählte Seelen ersuchen darum – die Stimmen der Embryonen appellieren an uns, sie bitten um unser Gehör, und sie tun es nicht nur um ihrer selbst willen, sondern auch unsertwegen. Aber wir weichen einer Antwort aus, der Antwort an sie und an uns selbst. Wir sind so kleinmütig, um so mehr, als es ja nur um Embryonen geht. Was ist das schon! Embryonen? Aber diese Wesen sind unglücklich, und wir setzen uns über sie hinweg, wollen nichts von einer Schuld hören und betrügen uns selbst. Was haben wir schon mit Embryonen zu schaffen. Übrigens meine ich das persönlich, es gilt für mich ebenso wie für Sie, Madam, wie auch für alle vorausgegangenen Generationen. Lassen Sie es mich wiederholen: Die Stimmen dieser Embryonen wenden sich an uns, sie brauchen unsere Aufmerksamkeit, möchten von uns erhört und verstanden werden. Diese Stimmen verlangen nach einer Interpretation. Und genau das ist Filofej gelungen. Sie sprechen zu uns durch ihr Zeichen. Ja, ich sage es ihm ins Gesicht, das vor uns allen auf dem Monitor erscheint: Er ist ein großer Gelehrter. Sie bestehen darauf, Madam, daß ich begründe, wofür ich eintrete. Ich will und kann niemandem etwas aufzwingen. Wir sind mit unserem Schicksal konfrontiert. Es ist mir fast peinlich, so zu reden. Ich habe doch keine Experimente angestellt, bestenfalls kann ich sie als ein Mitbetroffener kommentieren. Vater Filofej ist der Wissenschaftler und kann sich selbst in die Diskussion einschalten. Warum muß man überhaupt an Zwang denken? Was haben Sie im Auge, Madam? Stand Albert Einstein unter Zwang, als er die Relativitätstheorie entdeckte? Hat Einstein uns gezwungen, diese Theorie anzunehmen? Ich glaube, daß es sich bei Filofej ähnlich verhält. Diese Wissenschaft ist seine Berufung und Gabe. Sie führte ihn zu seinen Entdeckungen und ließ ihn auf dem Gebiet der Psychoembryologie experimentell eine Regung des Geistes diagnostizieren. Einer solchen Entdekkung darf man sich ebensowenig widersetzen wie dem Aufgang der Sonne hinter den Bergen. Für die Psychologie ist das eine Sache, die vielleicht der Entdeckung Einsteins für die Physik gleicht. Wir alle, Menschen und Gesellschaft, müssen uns neu bestimmen lernen, darum geht es meines Erachtens. Wir sollten uns klarmachen, wie wir leben müssen, damit die Menschheit von nun an eine neue Strategie des Lebens entwickelt, so daß jedes Individuum und die Gesellschaft im Ganzen ...«

In diesem Moment hob Walter Shermet den Telefonhörer des Apparats auf dem Tisch brüsk ab und ließ eine kurze Bemerkung fallen. »Hallo, Schaltzentrale! Seid Ihr so weit?« Ohne den Hörer aufzulegen, wandte sich Shermet an Junger und fragte ihn gereizt: »Mr. Junger, möchten Sie die Antwort der internationalen Öffentlichkeit auf die rhetorischen Floskeln hören, die Sie und Filofej hier abgesondert haben? Wollen Sie sich selbst davon überzeugen?«

»Was meinen Sie, Mr. Shermet?«

»Ganz einfach. Unsere Pressekonferenz wird in die ganze Welt ausgestrahlt und synchron übersetzt. Man sieht und hört uns überall, Sie, Mr. Junger, und Ihren Vater Filofej ebenso wie meine Wenigkeit. Lassen Sie uns also gemeinsam ansehen, was auf dem Planeten geschieht und wie die Menschen auf das reagieren, was die Freunde der Kassandra-Embryonen behaupten. Wir schalten nun um zu den verschiedensten Punkten der Welt.« Walter Shermet drückte den Hörer ans Ohr. »Es kann losgehen«, kommandierte er. »Den zentralen Monitor, bitte. Wir schalten zunächst zum Platz des Himmlischen Friedens ... Hallo, Peking! Was tut sich in der Hauptstadt des völkerreichsten Staates?«

Der Saal zuckte zusammen wie bei einem plötzlichen

Regenschauer und fing an zu summen. Auf dem zweiten großen Monitor in der Bühnenmitte tauchte Tienanmen auf, umrahmt von der Fassade mit dem bekannten Porträt Mao Tse-tungs, seinem steinernen Gesichtsausdruck und dem grauen Führerkittel. Der ungeheure Menschenandrang auf dem Platz unter dem unbewegten Blick Maos erinnerte an einen tosenden menschlichen Ozean. Die Chinesen tobten und schrien wie bei einer Feuersbrunst. Dem Kommentator zufolge habe es eine solche Massenkundgebung auf dem Platz des Himmlischen Friedens nur im Jahr 1989 gegeben, als Studentendemonstrationen von Panzern plattgewalzt worden waren. Des weiteren teilte der Kommentator mit, daß Hunderttausende von Menschen nur das eine forderten. »Könnt Ihr uns hören? Ein einziger Schrei auf dem Tienanmen, ich übersetze: Tötet Filofej! Schießt ihn mit einer Rakete ab! Tod dem Feind des Sozialismus!«

Das Saalpublikum sah zu Filofej hin, der, was sogar am Bildschirm zu erkennen war, sichtlich erbleichte, auf den vor Spannung erstarrten Anthony Junger und auf Walter Shermet, der jetzt befahl: »Und nun schalten wir um nach Moskau! Hallo, Roter Platz! Vnimanie! Ich bitte um Ihre Aufmerksamkeit!«

Auf dem Roten Platz spielte sich Ähnliches ab. Es war kurz vor Morgengrauen. Lagerfeuer brannten. Und die Menge tobte: »Tod dem falschen Filofej! Schießt den Provokateur mit einer Rakete ab!« Es war seltsam, wie man vor diesem Hintergrund der Erregung und mitten im Heidenlärm einige Male etwas über den Bildschirm flattern sah. Alle wurden darauf aufmerksam, ja, ein Nachtvogel, offenbar eine Eule, segelte über die Köpfe hinweg. Der Vogel zuckte wie an einer unsichtbaren Leine, flatterte verwirrt in der Morgendämmerung über dem Mausoleum der Kremlmauer entlang und über den Massen aufgebrachter Menschen hin und her.

Walter Shermet hielt sein Tempo und befahl immer neue Zuschaltungen von anderen Punkten des Erdballs. Berlin und Warschau, Paris und London, Rom und Madrid, Montreal, Rio de Janeiro, Kapstadt, Delhi, Ankara, Teheran, Sidney, Tokio, Mexiko, Wellington, Buenos Aires, Santiago de Chile … Es hörte sich an wie die Kurzansagen bei internationalen Hitparaden. Wo man auch hinsah, tobte sich dieselbe Urgewalt aus. Überall Erregung und Protestgeheul und das unwiderrufliche Urteil: »Tod für Filofej! Schießt den Schurken mit einer Rakete ab!«

»Genug damit! Es reicht! Ich bitte um Gehör!« ertönte auf einmal Filofejs Stimme aus der Raumstation. Die Regie stellte die Konferenzschaltung um.

»Ja, wir hören Sie, Bruder Filofej!« erwiderte Walter Shermet lebhaft, er gab sich gelöst und grinste breit. Die Glatze des populären Moderators glänzte triumphal, als er mit wichtiger Miene die Worte aussprach: »Was sagen Sie nun, nachdem Sie die Demokratie in Aktion miterleben durften?«

»Nichts anderes, als was ich zuvor gesagt habe«, antwortete Filofej. Am Gesichtsausdruck wurde deutlich, daß in ihm irgend etwas vorgegangen sein mußte und daß er sich, am Rand des Erträglichen angelangt, zu etwas entschlossen hatte. »Ich bin dankbar, Mr. Walter Shermet – die Übertragungen aus allen Teilen der Welt beseitigen jeden Zweifel. Das Gesamtbild ist eindeutig. Die Aufgabe, die ich mir gestellt habe, ist völlig gescheitert. Ich habe die Welt auf eine neue Chance aufmerksam machen wollen, auf eine Wende der Evolution und unseres Selbstbewußtseins. Das Kassandramal, dieses Signal einer Endzeit, das Embryonen aus ihrem pränatalen Kern abgeben, sollte uns behilflich sein, die Chance zu nutzen. Daraus ist nichts geworden. Fast alle Zeitgenossen lehnen es zutiefst ab. Ich muß es eingestehen. Weitere Diskussionen sind nutzlos. Schluß mit der Vorstellung! Es ist an der Zeit, das Fazit zu ziehen.«

»Bruder Filofej, na endlich! Jetzt realisieren Sie die objektive Lage. Darum geht es uns ja. Sie wollen sich selbst und die menschliche Gesellschaft wieder beruhigen, nicht wahr?« Walter Shermet legte ihm die Antwort in den Mund.

»Ja, so ist es wohl, und da ich die unerhörten Wirren auf Erden verschuldet habe, die zum Tod Robert Borks führten, muß ich mich vor Gott und den Menschen verantworten. Nun hat die Stunde geschlagen. Die Stunde des Gerichts über all das, was ich angerichtet habe. Dabei bin ich dankbar, daß die Technik es möglich macht, in dieser Stunde von Euch aus dem All beobachtet und gehört zu werden. Wer will, kann sich von der Aufrichtigkeit meiner Beichte und der Freiwilligkeit meines Handelns ein Bild machen.«

»Bruder Filofej«, mischte sich Walter Shermet erneut ein, wohl wissend, daß er rund um die Welt gesehen wurde, daß jedes seiner Worte die eigene Popularität vervielfachen dürfte, »Bruder Filofej!« wiederholte er, »wir verlangen von Ihnen ja nichts Besonderes, Sie brauchen gar nichts zu tun. Freilich haben Sie die Gefühle von abermillionen Menschen schrecklich aufgewühlt, und Sie haben sie genötigt ...«

»Ja, ja, ich verstehe Euch!« beeilte sich Filofej einzuwerfen. »Habt meinen Dank für die gütigen Worte. Was ich hervorgerufen habe, gehört nicht zu den gewöhnlichen Mißverständnissen. Mein Wirken wird sein Ziel erreichen oder verfehlen. Meine Handlungen werden die Menschen dazu bringen, ein neues Selbstverständnis anzunehmen, oder sie werden untergehen und den Anstifter, das heißt mich, unter ihren Trümmern begraben ... Ein Drittes gibt es nicht. Ich wußte, worauf ich mich einließ. Hier ist mein

Schlußwort. Ich hatte nie die geringste Absicht, dem Menschengeschlecht zu schaden. Doch der gute Wille ist ins Böse umgeschlagen, vor dem wir jetzt alle machtlos stehen. Meinen Entdeckungen will ich nicht abschwören. Das Phänomen der Kassandra-Embryonen, jener Vorboten vom Ende der Welt, bleibt bestehen, und zwar als Folge der unaufhörlichen Anhäufung des Bösen in uns selbst, in Gedanken und in Taten. Das Böse reichert sich an in uns und fließt ein in die Natur der Gene und läßt die Krise näher und näher rücken. Und es wird zu spät sein, wenn die gespeicherte Katastrophe wie ein Donner losbricht ...«

Im Saal erhob sich Lärm. Stimmen der Empörung wurden laut. Zwischenrufe und Schreie waren zu vernehmen. Einer der Anwesenden brüllte wütend ins Mikrofon: »Schluß mit den Drohungen! Ich verlange, daß dieser Erpressung der Öffentlichkeit unverzüglich Einhalt geboten wird! Und ich erkläre vor aller Welt – wir haben es mit einem Dämon zu tun, der darauf aus ist, die kosmische Diktatur über die gesamte Menschheit zu errichten. Ja, so ist es, die Diktatoren der Vergangenheit haben von solch einer Allmacht und Weltherrschaft nur träumen können, ob Hitler oder Stalin und all die anderen, die da kamen und gingen und durch Ströme von Blut gewatet sind. Aber der da will dasselbe, nur erpreßt er uns vom Weltall her. Jetzt kann ihn der gerechte Zorn des Volkes noch nicht erreichen. Er nutzt seine geschützte Position in der Orbitalstation aus, behandelt uns, die Menschheit, wie ein Despot.«

Anthony Junger platzte schier und stürzte zum Mikrofon auf der Bühne. »He, Mister, ich weiß nicht, wer Sie sind. Aber es gehört sich doch wenigstens, daß man sich vorstellt, bevor man solche Dinge ins Mikrofon schreit.«

»Wieso? Mein Name? Nichts Besonderes, ich heiße Smith, John mit Vornamen.«

»Schön, Mr. Smith! Sie haben, gewollt oder ungewollt, das Wesen der Sache völlig entstellt. Niemand verletzt Ihre Freiheit und will Ihre Rechte einschränken. Niemand zwingt Sie dazu, Filofej zu folgen. Tun Sie, was Sie nicht lassen können! Sie lehnen die Bedeutung des Kassandramals ab. Ausgezeichnet! Das ist Ihr gutes Recht. Aber ein Gelehrter, der etwas entdeckt, ja, die, wie ich glaube, allergrößte Entdeckung in der Menschheitsgeschichte gemacht hat, darf sich vor der Gesellschaft nicht verstecken und die Ergebnisse seiner Untersuchungen verschweigen, nur weil es Ihnen, Mr. Smith, nicht paßt. Darum geht es hier. Man kann Filofej dazu zwingen, der Wahrheit abzuschwören und sich selbst zu verleugnen, aber Tatsachen bleiben unleugbar. Das Kassandramal wird von nun an der Punkt sein, an dem wir Farbe bekennen müssen, weil es um das geht, was in uns allen verborgen ist – Gut und Böse. Nach meiner Auffassung sollten wir uns nicht verbieten, darüber nachzudenken. Im Gegenteil. Ich denke, wir sollten so vorgehen, ja, wie soll ich es formulieren? – Im Militärischen gibt es den Begriff: Wir sollten uns selber ins Visier nehmen.«

»Was soll denn das nun wieder? Wie können Sie es wagen, so etwas vorzuschlagen? Sich selbst ins Visier nehmen? Auf wen sollen wir schießen? Auf uns selbst? Auf Männer oder auf Frauen? Und das müssen gerade Sie aussprechen!« Die Frauenstimme gellte durch den ganzen Saal. »Typisch männlicher Chauvinismus. Zum Kotzen, dieser Egoismus der Männer. Wer erlaubt eigentlich den Männern, für die Frauen zu entscheiden? Da kommt das ganze verdammte Patriarchat zum Vorschein. Ich will es nicht haben, daß man auf mich schießt. Ich will es nicht haben, daß auf meiner Stirn das Kassandramal erscheint, das Stigma und die Schande.«

»Verzeihen Sie!« erklang Filofejs Stimme über die Verstärkeranlage. »Verzeihen Sie, um Gottes willen, ich habe Sie nicht unterbrechen wollen, liebe Frau! Aber zu meiner einzigen Rechtfertigung möchte ich betonen: Das Kassandramal bedeutet weder ein Laster noch eine Schande. Ganz im Gegenteil. Es ist die Stimme des Embryos, die uns vor der Gefahr in uns selbst warnt. Verstehen Sie doch: Vor der Gefahr, die sich von Generation zu Generation angehäuft hat. Bitte, beruhigen Sie sich! Ich habe jetzt an alle eine Bitte, hört mich an und gestattet mir ein letztes Wort zum Abschied. All das, was ich in den letzten Tagen und Stunden sehen und hören konnte, macht mir klar, daß meine Entdeckung verfrüht kam und deshalb auf die Zeitgenossen so negativ einwirkte. Das sagt mir auch, daß ich verschwinden muß und den Lebensraum, in dem ich habe ruhig arbeiten können, ein für alle Mal zu verlassen habe, das heißt – meinen Platz im All, das niemand beherrscht. Mir verbleiben noch einige Minuten, in denen ich meine Schuld eingestehen möchte – vor jedem, der mich hört und sieht oder später davon erfährt. Ich habe viel Unheil über Euch gebracht, obgleich mich lautere Gedanken und gute Vorsätze angetrieben haben. Jetzt naht mein Ende. Ich werde gleich ins offene All hinaustreten und meinen Lebensweg beenden. Das ist mein Schicksal. Ich habe es angenommen, auch meinen Exodus. Ich habe mich auf diesen letzten Schritt vorbereitet, muß nur noch den Helm aufsetzen, bevor ich von Bord des Raumschiffes gehe. Schon seit Jahren hat es mich zu meiner kosmischen Behausung gezogen, getreu den Worten meines geliebten Puschkin: »Dahin, zur Wolkenklause, dort will ich mich, so nah bei Gott, verbergen.« Jetzt verlasse ich die Klause im Weltraum und möchte Euch allen, die mich sehen und hören, mitteilen, wofür ich gesorgt habe. Ich versichere Euch, daß das Laboratorium samt Ausrüstung zur Bestrahlung des Planeten beseitigt und ein für alle Mal zerstört wird. Auch die Berechnungen, Auswertungen und Forschungsberichte werden vernichtet, all das, was mit der Entdeckung des Kassandramals zu tun hatte. Wie Staub einer gescheiterten Wissenschaft wird alles mit mir im offenen Weltraum verwehen. Lebt also künftig so ruhig, als ob es mich und mein Labor im All nie gegeben hätte. Vielleicht wird es einmal eine Philosophie geben, die das menschliche Denken auf dieses Phänomen zurückführt, aber das wird lange nach uns sein. Diese Philosophie gehört der Zukunft. Vorerst bleibt alles beim alten. Die einzige sichtbare Spur, falls man die Raumstation durchsuchen sollte, werden meine Aufzeichnungen über mein Leben sein – die Erinnerungen des kosmischen Mönches an das Schicksal, die Zeit, die Geschichte, die Umstände und die Ursachen der Entdeckung. Hier ist die Antwort enthalten, warum das Geheimnis der Kassandra-Embryonen sich gerade mir erschlossen hat. Dies ist mein einziger Nachlaß. Und sollten diese Aufzeichnungen gefunden werden – diesen, meinen letzten Willen, vermache ich Dir, mein Sohn, Anthony Junger. Verzeih, daß ich Dich so anrede, aber ich folge dem Drang der Seele. Und ich bin dankbar, daß ich Dich vor allen Menschen so ansprechen kann. Mein Schicksal hat es so gewollt, daß ich ein kinderloses Leben verbrachte, aber in den letzten Sekunden vor dem Abschied darf ich daran denken, daß ich wenigstens in Dir einen geistigen Sohn hatte.«

Im Saal herrschte Totenstille. Das Brausen der kosmischen Winde war zu hören. Und Filofejs Stimme erklang noch einmal.

»Verzeiht mir, liebe Mitmenschen! Zum Abschied kann man nicht alles aussprechen. Aber eine Sache kann ich doch nicht für immer mit mir nehmen. Man hat mich fortwährend als den Pseudomönch und den falschen Filofej bezeichnet. Ja, so ist es. Niemand hat mir im All den Rang eines Mönches zugesprochen, kein Würdenträger den Namen Filofej gegeben. Die kirchliche Prozedur hätte gar nicht stattfinden können. Aber es geht hier nicht um die Form, sondern um den Glauben. Ich habe den Namen Filofej selbst angenommen, den Namen jenes religiösen Schriftstellers, eines Russen aus dem sechzehnten Jahrhundert, den sein Sendungsbewußtsein hingerissen hat. Ich taufte mich so bereits in den Jahren, als ich Arzt in einem Frauengefängnis war. Das Besondere am Messianismus des Filofej war die Botschaft: Der messianische Mensch vereinigt das Getrennte, der imperiale Mensch spaltet all das, was zusammengehört. Von daher rührt meine Hoffnung, das Menschengeschlecht könne sich auf den warnenden Ruf der Kassandra-Embryonen hin vereinen. Aber ich führe das nur an, damit ich im allerletzten Moment meines Lebens richtig verstanden werde.

Meine Stunde ist gekommen. Ich verabschiede mich von Euch und Eurem Planeten. Auf einem der Monitore hier oben sehe ich ihn im Ganzen vor mir. Ich blicke auf meine Erde, die von Wolken und Wassern umkühlt ist. Und da sehe ich einzelne Landschaften, vergrößert, so daß ich sogar winzige Einzelheiten erkenne – Bäume, Gräser, Steine. Und auf dem nächsten Bildschirm nehme ich etwas Seltsames und vorerst Unbegreifliches wahr, ja, es ist ein unvorstellbarer Anblick. Ihr könntet Euch selbst davon überzeugen, hättet ihr die Möglichkeit, den Bildschirm einer Raumstation auf einen irdischen Kanal umzuschalten.

Seht doch, so seht nur auf dem Monitor gleich rechts von mir! Schaut hin! Das Meer, über den Äther empfangen, die Ufer eines Ozeans, wohl des Atlantiks. Erkennt Ihr die gewaltigen Wellen, wie sie über die seichten Stellen zum Festland rollen, hin zu den Ufern? Seht Ihr nicht, was dort geschieht? Unglaublich! Ihr müßtet das sehen! Die Wale! Eine ganze Herde. Sie schwimmen aus dem Ozean.

Wie Berge. Seht doch, was mit den Walen geschieht! Warum werfen sie sich aus dem Wasser? Weshalb wollen sie sich umbringen? Was hat das zu bedeuten? Was zwingt sie, das zu tun? Etwas ist so unerträglich, daß es die Wale ins offene Verderben jagt. Oder deckt sich das mit unserem letzten Sinnen und Trachten? Mit unserem eigenen Todestrieb? An ein und demselben Tag. Und zu ein und derselben Stunde. Ich fange an zu begreifen. Die Wale haben sich zum Tod verurteilt. Schade, daß ich nie mehr erfahren kann, warum sie das tun. Mir verbleibt keine Zeit mehr, um in dieses erschütternde Geheimnis der Natur einzudringen.

So war es auch mit Robert Bork. Ich war dabei, seinen Gedanken in die Tiefe zu folgen, als ich den Artikel las. Aber zwischen den Zeilen verbarg sich noch etwas, das unausgesprochen blieb. Ich hatte ein Vorgefühl, daß wir uns gegenseitig erschließen könnten und daß daraus ein neues Verständnis hervorgehen würde. Aber wir haben es nicht geschafft, es hat nicht sein sollen. Robert Bork hatte schon den Saum einer anderen Wirklichkeit berührt und mußte dafür mit dem Leben bezahlen. Wie die Wale. Wären die Wale des Wortes mächtig, was könnten wir nicht alles erfahren ... Aber jetzt ist es zu spät ... Wir haben versäumt, in uns aufzunehmen, was unausgesprochen blieb. Die Wale rufen mich zu sich. Und ich gehe fort mit den Walen ... Ich bin auch ein Wal, der sich ans Ufer wirft und sich tötet. Mein letztes Wort: Ich rufe Dich, Robert Bork. Ich habe mich vor dir schuldig gemacht und komme jetzt zu dir mit den Walen ... Lebt wohl! ...«

Was danach mit einer unwiderruflichen Schicksalsvollendung ablief, hatte auf die Teilnehmer der Pressekonferenz eine geradezu ungeheuerliche Wirkung. Filofej schied aus dem Leben. Vor den Augen derer, die in diesem Moment in aller Welt vor dem Fernseher saßen. Jeder Schritt und jede Bewegung des kosmischen Mönches bekräftigten seine Entschlossenheit, so vorzugehen, wie er das soeben vor aller Ohren bekanntgegeben hatte. Und alle begriffen, daß sie einem Selbstmord beiwohnten, den ein Mensch im All öffentlich vollstreckte. Niemand hätte ihn von dem, was er sich vorgenommen hatte, abhalten oder ihn, an der Schwelle ins All, zurückrufen können …

Im Saal herrschte eine bis zum Bersten gespannte Stille. Niemand zuckte auch nur mit der Wimper oder räusperte sich. Alle Blicke hingen wie gebannt am Bild aus dem Weltraum; hier verstrichen die letzten Augenblicke im Leben des kosmischen Mönches, der friedlich aus dem Leben scheiden wollte. Anthony Junger sah plötzlich in diesem Freitod die unermeßliche Tragödie eines unersetzlich großen Geistes.

Filofej hatte unterdessen den sperrigen Kosmonautenhelm über den Kopf gestülpt. Man sah, wie er ihn am Halsrand des Raumanzugs befestigte. Von dieser Minute an war der Ausdruck des Gesichts nicht mehr auszumachen. Alles war bereitet. Filofej mußte nur noch zum Ausgang gehen. Er wandte sich um zur Kamera. Vielleicht sagte er etwas. Worte waren aber nicht zu hören. Der kosmische Mönch winkte zum Abschied, ging zur Luke, um sich von dort ins offene Weltall zu stürzen. Die Klappen der Luke öffneten sich. Filofej trat, ohne sich umzusehen, in die Leere. Er schritt in den Raum zwischen den Sternen, sah sich allein gegen die Unendlichkeit, wo es kein Oben und kein Unten gibt, keine Seiten und keinen Horizont, keine Grenzen und kein Maß.

Er hing in der Schwebe und schwamm ins Nichts, während er sich vom Raumschiff immer weiter und weiter entfernte …

Er trieb in der Schwerelosigkeit, um bald darauf aus dem Blickfeld zu entschwinden …

XII

Die letzten Wale, die sich ans Ufer geworfen hatten, wälzten sich im seichten Wasser und hauchten ihr Leben voller Qualen und Schrecken aus. Mit weit aufgerissenen, hervorquellenden Augen. Die Kadaver lagen wie von Feuer verkohlte Berge verstreut. Sie zuckten vor Krämpfen und suchten vergebens, sich auf die Flossen zu stützen; vielleicht erinnerten sie sich daran, daß die Flossen einmal die Enden von Armen und Füßen gewesen waren, als sie einst, noch auf dem Festland, durchs Dickicht zogen und sich an der Sonne erwärmten …

Und die Erde drehte sich um die Sonne …

Am anderen Morgen stießen alle Zeitungen der Welt ins gleiche Horn, und ihre Aufmacher lauteten: »Der erste Selbstmord im Weltraum!« – »Weltraummönch Filofej befreit Menschheit vom Kassandramal!« – »Embryonen-Tests eingestellt!« – »Das Himmelreich ist ihm gewiß!« Auch Funk und Fernsehen schwelgten in solchen sensationellen Meldungen. Die *Tribune* veröffentlichte ein Statement von Anthony Junger: »Meine Väter haben mir Spuren hinterlassen, ich werde den Weg Filofejs und Robert Borks weitergehen …«

Aber es gab auch schadenfrohes Triumphgeheul über den »Pseudomönch«, der keine Himmelfahrt mehr nötig habe: »Bäuchlings schwebt der Mönch im Kosmos!«

Neben anderen erschütternden Nachrichten des Tages wurden schon zum wiederholten Mal Meldungen über das »Jahrhunderträtsel« verbreitet: »An der Westküste des Atlantiks stürzte sich eine große Walherde aus dem offenen Ozean aufs Festland. Alle Tiere verendeten.«

Und da erschien auch noch eine völlig absurde Meldung nach russischen Quellen: »In der vergangenen Nacht haben

Unbekannte einen toten Vogel aufs Mausoleum geworfen. Es handelte sich um eine Eule. Eine Sprengladung konnte nicht entdeckt werden.«

Drei Tage später wurde Robert Bork bestattet. Still war's auf dem Friedhof, und es herbstete unter klarem Himmel. Beim Abschiedsgebet sah Anthony Junger in die Höhe und dachte, daß die beiden, die sich für den Weg der Wahrheit entschieden hatten, sicher die Plätze einnahmen, die ihnen vorbestimmt waren. Der eine in den Weiten des Weltraums, in den Strömen der Unendlichkeit. Und der andere im Inneren der Erde, diesem Klumpen Ewigkeit …

Und mit ihnen ruht die Wahrheit …

EPILOG

I

Lieber Anthony, meine Zeit brennt jetzt ab wie eine Zündschnur.

Ich gebe meinen Abschiedsbrief in den Computer ein. Ich sehe von meiner Umlaufbahn, wie das Dunkel der Nacht den lichten Tag in der Ferne ablöst, damit er dann am Morgen als ein neuer Tag geboren wird. Es ist eine so anschauliche Bewegung der Ewigkeit – die sichtbare Unendlichkeit der Zeit. Aber mir ist eine Grenze gezogen, steht mir doch die diametral entgegengesetzte Dimension bevor. Gemessen am Universum lebt der Mensch nicht länger als eine Fliege. Aber der Mensch hat die Gabe zu denken und kann damit sein Leben um Millionen Mal vervielfachen, aber umgekehrt auch jäh verkürzen. Wie viele Male habe ich dieses Geheimnis vom Wechsel des Tages und der Nacht unbewußt beobachtet und in all den Jahren nie geahnt, daß ich mir an dieser Wende den letzten Punkt selbst setzen würde. Denn mein Jüngster Tag ist angebrochen, der letzte in meinem sündhaften Dasein. Dieser Jüngste Tag verschwindet mit mir, wie alles, was mit dem Leben eines jeden Menschen verbunden ist. Ich habe meinen Jüngsten Tag selbst bestimmt – das ist mein bitteres Vorrecht und meine Verdammnis.

Ich spreche zu mir selbst, während ich die letzten Zeilen meines letzten Briefes in den letzten Stunden und Minuten meines Aufenthalts in der Raumstation niederschreibe.

Es fällt mir schwer zu erklären, warum ich mich unter all meinen nahen Zeitgenossen auf der Erde ausgerechnet an Dich, Anthony, wende. Vielleicht wirst Du mit der Zeit die Antwort selbst finden, warum ich mich zu diesem Schritt entschlossen habe. Ich glaube, Du wirst es verstehen, wenn sich Dein Inneres nicht gegen meinen letzten Schritt sträubt. Sobald ich diese Zeilen zu Ende geschrieben habe, muß ich mein Leben beenden. Das habe ich mir für heute fest vorgenommen. Millionen Menschen hassen mich. Ich bin schuld am Tod von Robert Bork. Ich gelangte zu meinen wissenschaftlichen Entdeckungen, indem ich die menschliche Gattung bedrohte. Die Stunde ist gekommen. Ich bin in der Sackgasse. Ich habe keinen anderen Ausweg. Und wenn es auch heißt, vor dem Tod könne man nicht mehr einatmen, so bin ich doch gefordert, mich ganz auszusprechen und mein letztes Wort zu sagen. Ob es für mich, den alle auf Erden verfluchen und der seinerseits alles verflucht hat, ob es für einen, der sich zu solch einem Schritt entschlossen hat, nicht völlig gleichgültig ist, was danach mit dieser unerträglichen Welt geschieht? Ist es ihm nicht ganz und gar egal? Nach der Devise – sollen doch alle zur Hölle fahren!

Aber ich vermag meine Verwirrung auch an der Schwelle zum Tod, den ich mir selbst bereite, nicht zu verbergen. Was wird mit der Erde geschehen? Welche Wendung wird die Geschichte des Kassandramals in Köpfen und Seelen der Menschen nehmen? Wie werden sie morgen reagieren? Was immer auch sein wird, die Wahrheit hört nicht auf, wahr zu sein, wenn über sie der Bannfluch verhängt wird. Was man heute zurückweist, wird sich morgen von neuem zeigen, und dem wird niemand entkommen. Mit meinem leiblichen Tod wird das Kassandramal nicht verschwinden und die Bühne verlassen, auf der dem Menschen ein jedes Mal die uralte Frage gestellt wird: »Sein oder Nichtsein?«

Sei großmütig, Anthony, und verzeih mir: Ich sehe wohl ein, daß ich Dich über all das hinaus, was an diesem schrecklichen Tag geschehen ist, noch weiter beunruhige. Nach dem Tod von Robert Bork und dem blindwütigen Toben der Menschenmassen richte ich meinen letzten Brief an Dich, Anthony. Er ist mehr als ein einfaches Schreiben, denn ich füge dem Brief eine besondere Bürde bei – meine Beichte. Darin finden sich Aufzeichnungen, die ich lange vor den allerletzten Ereignissen angefertigt habe, in einem Vorgefühl, wie ich jetzt vermute, meines nahenden Jüngsten Gerichts.

Und jenes Gericht ist angebrochen. Unwiderruflich. Einen Weg zurück gibt es für mich nicht. So wende ich mich an Dich, Anthony Junger, und überreiche Dir den Brief und die beigefügte Beichte zu getreuen Händen. Du mußt selbst entscheiden, mein Sohn, was Du mit den Texten, die Dir plötzlich zufallen, tun möchtest. Du kannst über sie völlig frei verfügen. Ich verpflichte Dich zu nichts und drücke damit lediglich mein Vertrauen und meine Hoffnung auf Dich aus. Es ist mein Testament. Ich vermache es Dir.

Die Beichte ist als Text auf einer Diskette gespeichert. Diese Diskette enthält auch eine Bitte an die Mannschaft der Kosmonauten, die wieder an Bord des Raumschiffes kommen wird, Dir, Anthony Junger, diese Aufzeichnungen zukommen zu lassen. (Es ist genau vermerkt, wie und wo Du zu erreichen bist.) Ich hoffe, daß meine Bitte erfüllt wird. Haben doch selbst rechtskräftig verurteilte Verbrecher den Anspruch auf einen letzten Willen.

Das wäre eigentlich alles, Anthony Junger. Falls Du den Wunsch hast, Dich mit dem vertraut zu machen, was ich Beichte nenne, wird sich Dir nicht nur erschließen, wer ich bin, der ich mich später als der »kosmische Mönch« ausgegeben habe, woher ich stamme und wie ich all die Jahre gelebt, womit ich mich befaßt und auf welche Weise ich das schicksalhafte Kassandramal entdeckt habe, sondern Du wirst auch erfahren, warum ich auf die Raumstation geraten bin, und schließlich auch die tiefere Ursache meines Jüngsten Tags …

Zum Abschied will ich auch noch sagen, daß die Ereignisse und Gedanken, die mich am meisten überraschten, mich erst im Weltall eingeholt haben. Wie das zu erklären ist, weiß ich nicht. Wann immer ich aus dem All auf die in Wolken verhüllte, ferne Erde blickte, dachte ich: Mein Gott, wie großartig ist doch die Schöpfung Erde! Die Sonne existiert sogar um der von Menschen bewohnten Erde willen, wozu sonst gäbe es denn das alles? Die Welt ist doch ganz auf den Menschen hin eingerichtet, und daher ist es der Sinn seines Lebens, sich der Welt, derentwegen er ist, bewußt zu werden. Welchen Sinn hätte denn sonst die ganze Galaxis? Ja, sogar Gott! Auch er ist nach Art des Menschen, von daher ist er Gott, und deshalb ist auch er! Aber verdient denn der Mensch diese Weltursprünge? Dieses grandiose Weltall? Das ist das Rätsel des Universums.

Meine Zeit ist gekommen. In einigen Minuten gehe ich von Bord und springe in den offenen Raum hinaus. Fern von der Erde. Sehr fern. Und ich verstumme.

Verzeih mir, Sohn …

II

Filofejs Texte an Bord der Raumstation FX, der ehemaligen Behausung des kosmischen Mönches, wurden schon in den ersten Tagen übergeben, nachdem die Kosmonauten eingetroffen waren. Der Kommandeur des Raumschiffes teilte in einem Rapport mit, daß im Personalcomputer ein von Filofej hinterlassenes »Testament« gespeichert sei, mit der zusätzlichen Bitte an das künftige Personal der Raumstation, die Dateien auf eine Diskette zu übertragen und zusammen mit einem Ausdruck auf Papier in russischer Sprache Anthony Junger zur Verfügung zu stellen: »Sie enthalten meine Beichte. Anthony Junger ist berechtigt, mit meinen Aufzeichnungen zu verfahren, wie er es für angemessen hält.«

Die Beichte hatte eine einfache Überschrift: »Über das Erlebte. Mit dir und danach.« Und so lautete der Bericht:

Früher hätte ich nicht im entferntesten angenommen, daß ich eines schönen Tages ins Weltall geraten und mich in einer Raumstation befinden würde. Die Wissenschaft hat es möglich gemacht. Aber den wahren Grund kannte niemand: Hinter der wissenschaftlichen Tätigkeit verbarg sich einer, der in seiner Seele verbannt war, sich selbst über die Grenzen der Erde hinaus verstieß und dann als kosmischer Mönch ausgab. Zutreffender wäre es gewesen, sich ehemaliger sowjetischer Begriffe zu bedienen und ihn »Verweigerer« zu nennen, also eine Person, die sich weigert, von jenseits der Grenzen ins Vaterland zurückzukehren, ob aus politischen oder anderen Gründen, und damit die Staatsgewalt einer Großmacht in aller Öffentlichkeit herauszufordern.

Aber nein, hier ist der Fall weitaus komplizierter. Ich bin weder Verbannter noch Verweigerer, es geht hier um einen schwer erklärbaren Rückzug über den Weltraum in sich selbst: Die Integration des Geistes in den Kosmos, obgleich das eher komisch als kosmisch klingt. Das All hat sich aber merkwürdigerweise als die logische Vollendung meiner ganzen Lebensgeschichte erwiesen, als der höchste und letzte Punkt meiner Entwicklung. Wahrscheinlich lag auch darin etwas Unumgängliches, eine Vorbestimmung oder eine Fügung von Anfang an. Es ist schwer zu glauben, daß so etwas geschieht. Aber was gibt es eigentlich nicht auf dieser Welt?

Mein Schicksal nahm schon einen völlig anderen Anfang als bei den meisten Menschen. Aus diesem Grund bin ich zeitlebens dem Thema meiner Herkunft, vielmehr meiner Geburt ausgewichen, ich habe es gründlich verdrängt und in den Schatten verbannt: Eingehüllt in Sackleinen und von einer Decke umwickelt, wurde ich als Säugling auf der Außentreppe eines Kinderheims ausgesetzt. Von daher stammt auch der Name »Krylzow«, im Russischen deutet das auf das Wort für »Außentreppe«. Gerufen wurde ich Andrej. Den Vatersnamen – Andrejewitsch, also »Andrej, Sohn des Andrej« – leitete man davon ab.

Krylzow, Andrej Andrejewitsch. Die Namensgebung aus Zufall deutete ja nicht von selbst auf das traurige Ereignis, das Ende des Jahres 1942, wie mir gesagt wurde, stattfand, und zwar an einem frühen Morgen bei Schneetreiben. Ich wußte das schon, erinnerte mich dunkel daran, aber wer hätte mir das geglaubt? Darüber wollte ich nie streiten. Aber so ist es – ich rede von mir! Und wie ich mich erinnere! An das harte Knirschen des Schnees unter den Füßen meiner Mutter. Ich entsinne mich, wie schnell sie an diesem Wintermorgen ging.

Mir ist gegenwärtig, wie sie mich verkrampft an die Brust gedrückt hielt und unaufhörlich verängstigt zitterte, und ich vernahm mitten durch unsere Körper, wie ihr Herz in der Brust schmerzhaft pochte. Sie keuchte laut und redete im Gehen hastig vor sich hin, flüsterte mir irgendwelche Worte zu und unterdrückte die Tränen nur mit Mühe. Während sie mich wegtrug, um mich an der Tür des Kinderheims auszusetzen, erblickte ich durch einen Spalt der meinen Kopf umhüllenden Decke ihr Gesicht und ihre Augen mit den schneebedeckten Wimpern vor dem grauen Himmel. Die Schneeflocken wirbelten um uns. Ich glaube, sie flüsterte mir zu: »Du mußt weinen, laut, laut weinen, damit man dich auch möglichst bald hört!«

Als meine Mutter mich auf der Außentreppe absetzte,

habe ich nicht sofort verstanden, warum das geschah. Mir war kalt, ich fror und wartete darauf, daß sie zurückkäme und mich in die Arme nähme. Aber sie blieb abseits stehen, versteckte sich hinter Büschen in Schneewehen und kam nicht näher. Und da fing ich an zu weinen. Ich weinte ganz laut, und da öffnete sich die Tür, jemand kam herbei, hob mich hoch und trug mich weg …

Die Schneewehen erwähne ich, weil sie das einzige sind, worüber mir später erzählt wurde. Man hatte damals Spuren im Schnee entdeckt und weiter nichts.

Jetzt male ich mir aus, wie der Mutter dort zumute gewesen sein muß. Im Schnee zu stehen, hinter Büschen, und auf das Rufen des eigenen, von ihr selbst ausgesetzten Kindes hin nicht herbeizueilen. Oft träumt mir davon, wie ich durch tiefe Schneewehen gehe und ihre Spuren suche, aber die Spuren führen in den dunklen Wald, und mich gruselt es, ich friere im kalten Wind und bin vom Schnee verweht. Und ich schreie: »Mama! Mama!« – und erwache …

Was hat meine Mutter nur gezwungen, sich an jenem schrecklichen Morgen zu einem so furchtbaren Schritt zu entschließen! Wenn ich das nur wüßte! Wer war mein Vater? Hat sie ihn gekannt? Viele Fragen sind mir bis heute unbeantwortet und das ganze Leben lang rätselhaft geblieben.

Im Kinderheim hat niemand mit mir über dieses Thema gesprochen, ja, ich hätte es selbst nicht gewollt, obgleich ich mitunter meine Erlebnisse gerne mit jemandem geteilt hätte. Doch außer meiner Erinnerung an den schneeverwehten Morgen, als mich Mutter auf ihren Armen trug, hätte ich absolut nichts zu sagen gewußt. Und meine Wahrnehmungen hätte mir ohnehin niemand geglaubt, das war von vornherein klar.

Es gab indes eine einzige gute Seele auf der Welt, die

geneigt war, mich anzuhören, ohne an mir zu zweifeln. Das war Valerija Valentinowna, oder einfach Wawa – wie sie von ihren Kolleginnen gerufen wurde. Wir Kinder nannten sie auch Tante Wawa, das hatte etwas Vertrautes an sich. Und tatsächlich war Wawa unter den Mitarbeiterinnen des Kinderheims, in dem ich während der Nachkriegsjahre aufwuchs, die Erzieherin, die wir am meisten achteten und liebten.

Unser Heim befand sich am Stadtrand von Rusa, unweit des Dorfes Malejewka, etwa hundert Bahnkilometer vor Moskau. Man hatte das Kinderheim No. 157 unmittelbar nach dem Rückzug der deutschen Truppen gegründet, und zwar als Zufluchtstätte für Waisenkinder aus der Frontzone. Wawa arbeitete als Angestellte in dem Komponistenheim, das in einem Waldpark bei Rusa lag. Hier gingen Musiker ihrer Kunst nach. Jeder hatte sein eigenes Häuschen, vom Staat gestellt und unterhalten, und die Komponisten der verschiedenen Republiken und Regionen konnten hier die festlichen Kantaten und Choräle komponieren – die Oden auf den in allen Sprachen und Mundarten Gerühmten, den Allergrößten unter allen Führern aller Epochen, den Vater aller Völker, Stalin … Die großen Parteifunktionäre reisten des öfteren hierher, um die Werke der Tonkunst zum ersten Mal anzuhören, die Werke, die ihm, dem Gebieter des zwanzigsten Jahrhunderts, Sohn eines Schusters aus kleinsten Verhältnissen, gewidmet waren. Dann und wann veranstaltete man hier Konzerte für die einheimische Bevölkerung, zu denen auch wir, die Zöglinge des Kinderheims, zugelassen waren.

Dieses »Haus des Schaffens«, das tatsächlich aber eine musikalische Zuchtstätte für sowjetische Komponisten war, befand sich also in der Nähe unseres Kinderheims. Tante Wawa war die Verwalterin im »Haus des Schaffens«. Im übrigen war sie gar keine schlechte Pianistin. Und das hatte sie nach dem Krieg als Musiklehrerin in unser Kinderheim gebracht.

Mein Los als Findling und Waise war jedenfalls mit diesen Örtlichkeiten verbunden. In den Jahren des Krieges, und zwar vom Herbst 1941 bis zum Frühling des folgenden Jahres 1942, waren deutsche Panzereinheiten in Rusa und Umgebung stationiert. Man erwartete die Schlacht um Moskau.

Zu diesen Geschehnissen hatte ich freilich keinerlei Beziehungen, sieht man von dem Umstand ab, daß meine Geburt in diese Zeit fiel. Ich spreche darüber nur aus dem einen Grund, weil Tante Wawa mit mir, dem dann schon Halbwüchsigen, ins Sinnieren kommen konnte und womöglich an etwas Bestimmtes dachte. Sie hatte die fast halbjährige deutsche Okkupation in Rusa selbst durchgemacht und konnte sich an vieles erinnern.

Wenn Wawa und ich im Musikzimmer allein zurückblieben, wo sie mich in Notenkunde unterrichtete, ergab es sich, daß unsere Gespräche über die musikalischen Studien hinausgingen. Wawa, Wawa! Wie gern hätte ich solch eine Mutter gehabt! Diese vertraute, nahe Seele. Wawa alterte nur unmerklich, und sie hatte ja keine Kinder wie ich nie eine Mutter. Schwierig zu sagen, warum sich das Leben dieser Frau so gefügt und sie kinderlos gelassen hatte und was überhaupt der Grund ihrer Einsamkeit war. Hatte sie deshalb die Waisenkinder so sehr ins Herz geschlossen? Mir steht kein Urteil an. Eine rätselhafte, oft unterbrochene Lebensgeschichte, wie ja bei vielen Intellektuellen jener Generation, die gleich zwei Weltkriege durchmachten; dazwischen und danach lagen noch die langen, sadistischen Jahre, die fatale Bürde des Stalinschen Despotismus.

Erst jetzt im Weltall schreibe ich das im Klartext nieder. Vor gar nicht so langer Zeit wäre es undenkbar gewesen, auch nur ein Wörtchen darüber zu verlieren. Damals war ich noch ein halbwüchsiges Bürschchen, und das Gespräch mit Wawa berührte vor allem das, was uns so sehr bewegte.

»Andrjuscha«, sagte sie zu mir, »du leidest natürlich im stillen, daß du ein Findling bist. Ich verstehe dich. Wie solltest du nicht daran denken. Aber das macht die Sache nicht leichter. Versuch es doch einmal und betrachte dich in einem anderen Licht! Wenn mich nicht alles täuscht, hat Gott dir große Fähigkeiten gegeben, du bist ein sehr begabtes Kerlchen, Andrjuscha. Ehrenwort! Du wirst einmal an meine Worte denken. Du bist stark in allen Fächern und hast eine gute Auffassungsgabe. Du hast eben Köpfchen, Junge! Sogar in der Musik! Aus dir könnte wirklich ein guter Musiker werden. Aber ich sag dir das nicht, damit du unbedingt einer wirst. Du mußt tun, was dir liegt. Andrjuscha, Musik kannst du auch für dich selbst kennenlernen, für die Menschen kannst du dich mit anderen Dingen hervortun, sagen wir – mit Wissenschaft. Davon bin ich überzeugt. Wenn du die Schule hier abgeschlossen hast, gehst du weiter und wirst dein Leben selbst in die Hand nehmen. Und mit deinen Gaben, Andrjuscha, stehen dir alle Wege offen. Du glaubst jetzt, ich rede so daher, damit du dich besser fühlst? Vielleicht auch, aber nicht nur das. Es geht mir eigentlich um etwas anderes. Mag sein, daß man über deine Mutter nichts weiß und daß absolut unbekannt ist, wer dein Vater ist. Und was sie, deine Mutter, eigentlich dazu gebracht, nein, gezwungen hat, daß sie sich trennt und lossagt von ihrem eigenen Kind und für immer verschwindet, ist auch schwer zu sagen. Du darfst sie nicht verurteilen. Nein, zur Mutter darf man so nicht eingestellt sein, selbst wenn sie schuldig scheint. Ärgere dich jetzt nicht, wenn ich dir sage: Sei ihr dankbar! Ja! Dankbar. Denk mal nach, Andrjuscha! Deine ausgezeichneten Fähigkeiten hast du von deinen Eltern. Du hast sie als Erbe übernommen, und das ist die Hauptsache. Natürlich hast du das meiste von der Mutter erhalten, von ihr und durch sie. Niemand weiß, was es sie gekostet hat, dich auszusetzen. Wenn es so geschehen ist, dann hat es also keinen anderen Ausweg gegeben. Wie und warum, kann ich dir nicht sagen. Niemand kann es wissen, aber ich bin davon überzeugt, daß deine Mutter keine andere Wahl hatte und dich nur auf diese Weise hat retten können. Ja, es war ein großes Risiko, aber, wie du siehst, lebst du und bist gesund. Was denkst du denn, die Kinderheime in unserem Land sind gar nicht so ohne. Schau dich selbst an! Das hast du von der Mutter, dank ihr bist du helle, und du bist groß und stark. Du hast es von der Natur, also von der Mutter. Wenn du groß bist, wirst du noch besser begreifen … Und deshalb hör meinen Rat: Sei ihr nicht böse und verurteile sie nicht! Denk daran, sie hatte keine andere Wahl. In solchen Fällen sagt man: Sein oder Nichtsein …«

Im großen und ganzen hatte ich den Sinn ihrer Wort begriffen: Wawa warnte und bewahrte mich auf ihre Art davor, mich seelisch zu verkrampfen. Dafür bin ich ihr immer dankbar. Mit den Jahren bin ich allmählich zu dem Schluß gekommen, daß Wawa einen besonderen, schwer zu bewertenden Hintergedanken hatte, den sie nicht aussprechen wollte. Später, als ich in Moskau studierte und es mich mehr und mehr zu einem offenen Gespräch mit ihr drängte, war Wawa schon tot. Ich suchte ihr Grab auf. Und so ist mir zeitlebens nur ein Gedanke, den sie einmal angedeutet hatte, im Gedächtnis geblieben. Eine unvergeßliche und ungelöste Version, allerdings ohne die geringste Spur von Fakten, die wahr oder widerlegbar gewesen wären.

Ich hatte bereits die neunte Schulklasse erreicht, als in unserem Ort, genauer gesagt, im Dorf Malejewka ein großes Unglück geschah. Eine Mutter und ihre siebzehnjährige Tochter brachten sich um. Erst erhängte sich die Mutter, danach nahm auch die Tochter den Strick. Sie lebten allein und zurückgezogen. Die Mutter arbeitete als Putzfrau im Heim der Komponisten; die Tochter ging zur Schule, aber alle wußten, daß diese Frau ihre Tochter ein halbes Jahr nach dem Rückzug der deutschen Truppen aus dem Moskauer Gebiet zur Welt gebracht hatte. Und es war für niemanden ein Geheimnis, daß sie, damals noch ein Mädchen, schon während der deutschen Besatzung schwanger geworden war, daß sie also die Tochter von einem deutschen Soldaten hatte – sprich Eroberer und Okkupanten, Feind und Faschisten und dergleichen mehr. Die Nachbarn machten der Mutter das Leben unerträglich, und in der Schule gab es keinen Lichtblick für die Kleine …

Das tragische Ereignis im Dorf erschütterte Wawa zutiefst. Sie äußerte sich sehr merkwürdig und ahnte wohl nicht, wie schmerzhaft sich mir ihre Worte einprägten. In einem Augenblick höchster Erregung teilte sie ihre Gedanken einer Heimerzieherin mit.

»Ich bin außer mir, Natalja. Wie furchtbar! Welch grausamer Tod! Mutter und Tochter legen Hand an sich! Wie weit kann man Menschen treiben!« Wawa jammerte unentwegt und konnte sich nicht beruhigen. »Man muß sich doch fragen, woher das rührt und wozu eigentlich? Ja, Krieg ist Krieg, der hat seine eigenen Gesetze. Man kämpft und tötet. Aber wieviel Böses kann man einem Menschen antun, ihn erniedrigen, demütigen und ihm auch noch das Dach überm Kopf nehmen? Ich kann es einfach nicht begreifen. Nun gut, ein Pechvogel war sie schon, es ist halt passiert, und die Arme brachte zu ihrem Kummer das Kind zur Welt! Hatte schon genug zu leiden! Aber warum sich auch noch an ihr rächen? Was für eine Barbarei! Und was kann die Kleine dafür, schließlich kann sich doch niemand den Vater und die Mutter auswählen, die schicken einem sowieso die Götter. Warum müssen die ausgerechnet das Mädchen büßen lassen. Da hätte die Mutter ihr Kindchen doch lieber gleich als Findling ausgesetzt, auf der Außentreppe, und danach das Weite gesucht, ja, lieber spurlos verschwinden, bei lebendigem Leib wie in einem Grab versinken …«

Diese Frage fraß sich in mein Innerstes. War ich während des Krieges auch so auf die Welt gekommen, war der Mutter nur noch die Wahl geblieben, den Säugling vor einer Tür auszusetzen, selbst das Weite zu suchen, für immer und ewig, und nie wiederzukehren …?

Ich versuchte mir dann eine solche Geschichte auszumalen. Mir ging viel durch den Kopf, und ich rätselte herum … Wahrscheinlich gerät ein Mensch, der allein an Bord eines Bootes im Meer zurückbleibt, in solch einen Zustand … Er entschwindet den Blicken und kann auf Zurufe nicht mehr reagieren, da ist niemand mehr ringsum – nur Wellen, Meer, Wüste. Und kein Ufer …

Aber irgendwer hat ihn doch im Meer allein gelassen? Wer war es? Er will es wissen, aber die Antwort war längst sinnlos. Was hätte ich davon gehabt? Nichts. Und doch wollte ich schrecklich gern erfahren, wer dieser deutsche Soldat war, der vielleicht mein Vater war. Plötzlich kam mir ein sehr naiver und geradezu törichter Gedanke: Warum hat eigentlich gerade er mein Erzeuger sein müssen? Wer ließ ihn durch ganz Europa marschieren, um mich zu zeugen und sich dann für immer in Luft aufzulösen? War das etwa keine Dummheit? Und war es nicht noch weitaus dümmer, sich den Kopf darüber zu zerbrechen? Aber du willst einfach deine Herkunft kennen, du sehnst dich danach und kannst doch nichts herausbekommen, denkst aber immer wieder daran, ja, du möchtest wissen, was aus ihr, der Mutter, die dich geboren hat, geworden ist, ja, du willst herausfinden, was dem deutschen

Soldaten, deinem Vater, widerfuhr. Blieb er am Leben oder ist er umgekommen? Am Ende lebt er noch, ist gesund und munter, haust irgendwo in seinem Deutschland und hat nicht die geringste Ahnung, daß da einer auf der Welt ist, der im Jahr zweiundvierzig auf der Außentreppe des Kinderheims am Stadtrand von Risa ausgesetzt wurde, und daß das ich bin, sein Sohn, Andrej Andrejewitsch Krylzow … Und er hat damit nichts zu tun … Aber dann geschieht plötzlich ein Wunder, er erfährt es und taucht hier auf. Sagt, da bin ich wieder, wo ist mein Sohn? Was dann? Wie weiter? Aber ob ihn das alles kümmert? Was hätte er davon? Sollte er sich wegen einer längst vergessenen Geschichte so abquälen?

Impulsive, verrückte Gedanken schwirrten durch meinen Kopf. Wohin man blickte, der Krieg schied jedes einzelne Menschenschicksal jener Zeit. Er barg neben allem anderen noch eine weitere, unterschwellige Tragödie – die Empfängnis im Schlund der Welten. Aus diesem Abgrund wehen Kälte, Verachtung, Entfremdung, Einsamkeit und Haß. Von dort rührt mein innerer Widerstand gegenüber all denen, die im Unterschied zu mir »normal« geboren wurden. Daher kommt auch mein Bestreben, ihnen, die »wohlbehalten« auf die Welt kommen durften, meine Überlegenheit zu beweisen: Die ganze Gesellschaft sollte in mir das Genie sehen und meine Genialität anerkennen, und ich war bereit, Gewalt mit Gewalt zu erwidern, Böses mit Bösem zu vergelten …

Mit diesem Wind im Rücken begab ich mich ins große Leben. Ich war mir stets gewärtig, in dieser Welt völlig allein und ganz auf mich selbst gestellt, mit niemandem verbunden oder verwandt zu sein. Ich hatte weder Vater noch Mutter, weder Bruder noch Schwester, keine Tanten und Neffen, nicht Basen und Vettern ersten oder zweiten Grades – niemanden. Ich war wie vom Mond gefallen.

Mag sein, daß das auch geholfen hat … Ja, ich machte eine glänzende wissenschaftliche Karriere, widmete mich mit Haut und Haaren der Forschung und machte Entdeckungen auf meinem Gebiet. Ja, so ist es und nicht anders! Ich bin mir treu geblieben. Ich diente der Wissenschaft, und die Wissenschaft diente mir, meiner Bekanntheit und meiner Position, meinem Umgang mit den Machthabern, meinen ausgeprägten Ambitionen …

III

Dieser Lebensweg brachte mich schließlich in den Weltraum, um dort in der Raumstation über längere Zeit meine wissenschaftlichen Beobachtungen anzustellen. Und hier habe ich mich dann zum »kosmischen Mönch« erklärt. Ich würde diesen Lebensweg, der mich auf diese Orbitalbahn geführt hat, paradoxerweise als mein auswegloses Apogäum bezeichnen, als meinen höchsten und letzten Punkt im Höhenflug wie im Absturz, als Gipfel und Abgrund …

Erst hier im Weltraum begriff ich – angekommen im Alter von neunundvierzig Jahren, als Mitglied einer internationalen Forschungsexpedition –, daß das Schicksal mir damit die einzigartige Möglichkeit gewährte, mein gelebtes Leben, das sich als Flucht vor mir selbst entlarvte, zu beschreiben. Mir wurde klar: Für dich ist kein Platz auf der Erde … Und davon soll jetzt die Rede sein.

Doch zuvor möchte ich mir in einem sicher sein und mir beteuern – du bist verpflichtet, all das, was war, rückhaltlos und unerschrocken mitzuteilen, als sei es für einen Menschen verfaßt, der sich abgesetzt hat. Du darfst dich nicht im geringsten schonen – es ist deine Beichte vor dir selbst. In früheren Jahren hätte dich schon diese Fragestellung in den Gulag gebracht oder den Kopf gekostet. Nebenbei: Was solltest du tun, wenn du das eine wie das andere tatsächlich auch verdient hast?

In jedem Fall hast du vor dir, nur vor dir, Rechenschaft abzulegen. Um welchen Preis hast du das Kassandrazeichen entdeckt? Wieviel hast du dabei geopfert und all denen, die dich auf deinem Weg begleiteten, Opfer abverlangt? Das mußt du dir bewußtmachen und vor dir verantworten. Jetzt naht das Finale, und du bist im Weltall. Was wäre, trätest du als verlorener Sohn vor Gottvater und fielest vor ihm auf die Knie? Du hältst den Schlüssel für das Kassandramal auf der zitternden Handfläche und erstirbst in Erwartung der Stimme. Was wirst du hören? »Dir sei verziehen!« Oder: »Sei verflucht!« …

Als du noch eine privilegierte Stellung eingenommen hast, waren es andere, die du gerügt, fordernd und streng angewiesen hast, was sie zu tun oder wie sie sich zu verhalten hätten. Nun versuch es einmal mit dir selbst. Jetzt kannst du dich nicht mehr entziehen, du mußt dich an alles erinnern – von Anfang an.

Die Geschichte, die mich zum Exodus ins All trieb, hatte scheinbar unbedeutend begonnen, und zwar im Seminar des medizinischen Instituts, wo ich mich aus bloßer Neugier für das Studium des Wunders der Empfängnis und des Geheimnisses der Menschwerdung begeistert habe. Womöglich hat mich der unbewußte Komplex des Findlings wieder angetrieben, obwohl ich im alltäglichen Umgang jedem Gespräch über dieses für mich so schmerzhafte Thema ausgewichen bin. Und ich muß hier betonen, daß auch in meiner Umgebung, wenigstens meines Wissens, nie die Rede darauf gekommen war.

Ich glaube, daß meine Mitarbeiterinnen und Mitarbeiter mich in erster Linie als Forschungsleiter und gestrengen Chef, als unnahbare Autorität sahen, die sich einer gleichbleibenden Unterstützung durch die Regierungsspitzen erfreute. Es ist neuerdings gang und gäbe, die leitenden Organe als Direktorium zu sehen. In meinem Fall ließe sich sagen, daß ich schon damals allein für mich das »Direktorium« verkörperte. Und ich gestehe auch, daß eine meines Erachtens verfluchte Eigenschaft der menschlichen Gattung mir nicht fremd gewesen ist, nämlich der Ehrgeiz und die Herrschsucht, alle Fragen »zentralisiert« zu behandeln und zu entscheiden. Ständig strebte ich danach, mich vor mir selbst und in den Augen der anderen zu erhöhen, und ich steigerte meine Bedeutung immer mehr. Und wenn hinter meinem Rücken geflüstert wurde: »unser Gendik«, bedeutete dies überhaupt nicht: »unser Generaldirektor«, sondern meinte schlicht »unser genialer Diktator«. Mich bestürzte das nicht im geringsten, eher im Gegenteil. Ich behaupte, obwohl ich es schwer erklären kann: Der unersättliche, unauslöschliche Drang nach Macht ist das unbegreiflichste aller Rätsel. Auch ich lechzte danach anzuordnen, Gebieter zu sein, ich verlangte Disziplin und bedingungslose Unterordnung von der Belegschaft unseres Geheimlabors und später, als ich Direktor geworden war, von denen des Geheiminstituts. Meine erste Direktive gegenüber Untergebenen lautete: »Talent und Disziplin«.

Als der Experimentator und kühne Initiator einer neuen, unerwarteten Richtung auf dem Gebiet der Gentechnik befand ich mich zu jener Zeit im Mittelpunkt der Aufmerksamkeit. Ich war bereits eine unangefochtene Autorität, und zwar nicht nur als Wissenschaftler, sondern auch als Organisator des Arbeitsprozesses. Meine Projekte entwickelten sich dermaßen erfolgreich, daß ich später – nicht ohne Rückendeckung interessierter Kreise (aber das ist noch gesondert zu behandeln) – im Taumel der Erfolge über das Feld der Wissenschaft flog wie der alarmierte Bienenschwarm, der sich mit Vehemenz zu einem erfolgverheißenden Flug losreißt. Ich flog von Entdeckung zu

Entdeckung, betäubte mich im Getöse von Gedanken, die bis dahin niemand kannte. Ich war bereit, auf diesem Wirkungsfeld des Lebens den »Urheber der Technologie von der Ewigkeit«, den Allmächtigen selbst, zu verdrängen. Habe ich doch in eigener Person entschieden, freilich nur im Rahmen von Versuchen, wer auf die schöne neue Welt kommen durfte, wie er geboren wurde und von welchen Eltern er abstammte, ganz unabhängig davon, ob diese es gewünscht hätten oder nicht, wenn sie überhaupt erfahren hätten, was ich aus ihrem Samen erschaffen kann.

Kein Wunder, daß ich mir erst jetzt vorhalte, daß von daher mein Dünkel wie auch alle jähen Stufen in meinem Leben und meinen Handlungen herrührten. Die Fähigkeit, Empfängnis und Geburt der Menschen technisch umsetzen zu können, hat mich wahrhaft betäubt.

Die Idee, Menschen zu erzeugen, das heißt, außerhalb der menschlichen Körper zu befruchten und anonym zu gebären, ergab sich erstmals analog zu den Versuchen, landwirtschaftliches Nutzvieh künstlich zu besamen. In der Viehzucht war die Gentechnologie ein stets aktuelles wirtschaftliches Problem. Der Mensch veränderte dabei die Tierrasse in der Weise, daß sich daraus größtmögliche Erträge ergaben.

Wer als erster die Idee hatte, diese Methode auf Menschen zu übertragen, dürfte heute schwerlich nachzuweisen sein. Auf diesem Sektor ging es nicht nur um rein wissenschaftliche Erkenntnisse, sondern auch um das gezielte Vorhaben, Geburt, Bewußtsein und Verhalten der Menschen vom Ursprung her manipulieren zu können.

Ja, erst jetzt kann ich erkennen, wie das überhaupt geschehen konnte, wie ich mich aus der Selbstbetäubung und der dunklen Höhle einer Wissenschaft, der alles gleich ist außer der eigenen Sache, befreien konnte. Damals hätte ich nie vermutet, wie tief ich in diese für die menschliche

Gattung so gefährliche Tätigkeit verstrickt war und einem Instinkt folgte, der alle Grenzen der Sittlichkeit überschreitet. Für den jungen Gelehrten, der ich damals war, stand die Wissenschaft über allem. Im Bereich der Genetik und der Psychoendokrinologie habe ich um des Triumphs der Wissenschaft willen jedwedes Tabu gebrochen und bin in das »Dickicht der Moral« – über Jahrhunderte die Verbotszone aller Religionen und ethnischer Erziehungsprinzipien – rücksichtslos eingedrungen. Keiner meiner Vorgänger hat dies gewagt und die letzte Tür eingetreten, um die Schwelle zu überschreiten, jenseits derer man sich vor dem Allmächtigen zu verneigen hat.

Großer Gott, wohin hat es mich nur verschlagen! Und selbst damals, als das Parteikomitee des Instituts mich einmal vorlud und voller Respekt und Wohlwollen, ja ausgesprochen liebedienerisch davon in Kenntnis setzte, daß meine Arbeiten von nun an als geheim galten, die wertvollen Forschungen nicht veröffentlicht werden dürften – vor allem nicht im Ausland! –, da habe ich all dem noch nicht die nötige Aufmerksamkeit geschenkt. Es war immerhin das erste Mal, daß man sich behutsam an mich herantastete. Die künftigen Auftraggeber haben die willfährige ausführende Person in mir vorgeprägt. Für mich war allerdings etwas anderes viel wichtiger: »Die Arbeit verrichten und die Wissenschaft um jeden Preis voranbringen!« Gesteh es dir ein: Du warst der Mephisto der genetischen Hölle. Nur die Eigenschaften des Gelehrten galten dir etwas: der kalte Verstand, der analytische Scharfsinn und der Blitz der genialen Vision. Eine Rechtfertigung für deine Rolle hast du erst gar nicht gesucht und nie in dir selbst erforscht, was dich letztlich mit so unbändiger Energie auf diesen verfluchten Weg der Genetik trieb. Ausgerechnet der Findling wollte vor allen anderen der Schöpfer und das Genie des Jahrhunderts sein. Du bist in deinem wissenschaftlichen

Drang ganz und gar aufgegangen und hast dich unversehens jenseits von Gut und Böse bewegt. Du hast dir nie die Mühe gemacht, in die uralten Qualen des Menschen, des Schöpfers und Gefangenen seiner Gebote, einzudringen. Du hast alle, die sich in Jahrhunderten auf der Suche nach dem Sinn des Lebens abmühten, verachtet. Für solche Sinnsuche hattest du nie etwas übrig. Und die Äußerungen des Philosophen Lossew, deines Landsmanns und Zeitgenossen, der über die Rolle der Wissenschaft in der Menschheitsgeschichte nachdachte und Gedanken äußerte, die eigentlich dir galten, die hast du ganz bewußt so weit wie möglich von dir weggeschoben und umgedeutet. Hat nicht Lossew den Nihilismus der europäischen Vorstellungen vom Fortschritt so zutreffend charakterisiert? Diesem Paradigma Europas zufolge habe keine Epoche einen Sinn in sich selbst; sie diene nur als Vorbereitung und Bodenbereiter für die nächste Epoche, die ebensowenig einen Sinn für sich besäße; auch diese sei wiederum nur Dünger und Erde des kommenden Zeitalters. So würde sich das Ziel beständig und unvermeidlich in unendliche Zeiten verlängern und die »Verkünder der jeweils neuen Gärten Eden« rechtfertigen. Du hast diese Beobachtung verdrängt und auf deine Weise ausgelegt: Um sich im Heute die Hände freihalten zu können, muß man die eigene Verantwortung auf die Zeiten danach abschieben. Du würdest also deine Entdeckungen machen, während sich die Nachkommen ruhig den Kopf darüber zerbrechen sollten, wie sie mit den anonym geborenen Kindern umzugehen hätten. Deine Mission bestand nur darin, die Kinder zu »erzeugen« und von Mutter-Inkubatorinnen, den »Inkuben«, austragen zu lassen. Der Rest interessierte dich nicht. Sollen doch unsere Nachkommen mit den Konstrukten fertig werden.

Du warst erhaben über Fragen nach dem Sinn deines Denkens und Handelns und hast dich allenfalls geärgert:

»Mit den Genkonstrukten hat man weder jetzt noch künftig seine Ruhe.« Die Moderne kennt eine Devise, die in ihrem brillierenden Zynismus unschlagbar ist: »Das sind schließlich Eure Probleme!« Und du hast schon damals deinen Opponenten entgegengehalten: »Diese menschlichen Genkonstrukte sollen sich mit ihren persönlichen Problemen selbst herumschlagen!« Die Angehörigen der GN-X sollten ja in sozialer Hinsicht unter völlig identischen Bedingungen gezüchtet werden und, einmal zur Welt gebracht, mit sich selbst genau so umgehen können wie der traditionelle menschliche Rest. Sollten sie sich doch selbst abmühen. Mit der Wissenschaft hatten solche Fragen nichts zu tun. Nichts mußte dich beunruhigen, was jenseits der Technologie artifizieller Geburten lag.

Ja, so einer warst du. Vielleicht bist du tatsächlich ein Genie deines Fachs gewesen, prädestiniert zu weltweit bahnbrechenden Entdeckungen der Gentechnik. Merkwürdig ist nur, daß in all deinen wissenschaftlichen Äußerungen, ob im Rampenlicht oder hinter den Kulissen, der Findling hinter deinem Rücken hervorblickte. Du hast es dir nie eingestehen wollen, aber das Findelkind, einmal ausgesetzt auf der Außentreppe des Kinderheims, drängte sich immer mehr nach vorn, um der Welt zu beweisen, daß es das Unmögliche vermag: Es kann die Geburt von Menschen herbeiführen, die zuvor sinnvoll kombiniert und programmiert werden. Und du hast diese Schicksalskombinationen in deinem Labor vollzogen, du hast vollendet, was niemand anderer vermochte oder gewagt hätte – du hast Menschen künstlich hergestellt, nach deinen Vorgaben und Terminen konstruiert, du warst besessen und hast dich an deiner unsichtbaren Macht über die Menschen berauscht.

Für alle Fälle hattest du dir dann doch eine Rechtfertigung verschafft: Niemand hielt doch das galoppierende

Roß der Wissenschaft vor dem unheimlichen Abgrund der thermonuklearen Entdeckungen auf! Keiner der Gelehrten, die auf diesem Roß ritten, machte kehrt, trat sich auf die Kehle und untersagte es, in jene todbringenden Grundgeheimnisse des Universums hineinzupreschen, die, einmal erschlossen, alles Seiende auf dem Planeten bedrohten. Und wenn es doch geschah, daß ein Reiter vom thermonuklearen Roß absprang, tat er es nicht ohne politischen Hintersinn – er suchte auch dann nach Ruhm, indem er schwer bereute, um noch als Märtyrer und Friedenskämpfer in die Geschichte einzugehen.

Unterdessen hatte aber die Wissenschaft ihr Werk vollbracht – zwischen Genialität und Kriminalität. Und sie krönte ihre aus strategischen Gründen erst namenlosen Erfinder mit Weltruhm; dann aber gaben sich die Entdekker als die »Väter der Atombomben« zu erkennen, weil sie am Ende ihres Lebens darunter litten, als namenlose Unbekannte zurückzubleiben.

Und die Wissenschaft bewegt sich doch … Man mußte ja unbedingt in den Kern des Atoms eindringen, ohne sich zu besinnen, wie wichtig es doch war, diese teuflische Kraft beherrschen zu können. Und es geschah trotz der physischen Nichtigkeit der menschlichen Kreaturen, die ja eine universale Allmacht einforderten; es geschah entgegen der tödlichen Gefahr, die dem Fanatismus der Idee entsprang. Aber die Folgen der atomaren Kettenreaktion fielen als Altlasten auf die Nachfahren. Die nachfolgenden Generationen hatten sich mit den entfesselten Entdeckungen der Väter abzuplagen, über das Erbe nachzudenken und es zu entsorgen. Die Erben sollten herausfinden, wie mit dieser Materie zu verfahren ist, wie man sie für den eigenen Gebrauch umwandeln kann.

Und so wiederholt sich diese Geschichte jedes Mal, und alles auf Erden nimmt auf solche Weise seinen Lauf …

Bisher schien ja alles glatt gegangen zu sein ... Darauf hast auch du gebaut ...

Ja, davon war ich fest überzeugt: Der Wissenschaftler trägt keine Verantwortung für die Ergebnisse seiner Forschungen, wie auch die Natur keinerlei Verantwortung vor dem Menschen kennt. Nichts konnte mich aus der Ruhe bringen oder mich in meinem priesterlichen Vertrauen und meiner wissenschaftlichen Berufung wanken lassen.

Ich war ja der aufsteigende Stern der Naturwissenschaft am Firmament hinter dem Spiegel, der mich allen Blicken entzog. Sogar der Umstand, daß Jewgenija, meine erste Frau, mich von einer Stunde zur anderen verließ und davonlief, als ob bei mir die Pest ausgebrochen sei, ließ mich ungerührt. Sie war beim Provinztheater untergekommen und spielte die Rollen alter Frauen mit Duldermiene. Nach all dem, was sie erfahren und mit mir durchgemacht hatte, war Jewgenija plötzlich gealtert. Aber ich habe nicht einmal kritisch zu prüfen versucht, warum sie meine Tätigkeit als etwas so furchtbar Abschreckendes sah. Jewgenija hatte meine Forschungen nicht sofort durchschauen können. Die Wissenschaft war ihr überhaupt fremd; sie schöpfte Kraft aus einem anderen Element, aber sie war mir doch nah, und ich habe mit ihr viele Jahre gemeinsam verbracht. Sie war so geduldig mit mir und zeigte Verständnis für meine Verpflichtungen als praktizierender Gynäkologe; sie war sogar einverstanden damit, daß ich bei ihr selbst eigenhändig immer wieder abgetrieben habe, wenn sie schwanger war. Später habe ich das bitter bereut und wohl begriffen, daß ich meine eigene Familie zerstört habe, bis sie, eine normale Frau, mir gegenüber nur noch Ekel empfinden konnte. Nichts konnte mich stoppen und nachdenklich machen, nichts konnte mich dazu bewegen, mich auch nur einmal zu fragen, ob ich im Recht bin, wenn ich in meinem hochmütigen Wissenschaftswahn über Gefühle und

Gedanken anderer Menschen, vor allem der mich liebenden Frau, hinwegsah. Als Jewgenija nach Jahren herausfand, wohin ich gelangt bin und welche Ziele ich verfolgt habe, fiel sie vor mir auf die Knie und flehte mich an, alles stehen und liegen zu lassen, so weit wie nur möglich von Moskau wegzuziehen, am besten in den Fernen Osten, in eine der großen Städte am Pazifik, wo es in den Kreiskliniken und wissenschaftlichen Instituten genug Stellenangebote gäbe, wo ein Professor hochgeehrt und nicht schlechter als hier bezahlt würde, wo auch sie, in der dortigen Theaterszene, ihren Platz fände; jedenfalls könnten wir ein neues Leben anfangen und endlich Kinder zur Welt bringen ... Aber ich habe den naiven Schrecken meiner Frau für Gefühlsduselei gehalten und ihr nicht nachgegeben. Ich habe unbeirrt meine Sache verfochten und wollte mich von der Wissenschaft, die mir anvertraut war, nicht trennen, ja, ja, so war es – von der Wissenschaft, die mir von denen da oben anvertraut war. Erst viel später habe ich erkannt, daß es nicht einmal um die Wissenschaft ging.

Und später war es für alles Bedauern und Bereuen zu spät ... Und das Leben entfernte sich von den einen zu den anderen Kreisen ...

Mein Ehrgeiz gönnte mir keine Ruhe, ich wollte nichts auslassen und habe mich verrechnet. Jewgenija hat mich dann doch verlassen. Aber, sagte ich mir, was macht das schon aus, ich finde eine andere, pausiere ein wenig und sehe mich um, Frauen gibt es ohnehin genug, und jetzt suche ich mir eine nach meinem Geschmack, sie soll vor allem wegen meiner Wissenschaft kein Theater machen, keine naiven und überflüssigen Skrupel haben, ist doch reiner Unsinn, ich führe sie ein in den Kreis der Feudalen und Auserwählten, an dem Boulevard, wo jeder seine Villa hat, natürlich vom Staat verliehen wie auch mein Lehen, eingebettet in eine der riesigen grünen Lungen Moskaus, in unmittelbarer Nachbarschaft zu den Atomkollegen von der Akademie ... Aber das Glück, nach dem ich gesucht habe, stellte sich nicht ein. Letztlich war mir das egal, denn unverhoffte Umstände veränderten sowieso mein ganzes Leben und zwangen mich, ins Weltall zu fliehen, auf diese Orbitalstation, die Klause des »kosmischen Mönches«.

IV

Zu jener Zeit kannte man mich in den Kreisen der Akademie ziemlich gut, ich genoß bereits die besondere Aufmerksamkeit der Gremien, die für die Wissenschaft zuständig waren. In dieser Hinsicht befand sich das ZK der KPdSU, das muß der Gerechtigkeit halber gesagt werden, wahrhaft auf der Höhe unserer Zeit. Wer Protektion und Sondergenehmigungen hatte, dem fielen die Zuwendungen und Vorrechte wie reifes Obst in den Schoß – so einfach und mühelos konnte ich die Fäden für mein Institut und vor allem für mein legendäres »Labor der anthropologischen Gentechnologie« bedienen. Wie rasch gewöhnt sich der Mensch an die Gunst der Oberschichten, an höfisches Entgegenkommen und Teilhabe an der Macht. War es in der Welt immer so gewesen? Wird uns das Fließband der Geschichte weiterhin mit solchen Wonnen versorgen? Ich stelle die Frage an mich selbst. Das Beispiel muß nicht weit hergeholt werden. Der Akademiepräsident, ein führender Atomphysiker, hatte nie versäumt, ob am Telefon oder im persönlichen Gespräch, mich daran zu erinnern: »Andrej Andrejewitsch, schränken Sie sich um Himmels willen in nichts ein! Arbeiten Sie selbstbewußt, das Land ist bereit, Ihr Programm mit allem Nötigen auszustatten, alle Ausgaben zu übernehmen, die ganze Technik und Ausrüstung, den Wohnkomfort fürs Personal, den Transport, kurzum alles, was erforderlich ist – genieren Sie sich nicht! Sie verrichten eine äußerst wichtige Arbeit. Die Geschichte wird Sie belohnen.«

Mir war bei diesen unverhohlenen Komplimenten nicht ganz geheuer. Diese Großmut, die man mir im Namen des ganzen Landes, das sich über die halbe Welt ausdehnte, entgegenbrachte, reizte mich eher zum Lachen, ja, ich wollte die Leute verspotten und ignorieren, weshalb den Spitzen des Staates das Thema anonym geborener Menschen so verführerisch schien. Mir war es doch peinlich, wenn die rein wissenschaftlichen Experimente, die ich im Interesse der Biologie durchführte, die herrschenden Funktionäre immer mehr anlockten. Ja, sie zogen ihre konzentrischen Kreise wie der gefiederte Raubvogel um das Opfer, erst scheinbar nur von fern und danach immer enger und näher. Ich habe mich zunächst in Schweigen gehüllt, bin innerlich dankbar vor ihnen herumscharwenzelt – auf den Gedanken, zu widersprechen und ihnen darzulegen, daß man mich nicht als den willigen Erfüllungsgehilfen eines sensationellen Projekts betrachten sollte, bin ich nie gekommen. Ja, ich hätte mich rechtzeitig bremsen können, aber nicht bei einem bestimmten Personenkreis den Eindruck unerschütterlicher Loyalität wecken dürfen. Nein, nein, dabei habe ich mich als schwach und prinzipienlos entpuppt, das Karrierestreben und die klebrige Nähe zu den Machthabern waren mir jedenfalls innerlich nicht fremd. Und war es nicht die selbstverständlichste Sache der Welt, daß man ausgerechnet mir vorschlug, ein außerordentlich zwielichtiges Programm zu leiten? Man bezeichnete es zwar vage als »embryonale Geschlechtsregulierung«, war aber klar auf der Suche nach Methoden, anonym geborene Individuen gemäß staatlichen Interessen zu erzeugen.

Seit sich der Mensch als ein denkendes Wesen zu begreifen lernte, hat es so etwas noch nie gegeben. Und ich war daran beteiligt, wie der Räuber, der die natürliche Entwicklung der Natur kupiert. Die Aufzucht der GN-X, der anonym Erzeugten, wurde zum Geheimprojekt mit höchster Priorität. Es sah die Produktion von Individuen vor, deren Eltern unbekannt blieben und die, unter laborgesteuerten Bedingungen im Reagenzglas erzeugt, in eine Leihmutter implantiert, von ihr ausgetragen und geboren werden sollten. Den Terminus technicus – »GN-X«, alsbald »Genix« – habe nicht ich erfunden: Die wissenschaftlichen Parteikuratoren mit ihrem Talent für griffige Abkürzungen haben damit eine Parole eigener Art geprägt, ja, einen fast revolutionären Begriff für die Formierung eines völlig neuen Menschentyps und des künftigen »Ritters der Ideologie«: Das Genix ist der uneigennützige Revolutionär des einundzwanzigsten Jahrhunderts. So war es geplant. In diesem Neohomiten wurde, wie ich mir später klarmachte, eine neue Methode kreiert, die dahinsiechende Ideologie zu restaurieren und zu vitalisieren. Merkwürdigerweise hat sich auch mein Ohr an solche Neologismen gewöhnt, obgleich ich mir im stillen einreden wollte, daß ich nur für die reine Wissenschaft zuständig sei und alles weitere nicht zum Kreis meiner Probleme gehöre.

Stop! Geh nicht so schnell darüber hinweg! Hier muß jedes i-Tüpfelchen richtig sitzen. Es ist ja nur zu begreiflich, daß eine gewisse Instanz das Genix auserkoren hat, um ein weitreichendes Programm zur Formierung des Neohomiten, oder wenn man es traditionell sagen wollte, des Neuen Menschen an die Hand zu bekommen. Entscheidend ist hier, daß du bei der ersten Erwähnung der Idee vom Genix nichts einzuwenden hattest, ganz zu schweigen davon, daß du dich verweigert oder davon abgegrenzt hättest. Nein, dich hat etwas ganz anderes verlockt.

Dich hat es ja kaum verlegen gemacht, wenn man dich als den neuen Darwin rühmte. Und wenn gesagt wurde, daß dieses wissenschaftliche Projekt einmalig sei in der Geschichte der Zivilisation und daß es deinen theoretischen und praktischen Arbeiten, deinen Hypothesen, Postulaten und Prognosen entspringe, fühltest du dich bestätigt, von einer Abgrenzung oder Verweigerung konnte da kaum die Rede sein.

Allerdings hast du beim ersten Vorschlag, die Aufzucht der Genix wissenschaftlich zu leiten, um Bedenkzeit gebeten, weil du eher ablehnen wolltest. Aber allein vermag auch der Tapferste nur wenig auszurichten. Oh, wenn du es nur getan hättest! Doch zu jener Zeit bist zu offiziell in einem so hohen Maß engagiert gewesen, daß es sich fast von selbst ausschloß, einen Vorschlag, den die Machthaber einbrachten, zurückzuweisen.

Und so kam, was kommen mußte. An jenem Tag, als du dem Präsidenten der Akademie zugesagt hattest, den Vorschlag zu überdenken, hat man dich ins Gebäude am Staraja Ploschtschad gebeten. Zum Politbüromitglied und ZK-Sekretär der KPdSU, Vadim Petrowitsch Konjuchanow, der für Fragen der Ideologie und der internationalen kommunistischen Bewegungen verantwortlich zeichnete.

Zum Staraja Ploschtschad zu fahren – aus den verschiedensten Anlässen und immerhin einige Male im Jahr – war dir fast schon zur Gewohnheit geworden. Auch dieses Mal fuhr dich dein ständig bereiter Chauffeur in der schwarzen Tschajka, deiner Direktionslimousine. Wie abwesend hast du auf die Autos und die Passanten, die das Zentrum Moskaus belebten, geblickt: Wenn die gewußt hätten, wohin du dich begibst – erst recht, aus welchem Grund! –, wäre es nicht weiter verwunderlich gewesen, wenn sich dir eine Mauer aus Leibern in den Weg gestellt hätte, ja, wenn sie deine Staatskarosse mit bloßen Fäusten zertrümmert und dich gesteinigt hätten. Und Gott hätte ihnen diesen Ingrimm verzeihen müssen.

Wie immer war Moskau am Nachmittag, gerade im Zentrum, voller Menschen. Was trieb sie zur Eile an? Wohin führte sie ihr Weg? Stellten sie sich überhaupt solche Fragen? Wahrscheinlich verkörperten sie in ihren Bewegungen zu jener Stunde alle Probleme des Daseins; sie suchten nach etwas, wollten einen ihrer ungezählten Pläne verwirklichen, etwas Bestimmtes erreichen. Aber keinem von ihnen wäre auch nur den Bruchteil einer Sekunde in den Sinn gekommen, daß da ganz in der Nähe einer sich ausdachte, wie man Natur und Geschichte, den Herrgott und die Menschen, ja eigentlich alles in einem herausfordern kann, so daß danach die Welt eine andere wäre, neu geschaffen und genetisch transformiert, als würde man die sieben Tage der Schöpfung zurückholen und umstülpen. Und der Mensch, der dieses Vorhaben verwirklichen konnte, rollte hier an ihnen vorüber. Niemandem auf der Welt hätte es auch nur gedämmert, daß nun die Zeit anbräche, da Begriffe wie »Familie« und »Stammbaum«, »genetische Erblichkeit« und »Generationen von Eltern und Kindern« zu einem heidnischen Archaismus verkommen würden; daß sich jeder Mensch als Anfang und Ende, als das einzigartige Single der Welt entpuppen würde, ohne Fortpflanzung des Geschlechts, ohne die geringste Vorstellung von denen, die es, dieses Single, zur Welt gebracht hätten. Anstelle der Familie könnte endlich Vater Staat all diese Funktionen ersetzen ... Nein, es war nicht deine persönliche Idee: Ideologie und Verlockung umgarnten nicht dich, sondern andere, aber du hast ihnen und dieser Sache gedient: Deine Wissenschaft und deine Experimente haben sie zur mafiosen Genetik angestiftet. Diese machtvollen Kräfte haben dein Werk erkannt und sind neben dir noch mächtiger geworden. Erst jetzt, nachdem alles geschehen ist, sprichst du davon. Auch damals hast du ihre Hintergedanken geahnt, aber geglaubt, daß sie dich und dein Werk nicht berührten.

Wozu also jetzt nach Rechtfertigungen suchen, wenn du schon bei der denkwürdigen Fahrt durchs Zentrum Moskaus zum Gebäude am Staraja Ploschtschad, aus der schwarzen Tschajka blickend, derlei Vermutungen angestellt hast? Du warst der reine Forscher im Laboratorium und konntest doch nicht ahnen, in welchen Dimensionen deine Versuche zur Anwendung kommen sollten. Als du dann ins ZK gekommen warst, hattest du es begriffen.

Du wurdest bereits am Diensteingang erwartet: Der Sekretär aus dem Empfangsbüro Konjuchanows holte dich ab, brachte dich im persönlichen Lift nach oben und umging damit alle Kontrollposten bis zur siebten Etage. Konjuchanow erwartete dich schon. Höchstpersönlich öffnete er die Tür und geleitete dich ins Arbeitszimmer.

»Andrej Andrejewitsch, ich freue mich außerordentlich, Sie zu sehen!« Konjuchanow begrüßte dich mit lebhaft blitzenden Blicken durch die randlose Brille. Daran war nichts Gekünsteltes, er empfing dich aufrichtig und ernsthaft. »Treten Sie bitte ein! So oft sehen wir uns ja nun auch nicht. Lassen Sie uns ein wenig plaudern und das Herz erleichtern. Ich habe Sie erwartet, wirklich. Der Alltagskram kann heute liegenbleiben. Sie verstehen mich schon. Ja, ja, Sie haben durchaus recht, wir sollten uns häufiger treffen, Andrej Andrejewitsch. Aber alles kostet seine Zeit, Zeit und nochmals Zeit. Treten Sie näher!« Und dann wies er den Sekretär an: »Bitte keine Anrufe! Ich bin nicht da.«

Schon aus der Art, wie er redete, konntest du ahnen, welche Bedeutung Konjuchanow dem Termin mit dir beimaß.

Konjuchanow war ein gewandter Gesprächspartner und

konnte einen für sich einnehmen. Er legte eine ausgesuchte Höflichkeit an den Tag und wählte seine Worte überlegt. Dementsprechend sah er auch aus: dunkler Anzug, bedeckte Krawatte, gepflegte Schuhe. Wahrscheinlich ernährte er sich gesund und maßvoll, trank wenig Hochprozentiges und hielt sich in Form. Die ungewöhnlich helle Brille paßte vorzüglich zu dem länglichen, asketisch geformten Gesicht. Unwillkürlich kam dir in den Sinn: »Man muß ihm nur noch ein Ziegenbärtchen ankleben, und er könnte die Rolle von Dzierzynski übernehmen.«

Die Hauptsache war indes, daß Konjuchanow tatsächlich den Eindruck eines interessanten Menschen machte. Ja, die Meinung, die über diesen ZK-Sekretär kursierte, war gar nicht so übel, viele Leute äußerten sich über ihn positiv und hielten den Mann für einen aktiven Parteifunktionär mit guter Allgemeinbildung. Er galt auch dem Alter nach als der Arbeitsfähigste im Führungsstab des Politbüros. Konjuchanow war knapp über fünfzig. Seine Karriere war zielbewußt ausgerichtet: Er hatte viele Jahre im diplomatischen Dienst verbracht, und zwar in denjenigen Ländern, die in der politischen Weltstrategie eine besondere Priorität genossen. Als Berater, dann als sowjetischer Botschafter in Ländern wie Nordkorea, Vietnam, Kuba und China hatte er die besten Referenzen und eine vorzügliche Erfolgsbilanz vorzuweisen. Von diesen neuralgischen Punkten der Welt rückte er voran, im übrigen durchaus verdient und legitim nach den damaligen Maßstäben. Es war buchstäblich vor seinem Dienst im internationalen Olymp als ständiger Uno-Vertreter der Sowjetunion, daß man ihn plötzlich in die Parteiarbeit holte, und zwar in die höchsten Ränge. Seither leitete er die Abteilung für Ideologie und internationale Beziehungen im Bereich der kommunistischen Bewegungen.

So war das offizielle Bild des Politbüromitglieds Konjuchanow, aber du konntest ihn damals in anderen Dimensionen erleben.

Nach einigen Gemeinplätzen äußerte er sich zu Beginn des Gesprächs noch ziemlich verschwommen. »Andrej Andrejewitsch, ich möchte weit ausholen. Es gibt da so eine Sache, Sie verstehen es, wenn ich feststelle, daß die Weltgeschichte mitunter binnen einer Stunde eine Wendung vollzieht, wenn jemandem blitzartig eine Idee in den Sinn kommt. In solchen Fällen, so heißt es doch, in so einem historischen Augenblick werden alle Grenzen unserer Vorstellung gesprengt. Im Leben hat ja alles seine Logik, nicht wahr? Aber wenn plötzlich Umstände zusammentreffen, wenn die Möglichkeit aufgeht, daß eine bestimmte Idee, die einem einfällt, die Welt auf eine einmalige Art und Weise umstülpen kann? Verstehen Sie? Denken Sie aber um Gottes willen ja nicht, daß diese Idee von meiner Wenigkeit stammt. Ich bin da nur ein Begleitvögelchen.«

»Und was für ein Vogel wäre dann ich?« Du hast dich nicht mehr zähmen können und wolltest möglichst rasch im Bilde sein.

»So gedulden Sie sich doch, bitte, Andrej Andrejewitsch! Das war doch erst die Einleitung. Sonst kommen wir überhaupt nicht zum Kern der Sache. Ich habe etwas Bestimmtes im Auge, ja, es geht um eine historische Umwälzung, nein, nein, nicht um die Revolution als solche, obwohl ich schon glaube, daß die Sache in gewisser Weise von der Revolution abzuleiten ist. Ein Fünkchen von der französischen Revolution, die richtige Flamme von unserem Oktober, verstehen Sie? Nach meiner Ansicht geht es um die reine Gedankenfreiheit und den vollständigen Bruch mit allen stereotypen Ansichten. Eigentlich kommt das schon von Platon, von seiner Vorstellung, wie die Idee auf die Materie einwirkt und die Materie umwandelt, nicht wahr? Und die Idee wandelt das um in das sozial-politische

Ideal mit dem Anspruch auf ewige Existenz. Ich verstehe schon, Andrej Andrejewitsch, daß Sie jetzt völlig befremdet sind und sich fragen, warum ich so eine Vorlesung halte? Aber, verzeihen Sie, das hat schon eine direkte Beziehung zu Ihnen, Andrej Andrejewitsch, zu Ihrer Wissenschaft. Ja, ja! Tun Sie nicht so verwundert und hören Sie mich an.«

Ihr habt dann an dem großen Konferenztisch einander gegenübergesessen. Man servierte Tee auf einem schweren, bizarren Tablett. In totaler Abgeschiedenheit. Man hatte dich aus äußerst wichtigem Anlaß hierhergeladen. Natürlich, wozu denn sonst ein so groß angelegtes Gespräch? Und dann warst du darum bemüht, den praktischen Sinn zu erspüren, den die Gremien, wie sie Konjuchanow vertrat, deiner spezialisierten Forschungstätigkeit beimaßen. Allmählich schälte sich das Bild klar heraus. Du warst verblüfft und verwundert, die Kühnheit und die ungeheuerliche Absicht haben dich ebenso sehr auf der Hut sein lassen wie gefesselt.

»Nun denn, Andrej Andrejewitsch, was ist eigentlich der Zweck unseres Gesprächs?« fuhr Konjuchanow fort. Nachdenklich zerdrückte er einen Zigarettenstummel im Aschbecher, senkte den Kopf und sagte plötzlich etwas völlig Unerwartetes: »Wahrscheinlich rede ich zu sehr um den heißen Brei herum.« Er lachte dabei schallend auf. »Glauben Sie nicht auch? Ich bin ja allerlei Präambeln gewöhnt. Aber jetzt sind wir unter uns, Andrej Andrejewitsch, finden Sie nicht? Ich will deshalb völlig offen zu Ihnen sein und möchte mich, so weit es mir gelingt, kurz fassen. Das fällt mir nicht leicht. Aber nichts für ungut. Also, erstens: Im Vordergrund steht die Partei. Und die Partei vertraut Ihnen, Andrej Andrejewitsch! Die Partei glaubt an Sie, ja, an Sie! Deshalb sind wir auch so ganz unter uns. Von daher stellt die Geschichte uns beiden eine gemeinsame Aufgabe. So ist das. Ja, ich räume ein, Wissenschaft und Politik sind zwei Paar Stiefel. Jeder Stiefel hat sein Profil und seine Marschroute, aber, wir beide wissen es ja – das klassenmäßige Herangehen gilt in allem und überall, nicht wahr? Das ist die Hauptsache. Das ist unsere Position. Und darin liegt unser historischer Vorteil. Sehen Sie, Andrej Andrejewitsch, Ihre Entdeckungen, wenn man es so ausdrücken will, Entdeckungen einer hausgemachten und handgemachten Genetik, dringen doch ganz tief in die Natur des Menschen ein, nicht wahr? Es geht eigentlich um die Rekonstruktion der menschlichen Persönlichkeit, um die Strukturen der Humangenese, um die Stellung in der Gesellschaft und im weiteren womöglich um die Neuschaffung der gesamten Menschheit durch künstliche Geburt und Aufzucht …

Wie man so sagt, aller Anfang ist schwer. Und der Karren des zwanzigsten Jahrhunderts schon ziemlich weit gefahren, glauben Sie nicht? Ihnen muß ich es ja nicht sagen, aber ich bin völlig einig mit unserer Abteilung für Wissenschaft, daß es so etwas seit den Zeiten der Schöpfung, bleiben wir einmal bei diesem biblischen Begriff, nicht gegeben hat. Aber jetzt hat die Wissenschaft eine geradezu allmächtige Vollkommenheit erreicht. Wie heißt es so schön? Ihr gebührt Ehre und Ruhm! Das unfaßliche Phänomen der Befruchtung und der Geburt wird steuerbar. Und was geschieht, wenn dieser Akt millionenhaft möglich wird? Das wäre eine Revolution, für die es vorerst noch keinen Namen gibt. Es ist die umfassendste Revolution in der Entwicklung der menschlichen Gattung. Absolut und total. Und wenn es also um den lenkbaren und kontrollierbaren Fortschritt geht, um einen neuen Faktor des gesellschaftlichen Lebens und einen neuen Hebel der Geschichte, dann muß die Politik auf den Plan treten. Und an diesem Punkt treffen wir zusammen, Andrej Andrejewitsch. Wir beide sind Partner, nicht wahr? Wir gehen davon aus, daß die Partei hier nicht als neutrale Beobachterin abseits stehen, sondern, im Gegenteil, keine Zeit verlieren darf, um diesen Prozeß zu steuern und in die entsprechenden Kanäle zu lenken, im Interesse der Menschen und ihrer Ideale, unserer Gesellschaft und Ideologie. Ach, entschuldigen Sie, Andrej Andrejewitsch, ich bin einfach ein unverbesserlicher Vielredner. Aber Sie müssen verstehen, worum es geht. Und Sie begreifen schnell, Sie sind unser Darwin. Nein, nein, winken Sie nicht ab! Ich muß noch etwas ergänzen, was wir nie vergessen sollten, ganz gleich, worum es geht, von den Entdeckungen im Weltraum bis zu denen der Genetik: Wir dürfen unsere vorrangige Aufgabe nie aus dem Auge verlieren – unsere weltpolitische Rolle, die uns die Geschichte anvertraut hat. Das bleibt in allem die Hauptsache. Leider greifen auch auf diesem Gebiet, sogar inmitten des Parteiapparats, modernistische und revisionistische Stimmungen um sich. Ich habe vor Ihnen, Andrej Andrejewitsch, nichts zu verbergen. Wir sind unter uns. Manche Genossen vergessen das Hauptanliegen, sie wünschen sich ein leichteres und bequemeres Leben im Sozialismus eines jeden Landes, doch die Weltrevolution verlangt Opfer, und die Weltrevolution ist unausweichlich, ein ehernes Gesetz, ob wir es wollen oder nicht. Sie formiert und entwickelt sich aus den unterschiedlichsten Phänomenen und Impulsen des aktuellen Lebens. In dieser Hinsicht dürften Sie, Andrej Andrejewitsch, gänzlich aufgefressen von Ihrer wissenschaftlichen Tätigkeit, wohl kaum vermuten, wie sehr Ihre einzigartigen Errungenschaften etwas Unglaubliches ankündigen, und zwar in globalen Dimensionen. Ja, so ist es, wundern Sie sich nicht. Ich meine es in vollem Ernst. Es ist schwer zu erklären. Am Anfang steht doch nur ein Keimling, der im Labor befruchtet wurde, das Embryo, das im Reagenzglas entsteht. Aber entscheidend ist, daß das Genix ein Individuum anonymer

Herkunft ist. Das Genix gehört zu niemandem in der Gattung. Das Genix steht außerhalb der Kette von Nachfahren, außerhalb der Familie, sogar außerhalb jeder Nation. Wenn Sie so wollen, ist das Genix ein künstlich synthetisiertes Computersubjekt weiblicher oder männlicher Funktion, so verstehe ich die Natur des Genix. Aber für Sie sind das Gemeinplätze. Für Sie ist das Genix der Gegenstand faszinierender Experimente im Labor, aber für uns ist das Genix etwas Soziales, ein Neohomit, jedenfalls ein neuer Menschentypus. Nach unseren Prognosen hat das Genix auf diesem Planeten die Aufgabe, die alte Welt total umzugestalten und die arbeitenden Klassen von ihr, der alten Welt, endgültig zu befreien. Das ist des Pudels Kern, Andrej Andrejewitsch! Mit der Zeit kann das Genix die handelnde Hauptfigur auf der Bühne der Historie werden – das Genix als handelndes Subjekt der Weltrevolution.

Sie mögen sich denken, warum redet der so enthusiastisch. Meine Begeisterung hat ihre Gründe. Das Phänomen der Genix ist erstaunlich vielfältig und politisch vielversprechend. Hier geht es um die durchschlagende Kraft in der Gesellschaft. Im Unterschied zu uns, die wir rückständig sind, wird das Genix rückhaltlos, das heißt ohne Angst und Zweifel, die großen Ziele des Kommunismus realisieren, das Genix wird den Staat, die Familie, eheliche und andere verwandtschaftliche Beziehungen, so weit noch vorhanden, endgültig liquidieren. Das sind die archaischen Institutionen der alten Welt, einer Welt der Gewalt, die das Genix als erstes auf den Müllhaufen der Geschichte werfen wird. Im Kollektiv werden die Genix als die Träger einer noch nie dagewesenen Freiheit der Persönlichkeit und des Geistes auftreten. Auf diese Weise führen die Genix der neuen Menschheitsära, die unsere revolutionäre Lehre schon seit langem prognostiziert hat, neue Kräfte zu. Langfristig gesehen, ist das Genix nicht nur Liquidator und

Terminator der alten, sondern auch Generator der schönen neuen Welt. Ich persönlich zweifle nicht daran, daß große Genies im Milieu der Genix weitaus häufiger vorkommen werden als im archaischen Milieu der gewöhnlichen Sterblichen. Sie verstehen das, Andrej Andrejewitsch! Hier herrscht die völlige Freiheit von allen alten Bindungen, von Familie und sonstiger Routine. Die Kinder werden künstlich erzeugt und unbelastet von persönlichen Komplikationen gezüchtet. Übrigens haben einige Genossen in unserer Abteilung vorgeschlagen, das anonym Geborene als ›Sabakit‹ zu bezeichnen, nach dem geologischen Terminus für ein Stück wertvollen Gesteins unbekannter Herkunft, andere bevorzugten den Begriff ›Neohomit‹, in Anlehnung an die etwas altbackenen Vorstellungen vom Neuen Menschen, mir persönlich scheint die Nomenklatur ›Genix‹ am genauesten und griffigsten zu sein, wir verdanken sie ja der Formel Ihrer Labortests – ›GN-X‹ – soweit uns das aus vertraulichen Berichten bekannt wurde.

Vorerst befinden wir uns, wie man so schön sagt, im Stadium der Gärung. Wir erörtern das Thema, präzisieren und prognostizieren das unerhörte Phänomen des menschlichen Neohomiten. Aber wir dürfen den Auftrag der Geschichte nicht vergessen. Die Historie wird es uns nie verzeihen, wenn wir die Hände in den Schoß legen, während die moderne Zivilisation den Ereignissen und Problemen hinterherhinkt. Und die Zukunft hängt weitgehend davon ab, wer sich das Genix im globalen Kampf als erster aneignet und wie er es einsetzt. Ich kann es nicht oft genug wiederholen: Der offenkundige Vorzug besteht darin, daß diese Subjekte total frei sind. Sie kennen keine Bande und Bindungen mehr. Weder Familie noch Verwandtschaft oder sonstige patriarchalische oder matriarchalische Relikte können sie fesseln. Das Genix hat weder Vater noch Mutter, weder Brüder noch Schwestern, weder Tanten noch

Onkel und all die anderen Blutsverwandten. Was sich zunächst als Verlust an Vererbtem aus den Jahrhunderten überlieferter Moral aus feudaler oder sonstiger Zeit darstellt, wird in politischer Hinsicht künftig ein unschätzbarer Gewinn sein. Das Genix setzt das Maß – für Kollektivismus und Internationalismus. In seiner einzigartigen Bindungslosigkeit wird ihm die internationale kommunistische Bewegung allergrößte Bedeutung erlangen. Man wird die Genix in internationalistischem Geist aufziehen. Damit versetzen wir dem Westen einen gewaltigen ideologischen Schlag. Genau das ist das Gebot der Stunde.

Natürlich, das bleibt vorerst Zukunftsmusik, auch wenn wir die Generallinie schon erarbeitet haben und umsetzen sollten. Die Partei ist brennend daran interessiert, daß ein Gelehrter wie Sie, Andrej Andrejewitsch, unsere Position in der vorliegenden Frage kennt und mit uns teilt, nicht wahr? Das ist der Sinn unserer Zusammenkunft. Und ich darf doch annehmen, daß wir beide eine gemeinsame Sprache finden werden. In der Praxis hängt ja die Hauptsache von Ihnen ab, Andrej Andrejewitsch, Sie sind der Schöpfer der Genix-Technologie. Wir sind nur insofern dabei, als die Ideologie den Wind in die Segel bläst, nicht wahr? Wir sorgen für den kräftigen Fahrtwind. Im übrigen bekunden auch die zuständigen Organe ihr eminentes Interesse und machen auch diesbezüglich konkrete Vorschläge.«

Das Gespräch zog sich hin. Was ich aus dem Mund des ZK-Sekretärs zu hören bekam, erschütterte mich nachhaltig, aber ich suchte zu verbergen, womit ich mich zu jener Stunde abquälte. Ich führe hier nicht an, was ich zu diesem Gespräch beitrug, so wesentlich waren meine Äußerungen nicht, ganz gewiß waren es keine Einwände – die hätte der Gesprächspartner allenfalls als vorsichtige Zweifel ausgelegt. Woran liegt es aber, daß ich mich bis jetzt heute voller

Angst und Schrecken an das Gespräch erinnere? Es gereicht mir wenig zur Ehre, wie klein und kläglich ich zu jener Stunde aussah. Aber ich hätte mich damals, im ZK-Gebäude am Staraja Ploschtschad, kaum anders verhalten können. Ich sage es nicht zu meiner Rechtfertigung, ich bin kein Held und wollte nie einer sein, aber ehrlich gesprochen, hätte ich mich auch als Held kaum anders verhalten können, ohne zu riskieren, daß man mir künftig die kalte Schulter gezeigt, mich nach und nach eingeengt und schließlich daran gehindert hätte, mein wissenschaftliches Hauptanliegen durchzuführen. Und das hätte auch den Elan meiner parteitreuen Mitarbeiter zunichte gemacht. Beispiele dieser Art kannte man in der Akademie der Wissenschaften zur Genüge. Stellung und Einfluß bei der Führung zu verlieren war die größere Katastrophe als Mißerfolge in der Forschung. Ja, in mir meldete sich der klassische Konformist zu Wort, der Mitläufer, wie das die meisten Intellektuellen damals waren, was auch immer sie heute, post festum, über sich verlauten lassen. Und da war noch eine Sache, etwas Individuelles und Persönliches, aber nicht minder Wesentliches, was mich zu jener Stunde daran hinderte, mich zu behaupten und mich selbst zu sein. Natürlich ist auch dieser Umstand keine Rechtfertigung. Und dennoch …

Mich jagte ein Gedanke, ja er peinigte mich geradezu, ich kam nicht davon los, ob nicht Konjuchanow bei dem Gespräch über das für mich besonders heikle Thema der anonym Geborenen unentwegt an mich dachte. Seine Worte wirkten in mir wie das Ferment der Bauchspeicheldrüse auf den Organismus. Es brachte meine Gefühle durcheinander, mich plagte die Angst, ob Konjuchanow mich durchschaute oder nicht; oder rissen ihn seine Schlußfolgerungen dermaßen hin, daß er mich einfach vergessen und übersehen hatte, wie meine Herkunft war?

Oder beutete er sein Wissen über mich geschickt und bewußt aus, um mich zu umgarnen und festzunageln – diesen seltsamen Typen und Findling, eben den Anonymen, der einmal in Sackleinen auf der Außentreppe des Kinderheims von Rusa ausgesetzt und entdeckt worden war? Faktisch war ich doch selbst ein Genix, wenngleich von Eltern gezeugt und von meiner Mutter natürlich geboren, aber sonst genau so ein Konstrukt – ohne Sippe und Stamm, unbeugsam und kaltblütig, um nicht zu sagen herzlos in Einstellung und Handlungen, ein Individuum, das als eisenharter Spezialist seines Faches galt und das auf nichts anderes ausgerichtet war als auf seine zielstrebige, genau berechnete Tätigkeit. Ein Profil, wie es die Parteiideologen brauchten; sie sahen die Genix in Leben und Verhalten genau so wie mich. Freilich wurde dies nie offen ausgesprochen, aber ich gab unwillkürlich das lebende Exempel des Genix ab, das Muster – den Prototypen … Mir war das plötzlich klargeworden …

Womöglich lassen sich dadurch die merkwürdigen Empfindungen deuten, die mich an jenem Tag in einem der wichtigsten Büros am Staraja Ploschtschad überkommen hatten. Ich fühlte mich unsicher und verwirrt, zitterte und schwankte, innerlich gequält wie in einem Fangeisen. Es sah danach aus, als zettelte man in den Mauern dieses Dienstzimmers ein Komplott an, an dem ich beteiligt war. Eine unerhörte Verschwörung mit der Absicht, unter dem Deckmantel der jüngsten gentechnischen Errungenschaften einen Genozid zu verüben. Aber wer wäre imstande gewesen, die fließenden Grenzen zwischen wissenschaftlichen Experimenten und kriminellen Handlungen aufzuzeigen? Zweifel schlichen sich ein: Und wenn es nun das Komplott gegen die uralten Pfeiler der Menschheit und ganze Ketten von Generationen ist? Gegen eine Menschheit, die zwar ein ebenso schreckliches wie absurdes Leben lebte, sich aber doch von Geschlecht zu Geschlecht vervollkommnen will, sich auf das Wunder der Geburt stützt, auf das Sakrament von Vaterschaft und Mutterschaft, auf die Hoffnungen der Ahnen, die unverbrüchlich glaubt: Wenn wir es selbst nicht schaffen, das erstrebte Glück zu erlangen, dann wird es doch den Kindern und Kindeskindern beschieden sein … Und so drehte sich das Rad …

Nun sollte das Genix die Bewegung des Rades stoppen, der Elternschaft, der mütterlichen und väterlichen Rolle ein Ende bereiten, kurzum all dem, was sich als Erfahrung von Generationen für alle und jeden einzelnen auf der weiten Welt verkörpert … Das Unvorstellbare sollte sich wiederholen: Das erste Mal wurden Adam und Eva aus dem Paradies vertrieben, und nun ein zweites Mal als Mutter und Vater aus dem Geheimnis der Vererbung, aber diesmal ohne das Donnergrollen aus himmlischen Höhen, ohne den Fluch für alle Zeiten, diese Vertreibung vollzog sich äußerst prosaisch, die Eltern wurden disqualifiziert und von ihren Pflichten entbunden, heimtückisch und unmerklich: Gentechnische Manipulationen verjagten Mutter und Vater ins Nichts …

Und ich war in dieser Geschichte die Hauptperson – ich verurteilte und richtete Mutter und Vater auf unsichtbare Weise hin …

Ja, so war es. Und zugleich war ich der Held des Tages, denn mir war meine Bedeutung bewußt – die Mächtigen dieser Welt brauchten mich als den wissenschaftlichen Erfüllungsgehilfen einer weitreichenden politischen Aktion. Der Findling fuhr seine Ernte ein. Vielleicht war es mir vorgezeichnet, an dieser Welt auf solch eine unwahrscheinliche Weise Rache zu nehmen. Ich, von Geburt Genix, war berufen, den Stamm der anonym erzeugten Genix zu züchten, und zwar nach meinem Plan, nach einer von mir ausgearbeiteten und erfundenen Technologie am Fließband.

Die Konstellation konnte für mich nicht günstiger sein, diese Wendung der Geschichte bot sich mir als die Gelegenheit meiner Lebenserfüllung an …

Beim Abschied, an der Tür, sagte Konjuchanow zu mir: »Andrej Andrejewitsch, ich weiß nicht, wie es Ihnen erging, aber mich hat unsere Begegnung kolossal befriedigt.«

Ich antwortete ihm in ähnlich liebenswürdiger Weise. Und dann fügte er noch etwas hinzu, was uns noch knappe fünf Minuten an der Türschwelle festhielt: »Sie werden es gewiß einsehen, Andrej Andrejewitsch, wenn ich Ihnen noch eine Sache erläutern will. Bei Ihnen werden sich einige Genossen melden, na ja, Sie wissen schon, was ich meine, Leute vom …« Er sprach es nicht aus und fuhr eher beiläufig fort: »Ja, diese Genossen werden ihre Vorschläge machen, um Ihre Aufgabe zu flankieren. Dabei geht es freilich nur um Fragen technischer und organisatorischer Art, da können Sie ganz unbesorgt sein. Sie sollten sie einfach auch mitbedenken. Übrigens haben diese Leute wie immer alles durchdacht und berechnet, im gegebenen Fall, würde ich sagen, auch mit Sachkenntnis …«

Und da hielt ich mich nicht mehr zurück; diese Mitteilung beunruhigte mich doch ein wenig.

»Vadim Petrowitsch, Sie sollten auch mich verstehen«, wandte ich mich an ihn. »Wenn Sie schon Andeutungen machen, wofür ich Ihnen nur dankbar sein kann, wäre es dann nicht besser, von Ihnen persönlich zu hören, was es zu bedeuten hat, daß die erwähnten Genossen mich unterstützen wollen?«

»Wozu denn?«

»Damit ich auf die entsprechenden Kontakte vorbereitet bin.«

»Bitte schön!« Konjuchanow lächelte verständnisvoll. »Im großen und ganzen gibt es da keine Komplikationen. Für Sie, Andrej Andrejewitsch bestimmt nicht, oder? Für die

Vorbereitung, ja, da pflichte ich Ihnen bei, wäre das besser. Einverstanden. Die Information habe ich von unserer Abteilung, den Rest erfahren Sie unmittelbar bei der Arbeit, recht so?«

Was ich danach erfahren konnte, war, rein praktisch gesehen, äußerst gut durchdacht. Die Genossen wußten sehr genau, was sie wollten. Ich ließ mir das durch den Kopf gehen, als ich bereits im Wagen saß.

Dem Blick boten sich erneut die belebten Moskauer Straßen zur Maienzeit an. Nun fuhr ich in umgekehrter Richtung. Zwischen der Anfahrt und der Wegfahrt vom Staraja Ploschtschad hatte ein Ereignis stattgefunden, das mein Leben für eine längere Zeitspanne bestimmen sollte. Später schauderte es mich bei dem Gedanken, wie meine Tätigkeit im Labor sich auf einen Schlag zu einer gewichtigen Aufgabe ausgewachsen hatte – zum Staatsgeheimnis.

Die Aufzucht der Genix sollte in zwei Etappen vor sich gehen. Die erste Etappe betraf die embryonale Inkubation, wofür mein Institut, das heißt ich persönlich, die volle Verantwortung trug – mit allen dafür vorgesehenen Rechten, Mitteln und der nötigen Infrastruktur. Am schwierigsten bei dieser Etappe war die Implantation des im Labor befruchteten Keims in den Leib der Inkuba – einer Frau, die ihren Organismus zur Verfügung stellte, um das eingepflanzte Embryo in der üblichen Schwangerschaft von neun Monaten auszutragen. Um Aufzucht und Erziehung der Genix kümmerten sich die Sondereinrichtungen »Internate«.

Dies waren die Grundzüge der Genix-Industrie. Gab es Schwierigkeiten? Wie bei jeder Technologie tauchten auch hier Probleme auf. Ohne auf die verschiedenen Details einzugehen, die meisten Komplikationen brachten nicht einmal so sehr die Operationen der Laborgynäkologie zur Implantation der künstlichen Frucht in den Leib der Leihmutter als vielmehr subjektive Fragen ethischer und moralischer Herkunft, die von den Inkuben selbst aufgeworfen wurden, also von den Frauen, die dafür selektiert wurden und damit auch einverstanden waren, die physiologische Funktion einer implantierten Schwangerschaft zu übernehmen. Die Inkuben sollten ja ihren Leib als Leihgabe einvernehmlich bereitstellen. Das im Labor künstlich befruchtete Genix hatte natürlich keinerlei genetische Beziehung zur Inkuba. Zudem war nicht jede Frau zum Verleih ihres Mutterleibs und zu einer »fiktiven« Mutterschaft bereit. Es hätte jederzeit ein öffentlicher Skandal aufkommen können. Eigentlich überflüssig zu erwähnen, welch ein Skandal die internationale Öffentlichkeit geschockt hätte, bis hin zur Uno und anderen Menschenrechtsorganisationen, die so aufsehenerregende Vorgänge, gleich welcher Art, nur abwarten, um Herzen und Köpfe der Menschen aufzuwühlen.

An dieser Stelle muß man dem Weitblick und der Findigkeit unserer allwissenden »Dreifaltigkeit« wahrhaft Gerechtigkeit widerfahren lassen. Als mich Konjuchanow hinausgeleitete und wir an der Tür stehen blieben, war von dieser Trinität – nämlich dem KGB – die Rede. Ich war bestürzt und hatte wie der Vogel in einer engen Felsspalte begriffen, daß es nur einen Ausweg gab. Mir wurde in diesem Moment klar, daß unser Laboratorium, das gesamte Institut und ich selbst seit langem unter dem wachsamen Auge dieser kompetenten »Organe« standen. Unsere KompOrg hatten das Wesen der Sache längst präzise erfaßt. Diese Mitarbeiter des KGB schlugen eine wirksame Lösung vor: Die Inkuben wurden geheim angeworben und entstammten dem Kreis der Frauen, die zu längeren Haftstrafen verurteilt worden waren. Davon gab es ja im Land stets genug. Zig-, ja, Hunderttausende von Insassinnen, verurteilt aufgrund aller nur denkbaren Paragraphen, Delikten und Motiven einschließlich politischer Dissidenz, befanden sich in den zahlreichen Frauenkolonien und Aussiedlungen vieler Gebiete und Regionen. Dieses Reservoir war also nahezu unbegrenzt.

Man erbat sich mein Einverständnis. Ich versprach, darüber nachzudenken.

Später wurde ich mit den Einzelheiten des Systems der KompOrg vertraut. Und wiederum verblüfften mich die Präzision und die Kompetenz des KGB bei der Umsetzung des Programms. Bei der Selektion für die Anwartschaft auf eine Inkuba wurde streng verfahren: Es kamen nur Frauen in Frage, die zu langen Haftstrafen, also zehn bis fünfundzwanzig Jahre Freiheitsentzug, verurteilt worden waren. Erwiesen sich die medizinischen Befunde als positiv, traten folgende Normen des Straferlasses ein:

A. Bei Geburt eines Genix verminderte sich die Haftstrafe um die Hälfte; bei Geburt eines zweiten Genix wurde die gesamte Strafe erlassen.

B. Nach Beendigung der Postschwangerschaftsperiode wurde einer Insass-Inkuba ein Wohnsitz in fernabgelegenen Bezirken zugeteilt.

C. Die Insass-Inkuba unterzeichnete ein Dokument, wonach sie über ihre Rolle, ihren Aufenthalt und den Stab des Dienstpersonals strengstes Stillschweigen bewahre. Bei einer Verletzung dieser Verpflichtung unterlag die Insass-Inkuba den Normen der Strafrückfälligkeit nach den Paragraphen über den Verrat von Staatsgeheimnissen.

Dies waren die Richtlinien für die Anwerbung und den Einsatz der Insass-Inkuben. Ich möchte nicht behaupten, daß mich diese Methode zur Unterstützung meiner wissenschaftlichen Arbeit sonderlich begeisterte, aber ich sah keine Alternative. Und ich willigte ein.

Ein weiteres, scheinbar zweitrangiges Vorkommnis hatte meine Entscheidung mit beeinflußt. Ich führte mit einem

Mann der KompOrg ein Gespräch. Er war dazu eigens ins Institut gekommen. Er erwies sich übrigens als ein ziemlich kluger Kopf. Als ich meine Zweifel hinsichtlich der moralischen Aspekte bei der Anwerbung der Inkuben unter den rechtskräftig verurteilten Insassinnen äußerte, sagte er, daß man im Westen den Informationen ihrer Organisation zufolge diese Angelegenheit so lösen wolle, daß man den Service der Inkuben tarifgerecht bezahle, wie etwa bei der Prostitution. Meine edlen Einwände stellten sich somit als grundlos heraus, zumal der kluge Kopf durchaus logisch argumentierte und meinte, daß das Inkubatorenwesen langfristig als eine soziale Innovation angesehen werden müsse, als ein neuer Beruf für einen bestimmten Kreis von Frauen, die recht gut honoriert werden dürften.

Unser Gespräch verlief ohne Formalitäten und Hintergedanken, es war direkt, absolut sachlich und offen. Eben ganz im Geist von Leuten, die zum Tod verurteilt sind und schon nichts mehr zu verlieren haben, was auch immer sie sagen. Die Unverblümtheit ging so weit, daß der KompOrg beispielsweise behauptete, es brächen einmal Zeiten an, in denen das Inkubatorenwesen etwas völlig Legales sein würde, gleichsam eine legitime Variante im demographischen Prozeß – die Genix-Geburt wäre mit der Zeit die bevorzugte Art der Züchtung menschlichen Materials. Dann müßten auch Begriffe wie »Mutter« und »Vater« generell zum Bereich der Legenden gehören oder bestenfalls noch eine relative Bedeutung besitzen. Auf diese Weise entblößte sich das vorerst unterschwellige Vorhaben der KompOrg immer deutlicher. Die KompOrg gaben ihr spezifisches Interesse schrittchenweise zu erkennen, sie wollten die Aufzucht des Neohomiten anleiten und überwachen. Es war vorgesehen, das Projekt auf eine breite, leicht kontrollierbare Basis zu stellen. Die Gesellschaft sollte bei diesen Projekten allmählich in der Weise einbezogen werden, daß man die Fortpflanzung der Art durch anonym geborene Kinder professionellen Gebärerinnen übertrug und die Genix einem Folgeprozeß einer organisierten Erziehung unterzog, so daß die geschlechtsreife Bevölkerung, von der Fortpflanzung endgültig entbunden, sich ganz und gar der Produktion, anderen aktuellen Funktionen und Bereichen im Konkurrenzkampf widmen könnte, vor allem aber der unumkehrbaren Weltrevolution: »Und dann wird das Genix die Welt bestimmen, und es wird die neue Zeitrechnung beginnen ...«

Mein Gesprächspartner, ein kompetenter Mann, war mit seinen Ausdrücken nicht wählerisch: »Die Genix werden die letzte Stufe der Entwicklung erreichen, sie ist schon längst fällig. Und wir, alle zusammengenommen, brauchen uns hier nichts vorzumachen. Der ganze Rummel um Frieden in aller Welt und all die schönen Worte von Freiheit und Gerechtigkeit für die Völker, von der Selbstverwirklichung der Menschen in einer freien Assoziation aller, sind letztlich sentimentaler Quatsch, eitler Selbstbetrug und das Süßholzgeraspel um Verwandtschaft und Moralin. Und wenn der Kampf mit einem atomaren Schlag entschieden werden muß, so ist es das Genix, das nichts zu verlieren hat. Es ist das ideale Single, wo und wann auch immer, das depersonalisierte Wesen schlechthin, sein Vaterland ist das System, das ihm das Leben im Reagenzglas geschenkt hat. Und die Hand des Genix wird nicht zittern, wenn es auf den Knopf zu drücken hat! Es dreht sich nur um das eine – wer schafft das erste Genix, welchem System gelingt es zuerst, das gezüchtete Genix zu erzeugen, das den atomaren Start freigibt.«

V

Umgehend fand man für unsere Arbeit ein kleines Sanatorium in den Wäldern bei Moskau; zuvor hatte es dem Gewerkschaftsbund gehört, war für dessen Zwecke zu eng geworden und diente nun uns als Forschungsstation. Es dauerte etwa ein halbes Jahr, bis die Anlage umgerüstet und mit Arbeitszimmern, Räumlichkeiten für Patienten, die Wachmannschaft und andere Dienste ausgestattet war.

Ich beeilte mich zwar nicht sonderlich, aber auch für mich kam die Zeit zum Handeln. Um es gleich zu sagen, ich machte mich nicht leichten Herzens an die Arbeit, vielleicht zeigte ich deswegen an den selektierten Kandidatinnen kein Interesse. Die Dossiers über die werdenden Leihmütter waren knapp. Ich hatte mir vorgenommen, überflüssige Informationen zu meiden. Ich behandelte die Inkuben strikt nach Vorschrift, verhielt mich wortkarg und einsilbig, strikt sachlich. Mich rührte wenig, wer sie waren, woher sie kamen, wo sie einsaßen und während der Behandlung inhaftiert waren. Man brachte die Frauen einzeln zur vereinbarten Zeit in einem geschlossenen Wagen zur Station. Sie trugen Zivilkleidung und flache Schuhe. Für mich sahen sie alle gleich aus und waren lediglich Objekte zur Implantation des Genix-Embryos. Ich sprach sie in unpersönlicher Form an. Mir genügte die Anrede »Frau«, wie es im Umgangston auf den Straßen Moskaus üblich war. »Guten Tag, Frau! Wie fühlen Sie sich, Frau? Vorsicht, Frau, ich muß sie jetzt untersuchen. Bewegen Sie sich nicht, Frau!« Dementsprechend war ihre Anrede mir gegenüber das obligate »Herr Professor«. Alles war auf das einzige und wichtigste Ziel ausgerichtet – die einwandfreie Abwicklung der gestellten Aufgabe. Alle Inkuben waren mir gleichermaßen wichtig, präsent nur als Leihschoß, vorausgesetzt, sie entsprachen den medizinischen und gynäkologischen Anforderungen. Und ich merkte mir kein einziges Gesicht, was für die Arbeit ohnehin nicht nötig war. Sie passierten meinen Eingriff als Nummern, und es gab nur eine einzige, die eine Ausnahme von der Regel darstellte … Aber davon erst später … Ja, es war etwas später …

Und da bist du ans Ufer gekommen, und da war auch der Fluß …

An dieser Stelle quälst du dich immer wieder und suchst nach einem Anlaß, dich deinen Qualen auszusetzen … Dir ist alles recht, um dieses Gespräch wenigstens für ein paar Minuten hinauszuzögern … Was macht es schon aus … Bist du nicht jedes Mal davon überzeugt, wie unsinnig und trügerisch die Formulierung ist – »vor sich selbst fliehen« … Man kann sterben, aber nicht fliehen, nie und nirgendwohin, um nichts in der Welt wegrennen und verschwinden, nein, in dieser Hinsicht bleibt der Mensch ewig, weil sterblich …

O mein Gott, wie will ich das Unerklärliche erklären? Wozu stürze ich mit dem Kopf voran in den Abgrund meiner Seele, um in Worte zu fassen, was sich Worten entzieht, wenigstens dem Wort, zu dem ich imstande bin … Du hast dich doch für eine außerordentlich starke Persönlichkeit gehalten und dich mit eiserner Disziplin in der Hand gehabt. Es wäre doch merkwürdig, wenn du dich nicht beherrschen könntest, gerade dann, wenn es der Zweck erfordert. Aber du bist und bleibst selbstgefällig, du hast dich nicht sofort überwinden und gegen deinen Status auflehnen können, gegen diesen verdammten Status, auf dem die Schwingungen deines Schicksals bis zu dieser Stunde ruhten …

Aus heiterem Himmel bin ich mit ihr konfrontiert worden – es war, als ob ein Komet auf einen anderen zufliegt.

Und danach hat alles seinen Lauf genommen. Im Frühling des zweiten Jahres, als die erste Gruppe der Insass-Inkuben die Station bereits verlassen hatte. Diese Leihmütter befanden sich nun, nach der erfolgreich verlaufenen Implantation der Embryos, in unserem Sanatorium unter der Aufsicht der Organisation, die vorschriftsgemäß für die Genix-Zucht zuständig war. Und dann tauchte sie auf …

Man verbrachte sie wie alle anderen in das Klinikum zu den Voruntersuchungen. Ein »Feldscher«, meine altmodische Bezeichnung für die Wache, schaffte sie pünktlich zu dem ersten Ort ihrer Bestimmung. Die strengen Formalitäten der geschlossenen Anstalt waren bereits erledigt.

Ich hielt mich in einem meiner Praxisräume auf, als ein Assistent und eine Krankenschwester nach den ersten Analysen und Befunden mir die neue Insass-Inkuba hereinführten. Zuvor hatte ich die Begleitpapiere und die Daten der Voruntersuchungen flüchtig durchgesehen. Alles entsprach der Norm, die allgemein medizinische und gynäkologische Diagnose miteingeschlossen. In dieser Hinsicht wurde die Arbeit wirklich exakt, wenn nicht gar tadellos abgewickelt. Qualifizierte Mitarbeiter nahmen die Selektion in den Sperrzonen und Gefängnissen vor. Schon sie untersuchten die Insassinnen auf ihre Tauglichkeit hin, und zwar auf die sorgfältigste Weise. Von großem Vorteil war, daß die meisten Insassinnen von sich aus einwilligten und ein lebhaftes Interesse zeigten, um diese unwahrscheinliche Möglichkeit zur Tilgung ihrer Strafe um keinen Preis auszulassen. Sie konnten sich ja mit neun Monaten Schwangerschaft und der Geburt eines Säuglings einen Erlaß vieler Haftjahre einhandeln.

Wer hätte sich denn ein solches Glück auch nur im Traum einfallen lassen? War doch verständlich, daß sie, einmal bis hierher gelangt, vor Angst und Hoffnung zitterten, ob auch alles gut gehen würde. Wen wunderte es, daß sie nur den einen Wunsch hatten – möge alles den Vorschriften entsprechend klappen und nichts dazwischenkommen. Es hätte ja auch eine Komplikation eintreten können, dann wären sie bei der abschließenden medizinischen Expertise als unbrauchbar zurückgewiesen worden und hätten zu hören bekommen – du bist untauglich als Inkuba! Natürlich waren die Frauen ängstlich.

Man ließ die Patientin, die in mein Zimmer geführt wurde, auf einem Stuhl neben der Tür Platz nehmen. Nach einer knappen Erwiderung auf ihren einsilbigen Gruß blätterte ich noch eine Weile in ihrer Akte, registrierte die Personennummer und den Hafteintrag, überflog noch einmal den Familiennamen, den ich sogleich wieder vergaß – die merkte man sich sowieso nicht, sind entweder sehr kompliziert oder sehr einfach –, aber beim Vornamen der Kandidatin habe ich gestutzt: Runa! Merkwürdig, klingt nach Runen, habe ich mir gedacht, im stillen gelächelt und den Kopf gehoben.

Als erstes fiel mir auf, daß die Frau eine Brille trug. Beim Betreten des Zimmers war mir das nicht aufgefallen. Nun hast du also unter den Inkuben auch eine Brillenträgerin! Dem Aussehen nach war sie um die fünfunddreißig, und dann ging mir noch durch den Kopf, daß sie, womöglich eine Intellektuelle, es in der Sperrzone sicher nicht einfach hatte. Klarer Fall, dort geht es rauh und ordinär her. Flüche, Prügeleien und Raufereien …

Zum ersten Mal habe ich ein Gesicht registriert … Sieht gar nicht übel aus. In Freiheit stellt sie sicher was dar, könnte sogar eine Schönheit sein. Durchaus möglich. Aber sie hat etwas an sich, das gar nicht zu ihrer Lage paßt. Kein schuldbewußtes Lächeln und nicht die gewohnte Beflissenheit im Blick. Ganz im Gegenteil: Diese grauen Augen hinter den Brillengläsern strahlen verhaltene Neugier aus, als warte sie nur darauf, einfach aufzustehen und wegzugehen. Man kann sich lebhaft vorstellen, daß sie in Freiheit auf sich hält, die Augenbrauen nachzieht und Tusche benutzt für die langen Wimpern ... Aber warum achte ich darauf? Auf ihr Konto geht ein schlimmes Verbrechen, ist ja nicht von ungefähr zu zehn Jahren Strafkolonie verurteilt worden ... Und jetzt hat sie sich dazu entschlossen, ein Genix auszutragen ...

»Nun denn, Frau!« Ich habe schließlich das Schweigen gebrochen. »Es ist Vorschrift, die Kontrollanalysen noch einmal durchzuführen. Danach sehen wir klarer, wie es mit dir weiter geht.«

Und sie hat geschwiegen, als sei ihr das völlig egal.

»Hast Du Beschwerden?« habe ich sie gefragt.

»Was meinen Sie damit?« hat sie von mir wissen wollen.

»Gesundheitliche, nicht mehr als das.«

»Nein. Vorerst nicht.«

»Alles klar. In dem Fall müssen wir die Vorschriften für die Vorbereitungsperiode streng einhalten. Sie sind schriftlich fixiert. Man wird sie dir noch im einzelnen erklären. Die Implantation findet erst danach statt. Anfang nächster Woche, frühestens am Dienstag oder Mittwoch. Du mußt dich noch etwas gedulden.«

»Mir eilt es nicht. Im Gegenteil – ich habe genug Zeit, außerdem bin ich auch nicht beunruhigt.«

Ihre Dreistigkeit hat mich in Erstaunen versetzt und angestachelt. So etwas war mir noch nicht untergekommen. Ich habe mir die Bebrillte dann genauer angesehen, bin sogar aufgestanden und auf sie zugetreten. Auch sie hatte sich vom Stuhl erhoben. Und dann habe ich ihr in strengem Ton zu verstehen gegeben, sich zusammenzunehmen; ihr sollte die Lust darauf vergehen, sich ein zweites Mal in dieser frechen Manier zu äußern: »Wenn es damit keine Eile hat und wenn dich da überhaupt nichts beunruhigt, ja, warum zum Teufel dieser ganze Aufwand? Mit welcher

Absicht bist du eigentlich hierhergekommen? Hast du gewußt, wohin du gehst und weshalb du vor mir stehst?«

»Natürlich.«

»Und was soll das Theater? Ich frage dich etwas, Frau. Warum bist du hier?«

»Warum? Ich wollte Ihnen von Angesicht zu Angesicht gegenüberstehen, verehrter Herr Professor, und mich davon überzeugen, daß Sie keine Kindermärchen erzählen.«

»Ist das alles? Die Neugier lob ich mir.«

»Glauben Sie, was Sie wollen, aber eines müssen Sie mir abnehmen – ich bin gekommen, Ihnen die Wahrheit ins Gesicht zu sagen: Sie wissen, was Sie tun, Herr Professor!«

»So ist das also!« Die Worte waren mir unwillkürlich entglitten. Und danach habe ich sie kurz und bündig gefragt: »Hast du unterschrieben?«

»Jawohl. Aber ich weiß auch, was man jetzt mit mir anstellt.«

»Sehr interessant. Und das wäre?«

»Aus den neun Jahren werden fünfzehn Jahre Haft.«

»Muß das sein?«

»Ich selbst bin nicht daran interessiert. Aber Sie haben es nötig!«

»Was soll denn das? Du glaubst wohl, wir beide haben darüber zu entscheiden?«

»Natürlich – im vorliegenden Fall verkörpern wir beide die zwei Hälften der Menschheit: das männliche und das weibliche Geschlecht. Wollen wir uns fortpflanzen, wie es Natur und Gott eingerichtet haben, oder wozu uns der Teufel anstiftet? Das haben wir zu entscheiden.«

Ich verstummte, als wäre ich auf eine Mauer aufgelaufen. Und danach habe ich mit kaum verhaltener Besessenheit reagiert. »Dafür habe ich schon meinen eigenen Kopf auf den Schultern, Madame! Wir sollten lieber im guten auseinandergehen. Schade, daß dir dein Benehmen die Haft um ein ganzes Stück verlängert. Es geht mich ja nichts an, warum du inhaftiert bist. Das ist dein Problem. Und es geschieht dir recht.«

»Ich verstehe. Aber ich habe endlich sagen können, was ich sagen mußte.«

»Nimmst du dir nicht ein bißchen zuviel des Guten vor? Hast du jedes Augenmaß verloren?«

»Ich bin Gefangene, Andrej Andrejewitsch!« Wie das? Sie redet mich bei Namen und Vatersnamen an, wie ich es hundert Mal am Tag mechanisch hören kann, aber mein Name klingt merkwürdig, wenn dieser Mund ihn ausspricht. »Ich bin Gefangene und nur das«, wiederholt sie. »Ich kann Ihnen gar nicht böse sein. Ich war mir sehr wohl bewußt, worauf ich mich einlasse. Mein Ziel habe ich erreicht. Aber ich kann Ihnen nicht erklären, warum ich mich so verhalte, ich weiß es selbst nicht. Ich bedaure nichts und nehme nichts zurück. Ich habe meine Pflicht getan, die mir niemand aufgetragen hat. Ich tat mein Bestes. Vielleicht können Sie damit etwas anfangen. Das wäre alles.«

»Halt mir hier keine Vorlesungen in Sachen Moral!« Ärger war in mir hochgekrochen, und zugleich habe ich verstanden, wie absurd und zugleich unausweichlich diese Geschichte war. »Du kannst jetzt gehen. Ein Dutzend andere warten nur darauf, dich zu ersetzen.«

»Das ist das Furchtbarste«, hat sie gesagt. »Und Sie haben diese Frauen auf dem Gewissen. Es geht alles auf Ihr Konto.«

»Gewissen ist nicht gleich Gewissen.« Ich habe ihr dann das Wort abgeschnitten.

»Das höre ich zum ersten Mal.« Es klang wie ein Eingeständnis, und sie ließ den Kopf hängen.

»Überlassen wir diesen philosophischen Disput all denen, die ihn sich leisten können. Deshalb bist du hier nicht erschienen. Geh zurück, woher du gekommen bist! Unsere Wege trennen sich.« Ich drückte auf den Klingelknopf. Man führte sie ab.

Und beim Gehen hat sie noch gesagt: »Leben Sie wohl!« Aber ich habe ihr mit keinem Wort erwidert.

Die Tür schlug zu. Ich kehrte an meinen Schreibtisch zurück und hatte danach mit anderem zu tun.

Aber der ärgerliche Zwischenfall wollte mir nicht mehr aus dem Sinn. Ich hätte diese »Wahrheitssucherin« umgehend zurückbefördern lassen müssen, in die Gegend von Kostroma, die Sperrzone, woher sie gekommen war. Soll sie sich doch dort austoben und sich halten, für wen sie mag. Aus irgendeinem Grund verschob ich die Anweisung auf später.

Bei allen Aufgaben, Anrufen und Gesprächen in der Klinik dachte ich unentwegt an sie. Ich wollte sie vergessen, aber es war vergeblich. Ich wollte mit jemandem reden und unterließ auch das, obwohl mich die Geschichte fast aus dem Gleichgewicht brachte – dennoch ließ ich mir nichts anmerken. Nicht einmal die Abteilungsleiter und die Assistenten, die mir relativ nahestanden oder mit denen ich sogar fast befreundet war, erfuhren ein Sterbenswörtchen von dem, was mir so sehr auf der Seele brannte.

Ein seltsamer Zustand, der mir fremd war. Ich kam mir selbst merkwürdig vor, erkannte mich nicht wieder. Und dann habe ich mich dazu entschlossen, ihren Fall detaillierter zu untersuchen. Woher stammte so eine Person? Wer war sie überhaupt? Weswegen befand sie sich in Haft? Nach welchem Paragraphen hatte man sie verurteilt? War sie krank? Psychisch Kranke hielt man in den Sperrzonen normalerweise nicht in Haft. Woher rührte der unbändige Wille dieser Frau? Handelte sie aus Verzweiflung? Welche Gedanken beherrschten sie? Wozu wäre sie, wieder in Freiheit, noch imstande? Würde sie dich verleumden, dich anklagen und dein Gewissen treffen wollen, so daß du vor lauter Beklommenheit zu Kreuze kriechst? O ja, die wahren Anwärter auf das Gewissen besitzen nichts als ihren kategorischen Imperativ! Darauf beruht die Stärke ihres Angriffs. Das Gewissen setzt aber vor allem eine absolute, innere Unabhängigkeit der Persönlichkeit voraus, andernfalls treibt man damit seinen Handel, verkauft und kauft es wie Plunder auf dem Trödelmarkt. Was gibt es eigentlich Banaleres auf der Welt als den Begriff »Gewissen«? Und da mußte ausgerechnet sie auftauchen, eine Kriminelle, um dir längst Bekanntes vorzubeten! Was für eine bodenlose Anmaßung! Daß gerade sie von solchen Dingen redet, von wegen Gewissen, sie, eine rechtskräftig verurteilte Verbrecherin …

Bei diesen Überlegungen fing ich an, mich selbst zu hassen. Warum suchte ich nach einer Rechtfertigung? Vor wem und wofür rechtfertigen? Ich war einfach schwach, wenn ich unentwegt an diese Person denken mußte …

Und da hast du ihre Akte noch einmal holen lassen, weil du dieses verdammte Wie und Warum herausfinden wolltest. Zuerst die allgemeinen Daten. Name, Vorname, Vatersname: Lopatina, Runa Fedulowna. Verurteilt nach dem Paragraph 158, wegen Unterschlagung und Verbreitung antisowjetischen Materials … Aha, klarer Fall. War ihr doch gleich anzusehen, um was für einen Vogel es sich handelt. Typen wie sie wissen immer alles besser und sind unentwegt darauf erpicht, sich querzulegen, zu protestieren, sich um jeden Preis zu produzieren. Und jetzt hat sie wieder einen am Wickel, um sich wichtig zu machen … Alleinstehend und geschieden. Typisch. Wer will schon mit so einer leben …

Dann wurdest du wieder abgelenkt, die Arbeit ging vor; aber du bist danach in der Klinik geblieben und hast weitergelesen. Die Papiere durftest du ja nicht mit nach Hause nehmen, die mußten nach jeder, korrekt registrierten, Benutzung im Diensttresor aufbewahrt werden. Und was hast du nach dem Studium der Akte über Lopatina, Runa Fedulowna von dieser Person gehalten? Eine recht eigenwillige Frau. Mit einer ausgeprägten Einstellung gegenüber dem Leben. Menschen dieser Art kennt man zu allen Zeiten. Entstammen radikalen Kreisen, opponieren gegen alles Etablierte, ideell und politisch. Und natürlich gegen die Regierung. Na ja, unter ihnen sind die verschiedensten Typen anzutreffen. Manche halten sich absolut für die Propheten ihrer Epoche und sind entschlossen, alle, die ihnen nachfolgen, zu opfern. Aber was hat hier Runa verloren? Allem Anschein nach war sie eine idealistische Einzelkämpferin und gehörte keiner Gruppe an. Wer kennt sie wirklich? Wie kannst du anhand einer Akte einen Menschen beurteilen? Hast sie nur ein einziges Mal gesehen und ein paar Worte von ihr gehört. Das ist alles. Und doch kein leichtes, bei weitem kein leichtes Schicksal, wenn ich der Akte folge. War erst Lehrerin, dann befaßte sie sich mit populärwissenschaftlichen Dokumentarfilmen, war wohl ziemlich bewandert auf dem Gebiet sowjetischer Filme über schulische Probleme. In der Pädagogik spitzen sich die Fragen der Zeit zu, besonders in sozialer Hinsicht. Dabei hast du unwillkürlich an deine unvergeßliche Wawa gedacht. Wenn die gute Valerija Valentinowna nur wüßte, womit sich heutzutage ihr genialer Schüler befaßt.

Aber es blieb bei flüchtigen Gedanken. Und was Runa betraf, wurde sie wohl wegen des Bruders vor Gericht gestellt, einem gewissen Lopatin, Igor Fedulowitsch. Das war ja nun ein ausgefuchster Profi – Filmjournalist mit dem Diplom der berühmten Filmhochschule in Moskau, an der Fakultät für das Dokumentarkino. Wandte sich, wahrscheinlich nicht ohne den Einfluß und die Hilfe von Schwester Runa, schulischen Themen zu …

»Lopatina, Runa Fedulowna, die ehemalige Pionierleiterin«, wie in den Protokollen des Untersuchungsbeamten vermerkt wurde, »betätigte sich in der Amateursektion des Gorki-Filmstudios, unterstützte dabei ideologisch zweifelhafte Strömungen unter den Kinofans. Zeugenaussagen zufolge ist R. F. Lopatina für eine Tendenz in der Kunst eingetreten, den sogenannten Realismus ohne Ufer, für naturalistische Aufnahmen, die Charakter und Lebensweise der Sowjetmenschen negativ abbildeten«. Aber das war erst das Präludium zur Anklage.

Die Hauptbeschuldigung galt dem Bruder Igor Lopatin und fußte darauf, daß er »als festangestellter Kameramann staatliche Geräte und Mittel zu obskuren Zwecken mißbrauchte, zu verleumderischen Aufnahmen, die das sowjetische System in den Schmutz zogen und die sowjetische Wirklichkeit entstellten, um damit die westliche Öffentlichkeit zu desinformieren«. Als schwerstes Vergehen wurde gegen ihn vorgebracht, daß »der Angeklagte seine kriminellen Handlungen nicht uneigennützig betrieb, sondern das Filmmaterial gegen notorische Devisen in den Westen verkaufte«. Aber dank der Hilfe von Mitarbeitern im diplomatischen Dienst der Sowjetunion konnte die Herkunft der verdächtigen Streifen, die im Westen bereits in Kinos und übers Fernsehen gezeigt worden waren, aufgeklärt werden. Na ja, die bekannten Arien, wie man in solchen Fällen zu sagen pflegte. Aber wer weiß, ob es sich wirklich so zugetragen hat. Wie auch immer, die Folge davon war schließlich, daß man Runa in den Fall hineinzog. Sie war der Komplizenschaft mit dem Bruder angeklagt, der ihr die »nicht genehmigten Streifen« übergeben hatte, die sie dann ihrerseits bei einer Freundin aufbewahrte. Man kam diesen Verbindungen auf die Spur. Irgend jemand wurde den verdächtigen Personen auf die Fährte gesetzt. Man verhaftete Igor, und als Runa zur Wohnung der Freundin lief, um diese zu warnen, warteten dort die Mitarbeiter der zuständigen Dienste auf sie.

Runa war also auf frischer Tat ertappt worden. Aber wie reagierte sie? Du warst völlig verblüfft über diese unerwartete Wendung: Im Verlauf des Prozesses unternimmt Runa den verzweifelten Versuch, das Los des Bruders zu erleichtern. Sie nimmt die ganze Schuld auf sich und erklärt, daß es ihre Idee gewesen sei, die inkriminierten Szenen aus Alltag und Leben der Sowjetmenschen zu drehen, sie habe den Bruder angestiftet, was zu filmen und wie es aufzunehmen sei. Schließlich habe sie persönlich und ohne jede Mithilfe die belichteten Negative den ausländischen Korrespondenten gegen Valuta ausgehändigt – der jüngere Bruder Igor habe nur das ausgeführt, was sie, die Schwester, sich seit langem vorgenommen habe.

Das war also die Epopöe, die Bruder und Schwester in dem Gerichtsverfahren aneinander band.

Und dir ist noch ein aufschlußreiches Detail der Beschuldigung gegen Runa aufgefallen: Demnach konnte die Anklage die Lopatina bezüglich einer intimen Beziehung zu einem amerikanischen Korrespondenten entlarven; ihr Liebhaber habe nach dem Prozeß das Land verlassen und in seiner Heimat einen Artikel veröffentlicht, in dem er sich einerseits »in höchsten Tönen über seine Geliebte« äußerte, andererseits aber eine »außerordentlich feindselige Haltung gegenüber der sowjetischen Gesellschaft an den Tag legte«, das heißt, er habe sich auf verleumderische Weise für seine Geliebte gerächt. Runa stellte dagegen diesen Sachverhalt so dar, daß sie dem Amerikaner russischen Sprachunterricht erteilt hätte …

Wie sollte man sich da noch zurechtfinden? Wer kennt denn die beiden und die Art ihrer Beziehung? Ganz gleich, worum es sich handelte, für Runa Lopatina endete die ganze Geschichte verhängnisvoll …

Ich habe an jenem Abend die Klinik erst sehr spät verlassen. Nach einem turbulenten Tag mit der üblichen Routine, vor allem aber wegen dieser Begegnung und meinem Wunsch, sich mit Runas Vergangenheit vertraut zu machen.

Wie gewohnt habe ich den Gruß der Wache mit einem Kopfnicken erwidert und bin danach, als es bereits dämmerte, über die Einfallstraße zur Hauptstadt, die Uspenski Chaussee, gefahren. Durch diese zauberhafte Landschaft, ob im Winter, wenn Schnee die Wälder und Anhöhen bedeckt, oder im traumhaften Frühling, wenn es ringsum grünt und blüht. Und da war noch dieser wunderbare Ausblick nach dem Wäldchen, der sich dem Autofahrer nur für einige Sekunden darbietet – die leuchtende Windung des Flusses Moskwa. Mit der reizvollen Magie des Wassers, des Himmels und des Waldes. Ich war seit dem Antritt der Arbeit im Vorstadtklinikum stets darum bemüht, diesen Moment nicht zu verpassen und einen flüchtigen Blick auf das Bild der Natur zu werfen, um es mir immer wieder einzuprägen und dann aufs Gaspedal zu treten …

Ich verharre bei diesen Einzelheiten nicht von ungefähr … Was haben sie nur mit meiner Beichte zu tun? Ungezählte Male war ich an dieser Stelle vorübergefahren, in der einen wie der anderen Richtung, und ich hätte nie geahnt, daß mein Leben gerade mit dieser Umgebung auf das folgenreichste verknüpft sein würde. Und ich danach schon nicht mehr die Kraft aufbringen könnte, an dieser Stelle vorüberzufahren, sie statt dessen weitläufig umfahren würde.

Während ich mich Moskau näherte, dachte ich unentwegt daran, welche Anweisung ich geben sollte. Und ich fragte mich, wie diese widerspenstige Inkuba-Kandidatin zur Räson gebracht werden könnte. Ja, sie soll noch einmal in die Klinik gebracht werden, für weitere Untersuchungen. Genau das wirst du anordnen. Aber was soll ich ihr sagen? Sie verfolgt doch ein völlig anderes Ziel. Ist sie vielleicht psychisch angeknackst und hat die Manie der Gerechten, die sich auf ein exklusives Gewissen und andere göttliche Tugenden berufen? Nein, es hat keinen Sinn, die Zeit zu vertrödeln. Soll sich doch verziehen und in ihrer Sperrzone versauern. Sie hält dich zum Narren, zum Triumph ihres so reinen Gewissens – aber wer ist sie schon?

»Und wer bist du? Du selbst!« Jetzt machst du dir auch noch dieser Person wegen Vorwürfe. Was treibt dich nur um? Warum bist du so fixiert auf sie? Eine Kriminelle und Geächtete! Und mit so einer willst du die Klingen kreuzen? Gratuliere, Herr Professor!

In einigen Kurven haben deine Bremsen fast versagt, und die Räder quietschten, so daß die Fußgänger fluchtartig auseinanderstoben. Dir wollte es einfach nicht mehr gelingen, die Gedanken an sie, die dir regelrecht zusetzten, zu verscheuchen. Um dich zu beruhigen, hast du dann zu Hause Schallplatten aufgelegt, und die klassische Musik verschaffte dir für kurze Zeit ein wenig Erleichterung.

»Was ist los mit dir? Du hast sie doch nur ein einziges Mal gesehen?«

Was hat all diese Gedanken nur ausgelöst? Warum habe ich sie überhaupt so genau betrachtet? Mir fiel immer wieder die Szene ein, wie ich hinter dem Schreibtisch hervorgetreten und zu ihr hingegangen war, worauf sie sich ebenso unwillkürlich vom Stuhl erhoben hatte …

Und da steht sie vor dir – eine Insassin in der Spezialbekleidung, mit der man die Inkuba-Kandidatinnen ausstattet, bevor sie in die Vorstadtklinik überstellt und dem gestrengen Auge des Herrn Professor vorgeführt werden. Da steht sie vor dir, dem großen Genius der Genetik oder weiß der Teufel was, eine junge Frau in der gutsitzenden grauen Bluse, dem viel zu weiten, langen Rock; hat die flachen

Lederschuhe an, die an Holzpantinen erinnern, als sei sie von der Markthalle hergekommen. Sie hat sich bestimmt nach ihrem Geschmack schöngemacht, als sie noch frei über sich entscheiden konnte. Und plötzlich fängst du an, sie in deiner Phantasie genau so zu restaurieren ... Dir fallen die Augen auf, die in dem Moment, da ihr euch gegenübersteht, unruhig, bestürzt und zugleich mutig dreinblicken. Wie heißt es noch? Die Augen sind der Spiegel der Seele. Aber es stimmt nicht. Die Augen sind die Seele selbst, ihre lebendige Reminiszenz. Ihre jungenhaft-kantigen Schultern ziehen sich instinktiv zusammen, während sie die biegsamen, zarten Arme vor sich gekreuzt hält. Sie müßte unbedingt aufrecht gehen, sich ungezwungen geben, ja lächeln und strahlen. Und auf der Straße in der bunten Menge flanieren. Aber sie ist in die falsche Zeit hineingeboren worden. Nein, für die Epoche ist sie nicht geschaffen. Ihr stünden die prächtigen Gewänder des vergangenen Jahrhunderts. Man kann es sich lebhaft vorstellen, wie sie ausgesehen hätte ...

Was muß sie nur solche Dummheiten daherreden! Mein Gott, was hat sie vor? Will die Wissenschaft anhalten, mit Hilfe ihres Gewissens! Dagegen kommt sie doch nie an. Oder hat sie recht? Na ja, der Mensch wird immer vom Gewissen umgetrieben, von seinem Gewissen natürlich, das er in seinem Innersten verschließt. Und er brüstet sich damit, beruft sich auf Gott und sonstwas. Aber mit einem Gewissen allein kommt man nicht sehr weit. Wer kann es schon mit Gott aufnehmen, der uns allen ein Stück von seinem Gewissen zugeteilt hat, um uns zu zähmen? Wer kann ihn, diesen Gott, schon verdrängen, wenn man selbst in die Hand nehmen will, was schon immer sein Monopol gewesen ist? Das Monopol der Geburt und des Todes, das man ihm sowieso nie wegnehmen kann. Aber ich konkurriere mit Gott, und mir ist überhaupt nicht nach dem

Gewissen, das sie mir einreden will. Kann sie das überhaupt verstehen? Sicher nicht. Und nur deshalb spielt sie sich als Gewissensheldin auf … Sie soll lieber über sich selbst und ihre Zukunft nachdenken …

In jener Nacht, als ich mich in meinem Haus aufhielt – ich hatte auch ein schönes Stück von dem Kuchen abbekommen, den Akademievillen, die Stalin den Atombomberpiloten seinerzeit geschenkt hatte –, fand ich mich nicht mehr zurecht. Riesige Wände. Überdimensionale Fenster. Gigantisch hohe Decken. Warum bin ich eigentlich hier? Wozu das alles? Wofür lebe ich denn? Der Findling in mir meldete sich in jener Nacht wieder zu Wort: Du bist überflüssig, ein Genix und ein schwarzes Loch in der Gattung der Menschen. Und ich fragte mich: Wen in der Welt hast du glücklich gemacht? Wer dankte dem Leben dafür, daß er dir begegnet ist? Welche Frau hat sich je nach dir gesehnt? Etwa Jewgenija? Sie hat dich Hals über Kopf verlassen. Was hat diese gute Seele und wunderbare Schauspielerin von dir eigentlich erfahren? Verstandeskälte, Gefühllosigkeit, Härte und die Schwangerschaften, die du ihr eigenhändig abgetrieben hast. Sogar die Frauen, die dir zufällig über den Weg gelaufen sind und auf die du dich eingelassen hast, dürften sich an jene flüchtigen Momente nicht anders erinnern als an eine verzweifelte Stichflamme des Gefühls. Gesteh es dir ein: Alles, was mit dir verbunden war, blieb leer und freudlos.

Diese Einsicht hatte meine Gedanken immer mehr zu ihr, der Gefangenen Runa, abschweifen lassen – wie zu antiken Schriftzeichen, den Runen aus grauer Vorzeit. Und ich wollte immer mehr über sie wissen … Was ist jetzt mit ihr, zu dieser Stunde der Nacht? Sie leidet bestimmt. Vielleicht kämmt sie sich jetzt die Haare und löst sie auf, damit sie frei herabhängen und sie, Runa, sich von dem Finsteren, das sich in ihrem Kopf schmerzhaft zusammenballt, ein wenig erholen kann. In Freiheit würde sie sich die Haare bestimmt anders frisieren, die Haare wären üppig und locker, sie müßte sie nicht zu dem Knoten im Nacken zusammenbinden, wie es in den Sperrzonen Vorschrift ist. Warum hat sie sich gehen lassen? Gewollt oder ungewollt hat sie ihre Lage doch nur verschlimmert. Kann sie das nicht begreifen? Was hat sie sich wirklich gedacht, als wir uns begegnet sind? Ja, sie hat erreicht, was sie wollte. Womöglich hat Runa doch recht? Aber das Gewissen und die guten Vorsätze machen die Welt nicht satt, damit läßt sich gar nichts verbessern, erst recht nicht das Raubtier Mensch besänftigen – diese Bestie beansprucht immer mehr Platz an der Sonne, und bei so einem Appetit wird auch die Sonne bald nicht mehr für alle ausreichen. Und noch schrecklicher ist dieser Drang der Bestie, die anderen Bestien zu beherrschen. Bin ich nicht deshalb angetreten? Damit die Stunde der Genix unter einer neuen, besseren Menschenmaske schlägt? Aber ausgerechnet sie muß sich den Genix in den Weg stellen, dem Neohomiten den Zugang zum Leben versperren und zu einer neuen, vernünftigeren Art der Machtausübung über seinesgleichen. Man kann sie zwar verstehen, aber die Kraft gibt es nicht, um das zu bezwingen, was selbst Gott nicht aufhalten kann …

VI

Später habe ich mir immer wieder die eher sinnlose Frage gestellt, warum ich mir in jener Nacht selbst ausgeliefert war. Warum hat es keine Versammlung gegeben oder irgendeine andere Verpflichtung? Nein, es gab weder einen Termin noch den sonstigen gesellschaftlichen und politischen Zeitvertreib, ohne die der Alltag sowieso kaum auszuhalten ist …

Statt dessen quälte ich mich und fand keine Ruhe mehr. Die Gefangene Runa verwirrte mich. Sie hatte mich überrumpelt und meine Sicherheit untergraben. In meiner Umgebung hätte niemand sich vorstellen können, daß ausgerechnet mir so etwas zustoßen könnte. Das war wenigstens mein Eindruck im Umgang mit Menschen.

Aber auch sie schonte sich nicht und war wohl zu einem demonstrativen Opfer bereit.

Wie kann man nur so verwegen sein? Warum zwingt sie mich in die häßliche Rolle des Verfolgers und Anklägers? Dient es nur dem Zweck, mir die Beschuldigung ins Gesicht zu schleudern, mich herauszufordern, so daß sie auf weitere fünf Jahre Freiheit verzichten muß? Was soll ich nur machen? Man kann sie begreifen, es ist ja das einzige Mittel, ihr Ziel zu erreichen und die Wahrheit an den Mann zu bringen. Sie hat doch keine Möglichkeit, die Wahrheit öffentlich zu äußern, weder auf der Straße noch bei einer Versammlung, weder in der Presse noch in Funk und Fernsehen … Sie ist eingemauert in die Sperrzone … Und jetzt droht ihr gar eine verschärfte Strafe …

Zum Glück hat noch niemand erfahren, was sich zwischen uns abgespielt hat. Es ist wirklich gut, daß ich davon kein Sterbenswörtchen habe verlauten lassen, vielmehr verlangte, daß man sie morgen früh zu einem neuen Termin vorführen soll. Noch ist nicht aller Tage Abend. Noch sind nicht alle Brücken hinter uns abgebrannt. Vielleicht gelingt es mir doch, sie vor einer neuen Verurteilung zu bewahren …

Und ich habe mich fortreißen lassen und mich immer mehr dem Wunsch hingegeben, sie zu beschützen, ja, ich mußte sie vor der selbstprovozierten Bedrohung in Schutz nehmen. Dabei habe ich erstmals etwas aufgespürt, was mir völlig neu und ungewohnt war – ich habe mich selbst entdeckt und war bereit, mich persönlich einzubringen.

Vielleicht könnte man das als »Courage« oder sogar »Heldentat« bezeichnen. Ich weiß es nicht, jedenfalls kannte ich mich selbst nicht mehr. Was war mit mir geschehen?

Mich drängte es, über mich selbst hinauszuwachsen, ich wollte jetzt einfach gut sein, eine Frau verstehen und behüten. Und ich sagte mir schließlich, es muß ja doch einen höheren Willen geben, wenn da eine Runa Lopatina auftaucht und sich aufopfern möchte, damit du mit dir selbst konfrontiert wirst und begreifst, was du tust. Sie hat es ausgelöst, daß du dir die Rechnung aufmachst; vielleicht ist das die Notwehr des »Allgnädigen«. Früher hast du dich immer gewundert, wenn von »Gnade« die Rede war. Und hast dich gefragt, worauf sich diese Gnade gründet und wie sie sich überhaupt zeigen kann. Erst jetzt überkommt es dich plötzlich, und du sagst dir: Wenn du im Rausch deiner Selbstzufriedenheit die Gentechnik manipulierst und ganz bewußt dem Allmächtigen einen Tritt versetzen willst, ist es dann nicht die Gefangene Runa, die gleichsam als Sendbotin seiner Großmut und Milde vor dir erscheint und einen Test des Guten vornimmt?

Ich schwankte zwischen Verbitterung und Glückseligkeit. Ich verspürte erstmals einen Strom von Dankbarkeit: Ihr, einer Gefangenen, verdanke ich, aus meinem Hochmut und meiner Anmaßung erwacht zu sein. Jetzt drängte es mich danach, in einem anderen Licht vor ihr zu stehen …

Schade, daß ich Runa nicht sofort anrufen kann. Das ist ausgeschlossen. Sie befindet sich in Isolationshaft. Was könnte ich ihr nicht alles sagen, und wieviel würde ich von ihr hören können? Warum setze ich mich nicht ans Steuer, fahre mitten in der Nacht zum Gefängnis, suche sie unter den anderen Insassinnen und verwickle sie sofort in ein Gespräch? …

Aber es war ja nur ein Traum. Das einzige, was ich in jener Nacht tun konnte, war, den nächsten Tag abzuwarten und mir in der verbliebenen Zeit diese Begegnung auszumalen …

Man bringt sie in das Behandlungszimmer und läßt uns allein. Ich gehe auf sie zu und nehme zur Begrüßung ihre Hand.

»Verzeih bitte, Runa, ich glaube, daß wir auf unsere Aussprache zurückkommen sollten. Das liegt in unser beider Interesse. Ich bin bereit, alles anzuhören, was du zu sagen hast, und zwar mit dem ganzen Ernst, um den ich auch dich bitten möchte, wenn ich mein Fazit ziehe.«

»Hervorragend!« erwidert sie mir und gesteht: »Ich habe gedacht, daß wir uns nie wiedersehen, verehrter Herr Professor! Daß man mich statt dessen auf Transport schickt, zurück in die Sperrzone von Kostroma, wo man mich erneut verurteilen und wahrscheinlich ins tiefe Sibirien verschleppen wird. Aber nein, plötzlich holt mich die Aufseherin und erklärt mir sehr liebenswürdig: Professor Andrej Andrejewitsch Krylzow lädt sie erneut in die Klinik ein. Und jetzt bin ich da.«

»Gott der Gerechte!« flüstere ich verzweifelt. »Mit was für Dummheiten und Kindereien hast du mich geschlagen! Halt mich zurück, ich bin in die Kindheit abgestürzt.«

Nur ein Schritt trennt Größe vom Lächerlichen. Aber ich war leichten Herzens bereit, den Schritt zu tun. So sollte es sein, wie es mir in jener Nacht träumte. Oh, wenn es nur so gewesen wäre! Welch ein Glück liegt sogar in der Erwartung einer ersehnten Absurdität!

Doch plötzlich tauchten über diesen Regungen wieder die schwarzen Zweifel auf: Wer gibt dir das Recht, die Genix im Schoß der Inkuben zu züchten? Existieren denn diese hehren Ziele, mit denen du dein Handeln bis heute rechtfertigst?

Ich täusche nichts vor, wenn ich behaupte, daß sich solche Zweifel in meinem Inneren zwar verborgen hielten, aber weder ich noch irgendein anderer Wissenschaftler im Milieu der Genbiologie hat sie jemals laut ausgesprochen. Wir haben uns alle durch die Errungenschaften der Wissenschaft blenden lassen. Wir waren über alles erhaben und labten uns am Vertrauen der Gesellschaft. Allerdings wäre die Genix-Zucht dann schon eine spezielle Frage. Heute bin ich mir bewußt, daß Wissenschaft und Gewissen mitunter absolut unvereinbar sind, und wir brauchen, gerade im zwanzigsten Jahrhundert, nicht lange nach Beispielen zu suchen, auch für die Fälle, bei denen die Grenzen zwischen Wissenschaft und Verbrechen zerfließen.

Doch damals befand ich mich erst auf den Vorstufen zu meinem Gewissen, das mich schließlich einsehen ließ, daß die Zucht der Genix schon von der Konzeption her zutiefst inhuman ist, ganz zu schweigen von der Technologie, die Genix mit Hilfe von Leihmüttern, unseren Inkuben, austragen zu lassen. Auf diese Einsicht mußte mich ausgerechnet eine Gefängnisinsassin bringen.

Was hat sie zu mir geführt und uns beide bis zur Schwelle des Todes miteinander verbunden? Das Schicksal mag darauf Auskunft geben ... Mir steht hier kein Urteil zu ...

Die Wende kam in jener Nacht. Ich war bereit, diese Frau um Verzeihung zu bitten. Ihre Selbstverleugnung und ihr unvorstellbares Verhalten hatten mich erschüttert und aufgewühlt. Ja, ich war bereit, vor ihr auf die Knie zu fallen und das Böse abzuwerfen, das ich mit meiner Wissenschaft dem Geschlecht der Menschen zufügte. Und ich würde sie fragen: Bist du einverstanden und empfindest so wie ich, wirst du dann meine Liebe annehmen und sie gleichermaßen erwidern? Dann möchte ich dich um deine Hand bitten ...

Ja, ja, daran hatte ich schon gedacht, stellte mir aber nicht vor, wie das eintreffen könnte, was ich mir ersehnte, war sie doch noch für viele Jahre inhaftiert. Hätte sie aber mit Ja geantwortet, wäre ich sogar bereit gewesen, mit ihr wer weiß wohin zu fliehen – ins Ausland, in den Wald, in die Berge, über die Meere, ganz gleich wohin, aber nur mit ihr, nur mit ihr … Und danach ein neues Leben beginnen, meinetwegen das von Aussteigern und Verfolgten, für mich wäre es jedenfalls die Buße für meine unheilvolle Vergangenheit.

Und während ich darüber nachdachte, konnte ich mich schon nicht mehr bremsen. Meine Phantasie kannte keine Grenzen. Ich vollbrachte die Revolution in mir selbst, eine erbarmungslose, unbedachte Revolution. Ich gab mich ganz meinen Träumen hin …

Wieviel hat man nicht schon über unerfüllte Träume, denen sich Menschen sinnlos ausliefern, erzählt? Ungeachtet dessen hören wir nicht auf zu träumen, und je mehr unsere Träume zerrinnen, desto verzweifelter verfallen wir ihnen.

So träumte es auch mir, und ich nahm in jener Nacht gar nicht wahr, in welch kurzlebiges Paradies es mich forttrug. Ich war einfach glückselig, den Wunsch für wirklich zu halten.

Du denkst unentwegt an sie, nur an sie, und je mehr du das tust, desto intensiver wird dein Verlangen nach ihr. Du hast schon vergessen, daß sie im Gefängnis ist. Was für eine Musik mag sie wohl? Als ob das jetzt so wichtig wäre. Hat sie einen altmodischen Geschmack, oder zieht sie Modernes vor? Plötzlich fängt sie an zu singen. Sie singt ja gern und hat eine so schöne Stimme. Du bist ganz erregt und hörst ihr zu. Du begleitest sie auf dem Klavier, das würdest du schon schaffen. Deine Wawa im Kinderheim hat dich nicht umsonst unterrichtet. Besonders herrlich wären die »Romanzen ohne Worte«! Sie kann gar nicht wissen, daß du im stillen auch ein Komponist bist. Ihr Gesang und deine Musik – so müsste es sein. Die Lyrik und die Philosophie, die Töne und die Gedanken zerfließen in einem einzigen Atem lebendigen Musizierens. Sie hat ihre Energie von der Sonne. Alles Leben rührt doch von der Sonne, ja, und wir alle, wir beide, du und sie sind doch nur transformierte Kreaturen der Sonne. Sie singt die Sonne, und du begleitest sie mit der Kraft der Sonne. Wir fügen uns ein in den Augenblick der Ewigkeit, wenn die Musik mit den Stimmen der Gefühle zusammenströmt. Wir erleben die Inspiration der Liebe, die uns die Sonne durch die Musik schenkt, das ist die Gabe des Ewigen, das nie unbefristet sein kann, sondern nur im Vorgeschmack der Liebe besteht. Und die Zeit verrinnt in deinen »Romanzen ohne Worte«. Die Seiten der Tage werden umgeblättert bis zu dem Tag, der naht und nur uns gehört. Die Jahreszeiten lösen sich ab. Der Winter mit Schnee und Frost kündigt das Morgengrauen an – den Frühling, Triumph der Wiedergeburt, dann folgen Sommer und Herbst. Und immer weiter … Warum verströmt die Zeit? Doch nur zu dem einen Zweck, daß der Tag anbricht, an dem du ihr begegnest, nur deshalb lebst du. Deshalb dreht sich die Erde um die Sonne, und um das Gestirn drehen sich die Jahreszeiten. Dafür scheint auch die Sonne, und der Mond taucht auf vor dem Antlitz der Liebenden. Für alle, die sich lieben, wächst das Gras und fällt der Regen …

O mein Gott, meine naive und sentimentale Seele wünscht sich so wenig, sie ist niemandem und nichts verpflichtet, will nur das einfache, arglose, banale Glück. Ich sehe sie vor mir und ergötze mich an ihrem Tanz. Und ich tanze mit ihr den Tango und den Foxtrott meiner Jugend, halte sie um die Taille gefaßt, schaue ihr in die Augen, wir gleiten übers Parkett und drehen uns bis zu dem Punkt, an dem wir dem erotischen Delirium verfallen … Ja, ich bin dein Schamane und dein Tänzer. Und du bist meine Schamanenfrau … Laß uns doch tanzen und vor Lust schreien und die Welt bis zum Umfallen beschwören.

Und dann will ich ihr noch etwas Kluges sagen wie – »du hast sehr ausdrucksvolle Beine!« Ja, ganz bestimmt würde ich ihr sagen wollen, sie habe wirklich ausdrucksvolle Beine. Wie töricht und dumm! Was für ein Unsinn! Nein, doch, natürlich hat sie ausdrucksvolle Beine. Ist es nicht großartig und unerhört, wenn vergötterte Beine ihre ausdrucksvolle Form erhalten? Und dann wird Dummheit zur reinen Freude.

Und ich will ihr noch ein Kompliment machen, nein, kein bloßes Kompliment, es soll die reine Wahrheit sein: »Runa, deine Augen schimmern wie die Weintrauben nach dem Regen!« … Ja, das wäre schon etwas Orientalisches …

O Gott, wohin treibt es dich nur? Was widerfährt dir, du armer Irrer? …

Ich kam plötzlich wieder zur Besinnung und bedauerte, daß ich, ein reiner Tor, an der Stelle aufhören konnte zu träumen. Es fiel mir so schwer, mich von diesen törichten Illusionen zu trennen. Ich trank ein paar Gläschen Kognak und dachte mir, wie wohltuend so ein alter kaukasischer Weinbrand wirken kann. Als ich wieder für eine Weile zu mir gefunden hatte, begriff ich, welch furchtbare Prüfung mir sogar für den Fall bevorstünde, wenn es mir gelänge, Runa vor einer erneuerten Haftstrafe zu bewahren. Was konnte ich unternehmen, um sie zu beschützen? Wie sollte ich ihr entgegenkommen und mich vor ihr ganz öffnen nach all dem, was sich bei der ersten und einzigen Begegnung zwischen uns tatsächlich abgespielt hatte, als wir uns als unversöhnliche Feinde gegenüberstanden? Wenn ich das nur wüßte! Wird sie sich überwinden können und mich verstehen?

Natürlich war ich mir darüber im klaren, daß sich unsere Begegnung nicht für die leichtfertigen Träumereien eignete, denen ich mich willig hingegeben hatte. Nein, sie erforderten im Gegenteil eine unerbittliche Erhellung der Wahrheit, zumal wir als unvereinbare Wesen aufeinandergeprallt waren. Nur die Wahrheit hätte uns versöhnen und einander näherbringen können. Ich wußte, daß die Wahrheit auf ihrer Seite stand. Ich, ein Missetäter des Jahrhunderts, hätte mich in ihren Augen nur durch die aufrichtigste Reue rehabilitieren können. Ich mußte auch absolut bereit dazu sein, meinen wissenschaftlichen Entdeckungen den Nimbus zu nehmen und ihre »negativen Auswirkungen« offenzulegen. Das hatte ich vor, und ich wollte nicht mehr schwanken. Die Hauptsache war jedoch, sie in die furchtbarste meiner embryonal-genetischen Beobachtungen einzuweihen. Dies wäre der wahre Beweis meiner lauteren Zuneigung zu ihr gewesen. Ich hatte noch nie etwas über diese rätselhafte Tatsache verlauten lassen. Ja, ich hatte sie für mich behalten, aus einer inneren Angst heraus, aber auch wegen der unbewußten Schadenfreude, mit der sich wahrscheinlich der Findling in mir erneut Geltung verschaffte. In diesem Fall ging es indessen nicht so sehr um die Gefühle des Findelkindes als vielmehr um den Umstand, daß mir diese neuen Fakten zu Einsicht und Umkehr verholfen haben. Ich hatte vor, Runa vom Kassandramal zu berichten, das heißt, von all den Fällen, mit denen ich in meiner gynäkologischen Praxis konfrontiert worden war, schon in der Zeit meiner Tätigkeit als Arzt im Frauengefängnis. Ja, ihr wollte ich von dem leuchtenden Epithel auf der Stirn schwangerer Frauen erzählen, die davon selbst gar keine Ahnung hatten. Runa sollte von mir als erste erfahren, wie mich die ersten Zweifel überkamen und ich schließlich zum unwahrscheinlichen Schluß gelangte – übrigens erhärtet durch Daten und die allmähliche Erkenntnis des Hintergrunds –, daß hier eine Negativreaktion der Embryos vorlag. Zunächst hatte ich noch angenommen, daß dieses Phänomen mit einer noch nicht diagnostizierten embryonalen Allergie auf versteckte Reizungen zusammenhing. Dank der systematischen Beobachtung, die ich mit Hilfe von Ultraschall und Bestrahlungen durchführte, zog ich das Fazit, daß das Kassandramal die intuitive Angst der Embryos vor der Außenwelt signalisierte, das heißt letztlich – vor dem Bösen, das ihm Menschen zufügen. Besonders deutlich und am häufigsten zeigte sich das blinkende Zeichen auf der Stirn der weiblichen Inkuben mit dem künstlich eingepflanzten Keimling – bei den Leihmüttern der Genix. Im Grunde genommen begannen hier meine ersten erheblichen Zweifel, die mich schließlich zu einer gründlichen Erforschung des Kassandramals veranlaßt haben. Ich hatte mir zunächst nicht eingestehen wollen, daß die Genix-Embryonen nach der geglückten Implantation gar nicht wünschten, auf die Welt zu kommen und ihren Wunsch durch dieses Signal kundtaten.

Ich mußte all diese Erfahrungen und Erkenntnisse ihr, Runa Lopatina, mitteilen. Nur ihr wollte ich erzählen, wie ich zu dieser schrecklichen Entdeckung gelangt bin. Ich sehnte mich danach, daß sie sich selbst davon überzeugte, warum ich sie nochmals sehen wollte – für mich, das sollte und mußte sie wissen, war die neue Begegnung keine Laune. Ich wollte vor sie, die Gefangene, ohne jede Kälte und Arroganz hintreten – mit gesenktem Kopf. Nichts sollte vor ihr verborgen bleiben. Ich mußte ein neues Leben beginnen. Unbedingt und rückhaltlos. Und ich war bereit zum Sprung …

Dein neues Leben beginnt am nächsten Morgen, und zwar von der Stunde an, da man sie dir in die Praxis bringt. Wir sind nur für uns. Niemand weiß, was wir bereden. Ich werde ihr alles genau so darlegen, wie es sich in mir heute Nacht abspielt, welche Gedanken mich aufsuchen und mein unbekanntes Wesen aufdecken. Sie muß nur das eine Wort aussprechen: Ja, ich will! Vorausgesetzt, sie sieht in dir den Mann, dem sie verzeihen und den auch sie lieben könnte. Wenn ich sie nur davon überzeugen könnte, nein, es muß von ihr selbst kommen, daß ich mich von meinem früheren Ich gelöst habe – in ihr wirkt ein höherer Wille, das muß ihr doch bewußt sein, genauso wie das lebensnotwendige Gefühl, daß wir für immer zusammengehören …

Es war schon weit nach Mitternacht, als mich ein leichter, unruhiger Schlaf überkam …

Ich liege auf dem Sofa, dämmere vor mich hin und höre das Grollen am Himmel bei Morgengrauen. Donner rollen über das Dach, vor den Fenstern prasselt der Regen, das Frühlingsgewitter tobt sich aus. Ich öffne die Augen nicht und sehe doch alles, was draußen geschieht. Bist es nicht du, der das Gewitter ausgelöst hat? Ich erblicke die Blitze, die feurigen Zacken, die den Himmel spalten, sehe auf die dichten Blätter, Regengüsse drücken die Äste nieder, und ich nehme wahr, wie ein Schwarm Vögel erschreckt hin und her flattert und nach einer Zuflucht sucht. Und du fliegst mit im Gewitter, fliegst hinaus durch das Klappfenster, erhebst dich über die Dächer, die Straßen und den Park. Du schwirrst blindlings und auf gut Glück durch Blitze und Wolken. Dort unten auf der Erde liegt doch das Gefängnis, wo auch SIE das Gewitter erwartet hat, jetzt wartet sie auf dich, die Frau und Gefangene, die sich weigert, Inkuba zu sein. »Runa! Runa!« rufst du laut. »Ich bin's! Ich suche dich! Hörst du mich? Ich suche dich!« …

Woran hat sie nur gedacht, als ich ihr zu dieser Gewitterstunde vom Himmel her zurief?

Es kostete mich nicht wenig Anstrengung und Selbstdisziplin, am Tag nach dieser Nacht meinen Posten wie üblich auszufüllen – präzise und sachbezogen, damit alle

Abteilungen und Dienste unserer Klinik unter meiner Leitung reibungslos funktionieren konnten.

Alles ging seinen gewohnten Gang. Weder Kollegen noch Angehörige des Personals merkten mir etwas an. Sie hatten keine Ahnung, wozu ich nach Eintreffen der Insass-Inkuba R. F. Lopatina bereit war.

Ich wartete meine Stunde ab.

Die Zeit zog sich in die Länge.

Alle sahen mich und erlebten, wie ich meinen üblichen Verpflichtungen nachkam. Aber ich war schon ein anderer geworden. Warum zieht sich die Zeit so qualvoll in die Länge?

Ich warte. Von Minute zu Minute.

Da ist sie ... Aber nein, sie ist es noch nicht. Schon eine dreiviertel Stunde ist vergangen. Der Termin ist überschritten. Und sie ist nicht da. Ich gebe die Anweisung, im Gefängnis anzurufen und zu klären, wann der Wagen abgefahren ist ... Der Sekretärin wird mitgeteilt, daß der Transport, wie vorgesehen, abgegangen sei.

Ich werde unruhig. Was kann ihr passiert sein? Vielleicht ein Unfall oder was sonst?

Der Uhrzeiger rückt unerbittlich auf drei Uhr zu. Wann ist sie da? Noch immer kein Wagen in Sicht. Ich rufe selbst an. Man antwortet mir, daß etwas vorgefallen sei. Mittlerweile stürzt meine Sekretärin ins Zimmer. Ganz blaß im Gesicht.

»Was ist passiert?« schreie ich sie an.

»Die Patientin ist tot«, erwidert sie.

»Wie das? Welche Patientin?«

»Die Patientin. Sie haben Sie angefordert!«

»Ein Unfall?«

»Nein. Kein Unfall. Man hat uns soeben von unterwegs angerufen.«

»Ja, was dann?«

»Sie hat einen Fluchtversuch unternommen.«

»Und weiter?«

»Sie wurde getötet.«

»Ich verstehe nicht.«

»Die Leute sind auf dem Weg und wollen es selbst erklären.«

Ja. Entsprechend der Anweisung, die ich am Abend zuvor erteilt hatte, wurde die inhaftierte Lopatina, R.F., No. A-6-87, in einen Wagen verbracht, um sie zum vereinbarten Termin in der Klinik abzuliefern.

Unterwegs, bereits außerhalb des Stadtbereichs, am Straßenabschnitt im Wald, in Ufernähe zur Moskwa, hat sich die Patientin darüber beklagt, daß ihr sehr übel sei. Sie könne nicht weiterfahren und bitte darum, das Auto anzuhalten und ihr die Möglichkeit zu geben, sich im Freien zu erbrechen und Erleichterung zu verschaffen. Man mußte anhalten. Die Patientin verließ den Wagen, ging einige Schritte, rannte dann plötzlich auf und davon und verbarg sich im Unterholz. Die Begleitwache stürzte ihr nach. Die Beamtin forderte die Gefangene auf, stehen zu bleiben. Aber diese wollte sich nicht unterordnen. Die Wachagentin rief sie an, sie werde von der Schußwaffe Gebrauch machen. Zur Warnung feuerte sie zwei Schüsse in die Luft. Sie war nach wie vor darum bemüht, die Person einzuholen und lebend zu fassen. Und da tauchte das Flußufer auf, wo die Moskwa eine Krümmung macht. Die Patientin stürzte sich in vollem Lauf ins Wasser. Der Wachhabenden blieb nichts anderes übrig, als gezielt auf die Flüchtige zu schießen. Die Patientin wurde tödlich getroffen. Der Leichnam konnte aus dem Wasser geborgen werden …

Ich habe mich danach tausend Mal gefragt, warum sich Runa Lopatina so und nicht anders verhalten hat. Wozu war das nötig? Was wollte sie bezwecken? Was beweisen? Die Ausweglosigkeit ihrer Lage? Angst? Ekel? Haß? Oder war es wieder eine Form des Protests?

Niemand wird das je beantworten können. Sie war gegangen, wie sie gekommen war ... Runa war das erste Opfer des Genix.

An jenem Tag habe ich meine Praxis bis zum späten Abend nicht mehr verlassen. Ich hatte mich eingeschlossen, saß nur da und stierte vor mich hin. Und niemand auf der Welt hätte zu vermuten gewagt, was in mir vorging. Wenn sie es doch nur unterlassen hätte, auf so schreckliche Weise zu durchkreuzen, wozu ich bereit gewesen war! Was für ein Unglück, daß sie ums Leben gekommen war! Welch ein Leid, daß sie nicht mehr erfahren konnte, was ich zu sagen und vorzuschlagen hatte! Ihr vor allem zu gestehen, daß sie die Wahrheit auf ihrer Seite hat, daß die Wissenschaft etwas Vergängliches ist, so schwindelerregend ihre Errungenschaften auch sein mögen – ja, der wissenschaftliche Fortschritt ist zwar unendlich, wollte ich ihr doch sagen, aber nichts ist zu vergleichen mit dem Geist, der jedes Mal einen Sinn in sich birgt und die Fortentwicklung der Ewigkeit.

Ich saß da und weinte um die Frau, die ich nur einmal gesehen hatte. Aber ich hatte auch begriffen, daß ich ohne sie für den Rest meines Lebens unglücklich sein würde.

Am Abend fuhr ich auf die Chaussee hinaus und näherte mich der Stelle, wo all das geschehen war – an der Windung des Flusses jenseits des Wäldchens. Ich hielt an. Hier war der Ort ihres Verderbens. Durch dieses Waldstück war sie gerannt, um sich danach in die Moskwa zu stürzen. Ich entfernte mich auf einem Umweg.

Zu Hause erkannte ich eine unermeßliche Ausweglosigkeit. Das war die Strafe, die mir galt. Ich weinte und schluchzte lauthals, allein im nächtlichen Haus. Und ich habe mir nicht einmal einreden können, daß ich nicht vergeblich leide, sie hat ja wohl nicht einmal vermutet, was ich von ihr letztlich gehalten habe. Sie kannte mich nicht, sieht man von der einen Begegnung mit dem Alptraum eines Professors ab, dieser furchtbaren Mißgeburt eines Wissenschaftlers, der die Konzeption und die Technologie der Genix in Inkuben in Gang gesetzt hatte …

Aber das hat meine Lage nur noch verschlimmert. Da konnte mir nicht einmal der Whisky helfen, den ich mir in die Kehle geschüttet hatte. Auch nicht die Musik, die mich zur Ruhe bringen sollte, denn diese Musik gab es nicht.

Mag sein, daß es sie gab und schon seit langem in meinem Inneren schlummerte, denn Jahre später habe ich diese Musik entdeckt. Es war an einem Abend auf einem Dampfer im Japanischen Meer. Die dunklen Silhouetten der Inseln zeichneten sich wie erstarrt unter dem Sternenhimmel ab. An verschiedenen Stellen ragten sie, rätselhafte Körper und Gerinnsel von Zeit und Materie, aus dem Meer. Es herrschte Stille. Kühle stieg vom Wasser hoch, dann und wann war ein Plätschern der Wellen zu hören. Ich gehörte zu einer Gruppe sowjetischer Wissenschaftler, die an einer Konferenz in Nagoja teilnahmen. Meine Kollegen und die Dolmetscher hielten sich an der Bar auf und genossen ihre Drinks. Ich ging über das Schiffsdeck und konnte mich an den »Gerinnseln der Zeit« nicht satt sehen, den geheimnisvollen, menschenleeren Inseln. Die Leuchtfeuer der Küste schimmerten in der Ferne. Auf sie hielten wir Kurs.

Die ganze Zeit über dröhnte von drinnen eine Rockmusik, die zum Zucken und Hüpfen animierte. Es ist ja ganz hübsch, dachte ich mir im stillen, bis ich plötzlich eine andere Musik vernahm. Einen innigen Gesang, getragen von einem vertrauten Gefühl – ja, das war die japanische Enka, eine Lyrik, die unerhörte Sehnsucht nach der

Geliebten verströmt. Enka ist Beschwörung und Ratlosigkeit, Erwartung und Abschied … Und ich dachte im stillen, daß sie in der Nähe ist, womöglich auf dem Inselchen schräg gegenüber, daß sie die Enka mit anhört und spürt, wie sehr ich an sie denke. Und ich glaubte auch das Knirschen des Schnees unter den Füßen meiner Mutter zu hören, sie drückt mich an ihre Brust, trägt mich fort und läßt mich als Findelkind zurück.

In den Jahren der Perestrojka wurde die Genix-Zucht eingestellt. Ich hatte einen Termin bei Gorbatschow. Ein halbes Jahr später befand ich mich im Weltall. Auf der Raumstation FX. Hier habe ich mir mein eigenes mönchisches Ritual zugelegt und bin Filofej geworden. Hier konnte ich aussprechen, was ich zu sagen hatte … Und will weiter nachdenken …

VII

An dieser Stelle brach die Beichte ab. Diese letzte Nachricht von Filofej traf zum Winteranfang des Jahres ein.

Was für eine Geschichte! dachte Anthony Junger an jenem Morgen, als er am Steuer seines Wagens saß und auf die Schneeflocken blickte, die es vor der Windschutzscheibe durcheinanderwirbelte. »So etwas kann sich doch niemand ausdenken!« Er stand noch voll unter dem Eindruck der Notizen Filofejs, dem Fragment der »Beichte«, das er noch in der Nacht durchgelesen hatte.

Merkwürdig, dachte sich Junger, noch niemand ist so aus dem Leben geschieden wie Filofej. Jetzt fliegt er irgendwo über der Welt als kosmische Mumie, der einzige Selbstmörder außerhalb der Grenzen unseres Planeten. Und er hat sich lautlos mit sich selber ausgesöhnt. So wie er hat niemand geliebt, aber auch keiner ist so gestorben wie er. Und jetzt meldet er sich nochmals zu Wort …

Wir sind zwar Filofejs Zeitgenossen und gehören noch dem zwanzigsten Jahrhundert an. Aber entstammen wir nicht eigentlich verschiedenen Galaxien? Filofej kam wohl nicht von dieser Welt, obwohl er in ihr erschienen ist. Vielleicht dient uns sein Schicksal als Lektion. Ganz bestimmt, sagte sich Anthony Junger. Aber um welchen Preis? So ein Preis ist immer hoch. Wie damals. Bei der großen Lektion – Golgatha. Natürlich hat jeder seinen Preis, aber dieser Mensch hat den seinen im All eingelöst.

Lebwohl, Filofej! Hörst du das Pochen des Herzens und das Knirschen des Schnees unter den Füßen deiner Mutter auch im All? Lebwohl, Krylzow!

Abschied von Gülsary

Der Hirte Tanabai und sein Prachtpferd Gülsary haben ein Leben lang alles geteilt: Arbeit und Feste, Siege und Niederlagen, Sehnsucht und Enttäuschung.

Aug in Auge

Aitmatows Erstling, ein Jahr vor *Dshamilja* erschienen. Auf solche Weise war von Armut und Kriegsnot im Hinterland noch nicht geschrieben worden.

Dshamilja

Die Geschichte von Dshamilja und Danijar ist gemäß Louis Aragon *die schönste Liebesgeschichte der Welt.* Kein Satz, der nicht sein Echo im Herzen weckt.

Frühe Kraniche

Wenn die Kraniche früh im Jahr über die kirgisische Steppe ziehen, so verspricht dies eine gute Ernte. Doch noch ist Winter, die Väter sind an der Front, und die Verantwortung für die Gemeinschaft lastet auf den Jungen.

Goldspur der Garben

Die Kolchosbäuerin Tolgonai erzählt am Totengedenktag dem Feld von ihrem Leid. Ihren Mann und ihre drei Söhne hat Tolgonai im Krieg verloren. In einfachen Worten ruft sie ihr ganzes Leben in Erinnerung.

Der Junge und das Meer

Der halbwüchsige Kirisk darf zum ersten Mal mit aufs Meer hinausfahren und an einer Robbenjagd teilnehmen. Als sich das Boot im dichten Nebel verirrt, wird aus der Weihe ein lebensgefährliches Abenteuer.

Kindheit in Kirgisien

Aitmatow erzählt von einer Jugend, überschattet von Stalins Säuberungen, ausgesetzt den Tragödien des Krieges, aber auch getragen vom Zusammenhalt und der reichen Tradition seiner Sippe und seines Dorfes.

Du meine Pappel im roten Kopftuch

Iljas, der Lastwagenfahrer, will den verschneiten Tianshan bezwingen. Dabei verspielt er die Liebe seines Lebens.

Der Richtplatz

Awdji Kallistratow kann sich mit der selbstsüchtig gewordenen Welt nicht abfinden. Auf der Suche nach den Wurzeln der Kriminalität reist er in die Steppe – eine Reise, die für ihn zum Kreuzweg wird.

Der Schneeleopard

Für beide scheint es keinen Platz mehr zu geben in dieser Welt – weder für den alten Schneeleoparden Dschaa-Bars noch für den unabhängigen Journalisten Arsen, der gegen Oligarchen und Fanatiker anschreibt.

Ein Tag länger als ein Leben

In einer kleinen Bahnstation in der Steppe ist ein Arbeiter gestorben, der greise Edige will ihm nach alter Sitte die letzte Ehre erweisen. Da starten nicht weit entfernt mehrere Raketen.

Der weiße Dampfer

»Er hatte zwei Märchen. Ein eigenes, von dem niemand wusste. Und ein zweites, das der Großvater erzählte. Am Ende blieb keins übrig. Davon handelt diese Erzählung.«